suhrkamp taschenbuch 2637

Eine souverän-temperamentvolle Erzählerin ihres Lebens; neugierig, mitfühlend, beteiligt, verwickelt in das Leben – das ist Dorothea Zeemann immer gewesen, und so erzählte sie ihre Geschichte. Jugend vor 1914 in Wien. Das Leben nach dem Ersten Weltkrieg, ärmlich, unter Künstlern und Schriftstellern. Das Starkwerden der Deutschnationalen und Faschisten, bis es dann »nur noch die Angst vor Hitler und die Hoffnung auf Hitler« gab. Nach dem Ende des Zweiten Weltkriegs im russisch besetzten Wien. Jahre der provisorischen Normalisierung und der fortgesetzten Diskussion über Kollektivschuld, Verstrickung und Engagement in dem Künstler- und Intellektuellenmilieu, in dem die Zeemann, ihr Mann und ihre Freunde sich bewegten. Und dann 1957 die Bekanntschaft mit Heimito von Doderer. Darauf antwortet Dorothea Zeemann mit einer bis zur Schärfe deutlichen, aber alles andere als lieblosen Beschreibung Doderers und ihrer gemeinsamen Jahre. Doderer stirbt 1966, das Buch schließt mit dem Jahr 1972. »Ein Buch zum Fürchten und zugleich eines gegen die falsche Scham«, schrieb Peter Hamm 1982 in der *Zeit*.

1995 hat Elke Schmitter die beiden Bücher wiedergelesen. Ebenfalls in der *Zeit* schrieb sie: »Aus ihren Gedanken und Erinnerungen hat sie ihre besten Bücher gemacht. Eine Biographie in zwei Lieferungen.«

Die beiden Bücher, in denen »Welt- und Selbstgeschichte ganz passend ineinandergreifen« *(Elke Schmitter)*, erscheinen nun in einem Band.

Dorothea Zeemann, geboren 1909, ist 1993 in Wien gestorben. Von 1970 bis 1972 war sie Generalsekretärin des PEN. Ebenfalls im Suhrkamp Verlag lieferbar: *Eine unsympathische Frau*. Erzählungen (st 2224).

Dorothea Zeemann

Einübung in Katastrophen

1913-1945

Jungfrau und Reptil

1945-1972

Suhrkamp

Der Abdruck der Fotos auf dem Titel und im Bildteil erfolgt
mit freundlicher Genehmigung von Florian Pauer, Wien.
Das Portrait aus den 80er Jahren fotografierte
Birgit Tabel-Gerster.

suhrkamp taschenbuch 2637
Erste Auflage 1997

Satz: IBV Satz- und Datentechnik, Berlin
Druck: Nomos Verlagsgesellschaft, Baden-Baden
Printed in Germany
Umschlag nach Entwürfen von
Willy Fleckhaus und Rolf Staudt

1 2 3 4 5 6 – 02 01 00 99 98 97

Einübung in Katastrophen

Für Franz

I

»Geht's dir aber gut!«

Das war purer Hohn vom Vater, der nach Hause kam, durch die Küche ins Schlafzimmer ging und die Tür hinter sich schloß. Dadurch wurde es dunkel in der Küche, denn das Küchenfenster ging in einen schmalen Hof. Da fiel kein Licht durch.

Die Mutter schmetterte verärgert noch ein paar falsche Takte, dann gab sie es auf. Sie stand am Herd und wendete Schnitzel im heißen Fett.

Jenö stieg auf einen Schemel und nahm einen gläsernen Krug aus dem obersten Fach der Kredenz.

Das Kind lief mit dem »Baldover« (so nannte der Vater den Jenö) ins Gasthaus, um Wein zu holen. Es durfte den Krug tragen. Sie liefen zusammen über den Kirchenplatz. Der »Baldover« war zwanzig Jahre alt. Sie liefen durch die Gruppen frischgewaschener Frommer, die in Sonntagskleidern nach der Messe wie auf dem Dorf herumstanden. Neben dem Viadukt der Eisenbahn saßen die Juden auf den Bänken. Ihre Synagoge war über der Straße. Damals fuhren noch keine Autos. Fast keine Autos – im stillen grünen Mittagssommersonnenschein unter den Ahornbäumen.

Am Sonntag wurde immer im »anderen« Zimmer gedeckt. Porzellanteller auf einem Damasttischtuch, glänzendes Silberbesteck und blitzende Gläser. Das Zimmer war mit dunkelgrünen Lilien auf hellem grünem Grund tapeziert – ein feudales traditionelles französisches Muster. In die Scheiben der Flügeltüren waren Bilder aus den antiken Göttersagen geätzt: Diana jagte, Pan und die Nymphen belauschten sie. Von der gegenüberliegenden Zinshausfassade sahen Zeusköpfe und Gorgonen ins »andere« Zimmer.

Das waren mehr als steinerne Bildnisse, das waren Geschichten, lange spannende Geschichten, die Jenö dem Kind erzählte. Es waren Geschichten von Mitbewohnern.

Der Vater saß bereits am Tisch und behielt den Hut auf dem Kopf. Er war schon vierunddreißig Jahre alt, hatte eine Glatze und einen chronischen Schnupfen. Er nannte Jenö nur den »Baldover«, was jüdisch war und soviel wie Gauner bedeutete, weil er ihn nicht mochte.

»Er gönnt ihm das Essen nicht und kann es nicht leiden, wenn wir lustig sind.«

Der »Baldover« stellte den Wein auf den Tisch und wollte weggehen.

»Nix da«, sagte die Großmutter, »du bleibst, du bist mein Neffe, du gehörst zur Familie und die Schnitzel und die Topfentascherln habe ich mitgebracht. Die habe *ich* gebracht.«

»Setz wenigstens deinen Fez auf!« zischte die Mutter den Vater an.

Sie nahm ihm den Hut vom Kopf und holte die türkische Kopfbedeckung, die er sich von einer Geschäftsreise mitgebracht hatte.

»Andere Frauen verdienen Geld, arbeiten was. Bei uns wird gesungen!« knurrte der Vater.

Das war das Stichwort.

Die Großmutter seufzte, und die Mutter legte los: Ich weiß, wo du den ganzen Sonntagvormittag gewesen bist. Ich weiß, wer dich wieder aufgehetzt hat. Aber du wirst keine Dreckfresserin aus mir machen – ich werde nicht den eigenen Dreck fressen wie deine hochgeborenen Schwestern, die Schusterstöchter, die Tag und Nacht sitzen und kneifeln und in der Werkstatt schlafen zwischen Probierpuppen, Zuschneidetaschen und Nähmaschinen, die sich selbst das Schwarze unterm Nagel nicht gönnen, um sich ein Haus auf der Ringstraße zu kaufen und auch noch an den Mieten reich zu werden. Ich habe nicht geheiratet, um im Dreck zu ersticken und keine Zeit für mein Kind zu haben. Für die feinen Damen ruinieren sie sich Augen und Lungen, an den feinen Fetzen lassen sie ihre Gesundheit, und sie stinken und werden alt und häßlich, damit sich die feine Kundschaft...«

»Willst du nicht einmal durchatmen?«

Dem Vater schmeckte die Suppe. Er wischte sich den Bart, zwirbelte die Spitzen seines Schnurrbartes, lehnte sich zurück und genoß den bewegten Busen seiner Frau.

»Sing lieber!« sagte er.

»Karli«, sagte die Großmutter, »seins gscheit!«

Der Vater füllte die Gläser und trank seiner Schwiegermutter zu. Sie sagten Sie zueinander und mochten sich.

Der »Baldover« ging weg und schlug die Tür ins Schloß.

Die Mutter hatte wieder Luft geschöpft: »...einmal im Jahr, da spielen sie Menschen sein, die Mädeln vom Land, fahren's nach

Meran oder St. Moritz, ziehen sie die Modelle aus der Werkstatt an und geben in den feinen Hotels ein Vermögen aus. Und du willst, daß ich mich in ihrer Bude totarbeite, damit sie noch mehr Geld verdienen und sich auch noch ein Haus kaufen können? Oder willst du Reisen machen? Sicherlich willst du keine Reisen zum Vergnügen machen, du bist ja sowieso das ganze Jahr unterwegs. Und mir gönnst du ja nicht einmal die Fetzen, die ich mir selber nähe. Das Zimmer hier, das soll ich an Untermieter vermieten, das verlangst du doch auch, und noch und noch und noch... krankhaft ist das... so sind die Batschkadeutschen da unten vom Balkan, aber ich bin nicht vom Land, ich bin in Wien geboren und aufgewachsen, und ich verlange was von meinem Leben, ich...«

»Ich weiß!«

Die Großmutter packte in der Küche das Essen für Jenö in einen Korb, und das Kind durfte es ihm bringen. Behutsam trug es den Korb über den Kirchenplatz, damit die Suppe nicht überschwappte. Jenö wohnte nicht weit, gleich über dem Platz bei der Kirche »auf Bett« beim Kirchendiener, dem Beranek Pepperl, der die Glocken läutete und den weißen Bräuten aus den Fiakern half, wenn Hochzeiten waren. Der »Baldover« teilte mit ihm das Sonntagsessen, und sie sahen dann aus dem Fenster zu ebener Erde hinüber zu einem anderen Haus, aus dem Damen herüberlachten. Die Sonne schien auf das Pflaster, und die Damen hatten die hochgeschoppten Brüste auf die verschränkten Arme gelegt und waren ziemlich dekolletiert. Das Kind setzte sich aufs Fensterbrett und sah sich die Damen an. »Die Huren«, sagte der Pepperl und zog das Kind vom Fenster: »Das ist ein feines Mäderl!« rief er hinüber. »Laß die Menscher«, sagte er zu dem Kind. Das Kind merkte sich diese und andere Wörter.

Zu Hause auf dem Diwan im Schlafzimmer lag der Vater und schnarchte. Den obersten Hosenknopf hatte er zur Verdauung geöffnet. Die Großmutter trocknete das Geschirr, das Mutter wusch.

»Jetzt schnarcht er wie ein Schwein. Ich habe mir die Ehe anders vorgestellt!«

»Sei froh, daß du ihn hast«, sagte die Großmutter, die nie verheiratet gewesen war.

»Er ist kein Mensch«, behauptete die Mutter.

Das Kind betrachtete die Portale gegenüber: »Das sind Atlanten, die tragen den Globus, die Erdkugel, ein jeder von ihnen. Und die Kinder an den Fenstern unter den Muscheln, das sind Puttis, weißt du«, hat der Jenö dem Kind erklärt.

»Puppen?«

»Nein, eigentlich nicht, auch keine Engerln, Puttis, Babies, Kinder.«

»Aha. Und drüben, die zwei ohne Arme und Beine?«

»Das sind Torsi... Torsos... das wirst du alles lernen.«

»Und der, dem nur die Hand fehlt?«

»Der ist kaputt. Eine kaputte Statue eben.«

»Das alles war Mode, bevor Christus geboren wurde.«

»Mein Gott!«

Wenn sich das Kind aus dem Fenster beugte, konnte es den Kirchenplatz und die Ahornbäume sehen und die Gasse, in der die »Menscher« wohnten.

Die Mutter beugte sich über das Kind, nahm es in die Arme und sagte: »Willst du zum Jenö-Bazci (Onkel) gehen und ihn fragen, ob er mit dir in den Wurstelprater geht?«

»Ja, oh ja, zu den Ponies!«

Heiß war es. Die Gassen waren leer. Im Prater war es staubig.

Das Kind hielt an jeder Hand ein weiteres Kind und klingelte an der Wohnungstür.

»Bitte, Mama! Das hier sind bestimmt meine Geschwister.«

»Großer Gott!«

»Mama, laß uns hinein, ich brauche sie.«

»Kind, warum suchst du dir auch immer die schmierigsten Gassenbuben aus? Was hast du denn da?« fragte die Mutter und strich dem einen Knaben das Haar aus einer blutenden Wunde.

»Nix...«

»Mit was bist du denn geschlagen worden?«

»Niedergefallen.«

Die Mutter ließ sie ein, gab ihnen Schokolade, brachte sie dann zur Rettungsgesellschaft und ließ dort in der Ambulanz die geplatzte Haut nähen:

»Was machen wir mit euch? Wir müssen nach Preßburg. Die Tanten kommen. Die Fanny muß ihr weißes Kleid anziehen, das ihr die Tanten genäht haben. Ich geh jetzt mit euch zu eurer Mutter. Morgen könnt ihr zu uns kommen, ja?«

Die zwei antworteten nicht. Barfuß liefen sie davon, und Fanny schluckte an den Tränen, obwohl es gerne das Kleid anzog, das aus Schweizer Batist war. Schweizer Batist. Wie das wieder klang, man schmeckte es.

»Die Schultasche nehme ich auch mit!«

»Aber Kind, du gehst doch erst im Herbst in die Schule...«

»Mama, bitte...«

»Aber die Schultasche paßt doch nicht zum weißen Kleid.«

»Mama, bitte, damit die Leute glauben, ich geh' schon in die Schule!«

»Aber es ist doch so heiß, und dann muß wieder der Vater die Tasche tragen...«

»Ich werde sie tragen«, sagte der Vater und fluchte auf serbisch: »Je bem di boga«, weil er den obersten Kragenknopf nicht zumachen konnte.

Die »Mädeln«, Vaters Schwestern, die Tanten, kamen in ihren Pariser Modellen, die sie nähten und verkauften, beide gleich aussehend in naturfarbener Rohseide und in rosaroten Knöpflschuhen. Auch die Mutter trug ein selbstgeschneidertes Modell aus blauem Leinen. Eine Kassak mit gestickter Bordüre. Die Tanten waren blond, die Mutter schwarz. Die Leute drehten sich nach den schicken Damen um. Das Kind freute sich darüber. Der Vater blähte sich stolz.

»Was ist das, schick?«

»Das, was bei deinem Vater, einem Mann, als fesch bezeichnet wird.«

»Der Vater ist schön«, fand das Kind.

Der Vater war geil auf seine Frau und zeigte Hochachtung vor seinen Schwestern. Die Mutter sprach spitz und gebärdete sich nervös. In der Preßburger Tramway war es zum Ersticken heiß, und der Vater zog den Rock aus. Er hatte ein weißes Hemd an und schwarze Hosenträger mit gelben Streifen. Er steckte beide Zeigefinger in den gestärkten steifen Kragen.

»Karli!« sagte die Mutter streng.

»Das kann Sie doch nicht stören«, sagte die dünne Tante Millie. Die Schwägerinnen waren per Sie, denn die Mutter war unehelich, als Kostkind aufgewachsen, und stand gesellschaftlich tiefer als die »Unternehmerinnen«.

Vater zog den Rock wieder an.

Dann schwitzten sie alle weiter und redeten nichts mehr miteinander. Sie drängten sich aus dem Waggon, als der Schaffner »Maria Ellend!« rief.

Das war ein Wallfahrtsort, und dort gab es einen Kirtag.

Das Kind und sein Kleid verwelkten in der Menge und in der Hitze.

Der Vater kaufte ihm eine Armbanduhr aus Blech, die tickte. Da wurde der Platz wieder fröhlich und frisch. Vater trank ein Bier an einer Bude. Die Damen refusierten.

»Was wir alles für dich tun!« sagte die dicke Tante Clara zu dem Kind. »Wegen dir sind wir hier unter diesen Leuten in dieser Hitze.«

Slowakische Ammen in vielen roten Röcken, junge Rekruten in Uniform – das Kind sah sie sich genau an: die bunten Monturen und die Pratzen, die sich auf die Busen und Hintern legten.

Plötzlich rückte die Menge zusammen und wieder auseinander. Im Staub und in der Sonne fing zwischen den »Standeln« ein Gerenne und Gestoße an. Der Vater nahm das Kind und setzte es auf seine Schultern. Die Damen rafften ihre Röcke. Die dickere Tante behauptete, daß ihr übel wäre, die dünnere rümpfte die Nase: »So ein schlechtes Publikum hier, lauter Prulis« – so nannte sie die Proleten.

Die vielen Menschen wurden mit einem Male bedrohlich stumm und reglos, von ferne hörte man schreien: »Extraausgabe! Extraausgabe!«

Und dann hörte man leise, von Mund zu Mund: »Ein Attentat in Sarajevo! Franz Ferdinand ermordet!« Und eine schrille Stimme schrie:

»Die Sophie auch! Auch die Sophie! Sie auch!«

Die Mutter freute sich, weil die Tanten sich aufregten und Angst hatten.

Die Lehrerin hieß Eleonore de la Renotiere. Sie hatte krauses Haar, ein freundliches braunäugiges Geschau, und sie trug blaue Musselinkleider mit weißen Tupfen oder dunkelblaue Stoffkleider mit weißen Piquékragen. Neben dem Kind in der Bank saß die Vilma Gusileg, die lieblich aussah wie aus den himmlischen Heerscharen am Altarbild und ebenso gerne Märchen und Geschichten hörte wie das Kind. Es schenkte der Vilma alle seine Bilder- und Märchenbücher, und es lernte gerne das Lesen; das Schreiben und Rechnen dagegen nur, um der Lehrerin eine

Freude zu machen. Es hatte Herzklopfen, wenn es Vilma und die Lehrerin sah und fieberte in der Schule vor Glück. Wenn aber der Katechet die Klasse betrat, bekam es Atemnot vor Angst.

Der Katechet hieß Kerlin, kam wie die Gusilegs aus Tabor in Böhmen und verkündete, daß alle Menschen ohne Ausnahme ins Fegefeuer müßten – bis zum Nabel nackt in die Flammen, wie es auf den Bildern zu sehen war, die den Herrn in seiner Herrlichkeit hoch oben über dem Feuer in einer Wolke schweben ließen: Alle Menschen werden brennen, in den Himmel kommt niemand gleich. Der Katechet verteilte die frommen Bilder, auf denen die brennenden Leiber die Hände rangen und von Erzengeln mit Mistgabeln immer wieder hinuntergestoßen wurden. Das Kind nahm sich vor, mit dem Fegefeuer fertig zu werden. Es versprach Gott auf den Knien Standhaftigkeit und Reue. Wie aber wird es den Eltern gehen? Die verzweifelten ja schon auf der Welt immer wieder und alle Tage. Sie redeten von Krieg. Sie beschimpften einander wegen der Tanten, und Vater warf die hungrigen Kinder hinaus, die das Kind von der Straße heraufbrachte und die von Mutter gefüttert wurden. Großmutter schleppte genug Essen herbei, sie arbeitete in des Kaisers Küche. Keiner bereute je etwas. Im Gegenteil. Wenn das Kind vor Angst nicht einschlafen konnte und die Eltern bat, doch an das Fegefeuer zu denken, da schrie die Mutter empört: »Ich bring den Katecheten um!« Und der Vater war darüber sogar mit ihr einer Meinung.

Das Kind kniete im Nachthemd auf der Matratze und betete laut mit gefalteten Händen, und weil es sich dafür genierte, galt es dem Kind als selbstauferlegte Buße für die Sünden der Eltern.

»Du siehst, was dein Glöckl dagegen tun kann!« trumpfte der Vater.

»Und ob er diesen Verbrechern das Handwerk legen wird! Das Volk muß rot wählen!«

Der Vater folgte ganz anderen Gedankengängen: »Mich werden sie doch nicht mehr an die Front stecken!« sagte er.

»Front? Was ist das?«

»Eine echte Hölle.«

»Du hast nichts als Schusterpapp im Hirn, wie deine Schwestern. Wie kannst du so etwas vor dem Kind sagen. Sie ist weiß wie ein Papier.«

Die Mutter nahm das Kind zu sich ins Bett und preßte es an ihr Spitzenhemd, das vorne offenstand. Der Vater sah strafend auf den prallen Busen und auf das goldene Kettchen, das Mutter nie ablegte. Er trug lange Unterhosen beim Schlafen, was Mutter abscheulich fand. Sie sahen einander gehässig an, und das Kind schluchzte in schweren Stößen und schleckte die salzigen Tränen von den Lippen.

»Die Kinder sagen, ich bin eine Jüdin. Was ist das?«

»Nein, das bist du nicht. Das sagen sie nur, weil dein Vater immer den Hut auf dem Kopf hat und mit den Juden ins Kaffeehaus geht. Aber du weißt doch, daß wir nicht zum Tempel gehören.«

»Die Kinder sagen, ich rede wie eine Jüdin.«

»Ja, weil du nicht den scheußlichen Dialekt sprichst, den sie hier sprechen. Dein Vater und deine Großmutter reden ein gutes Deutsch, weil sie es in Böhmen und auf dem Balkan gelernt haben.«

»Was ist Dialekt?«

»Jenö, bitte, erkläre es ihr.«

»Sprache des Volkes.«

»Gehöre ich nicht zum Volk?«

»O ja, und ob! Sei stolz darauf!«

Die Kinder sangen: »Gott erhalte, Gott beschütze, unsern Kaiser, unser Land... – Unser Herz zum Kampf verpflichtet, Gottes Aug' auf uns gerichtet – Über uns waltet segnend seine Hand, vertrau auf uns, lieb Vaterland!«

»Ja, oder was!« Die Großmutter kicherte: »Der hätte viel zu tun, der liebe Gott. Alle seine Pfaffen segnen alle die Kanonen: Überall an allen Fronten, auf jeder Seite. Und die Schutzengeln kämpfen in allen Schützengräben gegeneinander... Hihihi!«

Die Großmutter kochte für des Kaisers Tafel Apfelstrudeln, Rindfleisch und Spinat. Sie trug weite Röcke übereinander wie alle slowakischen Bäuerinnen. Auf dem Kopf lag ein dicker weißer Zopf. Sie hatte breite Lippen und immer lachende Augen. Sie war wie Mutter laut und fröhlich.

»Rasante Weiber«, nannte sie der Vater.

Das Kind merkte sich die Wörter, und es verband auch etwas damit. Die Tanten waren anders. Sie hatten dünne Lippen, schmale Gesichter und ernste Augen. Vater auch.

Das Kind sah aus einem kleinen Gesicht, das den Ausdruck immer wechselte. Seine Augen waren viel zu groß. Immer im Schrecken geöffnet.

»Hübsch ist sie nicht, aber sie hat prächtiges Haar: rötlich-goldene Locken, und eine ganze dichte Menge davon, und wie es knistert. Wenn sie nur nichts sonst von ihrer Mutter kriegt. Es kann sich aber auch das Gesicht noch entwickeln«, sagte die Tante Emilie, wenn sie das Kind betrachtete. »Sie hat Gott sei Dank viel von unserem Bruder. Die hohen Backenknochen. Sie ist unsere einzige Nichte und Erbin.«

»No hat!« sagte der Vater, wenn er das hörte: »Wenn von eurem Geld noch etwas da ist, wenn ihr sterbt – oder wenn dieser Krieg aus ist.«

»Wie kannst du das sagen! Du bist kein Patriot.«

»Es wird einem nicht leicht gemacht, einer zu sein.«

Der Katechet fixierte das Kind, während sie alle für den Kaiser beteten: um Gottes Hilfe bei des Kaisers Entscheidungen (»Was haben die noch zu reden«, sagte der Vater, »Gott oder der Kaiser?«), um den Sieg der Waffen, um des Kaisers Gesundheit und sein langes Leben.

Als sie fertig waren, kam der Direktor herein, als hätte er vor der Tür gewartet, stellte sich mit seinen Ärmelschützern neben den Katheder und räusperte sich zu einer Ansprache.

Es war wieder die schöne Jahreszeit, die Kastanienblüten barsten schon aus ihren lackierten Hüllen, was dem Kind besonders gut gefiel. Es sah aus dem Fenster. Auch das Gras war schon grün, und die Erde begann zu riechen. So weinte es vor Rührung, als der Direktor sagte, daß die Kinder alle Herolde seien und »Engel der Heimat würdiger Ahnen«, und daß die Gebete der Kinder schwer wögen im Gehör des HERRN. Im Zeichen des Stephansdoms beteten die Kinder und waren den Völkern an der Front dankbar, die dem Kaiser dienten; und sie versprachen, ihre Eltern daran zu erinnern, daß der Kaiser zum Kriegführen Gold, Messing und Kupfer brauchte. »Haben eure Eltern die Mörser und die Becken aus Kupfer und die Waagschalen und Gewichte aus Gold und die Leuchter aus Silber und Zinn, haben sie alles abgeliefert, was der Kaiser braucht? Trugen sie schön brav die Ringe aus Eisen an ihren Fingern, in die es eingraviert war: ›Gold gab ich für Eisen! Für Gott, Kaiser und Vaterland!‹ War alles geschehen, was zu geschehen hatte? Und wie hielten sie es mit der Kriegsanleihe, die Eltern, deine Großmutter, die IHM in allergrößter, allerhöchster Nähe diente? Gibt sie ein Beispiel? Hat sie

Kriegsanleihe gezeichnet und wieviel?«

Das Kind antwortete, weil es gefragt wurde, und sagte: »Meine Großmutter, die hat gesagt: nicht einen Heller!«

Als die Klasse danach mit der Handarbeitslehrerin Charpie für die Lazarette zupften, was hieß, daß sie altes, schleißiges Leinen zu Verbandzeug wieder in Schuß und Kette zerlegten, indem sie das Gespinst zerstörten, merkte das Kind, daß die anderen abrückten und die Lehrerin es lächelnd aus einem Augenwinkel beobachtete.

Als es nach Hause kam, wußte die Mutter schon, daß jetzt der ganze Bezirk wußte, wie es um den Patriotismus der Familie beschaffen war.

»Armes Hascherl!« sagte sie zur Tochter, aber sie lachte. »Du bist das Stadtgespräch. Der Trafikant, der Fleischhacker, die Gemüsefrau, alle reden davon. Sie mögen dich.«

Das Schreckliche am Krieg ist, daß ein Chaos droht, und das stellte sich das Kind so vor, daß Briefe nicht mehr ankommen und daß alles, was man ins gelbe Postkastl schob, einfach verlorengehen würde. Sie trug diesen Verdacht seit langem mit sich herum, daß die Briefschickerei zu kompliziert war, um zu funktionieren, aber sie hoffte doch einmal auf einen Brief, der plötzlich *das Leben* zu ihr bringen würde. Denn was sich alles so abspielte, war schon deshalb kein Leben, weil es nicht zu fassen war. Nichts war, wie es in den Geschichten vorkam. Und nur, was in den Büchern stand, war schön oder traurig.

Sie sagten, der Krieg ist ein Verbrechen. Der Vater steckte plötzlich in einer Uniform und verschwand. Statt dessen kam ein Faß Slibowitz – ein Freund brachte Beute aus Serbien. Vater war dort beim Train. Er konnte sich's richten, weil er alle Balkansprachen sprach.

Er schickte auch Zwetschgen und Hühnerschmalz. Ein Onkel aus Ungarn kam nach Wien, und die Mutter ging spät schlafen. Das Kind lag schon früh allein im Zimmer und fürchtete sich, obwohl die Mutter mit dem Onkel nebenan sprach.

Das Kind wunderte sich, daß die anderen Kinder nicht mit ihm verkehren durften, weil seine Eltern nicht Kriegsanleihe zeichneten. Es blieben ihm nur die armen und die dummen. Die kamen gern zu dem Kind, weil Großmutter für alle etwas zu essen brachte. Abfälle aus des Kaisers Küche waren Köstlichkeiten für alle. Aber das Kind hatte das Essen satt. Es aß äußerst ungern. Was es sich wünschte, waren ein Kanarienvogel und ein Rosenstock. Und Bücher natürlich, Bücher! Es konnte gut lesen. Es bekam viele Bücher, Sagen und Märchen.

Das Kind hatte die Stadt, die rote Tramway, die Auslagen, den Stephansturm, das Riesenrad und die grünen Alleebäume auf der Ringstraße sehr gern. Die »Wahrzeichen Wiens«! Dieses Wort mochte das Kind auch sehr. Einmal im Monat ging es einen langen Weg zum Franz-Josephs-Kai und holte mit der Mutter des Vaters Gehalt ab, solange der im Krieg war. Der Donaukanal, das Donaudampfschiffahrtsgebäude, das Haus der Rettungsgesellschaft und die Urania lagen am Weg. Bei »Cosmanos«, einer Textilfirma, deren Stammhaus in Prag lag, erhielten sie das Geld. Es war ausreichend, die Mutter konnte dem Kind jedesmal einen Wunsch erfüllen und auch sich selber was Schönes kaufen. Sie waren immer sehr fröhlich am Ersten eines jeden Monats. Und dann kam auch Jenö aus der Kaserne, denn er war in der Nähe stationiert.

Vater kam plötzlich auf Urlaub. Er schneite herein, als Mutter gerade vor Jenö auf den Knien lag, um die Uniformhosen umzustecken. Sie waren zu lang. Auch in der Jacke sah Jenö wie ein Komiker aus, und Mutter hatte die Jacke zerlegt, um sie zu ändern. Vater fuhr wie ein Verrückter wieder aus der Wohnung, als er sah, was Mutter machte, und verbrachte den kurzen Urlaub im Wirtshaus. Die Mutter nannte ihn einen ordinären Menschen und weinte. Das Kind ging verstört zum Wirtshaus und lugte durch die Tür. Der Vater lachte in einer Weise, die das Kind noch nie bei ihm beobachtet hatte: laut und schallend. Die Männer, die am selben Tisch saßen, schreckten die Kleine. Als der Vater seine Tochter erblickte, kam er sofort heraus und fuhr mit ihr in den Tiergarten nach Schönbrunn.

Es wurde leider erst wieder gemütlich, als der Vater wieder wegfuhr. Der Jenö saß in Bruck an der Leitha und kam oft. Manchmal jeden Abend. Eine Unmenge getrockneter Zwetschgen und stets ein neues Faß Slibowitz lagen im Vorzimmer. Das hatte Vater aus Bosnien mitgebracht, und Jenö gab Pepi davon, und das Kind beschenkte die Gusilegs. Das Kind hielt sich immer mehr und mehr bei den Gusilegs auf und sah durchs Fenster zum Pepi hinüber und lernte die Flora und die Laura, die »Menscher«, näher kennen. Sie sagten zu dem Kind: »Du mußt nicht alles glauben, was der Pepi sagt.« Drauf kam es nicht an, aber die Vilma konnte die beiden gut leiden. Die Eltern von Vilma sprachen in einem Ton von ihnen, der das Kind zum Weinen brachte, und Angst bekam es auch. Das Kind wurde traurig über die »Huren«, die »es« um Geld machten (Was? Vilma wußte es auch nicht!), und über die Entrüstung der Eltern und Pepis. Zum Schluß taten ihr alle leid, die Huren, die Eltern und der Pepi, weil sie alle unfroh waren. Ein Glück, daß Mutter trotzdem immer sang, wenn sie nicht tobte, schrie und sich empörte. Stilles Herumsitzen und Kopfhängerei lagen der Mutter nicht. Zu Hause war immer Lärm, und das war gut so. Weit weg waren die Schützengräben, und außer dem »Wien, Wien, nur du allein« und dem Steffl, der auf uns niederschaut, da gab es noch Hegeshalom, Agram und Preßburg, Prag und Budapest und Orsova, wo Vater und die Tanten herkamen. Aber sonst: Willi der Zweite hatte einen kranken Arm und wie alle Deutschen einen komischen irrsinnigen Helm auf dem Kopf, und außerdem und überhaupt: »Das ganze Deutschland – eine ehemalige österreichische Provinz.« Das sagte der Bubi Fischl, und was der sagte, wirkte nicht der Wörter wegen lange nach, sondern wegen der Art, wie er redete. Er wußte, was er sagte – besser als alle anderen –, und war schließlich auch noch ein Kind.

Der Vater von der Liesl Meier war nicht an der Front, trug einen kleinen Bart ganz ohne gezwirbelte Spitzen, und Mama sagte, sie frage sich, warum der seinen Fratzen in eine gewöhnliche öffentliche Schule schickte, obwohl er Direktor einer Bank war und einen Fiaker – Wagen und Pferd – besaß und seiner Tochter eine Gouvernante hielt. Wenn es regnete, hatte die Liesl Galoschen an, und die Gouvernante zog sie ihr im Hausflur aus, und die Mitschülerinnen rissen sich darum, sie ihr nach dem Unterricht wieder anzuziehen. Die Liesl war lieb, freundlich und sehr scheu, weil sie ganz anders als die andern war. Deshalb tat sie dem Kind auch leid. Wenn sie in der Pause »Vater, Vater, leih ma d'Scher'« spielten oder Blinde Kuh oder Tempelhupfen oder »Mariechen saß auf einem Stein«, beschützte das Kind die Liesl, hielt sie bei der Hand und verhinderte, daß die anderen ihr das Butterbrot wegnahmen. Das Kind gab selber immer sein eigenes Schinkenbrot her, es haßte Essen überhaupt, es war kein hungriges Kind.

Großmutter brachte mehr als genug aus der Hofburg mit.

Die Liesl und das Kind mochten einander. Die Vilma und die Liesl mochten einander nicht. Zu Liesls Geburtstag lud die Gouvernante viele Kinder ein. Aber Vilma nicht. So machte es dem Kind nichts aus, daß es auch nicht eingeladen wurde.

Die Mutter sagte: »Das ist, weil du gesagt hast, daß wir keine Kriegsanleihe zeichnen.«

Die erste Leiche, den ersten Menschen, den das Kind tot sah, war Franz Joseph I. »Der alte Fallott!« schluchzte die Großmutter: »Jetzt ist er hin.«

»Und mit den Habsburgern ist es auch aus! Gott sei Dank!«

Trotzdem, es war entsetzlich traurig, schon allein der Wachsgeruch der Kerzen in der Nase, die vielen Menschen, die Schlange standen, um den aufgebahrten Kaiser noch einmal zu sehen. Keine Blumen! Nichts als Schwarz und Silber, Samt und Kerzenschein und dieses Gesicht, wie Zeus oder die Gorgonen, unbeweglich und voller Bedeutung.

Die Großmutter schneuzte sich, zog auf, drückte die Hand des Kindes und sagte: »Dieser arme Tepp!«

Ein Gemisch von Trauer und Erlösung auch zu Hause. Nur die Gusilegs feierten nahezu das Ereignis.

Da sollte dem Kind nicht angst und bang werden.

Und das Fegefeuer?

»Der nicht!« schrie die Mutter vergnügt, der nicht: »Für den zahlt sich das dem Teufel nicht aus.«

»Für viele geht jetzt die Welt unter«, sagte der Vater.

Die Welt, was ist das?

»Eine einzige Ungerechtigkeit gegen Mutters Appetit auf das, was sie Leben nennt«, sagte Vater.

»Den Rasputin haben's zwar umgebracht, aber erst nachdem der arme Zar durch ihn verblödet worden ist«, erklärte die Großmutter, und: »Jetzt haben die Deutschen den Lenin losgelassen«, sagte Vater. »Die haben in Rußland jetzt Sowjets und Menschewiki – da ist der Teufel los.«

Der Krieg im Osten war aus.

Die Schwestern Hradez kamen aus dem Osten, aus Lemberg. Die eine war etwas kleiner, die andere größer als das Kind. Sie hatten viel schwarzes Haar und weiße, bleiche Gesichter, ganz dünne Beinchen und Schuhe mit Holzsohlen. Sie spielten auf dem Kirchenplatz mit dem Kind, während der Vater Hradez als Hausierer arbeitete. Die Mama Hradez rumorte in einem Kellerloch neben dem Tempel in der Viaduktgasse und versuchte, sich und die Familie einzurichten. Das Kind erklärte die Hradez-Mädchen zu ihren Geschwistern und brachte sie der Mutter ins Haus. Das hatte einen ernsthaften Krach zur Folge, zunächst mit der Frau Hausmeisterin, die einen großen Kropf hatte und in einem kleinen Kabinett mit Herd wohnte. Alle Gegenstände, das Bett, die Tuchent, das Tischtuch, die Stühle, die Petroleumlampe, die Kleider und das Vollgestopfte in dem schmalen Raum rochen nach Land. Man trat auch unmittelbar aus dem Hof hinein. Im Hof stand ein Kastanienbaum auf einem kleinen Rasen. Es war gemütlich bei der Vorberger, und sie war vom Kind trotz ihrer Strenge geschätzt. Aber die Vorberger mochte die Hradez-Kinder nicht, weil sie als Judenkinder nicht wußten, daß man sich die Füße abputzen muß und die Messingstangen am Stiegengeländer nicht mit verschmierten Fingern antasten darf. Das Kind sagte es den Hradez-Kindern. Da war aber noch der Vosnowetz, der alte Schuster, der Juden überhaupt nicht leiden konnte, und der Herrschaftschauffeur Telecki, der diese Abneigung teilte.

»Das Gsindel aus dem Osten hat uns noch gefehlt.«

Durch diese Meinungsäußerungen gewann das Kind den Schutz der Mutter. Es durfte die Judenmädchen in die Küche bringen (das Zimmer mußte geschont werden). Die Mutter wollte die gute Verpflegungslage im Hause nicht unbedingt an die große Glocke hängen, so sollte das Kind den Gästen nichts zu essen geben. Aber dann brachte es die Mutter selbst nicht übers Herz, die Kinder hungern zu lassen, und fütterte sie mit Schinken und Schokolade aus der Küche der Hofburg. Der Vater durfte das nicht wissen, aber die Großmutter kam mit um so mehr guten Sachen.

So hatte das Kind also Geschwister, und die Vorberger war böse. Das Kind sah von weitem durch die offene Tür das Kaffeeheferl von der Vorberger auf dem karierten Tischtuch in der Sonne stehen und hatte das traurige Gefühl: Hier lebte eine für sich und ließ es nicht mehr zu sich – ›weil es die verlausten Flüchtlinge ins Haus ziehe‹.

Aber auch die Mama Hradez ließ das gut angezogene Kind nicht in ihr Loch, denn sie schämte sich, weil sie verlumpt und dreckig war und jiddisch redete und nicht begriff, daß gerade das dem Kind gefiel.

Als man aber die alte Mame vom Tate begrub und danach niemand auf das Kind achtete, durfte es in der weinenden und klagenden Runde sitzen und dazugehören. Es hätte auch gerne lamentiert, aber das traute es sich nicht.

Ganz selten, daß das Kind sich zu Hause so zu Hause fühlte wie die andern jeweils bei sich. Es machte viele Besuche, und überall war eine andere Möbellandschaft und galten andere Bräuche. Es war voller Neugierde und ohne Entscheidung für eine dieser Klausen. Überall fühlte es sich wohl – aber nirgends lange.

Nur im Wirtshaus ergriff es Panik. Laute Menschen erschreckten es. Der skrotale Gesang aus rauhen Kehlen setzte es in Trab. Da rannte es davon. Auch war es peinlich, daß der Vater sich vor ihm schämte, wenn es in der Wirtshaustür auftauchte. Meistens genügte ein Blick des Kindes, daß er seine Kumpane verließ und mit ihm nach Hause ging. Das alles war aber derart unangenehm, daß das Kind seiner Mutter diesen Dienst verweigerte. Es ging lieber auf den Kirchenplatz »Tempel hüpfen« und vergaß die Eltern.

»Endlich«, sagte die Mutter am 12. November 1918, »ist es so weit, wir gehen auf die Straße.«

Der Vater war dagegen: »In dem Gedränge! Laß das Kind da!«

»Bei einem solchen Ereignis?! Es wird ein Leben lang stolz sein, bei der Kundgebung gewesen zu sein…«

»Kann sein, kann auch nicht sein. Die Zores gehen erst los. Du bist Ungarin!«

»Ich?!« sagte die Mutter: »Du! Und wenn schon! Auch für die ist es aus mit dem König.«

»Laß das Kind zu Hause.«

Er wußte, daß sie das Kind nicht zu Hause lassen würde, und das Kind war neun Jahre alt und wollte auch gar nicht zu Hause bleiben. Trotzdem hatte es große Angst vor der schreienden Menge. Diese Schreierei, die zugleich mitriß und einen ganz blöd machte, einem das Bewußtsein raubte! Das Kind war einmal narkotisiert worden. Es erinnerte sich an das Halbwachen danach. So quälend konnte also die Freude sein. Wie die Freude in der Kirche, in der Allgemeinheit allgemein zu sein – diese Wörter –, so ein Gedränge ist in der Hölle und im Himmel. »Menschen, Mitmenschen, Brüder! Freundschaft!« schrie die Mutter und... weg war sie.

Das Kind bekam keine Luft, schrie: »Mama! Mama!«

Lachende Menschen hoben es in die Höhe und schrien mit ihm: »Mama! Mama!«

Das Kind wurde höher und höher gehoben, hinauf zu dem Denkmal des Feldmarschalls Radetzky. Es brüllte laut vor Angst, man hielt es auf dem gewaltigen Pferdehintern aus Bronze fest und fragte es nach seinem Namen. Und dann hörte das Kind den Namen weit über die Ringstraße hin tönen. Das benahm ihm den Atem. Es schämte sich und verleugnete sich selbst. Es wollte auf keinen Fall das Mädchen sein, das hier ausgerufen, wie feilgeboten wurde.

Man reichte der Mutter ein ohnmächtiges Kind hinunter.

Drinnen im Friedhof eines kleinen burgenländischen Dorfes saß das Kind in den Brennesseln. Es saß an der Friedhofsmauer, die Steine waren heiß von der Sonne. Es konnte den Rücken an die heißen Steine drücken und die Füße gegen die alten Kränze und Sträuße stemmen, die hier verdorrten und verwelkten. Es war nackt unter dem weiten Dirndlrock, und wenn es die Knie auseinanderfallen ließ, taten ihr die heißen Sonnenstrahlen wohl.

Das Kind atmete den scharfen Geruch des Unkrauts und wollte sich ganz verlieren im Schmerz, der ihm die Haut fraß, im sausenden und brummenden Insektengesumm, dem es das Gehirn überließ. Es widmete diesen Zustand den verwesenden Körpern unter der Erde, Tränen rannen über sein Gesicht.

Es war matt, als das höllische Feuer abflaute, aber angenehm unruhig – es wartete auf den kleinen Bauernbuben, der immer kam, wenn es hier lehnte, aus seinem kleinen Ding auf das Unkraut pißte und ihm unter den Rock starrte.

Später kamen nach und nach andere kleine Kinder und pißten. Allmählich wurde es widerlich, weil das Unkraut stank. Das Kind stand auf und ging weg. Geredet wurde nichts.

»Was hast du mit den Kindern getrieben?« fragte die Tante. Es war keine von Vaters Schwestern, sondern eine andere Tante, eine arme Tante, eine von den Freundinnen der Mutter, die mit der Mutter gemeinsam das Schneidern gelernt hatten. Sie hieß

Lina, und Vater nannte sie »›L‹, die Schneegans«. Sie war schön wie ein Schwan, aber arm und einsam. Tanten hatten keine Männer.

»Was treibst du mit den Hurenkindern?« Da war das Wort wieder: Huren. Huren machen es ums Geld.

Schneidern sie ums Geld? Geld geht verloren. Die Tanten hatten alles Geld im Krieg verloren.

Nie werde ich etwas ums Geld machen. Nie.

Vaters Schwestern hatten alles verloren: das ganze Geld. Die Kriegsanleihe. Futsch! Da gaben sie noch das letzte an einen üppigen vornehmen Urlaub.

Unsere einzige Nichte! Sie maust sich! Ein hübsches Kind und intelligent!

Sie nahmen das Kind nach St. Moritz mit – in die Schweiz in ein feines Hotel.

Die Höschen des Kindes wurden grün – Grasflecken –, weil es sich von schlimmen Buben an den Beinen über die Bergwiesen runterzerren ließ.

Sie wird eine Hure!

Ich tu es nicht fürs Geld!

Die Eltern mußten einen großen Teil der Auslagen rückvergüten. Diese Dreckfresser! Mutter zischte. Vater schämte sich seiner Schwestern.

Das Kind saß im Turnverein auf einer staubigen Matte und dachte nach: Sie sperrten sich im rosa Zimmer ein. Und wenn sie wieder aufsperrten, war alles anders. Jenö in Hosenträgern, Mutter wie weichgeklopft. Im Zimmer eine abgestandene Luft. Das Kind war traurig, weil es davon unberührt blieb. Völlig. Dabei war es doch interessant: was da so in den Büchern stand!

Der Katechet im Beichtstuhl forderte vom Kind eine genaue Schilderung seines Vergehens gegen das sechste Gebot. Das Kind sagte, es wüßte nicht wie oder was, denn es gehörte sich nicht – schließlich fand es die Formel: Ich gebe mich hin.

Der Katechet wurde dringlich und forschte weiter. Das Kind verstand die Frage nicht und beantwortete sie mit ja!

Schließlich fürchtete es sich, weil er sich so aufblähte, daß es bedrohlich aussah.

Nicht die Tatsache, daß ein Mann Gottes, ein Katechet, ein Priester in der Kutte eines Ordens den nackten Hintern eines Schulmädchens verdrosch, war bemerkenswert, sondern die enttäuschte Wut des Kindes, daß es nicht sein eigener Hintern war, sondern der Hintern einer hilflosen blöden fetten Fleischhackerstochter, die sich nicht wehren konnte, sich nicht zu wehren getraute, sondern heulte.

Das Kind fühlte hinter dem Vorgang eine Sensation, die es nicht ganz begriff. Es lief – empört, ja empört – zum Direktor und meldete den Vorfall: »Der Katechet haut die Meininger auf den Nackten!!!«

Der Katechet und das Kind verloren ihre Plätze an dieser Schule, denn es war eine fortschrittliche, moderne, republikanische Schule und Mutter eine rote Funktionärin. Der Katechet wurde den Roten und das Kind den Schwarzen geopfert.

Das Kind hatte Korkzieherlocken – echte, grüngoldene. Schönes langes gelocktes Haar, und in der Fronleichnamsprozession glänzte es wie das von den besseren Kindern.

Anderer Eltern Kinder hatten mehr Geld, aber die Tanten des Kindes den guten Geschmack, und es trug ein weißes Kleid mit einem Einsatz von echten Spitzen. Brüsseler Spitzen – nicht viel davon, aber eben doch echte kostbare Spitzen. Leider hatten die Eltern kein Geld für passende Schuhe. Das Kind trug derbe wetterfeste Schnürschuhe.

Es durfte auch nicht mit dem »Himmel« gehen, dazu war die Mutter allzugut als Rote bekannt.

Aber das Kind ging hinter den Corps-Studenten in einer Gruppe, die ein junger Priester anführte.

Diese Studenten waren fesch und forsch. Hohe glänzende Schaftstiefel, weiße Hosen, bunte Schärpen, weiße Kappen. Das sah nach etwas aus. Das hatten sie nicht bei den Roten Falken, dort gab es nur den »blutroten Fetzen« – so redete die ›L‹ davon. Jetzt sangen sie, während die Glocken läuteten. Da gingen einem einfach die Augen über. Die Vilma war zu Hause, weil sie kein Kleid hatte – auch das war zum Weinen. Die goldgestickten Fahnen flatterten gegen den blauen Sommerhimmel. Ewig sollte dieses schöne Fest dauern. Im Fenster lagen die Eltern, als ob sie einig wären. Lieber Gott, mach…

Vor dem Haustor hockte die Tante Marie, die Schwester der Großmutter, ganz klein, runzlig und betrunken, ein Häuferl Elend, schwarz wie eine Küchenschabe. Das Kind konnte sich denken, daß die Marie eben von Großmutter hinausgeschmissen worden war. Sie trank, und das durfte nicht sein. Die Sozialisten wollten das verhindern, daß einer trank, und steckten die Trinker in ein Trinkerheim. Marie aber blieb dort nicht. Sie saß lieber hier – eine Bettlerin – an einem so schönen Tag, den sie nicht wahrnahm. Das Kind überlief eine Gänsehaut. Es hatte die Alte gern und schämte sich seiner Scham, und es war damit nicht fertig zu werden.

Das Kind zog die Schuhe aus und lief barfuß – es wollte so schlimm sein wie die Marie und so ausgestoßen wie die Marie. Es schüttelte die Lilie über der Tonsur des jungen Kaplans, bis das Gelbe ganz und gar über seinen Kopf stäubte.

Das war das zweite Mal, daß es die Schule wechseln mußte.

»Ich hab's der Marie zuliebe getan!«

»Was hat denn das mit Logik zu tun?« fragte Bubi Fischl. »Was hilft ihr das? Das ist doch reaktionär.«

»Du verstehst es nicht. Du verstehst es nicht!«

»Was ist denn da zu verstehen? Du bist einfach dumm. Wo ist denn da der Zusammenhang?«

»In meinem Herzen.«

»Kitsch! Du bist einfach eine Goyte.«

Das Kind schämte sich und verstand nichts.

Kein Zimmer war so hell, so freundlich, keine Mutter so rotbäkkig, prall und fröhlich, keine andere Gasse führte zu einem grüneren Platz, auf dem eine schönere Kirche stand, als das Zimmer, die Mutter, die Gasse, die Kirche, die da um das Kind herum waren, als es vor dem Spiegel »sich« mit einem Male erkannte als »ich« selber im Rahmen des Fensters vor dem Hintergrund eines alten Ahorns, den die Sonne beschien.

Es bekam Angst.

Angst vor »ICH«.

»Na, da hast du es jetzt! Alles haben sie verloren, die Dreckfresser, deine lieben Schwestern, die sich ein halbes Würstel bezahlen lassen, wenn sie deine Tochter ins Restaurant mitnehmen. Das haben sie jetzt von der Ruachlerei. Futsch ist die Kriegsanleihe. Aus ist es mit dem Haus auf der Ringstraße, das sie kaufen wollten. Futsch ist die Kriegsanleihe. Aber die Schieber leben!«

»Ja, aber meine Schwestern leben von den Schiebern. Es muß immer Reiche geben, die die fleißigen Leute etwas verdienen lassen. Du wirst sehen, meine Schwestern werden bald wieder Geld haben…«

»Ja ja, sie werden noch auf ihren alten Hintern sitzen und für die dritte und vierte Generation von Ausbeutern rackern.«

»Deine Tochter kann sich nur dazu gratulieren, wenn sie einmal das Geschäft mit seinem Renommee erbt…«

»Ist das das Leben, das du dir für dein einziges Kind wünschen kannst? Was hat sie denn davon, wenn sie einmal im Jahr auf Pflanz verreisen kann? Mit Lederkoffern in Ritz Hotels die Dame spielen? Hochstapeln! Das Jahr über wäscht sich die Clara nur, wenn Kundschaft zum Probieren kommt, und baden geht sie nur im Urlaub… In diese verstunkene Werkstatt hätt' ich mich nach deinem Wunsch hineinsetzen sollen und sticheln, und das wäre das Los, das du deiner Tochter… Sie braucht kein Haus auf der Ringstraße, wenn sie keine Zähne mehr hat, um in das bessere Futter zu beißen. Ich ziehe kein Kind auf, das nur für Ferien lebt und nie in einer Gegenwart… Bucklig dasitzen und für andere noble Fetzen sticheln… Nicht meine einzige Tochter, nein!«

»Die fesche Rosi versteht es, aus jedem Tag einen guten Tag zu machen und aus jeder unangenehmen Stunde ein kleines Drama. Sie tratscht den Vormittag lang mit der Nachbarin, um dann unter Klagen und Geschrei Mittagessen zu kochen, das zu spät fertig wird. Sie näht nächtelang für sich oder für Fanny neue Kleider und streitet am Abend mit dem Mann, weil sie vergessen hat, für ihn ein Essen zu kochen. Und wenn sie zu waschen und zu bügeln hat, klagt sie Gott und die Welt an, weil sie eine so langweilige Arbeit verrichten muß. Und dann ist sie bös', wenn dein Vater ins Wirtshaus geht«, sagten naserümpfend die Tanten:

»Dein Vater geht ja nur ins Wirtshaus, weil sie zu Hause so viel schreit. Deine Mutter ist andere Kavaliere gewöhnt. Sie ist mit Grafen auf dem Blumenkorso gesehen worden, ehe sie deinen Vater… Sie ist noch stolz darauf…«

»Der Graf hat mich geliebt in allen Ehren. Ich hatte Taillenweite 48… Ja ja… Tagelang ging ich nicht aufs Klo, um die zarten Gefühle des Grafen nicht zu verletzen.«

»Ich will von meinem Leben etwas haben«, sagte die Mutter und stieß Fanny aus der Nähe des Farbtopfes, tunkte das Bürstchen in die schwarze Soße, die sie sich sorgfältig ins Haar schmierte: »Schau, wieviel weiße Haare ich schon habe wegen dir!« sagte sie zu ihrem Mann. Die braunen Augen glänzten wie die roten Backen, die vollen Lippen stülpten sich schmollend vor:

»Du hast dich geschnitten, wenn du glaubst, ich mach's wie die Clara und drehe jeden Groschen um, ehe ich mir und dem Kind etwas Nettes kaufe. Diese Dreckfresser, die mit dem Alten in einem Saustall leben und glauben, sie sind etwas Besseres, weil sie einen Vater haben und ich nicht. *Diesen* Vater! Das alte Schwein!«

Höhnisch lachte sie eine Koloratur: »Das möchtest du gern, mich zugrunde richten wie dein Vater deine Mutter! Der alte Bock!«

»Drsch huwo«, zischte Karl Westin. Das ist tschechisch und heißt »Halt's Maul«.

»Ich halte nicht das Maul, und das sage ich dir, ich hätte dich nicht geheiratet, wenn ich deine Familie vorher kennengelernt hätte.«

»Du vergißt, daß ich dich während der dritten Schwangerschaft geheiratet habe aus dem Anstand, den dich niemand gelehrt hat!«

»Mußt du mir das sagen, vor Fanny? Ist das dein Anstand, den du gelernt hast? Ohne das Sparkassenbuch von meiner Mutter hättest du diesen Anstand nie gehabt.«

»Deine Mutter ist eine tüchtige Person, ich habe gehofft, daß auch du so sein wirst...«

»Blöd ist mein armes Mutterl, ausnützen läßt sie sich. Tüchtig! Ihr ganz allein verdanken wir die schöne Einrichtung, die Möbel, die Vorhänge, das Service, alles... Mein armes Mut-...!«

»Oi weh, jetzt geht diese Tour los!« Karl Westin wehrt mit beiden Händen ab. Er entschließt sich, den Ort der Auseinandersetzung zu verlassen, denn es war nicht viel Gemütlichkeit zu erwarten, obwohl die Sonne schien, die weißen Vorhänge ins Zimmer wehten, die grün und bunt geblümten Tapeten leuchteten und die Begonien vor dem Fenster Heim und Frieden andeuteten. Er schlüpfte in die Hose, daheim ging er in Unterhosen wie sein Vater, aber anders wie sein Vater war er kahl und trug den dunkelroten Fez am Schädel. Er mühte sich mit dem Kragenknopf, der nicht durchs stärkeverklebte Knopfloch ging:

»Je bem di Boga«, fluchte er, das ist serbisch und heißt: »Ich vögle Deinen Gott.«

Frau und Tochter verstanden das nicht, und ihn erleichterte das.

»Jetzt geht er ins Wirtshaus. Saufen ist alles, was er kann...«

Fanny schluchzte und schnüffelte und setzte sich an Vaters unbenützten Schreibtisch. Dort lag groß und schwer in Goldschnitt: »Die Österreichische Monarchie in Wort und Bild«. Sie blätterte gern darin und schaute immer wieder dieselben Bilder an: vom Kaiser, von Franz Joseph dem Ersten und seinen Vorfahren, Nachkommen und Verwandten, von der Weltausstellung in der Rotunde, von der Rax und vom Schneeberg, von Budapest, von der Donau – und vom Eisernen Tor, denn von dort kamen sie alle; für Fanny kamen alle von dort, und dorthin war der Vater bis hinaus ins Ausland nach Serbien und Bulgarien und bis in die Türkei gefahren, um für eine tschechische Firma Stoffe zu verkaufen.

Großvater Joseph Westin, der alte Bock, das »alte Schwein«, rotbäckig und mit viel struppigem weißem Haar ging fluchend aus der Wohnung, die gleichzeitig Werkstatt und Geschäft war. Er trollte sich aus dem Hinterhaus über die Hinterhöfe, er ging in den Beserlpark, um aus dem Weg zu sein, wenn sie kam: die Kundschaft. Er humpelte an den Lagern, an den Reihen gestapelter Waren und gestapelter Mistkisten im Hof vorbei über die breite Straße, auf der die Pferde und die Tramway vor ihm stehen blieben, weil er alt war. Wenn die Kundschaft erwartet wurde, verboten ihm die »Mädeln« zu rauchen, weil das stank, und aufs Klo sollte er auch nicht, weil sie ihn da sehen könnte, die Kundschaft, wenn er durch das Vorzimmer schlurfte. Um sich auf dem Klo zu verstecken, war auch das Wetter zu schön. Die Kundschaft brauchte aber nicht zu wissen, daß dort, wo die kostbaren Stoffe auf Haute Couture verarbeitet wurden, der Alte mit den Mädeln hauste, mit den Töchtern, die ihn erhielten, weil er sie gezeugt hatte – sie taten es ohne Respekt, was er nicht verstand.

Die Kundschaft kam, sie trat ein, Clara öffnete sehr höflich die Tür. Clara trug eine weiße Bluse und eine Lüsterschürze. Die Dame Kunde war mit einem Gesandten verheiratet, der eigenen Boden auf dem Balkan besaß, und auch in der Steiermark. Um ihren Hals hing Schmuck – Perlen und Gold –, wertvolle Imitation noch wertvollerer Steine, die natürlich im Safe waren. Schmuck von Heldwein, Schuhe von Nagy – die kosteten soviel, wie manche Familie mit drei Kindern zum Leben im Monat nicht verbrauchen konnte – eine sehr feine Dame, fest geschnürt um die Mitte, Schleier um den Hut, vor dem Gesicht. Die Desmoiselles Westin hatten nur »gute« Leute, nur »feine« Kundschaft.

Millie wusch in der Küche Geschirr, nur das Nötigste wusch sie, sie baute den Berg dreckigen Geschirrs nur um ein paar Teller und Töpfe ab, die sie brauchte, um ein Mittagessen zu kochen: Denn wer arbeitet, will wenigstens etwas Ordentliches in den Magen kriegen. Was Feines: Wiener Küche, Dillsauce mit Rahm, Tafelspitz und Heurige mit Petersilie, Cremeschnitten mit Schlagobers.

Millie bürstete das rotblonde Haar straff zurück, suchte zwischen dem Abfall und dem dreckigen Geschirr eine duftende französische Creme, fand sie endlich und massierte sie in ihre Hände, während Clara, die Ältere, eine ausgestopfte Puppe mit den Maßen ihrer Kundin in dem noch unfertigen Kleid durch die Tür ins Kundenzimmer zur Anprobe schob. Millie wechselte schnell auch noch die Bluse, eine seidene zog sie an. Das Miederleiberl drunter war nicht mehr ganz sauber, aber das sah niemand. Sie stürzte ins Probierzimmer, knicksend der Kundin zu Füßen, um die Länge abzustecken.

Im Kundenzimmer hatten die Wände rote Tapeten und zwischen den Fenstern einen geschliffenen dreiteiligen Spiegel. Über Lederstühlen und Ebenholztischen hingen die Stoffe, im altdeutschen Schrank die Toiletten. Hinterm Paravant aus Spanisch-Rohr und indischer Seide stand das eiserne Klappbett, das abends aufgeschlagen wurde, damit die Schwestern schlafen konnten. Darüber das Bord mit Keramiken und vier Bänden Schiller und zwei Bänden Oscar Wilde, mit Jugendstilmajolika und einem Schnapsgläserservice. Böcklins Toteninsel und eine Zeichnung von Gustav Klimt hatte Millie erworben, Millie, die sich beinahe verheiratet hatte: Ein exotischer Mensch mit viel Geld hatte sich in sie verliebt und wollte sie verwöhnen, denn sie war eine »schöne Erscheinung«. Zuerst hatte sie ja gesagt und dann doch nein, weil die Angst vor der »geschlechtlichen Vereinigung«, vor den »ehelichen Pflichten« sie abschreckte. Der Anblick des immer noch bedrohlich imposanten Vaters ließ sie jeden Mann fürchten, auch die Erinnerung an die Mutter, die den Alten hatte ertragen müssen, bis sie im achtzehnten Kindbett starb.

Ja, das war zu Hause! Auf dem Balkan! Die Desmoiselles kamen vom Balkan, aus einer kleinen Stadt, die mitsamt Umkreis von ihrem Vater mit selbstgemachten Schuhen versorgt worden war. Vater arbeitete mit drei Gesellen und sieben Lehrlingen. Von den achtzehn Kindern waren nur noch drei am Leben. Zu Hause gab es ein Haus, einen Garten, Himmel und Erde, Hunde und Katzen, Hühner und eine Ziege, aber keine Schaufenster, kein Theater, keine Gelegenheit, Haute Couture nähen zu lernen und zu verkaufen. Die Modeblätter in der Grenzstadt waren immer alt. Millie hatte Chique, Clara war eine Beauté, die schnell alterte. Millie konnte immer noch très chic wirken, wenn sie Zeit hatte und ausgeruht genug war, sich schön zu machen. Wenn sie nicht den Vater im Nacken hätten, würden sie in Paris nähen. Aber Wien war auch nicht schlecht. Die Kundinnen, die Paris ausprobierten, kamen doch immer wieder zu den Schwestern zurück.

»Wenn er einmal hin ist, nehmen wir die Räume von den Sträußen dazu.« Strauß hießen die alten Nachbarn, die es nicht mehr lange machen würden.

Der alte Vater, Joseph, war sehr robust, zwickte in der Werkstatt die miese Anna in den Hintern und nahm sich die Lehrmädchen dicht vors Auge, um genau in ihren Ausschnitt zu sehen. Die Bügeleisen heizten das Zimmer, die Mädchen knöpften die hohen Kragen auf und ein bißchen mehr als die Kragen. Den ganzen Tag saß der Alte zwischen den Nähmaschinen, und nachts schlief er dort, wo unter dem Brett, auf dem zugeschnitten wurde und die Schnitte »geradelt« wurden, sein Bett stand.

Wenn keine Kundschaft erwartet wurde, ging er in Unterhosen herum. Millie fragte sich, was sie davon abhielt, ihn zu erschlagen: den Herrn aus dem Vaterhaus, den Mörder der Mutter. Wenn sie ihn nicht mehr ertrug, ging sie weg. Da zog sie ihr bestes Kostüm an, das genauso teuer und gut war wie das von der Kundschaft, rannte durch die Straßen, kaufte einiges ein, fürs Geschäft, und heimlich, ohne daß Clara es wußte, auch einen Ring, eine Handtasche, eine kleine elegante Kostbarkeit, Ohrringe oder Parfum, für sich. Sie ging in eine Konditorei: zu Demel. Clara würde das sehr übelnehmen, wenn sie es wüßte, denn sie war fürs Sparen: fürs Alter, für die Ferien, für ein mehrstöckiges Zinshaus, für den Lebensgenuß, wenn der Alte einmal ein Einsehen haben würde und das Zeitliche segnete. Zwanzigmal ging er täglich aufs Klo und tropfte alles an.

Das helle freundliche Zimmer wurde natürlich geschont, wegen des Teppichs, der seit fünf Jahren neu war. Die Familie saß in der Küche. Jeder einzelne auf seinem Platz. Fanny saß an der Kohlenkiste auf einem Schemel, die Mutter am Fenster, das in den Lichthof ging. Der Vater hatte eine Ecke der Kredenz für sich. Manchmal wusch Fanny das Geschirr, wenn Mutter an der Bassena hängenblieb im Tratsch mit der Nachbarin. Es war ein gutes Gefühl, an einem Topf mit Strohwaschel und Sand so lange zu kratzen, bis er innen und außen glatt und sauber aussah. Meistens aber wurde es Fanny zuviel. Dann ließ sie die Arbeit stehen und ging zu ihrem eigenen Schrank, den eine aufgestellte schwarzgestrichene Holzkiste darstellte, Vaters Militärkoffer aus der Dienstzeit im galizischen Sambor. In diesem »Bücherschrank« waren Fächer, darauf standen die Bilderbücher, gegenüber saß die Puppe in einem Puppenstuhl. Die ganze Fensterecke gehörte Fanny. Allerdings baute der Großvater ab und zu eine Werkstatt in dieser Ecke auf, um die Schuhe der Familie zu sohlen. Das waren fürchterliche Tage, denn die Mutter konnte den Großvater nicht leiden, und außerdem war ihr angst und bang um die Glätte des schönen Parkettbodens, wenn der Schusterleim tropfte. Obendrein ging Großvater abends mit Vater saufen und brachte hin und wieder die blöde Paula aus dem Wirtshaus mit herauf. Da wurde dann unter den Frauen viel geschimpft und geschrien.

Später drückte Mutter Fanny an den guten Busen und küßte sie immer wieder. »Bist ja mein einziges, mein alles, ich habe nur dich!« Die Mutter weinte, die Fanny weinte. Sie weinten miteinander, bis sie müde wurden. Fanny, dann im Messingbett neben dem Fenstereck, dachte im Einschlafen mitleidig an den Vater, der nicht Mutters »alles« war. Als sie aufwachte, sah sie Vater auf dem Doppelbett sitzen, das rechtwinkelig zu ihrem Bett stand. Er war in Unterhosen, hatte aber den Hut auf dem Kopf. Der Oberkörper war nackt, und Vater zerrte an den Hosenträgern, die seine Hosen hielten. Schließlich schlüpfte er unter die Decke. Die Mutter erwachte, nahm ihm den Hut ab und mußte sehr lachen. Daß sie lachte, war nicht zu begreifen, aber Fanny freute sich darüber und versuchte die Dinge, die sie nicht verstand oder nicht verstehen wollte, auf später zu verschieben. Die Zeit wird Geheimnisse lüften.

In den Büchern stand genau, wie alles sein sollte. Was nicht so war, war überhaupt nicht, oder wenn trotzdem, dann sehr schlecht. Daran, daß etwas nicht so war, wie es sein sollte, war Mutter allein schuld, weil sie darüber redete. Wenn sie nicht immer darüber sprach, könnte man sich die Sache zurechtrücken. Daß Herr Gusileg Frau Gusileg schlug, das war eine Schande, und man mußte offenbar darüber reden und klagen, um die arme Vilma und ihre Mutter bedauern zu können. Fanny bedauerte heimlich den Vater von der Vilma, weil er es war, der so etwas Schreckliches tat und seine Frau schlug. Mütter hatten ihre Kinder, was aber hatten die Väter? Vater konnte mit Fanny nichts anfangen und sie nichts mit ihm.

Zwischen Vater und Mutter schob sich mehr und mehr auch noch die Politik. Vater trauerte zwar nicht wie seine Schwestern um die Habsburger, aber er meinte, daß »alles« für die Katz sei. »Die Menschen ändern sich nicht.« Die Mutter meinte, daß sie selbst sich schon sehr geändert hätte. Sie las viel, und sie hatte einen roten Ziehvater gehabt, der ihr die Praktiken der Reichen erklären konnte. Mutter fand, daß sie selbst nicht mehr so hilflos ausgeliefert war wie ihre eigene Mutter. Mutter hielt sich selbst auch für gescheiter als die präpotenten Schwägerinnen und den eigenen Mann. Fanny war davon nicht ganz so überzeugt. Denn diese Tanten schufteten Tag und Nacht für die Sicherheit ihrer Existenz. Weder der Vater noch die Mutter verzichteten tagaus, tagein aufs Vergnügen und nachts auf ihr bequemes Bett. Mutter ging aus, Vater ging aus. Ins Kaffeehaus, zu Freundinnen, ins Theater, ins Wirtshaus. Aber Großmutter und die Tanten plagten sich. Mutter nannte sich klassenbewußt, Vater warf ihr die Kleider vor, die sie sich selbst nähte. Sie sah keineswegs bescheiden aus wie die Frauen der Klasse, zu der sie sich bekannte, aber sie sprach von den Idealen des Sozialismus. Es leuchtete Fanny ein, daß es allen Menschen gleich gut gehen sollte, aber Vater sagte, das gäbe es nicht. Fanny tat es um die Feinheit der Feinen leid, sie fand die Neureichen, die zu den Tanten kamen, arm, weil sie offenbar keine Bücher und auch keine Zeitungen lasen und sich in der Wahl ihrer Stoffe und Kleider ganz auf die Tanten verlassen mußten. Die Großmutter kochte weiterhin in der Hofburg, jetzt für die Beamten und Arbeiter der Regierung, und auch sie vermißte Glanz und Nimbus. Großmutter brachte weiterhin gute Dinge nach Hause, und vieles davon wanderte zu den polnischen Flüchtlingen in die Viaduktgasse. Viele davon waren orthodoxe Juden, und alle waren ziemlich dreckig. Aber sie waren wie die Figuren aus den Geschichten von Scholem-Alejchem, und Fanny lernte Jiddisch. Vater machte Geschäfte mit den Zugewanderten, mochte diese aber nicht so gern wie Fanny, doch sprach er wie sie. Auch er antwortete immer mit einer Frage und wog den Kopf zweifelnd hin und her.

Aber die Juden saufen nicht.

Die Liesl aus Fannys Klasse war gekleidet, wie Fanny gern gekleidet gewesen wäre. Ein gutes Kleid besaß Fanny oft, aber niemals dazu passende Schuhe oder gar Hut und Handschuhe. Liesl trug Schweizer Batist, glacélederne Handschuhe, Haarfilzhüte, eine Schultasche aus Leder. Ihre Haut sah wie gekauft aus, fehlerfrei, zart, und sie duftete. Ihre Nägel hatten Halbmonde und waren gewölbt, ihre Waden langfasrig, die Knöchel wie gedrechselt. Wie schaute dagegen die Meininger aus? An ihrer Haut konnte man sich reiben, so körnig und grob war sie, ihre Muskeln waren knollig, ihre Beine verbogen, ihre Haare fett. Sie saß schon zum dritten Mal in derselben Klasse und hatte schon einen Busen. Fanny setzte sich ostentativ zur stinkenden Meininger und teilte mit ihr in der Handarbeitsstunde die Kastanien: »Komm, ich geb dir den Bohrer, um ein Loch in jede Kastanie zu machen, und eine Schnur, um sie aufzufädeln.« Die Meininger nahm den Bohrer, probierte ihn an der Bank aus und bohrte dann der Liesl durchs Kleid ins Hinterteil. Es wurde daraus ein großes Geschrei, ein Riesenwirbel. Fanny umarmte die Meininger mit ihrer großen unglücklichen Liebe zur Liesl im Herzen und bekam eine schlechte Note in Betragen.

Wenn die Meininger der Fanny ins Gesicht spuckte, sagte Fanny: »Sie meint es nicht so!« Das brachte die Meininger ungeheuer auf. »Misch dich nicht immer hinein!« sagte die Meininger auch dann zu Fanny, wenn diese zu ihr sagte: »Laß dich doch nicht immer vom Katecheten verprügeln, der darf das nicht, der hat dazu kein Recht.«

Täglich ging Fanny bei schönem Wetter mit Vilma in den Prater und pflanzte Radieschen in Herrn Gusilegs Schrebergarten, oder sie erntete Erbsen oder Erdbeeren, stach Kartoffeln die »Augen« aus und jätete Unkraut.

Fanny wagte nicht, Vilma zu sagen, daß ihr Ilona gut gefiel, daß auch Ilonas Mutter, Mona, ihr gut gefiel. Ilona und Mona waren Zigeunerinnen, dunkelhäutig, schwarzhaarig und – wie es im Buch steht – »glutäugig«. Mona war eine Hure, eine richtige, die Steuern zahlte – also war es ein Beruf. Sie wohnten neben den Gusilegs. Ilona ging in dieselbe Schule wie Fanny und Vilma, in eine andere Klasse. Sie war älter und kannte das »Geheimnis«, vor dem Fanny Angst hatte. Wenn ihre Mutter fragte: »Du glaubst doch nicht mehr an den Storch, willst du denn nicht mit mir darüber reden – eine Mutter kann dich doch besser aufklären als die Freundinnen da rundherum«, wurde Fanny wütend und schrie: »Misch dich da nicht hinein, werde nicht sentimental.«

Nein, sie glaubte nicht an den Storch, sie ahnte Verschiedenes, was sie überhaupt nicht wissen wollte. Die dunkle Mona »auf dem Altar der Liebe geopfert«! Das war ein Satz, dessen Bedeutung sie selbst aufschlüsseln wollte – das wühlte auf, und jedes fremde Wort tat weh. Was da alles geredet wurde, konnte der Sache nicht näherkommen – das war ausgeschlossen. Fanny fand sich bestohlen und betrogen, wenn jemand versuchte, ein Thema, das sie selbst als heikel empfand, zu berühren.

»Du bist eine komische kleine Nudel«, sagte der Bubi Fischl zu ihr und küßte ihr die Hand unter der Laterne. Sie standen mit ihren Schlittschuhen an der Ecke und waren beide noch nicht vierzehn Jahre alt. Der galante Abschied und die wenig galante Bemerkung brachten Fanny in neugierige Verwirrung. Dieser ellenlange Gymnasiast aus der Nachbarschaft hatte den Ruf, besonders gescheit zu sein, und außerdem besaß auch seine Mutter einen Onkel. Darüber redeten sie nicht, aber die Ähnlichkeit ihrer Mütter verband sie. Die beiden Mütter bezahlten gemeinsam das Abonnement eines Modejournals und das Abonnement der »Fackel«. Der Fischl meinte sogar, daß sie, Fanny und er, füreinander bestimmt seien.

Mit Vilma zusammen traf sie den Katecheten beim Heustadlwasser. Sie grüßten artig, und er hob die Soutane. Die Mädchen erschraken und verbargen ihre Gesichter in einer Umarmung. Der Katechet hatte an langen Bändern kurze Röhren um die Beine hängen, die aus der Kutte herausschauten und wie Hosen wirkten, und war ansonsten nackt. Was ihm vorne aus dem Leib wuchs, sah fürchterlich aus. Ein abscheuliches, rötlich-blaues Geschwür. Warum zeigte er es den Mädchen? Sie gingen zitternd an ihm vorbei und begannen dann zu laufen. Sie redeten nicht darüber, und sie erzählten es niemandem.

Sie hatten eine Lehrerin, die Maria Hof hieß. Diese verehrte den heiligen Clemens Maria Hofbauer und verteilte als Lohn für gute Noten dessen Bildnis. Außerdem hielt sie eine Zeitschrift feil, die »Marienglöckchen« hieß. Fanny fand die dicklich-süße Lehrerin eklig, sie lehnte die heiligen Bildchen ab und sagte, daß ihre Eltern kein Geld fürs »Marienglöckchen« hätten. Sie bekam schlechte Noten von der Lehrerin und vom Katecheten. Ihre Mutter beschwerte sich. Fanny galt als sehr begabt – der Direktor veranlaßte eine Umschulung direkt in eine Mittelschule. Das Schulgeld zahlte eine »Schülerlade«. Fanny lernte den Unterschied zwischen einer konfessionellen und einer freien Schule kennen. Sie turnte fortan mit der Sozialistischen Jugend, mit den Roten Falken. »Dort gehörst du hin, Kind«, sagte die Mutter. Fanny wollte aber nicht »Wir sind jung, und das ist schön« singen und hinter einer Fahne hermarschieren. Ihr gefielen die »Filia hospitalis« und »Gold und Silber hätt' ich gern« besser. Die Eltern ihrer neuen Mitschülerinnen waren Mittelschullehrer, Anwälte, Staatsbeamte und Großkaufleute. Die Mütter waren nicht schick, sondern »verzopft«, trugen Haarknoten und ungepuderte Nasen. »Typische Akademikerfrauen«, so sagten die Tanten, »geschmacklos bis dorthinaus, nichts Elegantes.«

Für Mütter fand Fanny richtig, verzopft und »dezent« zu sein. Mütter brauchten sich nicht das Haar zu färben und Onkels zu haben. Die Kinder dieser Mütter gingen in den Deutschen Turnverein wie Vilma auch. »Lauter völkische Idioten«, sagte der Fischl.

»Die Pfaffen magst du nicht, und die anderen magst du auch nicht!«

»Nein«, sagte der Fischl, »alles engstirnige Ausbeuter und Unterdrücker in Gottes oder des Staates Namen.«

Gott und Staat! In allen Theaterstücken... bei Goethe und Schiller... »Gott und Staat.« Was denn sonst?

»Schiller, den du gerne liest, hat die Räuber geschrieben, den Don Carlos; Goethe den Egmont...«

Fanny las aber auch Felix Dahn und den Ring des Nibelungen

von Richard Wagner – Teile aus dem Ring kannte sie auswendig. Sie hatte jede Art Pathos gern, auch wenn es von der Kanzel kam.

»Deinem Katecheten haben sie das Unterrichten verboten. Er ist krank.«

»Er hat irgendeine Geschwulst am Bauch«, sagte Fanny, und ihr schauderte.

»Er ist triebkrank«, sagte der Fischl. »Ein Exhibitionist!«

Fanny wechselte vorsichtig das Thema und schaute zu Hause im Lexikon nach, was das ist: ein Exhibitionist. Sie wurde nicht ganz schlau aus der Erklärung und meinte nun, daß der arme Katechet mitleidheischend ein Leiden herzeigte. Er tat ihr leid. Sie träumte von ihm. Im Aufwachen noch hatte sie eine Gänsehaut. Sie ging manchmal in die Kirche, denn Ungläubigkeit war ärger als die Furcht vor der Hölle. Lieber ins ewige Feuer, als für immer ausgelöscht zu werden. Der Gedanke an den Tod war nicht zu ertragen.

»Sie ist eine Schwarze wie du«, sagte die Mutter zum Vater.

Fanny verstand wieder einmal nichts. Sie hatte den Vater noch nie in der Kirche gesehen. Die Mutter stand hin und wieder nachdenklich vor dem Altar. Beide schimpften in peinlicher Weise blasphemisch auf den Papst. Die Mutter auch auf den Bundeskanzler, den Prälaten Seipel. Vor dem aber hatte Vater Respekt.

»Du weißt wirklich nicht, wohin du gehörst«, sagte Fischl.

Fanny gehörte in den Roman, den sie gerade las, oder zu dem Menschen, der ihr gerade leid tat.

In den Romanen mußten junge Mädchen ihre Eltern anlügen, wenn sie sich stundenlang mit einem jungen Mann herumtrieben. Strenge Mütter straften. Fannys Mutter strafte nie. Fanny fand das nicht richtig – sie verbot sich manchmal selber ein Vergnügen, um es hinauszuschieben und zu steigern. Ins Theater zu gehen war ein großes Vergnügen, eine Aufregung, ein Glück, das in ihr ein schlechtes Gewissen erzeugte. In einer Zeit der Krise – DAS ELEND WÄCHST stand in den Zeitungen – so weltentrückt zu genießen, das durfte wohl nicht sein. Sie büßte mit kleinen Handlungen. Sie ging zum Beispiel einen Tag lang nur auf Straßenseiten mit geraden Nummern – sie mußte auf diesem Weg an einem Amt vorbei, wo die Arbeitslosenunterstützungen ausbezahlt wurden. Aus dem Haustor dampfte der Fusel. Manchmal rief man ihr ordinäre Wörter nach – das geschah ihr dann recht.

Das war sehr aufregend: Vilma saß auf einer Parkbank mit dem hellblonden Fremden, dem Burschen, dem Mann, der Dietrich hieß und ihr seit Wochen nachgegangen war. Vilma, die eigentlich Fanny gehörte, hatte Fanny nichts davon gesagt – das ging zwar auch kaum in Worte hinein, das war das Leben selbst. Fanny stand perplex, starr, starrte dem erwachsenen Burschen, dem Mann, in die Augen, die so hell und glasig waren wie der Himmel. Fanny hatte eine Empfindung: drückende Enge in der Straßenbahn. Sie lief nicht weiter, sie ging zurück – Schweißgeruch in der Nase, das Bild eines großen Schuhs in der Netzhaut.

In der neuen Klasse saß ein neues Mädchen neben ihr in der Bank. Eine Art Koloß, der, obschon auch erst vierzehn, wie siebzehn aussah – schwere Arme und Beine, ein hübsches Gesicht: Steffi! Sie erzählte Fanny von ihrem »Verehrer« und sagte nach der Schule: »Komm mit, ich zeig ihn dir!« Er hieß Josef und hatte in den Ohren und auf dem Handrücken schwarzes Haar – auch er roch nach Straßenbahn, und zwar nach dem Raucherabteil. Fanny hatte das seltsame Gefühl, Bubi zu verraten. Josef war kein Knabe mehr, ebensowenig wie Dietrich.

Später stand sie am Haustor vor Steffis Haus – es gehörte Steffis Mutter –, als Steffi oben in ihrem Zimmer »es« mit dem Josef »auf dem Tisch« tat. (Was tat sie auf dem Tisch? Sagt es mir nicht!) »ES« war das »Geheimnis«, von dem Fanny nicht hören wollte. Sie wollte es erleben. Sie stand Wache, hatte versprochen, hinaufzuklingeln, wenn Steffis Mutter in Sicht kam. Sie stand da, wie besoffen und voll Angst. Später, als Josef weg war, ging sie hinauf. Die Wohnung war schöner als alle Wohnungen, die Fanny je gesehen hatte. Durch breite Fenster sah man über den Prater, zwischen farbigen Möbeln und bunten Vorhängen fühlte man sich wie in einer Kulisse. Steffis Mutter war erst kürzlich von einem Mode-Chirurgen geschieden worden und hatte dieses neue Domizil als Abschiedsgeschenk bekommen. Das Schönste in der Wohnung war ein hell verkacheltes Badezimmer, dessen Fenster auf die Straße ging. Es war ein durch viele Spiegel erweitert wirkender Raum mit flauschig weichen Fußteppichen. Große Frotteetücher hingen zum Abtrocknen da.

»Nimm doch ein Bad! Komm!« Steffi und Fanny zogen sich aus, und die beiden tauchten in den Seifenschaum und besahen im Rhythmus stürmischen Herzklopfens sich nackt in den Spiegeln.

»Josef hat gesagt, er bringt nächstens auch für dich einen mit, einen Freund, auch einen Corps-Studenten«, sagte Steffi.

Fanny wußte, daß sie jetzt nicht zeigen durfte, wie sehr sie dieser Vorschlag verletzte. Das wäre kindisch gewesen. Irgendwen! Sie verachtete Steffi mit einem Mal und fand in ihrer Abwehr den Mut, sich schnell anzuziehen und wegzugehen. Diese Steffi »liebte« ja den Josef gar nicht.

Aber wenn es auch nicht Liebe war, so war es doch »Leben«. Ob sie das alles Bubi erzählen konnte – sie mußte es loswerden, aber nicht wie es wirklich gewesen war, denn im Grunde war es nichts als Angst gewesen: Sie – sie selbst – auf dem Tisch – aufgedeckt, und vor ihr Männer in Kutten – Mönche – schwarze Messe. Das blieb. Was taten die Mönche? Was? Nein, nichts sagen! Sagt es mir nicht!

»Allons enfants!« sang Bubi lachend und zog Fanny aufs Fensterbrett. Da saß sie dann und sah sich selbst in das Zimmer wie auf eine Bühne blickend, das ihr nicht mehr als das schönste aller Zimmer erschien, aber mehr denn je als das vornehmste, das sie sich vorstellen konnte. In dunkelbraun und dunkelrot gehalten, mit schwarzen Eichenmöbeln und echten Ölbildern in barocken Goldrahmen – Möwen in der Brandung – ganz der Repräsentationsraum reicher Geschäftsleute, mit einem Flügel schräg unter der Makartpalme, auf dessen verstaubtem Deckel Bubis Schlittschuhe lagen. Im verglasten Bücherschrank protzten die Reihen der Bände des Konversationslexikons mit goldgeprägten Rücken. Lederfauteuils – Höhepunkte bürgerlich-diskreten Glanzes.

Fanny schlug die Beine übereinander und überlegte, was sie berichten sollte und ob überhaupt. Sie hatte Halbschuhe an mit hohen Stöckeln, leider abscheulich dicke schwarze Strümpfe. Die Schuhe hatten Tante Clara gezwickt, deshalb hatte Fanny sie bekommen: damenhafte Schuhe. Fanny machte sich ein Bild von sich, hier wie aus der Loge einer Bühne hinuntersehend auf dieses Zimmer, in dem sie noch nie drin gewesen war.

Fanny wußte, daß Bubi von ihr verlangte, daß sie Josef und Dietrich verabscheuen sollte – das tat sie aber nicht. Die zwei waren in gewisser Weise eindrucksvoller als Bubi – älter auch –, man konnte das Bubi wohl nicht erklären.

»Was redet man nur mit diesen völkischen Idioten? Was?«

»Reden?« überlegte Fanny ohne Ironie: »Er liest Hohlbaum und nimmt Vilma mit zum Wandervogel.«

So unmöglich, wie Bubi das fand, konnte Fanny es nicht finden: Singen und wandern – sie waren sicher fröhlicher als Bubi. Sie sagte nichts mehr, denn sie sah Bubi forschend an: Er hatte eine olivfarbene Haut und große dunkle traurige Augen, eine Nase wie Schiller – ein aristokratisches Gesicht. Er schrieb Aufsätze und Gedichte wie Loris und las ein Buch von Otto Weininger, das sie wirklich in keiner Zeile verstand. Wenn sie ihn bat, ihr daraus vorzulesen und ihr die Bedeutung zu erklären, sah er sie so hochmütig an, daß sie ganz verzweifelt jede Pose aufgab. Er spielte nicht mit ihr, aber ernst nahm er sie auch nicht. Sie saß auf dem Fensterbrett, aber ins Zimmer kam sie nicht.

Am Freitag gab es Krach. Die Mutter umklammerte Fanny weinend, Vater schmiß eigenhändig Jenö hinaus. Die Mutter lief Jenö nach, und der Vater sperrte sich ein. Fanny stand am Gang, und die Nachbarn holten sie in die Wohnung. Sie ließen gerade den Schabbes einziehen. Sie standen um den siebenarmigen Leuchter, und einer sang. Vater und Sohn trugen schwarze Kappen. Fanny kannte die Zeremonie schon und freute sich auf den Pfefferfisch. Die Kinder waren sechzehn und siebzehn, aber viel kleiner als Fanny. Sie lernten vorbildlich im Gymnasium, vertrugen keinen Pfefferfisch und redeten nicht mit Fanny. Sie benahmen sich scheu und verschreckt: immer schon. Fanny war es seit ihrer frühen Kindheit gewöhnt, zu Krausens gesteckt zu werden, wenn zwischen Vater und Mutter Mord und Totschlag drohte, aber allmählich wurde sie zu alt dazu. Sie genierte sich vor den Krausens und diese sich ihrer Mitwisserschaft. Frau Kraus und die Mutter waren sehr gut miteinander; sie lugten gemeinsam hinter geschlossenen Rouleaus über die Straße in die Wohnung gegenüber, in der Bubi Fischls Mutter ihren Freund empfing. Fanny beobachtete das oft, ging aber stets aus dem Zimmer. Sie wollte das nicht sehen.

Deine Mutter hat auch einen Freund!

Muß er das sagen?

Fanny hielt sich Augen und Ohren zu.

Immer seltener redete sie mit Bubi. Sie hatte neue Bekannte.

Jenö schlief nicht mehr bei dem Pepi, er hatte ein eigenes Untermietzimmer und arbeitete bei Siemens an der Drehbank. Im grünen Zimmer wohnte ein Baron, der ein Manikürzeug besaß und einen Toilettentisch mit Kosmetika aufgestellt hatte. Das heißt, auf Jenös Zymbal lag ein Brett und darauf standen die Flaschen und Dosen. Die Familie wohnte nur am Sonntag im rosa Zimmer, an Wochentagen spielte sich das Leben wie immer in der Küche ab. Auch die Küche war blitzsauber, und an der Wand ausgespannt ein rotgesticktes Deckerl: »Wo Liebe da Friede, wo Friede da Segen, wo Segen da Gott, wo Gott keine Not.« Das war Dekoration, wie alles, was mit Gott zusammenhing und das Leben verschönte.

Wenn Fanny am Küchenfenster saß und aß, zwischen ihr und dem Gegenüber nur ein Lichtschacht, konnt sie in zwei andere Küchen sehen, einen Stock tiefer ins Parterre und in eine in gleicher Höhe. Die ebenerdige Küche lag im Halbdunkel, ein trüber Auergasstrumpf und ein Herdfeuer beleuchteten sie wie eine Bühne:

Männer in Arbeitsanzügen mit Hüten auf dem Kopf kamen und gingen ohne die Hüte abzunehmen, auf einem Tisch kroch bäuchlings ein nackter Säugling, und eine fette Frau mit halbbedeckten Brüsten beugte sich über ihn. »Arsch«, sagte sie. Ein kleines Mädchen stand auf einem Schemel vor dem Herd, fischte etwas aus einer Kasserolle und steckte es in den Mund. Es wurde deshalb geschlagen und wieder wurde »Arsch« gesagt. Die Männer traten aus der Küche auf den Hof und urinierten hinter einen Verschlag, der von oben einsichtig war. Später tat das auch die Frau, breitbeinig, sie trug keine Unterhosen.

Im ersten Stock vis-à-vis kochte eine große dunkle Dame etwas auf dem Rechaud, und ihre ebenso große blonde Tochter, die auf ein Filmplakat gepaßt hätte, so schön war sie, füllte eine Wärmeflasche mit Wasser aus einem Schnabeltopf. Die beiden sahen wie Geschwister aus. Hinter weiteren Türen in einem Salon mit buntem Teppich, Kristallüster und goldgerahmten Spiegeln lag auf einem Notbett ein Knabe mit weißer Haut und rosigen Wangen im Sterben. Er hatte noch vor einer Stunde mit Fanny ein vereinfachtes Schach gespielt und wartete wieder auf sie. Sie kam voll Barmherzigkeit und Neugier und wischte ihm den rosa Schaum vom Mund, da hatte er die Mutter nicht nötig, die nach Rum roch.

Fanny hatte das sehr gern, daß man sie hier brauchte, wenn die schöne schwarze Dame ihren Rausch ausschlief und die schöne blonde Schwester sich ein bißchen erholen ging! Die Hure! sagte der kranke Bruder.

Fanny hielt gern die Hand des Knaben, der auf seinen Tod wartete. Ich weiß, daß ich sterben muß – ihr alle müßt sterben! Der gotische Kirchturm stand im Erkerfenster und auch der alte Ahorn. Auf dem changierenden Seidentischtuch standen Aschenschalen, Sputumschalen, Medizinflaschen, auf dem Teppich Nachtgeschirr und Kübel; über allem lag Staub, und die betrunkene Mutter lag auf dem Boden.

Fanny nahm es sich sehr übel, daß sie an den unbekannten ihr versprochenen Verehrer, an den Freund von Steffis Corps-Studenten dachte. Sie begann, sich selbst und den Unbekannten zu hassen. »Wir sterben zusammen, Freddy!« Sie küßten sich und zitterten beide.

Hinter der Apsis der Kirche war ein kleiner Anbau – die Leichenhalle. Fanny ging niemals vorüber, ohne an Freddy zu denken und ans Fegefeuer. Wenn es dunkel war, lief sie daran vorbei. Einmal huschte sie ins Haustor und hörte Flüstern. Sie erkannte zwei Gestalten, Freddys schöne Schwester und einen fremden Mann. Fannys Haut schrumpfte, und die Härchen drauf stellten sich auf. Sie hastete hinauf zu Freddy. Da saß seine Mutter im schwarzen Kleid, der Rum lag im Strickkorb, das Zimmer stank danach und Freddy war ganz und gar mit einem Leintuch bedeckt und tot.

Freddys Schwester kam mit dem Mann. Er war schon alt, schon fünfundzwanzig, kam aus der Kriegsgefangenschaft. Ein Leutnant ohne Sterne.

Das war nichts mehr, wenn man Bubi glauben wollte.

Freddy war der zweite Tote, den Fanny sah. Der Kaiser war der erste gewesen. Der Leutnant hatte viele Tote gesehen!

DAS ELEND WÄCHST stand in der Zeitung. Obwohl sich die Währungen in Deutschland und in Österreich stabilisierten, war es für den Vater nicht möglich, genug Geld zu verdienen. Er wurde Teilhaber an einem Tuchgeschäft, das mehr verschlang als es einbrachte. Jenö wurde »abgebaut« und konnte keine Arbeit finden. Mutter nähte. In Heimarbeit für Stücklohn – einmal Blusenteile auf der Maschine, einmal Knopflöcher mit der Hand.

Ebenfalls in Heimarbeit montierte Jenö elektrische Stecker. Fanny half ihm dabei. Sie entfernte die Isolierung von dünnen Drahtbündeln, spragelte die Drähte, verteilte sie auf zwei Pole und schraubte mit winzigen Schrauben die Teile mit den Stiften darauf. Das war sehr langweilig, und es sprang für sie nicht einmal genug heraus, um sich ein Paar seidene Strümpfe zu kaufen, die sie jetzt dringend brauchte – sie wurde fünfzehn.

Fanny ist kokett, stellten die Tanten ohne Wohlwollen und befremdet fest, aber *vif und originell.* Man könnte ein Mannequin aus ihr machen, fanden die Tanten: *Sie hat gute Gesten.* Fanny dachte nicht daran, in den Robes-Modes-Betrieb einzutreten. Überhaupt war ihr der Gedanke an ein Berufsleben sehr fern – sie wollte *leben und lieben und auch leiden.* Eine Schneiderin, das war möglicherweise eine biedermeierliche Vorstellung. Fanny aber lebte in den Vorstellungen des Mittelalters und des Rokoko – *eine sündige Nonne* oder eine Art *Pompadour* schwebten ihr vor. Die Askese der Priester beschäftigte ihre geheimsten Phantasien: der *Verzicht.* Seipel, der Bundeskanzler und Prälat mit den schmalen verpreßten Lippen – den zu provozieren und zu verführen – durch den Anblick ihres *nackten Körpers* – so ungefähr träumte sie. Die Mutter verfluchte eben diesen geistlichen Politiker als das größte politische *Schwein.*

Die Tanten schenkten Fanny ein rotes Batistkleid, eng in der Taille und darunter weit ausschwingend, und ein Kostüm nähten sie auch für Fanny, damit sollte sie mit den Tanten in die Alpen fahren. Das Geld für Reise und Quartier spendierte die Großmutter, die nicht so *blöd* gewesen war, ihr Geld für Kriegsanleihe auszugeben. Sie hatte Gold gekauft – davon finanzierte sie jetzt die Reise der Enkelin, die anders als die Großmutter *die Welt kennenlernen* sollte. Die analphabetische Großmutter gab *ihr Letztes* für das Kind, das immer nur mit Büchern unterm Arm zu sehen war und jede freie Minute benützte, um auf dem Bauche liegend in einem Buch zu lesen. Die Großmutter in ihren Bauernkitteln war von Fanny ebenso geliebt wie die Mutter mit ihrem Hutschleier und den Schönheitspflästerchen auf der Wange. »Hab ich nur deine Liebe, die Treue brauch ich nicht, die Liebe ist die Knospe nur, aus der die Treue bricht…«, sangen die beiden Frauen bei ihrer Arbeit, und das überzeugte Fanny. *Geliebt* und nichts sonst wollte sie werden. Nur nicht heiraten. Das *Leben ein Fest* – die Arbeit, das ist ein *Fluch* – steht in der Bibel.

Fanny wohnte in einem Mansardenzimmer des Alpenhotels, hatte im Fensterrahmen ein wuchtiges Alpenpanorama und in der Nase den frühsommerlichen frischen Ozon von 1800 Meter Seehöhe. Nachts allein zu schlafen war beklemmend ungewohnt und aufregend: Daran hatten der dunkelblaue sterneglitzernde Himmel und der viele Sauerstoff im Blut ihren Anteil. Fanny fühlte ihren Körper anders als sonst, und sie schrieb auf viele Ansichtskarten: »Wenn ich nur sagen könnte, *wie* schön es ist!«

Schön war es, aber langweilig war es auch, denn die Damen Westin zeigten keine Emotionen und waren noch feiner als sonst. Sie lebten ihre Traumrollen als vornehme Sommerfrischlerinnen, und Fanny war aus dem Alter heraus, wo sie noch mit dem *Popo* über steile Bergwiesen rutschte. Das Feinsein war ein Problem, denn der tote Freddy war fein gewesen, seine betrunkene Mutter war es auch: *fein*! Und die blonde Schwester...? Ob der »abmontierte« Leutnant, wie Bubi F. ihn nannte, *fein* war, schien nicht so eindeutig. Zweifellos aber war Bubi F. fein, und Fannys Vater war es auch. Der Vater paßte im Wirtshaus nicht zu seinen Freunden – überhaupt nicht. Bubi F. mochte die Feinen nicht, obwohl er *fein* war, und er lud Fanny nie in sein vornehmes Zimmer ein. War das, weil sie nicht fein oder weil sie vielleicht zu fein war? Warum brachte sie es bei *Bubi* nur bis aufs Fensterbrett, was gab es da für Vorbehalte? Mit all diesen Gedanken lag sie allein in ihrem Mansardenzimmer und fürchtete sich vor dem Hausdiener mit der grünen Filzschürze, der eine flache Hand auf ihre linke Brust gelegt und dazu gepfiffen hatte. Dieses Erlebnis weckte ihr Heimweh, auch wenn es zu Hause keinen Freddy mehr gab und genaugenommen auch Vilma nicht mehr. Mutters unfeines lautes Auf und Ab war aber noch besser als die gerümpften Nasen der Tanten, und das Essen auf dem Küchenstockerl gemütlicher als der damastene Speisesaal.

In einem roten Batistkleid, das, eng um die Brust, untenrum weit ausschwang, ging sie sittsam zwischen den Tanten und hüpfte sie sittsam in den Wald, während die Tanten im Waldcafé Tee mit Cognac tranken. Ein junger Mann in kurzen Hosen erhob sich von der Wiese, ließ einen anderen jungen Mann allein und gesellte sich zu ihr. Er ging neben ihr her und fragte sie, ob sie aus dem Dorf wäre. *Nein? Aus Wien! Oh!* Er wäre aus Berlin und mit dem Rad unterwegs nach Wien. Er und sein Freund wollten an einem Wandervogelfest zur Sommersonnenwende teilnehmen. Er würde gerne mit ihr übers Sonnwendfeuer springen. Fanny sagte kein Wort, weil ihr keins einfiel. Er nahm sie einfach um den Hals und küßte sie auf den Mund und lachte. Sie lief weg und drehte sich nach einer Weile um. Da stand er und winkte. »Auf Wiedersehen«, rief er, »in Sievering! Mohnblume!«

Mohnblume! Das bezog sich auf das Kleid, und zur Sommersonnenwende zog Fanny das Kleid wieder an und machte sich auf den Weg nach Sievering. Sie hatte wohl ein Rendezvous! Niemand wußte davon. Niemand ahnte, wen sie dort zu treffen hoffte. Unterwegs kamen ihr Freddys Schwester und der Leutnant entgegen. Sie blieben stehen und bewunderten das Kleid. Der Leutnant zog sie an den Zöpfen und nannte sie *erblüht.*

Sie dachte daran, daß, wie sie gehört hatte, die Wandervögel sangesfroh waren, die *Brust voller Lieder* hatten, und so war ihr auch zumute. Der Steinbruch, wo das Feuer brannte, war voll Mist und Brennesseln, aber doch vom Wald umgeben und vom Sternenhimmel *überdacht.* Stimmungsvoll. Ein Mädchen spielte Gitarre, ein Bursche in Lederhosen Ziehharmonika, der Chor sang. Es war warm. Fanny tanzte in der Gruppe mit, man nahm sie auf, ohne mit ihr zu reden. Sie tanzte auch mit einem Burschen, der ihr gefiel, aber nichts redete. Er jodelte, balzte und schwang sie herum, aber das fand sie stumpfsinnig. Sie suchte nach dem Berliner und fand ihn auch. Er aber hatte sie vergessen, er tanzte mit einer anderen an ihr vorbei. Schließlich ging Fanny wieder weg, ohne übers Feuer gesprungen zu sein. Mit sehr viel Ernsthaftigkeit schlich sie an einem kosenden Pärchen vorüber; sie rannte enttäuscht und traurig die enge Sieveringer Straße hinunter zu Fuß bis in die Stadt und nach Hause.

Bubi F. wußte bereits, was er werden wollte: Ingenieur oder Physiker. Damit verband Fanny nur die Vorstellung trockener Lernerei. Bubi F. beschäftigte sich mit dem Weltall, und wenn er versuchte, ihr das Planetensystem zu erklären, so begriff sie zwar, was es so ungefähr darstellte, vergaß es aber sofort wieder. Ihre Phantasie beschäftigte sich nicht damit. Auf die Frage, was sie selber einst werden wollte, sagte sie: »Gast auf Schlössern.« – »Warum wünschst du dir nicht selber ein Schloß?« – »Das käme mir dann wie ein Gefängnis vor – da müßte ich dort bleiben. Ich will nichts Bestimmtes sein oder haben. Ich will erst wissen, was nach dem Tod ist.«

Fanny hatte keine Lust, sich auf ein befristetes Leben einzulassen.

Das Geheimnis! Leben und Tod! Liebe!

Liebe ist stärker als der Tod!

»Ich weiß alles über die Liebe.«

»Dann rede nicht darüber.«

»Hör zu, wir sind noch zu jung, aber am Tage der Matura, gleich nachher, gehen wir in eine Höhle, die ich im Wienerwald weiß...«

»Nein!«

»In drei Jahren...«

»Ich will das vorher nicht so genau wissen, keinen Plan schmieden. Es soll das größte Erlebnis für eine Frau sein... wie ein Sturm... ein Erdbeben... etwas, was eigentlich von einem Fremden...«

»Du bist ganz schön verkitscht, meine Liebe!«

»Du hast dich selbst in die Lippe gebissen, Bubi!«

»Du bist ein Kind, Fanny!«

Fanny war es nicht mehr. Kein Kind mehr. Sie war gar nichts. Sie rannte vor sich selbst davon. Als sie noch ein Kind war, legte sie sich gerne an einsamen Stellen auf die Erde, spreizte weit die Beine und ließ die Luft dazwischen streichen, oder sie rückte einen Stuhl dicht an den Ofen und genoß das warme Strahlen und schlief darüber wohlig ein. Seit das Monatsblut mit angenehm ziehendem Schmerz warm aus ihr floß, wollte sie auch von diesem Gefühl nichts in ihr Bewußtsein aufnehmen, und wenn ihre Freundin etwas von einem Loch raunte, so leugnete sie, eines zu haben. Sie hatte keines. Fest hielt sie ihre Schenkel geschlossen, nie mehr besah sie ihren Spalt und war dankbar für die Behaarung, die ihn bedeckte. Daß die *Liebe eine Himmelsmacht* war, bezog sich auf Liebkosung, Kuß und *Opfer*. Ein Opfer *bringt man dar, Treue* und *Ehe* waren etwas Verächtliches, weil darin eine Rückversicherung, eine Garantie lag, die etwas so Hehres wie die Liebe nicht brauchte. Frieden und Ewigkeit zwischen den Eltern müßten sich einstellen ohne die Verpflichtung dazu. Die Zehn Gebote waren für Fanny *unnatürlich*, sie würde sich nie danach richten. Alles Tun hatte spontan zu erfolgen und dürfte nicht geboten, verboten oder geplant sein. Sie kaufte Ansichtskarten von Fidus: *Das Weib* lag in silbernen Grautönen nackt auf dem Globus, ausgespannt, *geopfert* – das gefiel ihr, *Mutterblutbesudelt* war ein Wort aus den »Sagen des klassischen Altertums«. Dabei gruselte ihr. Die *Babys kamen aus dem Bauch* – wie sie hinein- und wie sie herauskamen, mußte sich Fanny unter Blitz und Donner *enthüllen:* kein Gewisper im Turnsaal oder im Beichtstuhl sollte das vorwegnehmen. Sie ging nicht mehr beichten, weil den Pfarrer diese Frage beschäftigte.

Das Wort *Nabelschnur* war etwas Fürchterliches.

An einem heißen Augustnachmittag saß Fanny auf gestapelten Baumstämmen am Ufer des Donaukanals und ließ die bestrumpften Beine übers räudige Gras baumeln. Darunter standen Tante Claras enge Stöckelschuhe. Vor ihr schwamm das Strombad über dem grünen Wasser und von drüben kam, schräg am Seil gehalten, langsam die Überfuhr. Fanny hielt ein Buch in der Hand, über dem sie träumte: Es hieß »Halbtier« und war von Helene Böhlau. Von der »tierischen Funktion des Gebärens« handelte es, und Fanny fand es denunzierend. So schrieb man nicht über poetische Sachen. Fanny trug ein weißes Kleid mit Röschen und sah sich selber zu, wie sie es immer tat. Heute fand sie sich *süß, lieblich* mit fliegendem frischgewaschenem Haar, eigentlich übermütig, gut gelaunt... und nun zur Tragik verpflichtet: ein *Weib, ein halbes Tier, eine Gebärmaschine!*

Das Geschlecht. Ein *Verhängtes!*

Eine Hand griff in ihr Haar und zog kräftig daran. Sie drehte sich um: der »Leutnant«! »Servus Mädel!«

»Na so etwas. Was liest du denn da? Verstehst du das überhaupt schon?«

Fanny antwortete darauf natürlich nicht. Sein Lachen kam ihr zynisch vor, sie fühlte sich verhöhnt. Er nahm ihr das Buch aus der Hand und setzte sich neben sie. Er trug einen naturfarbenen rauhwollenen Anzug von der amerikanischen Hilfsaktion. Darin sah er gar nicht so alt aus. Immerhin war er schon sechsundzwanzig und hatte einen schmalen Mund wie Prälat Seipel.

»Ich lese auch die ›Bekenntnisse einer schönen Seele‹ von Goethe«, sagte sie aus einem Bedürfnis heraus, ihm zu zeigen, daß sie im Grunde eine Lektüre wie eben das »Halbtier« ablehnte.

Er lachte immer noch: »Die habe ich auch gerne gelesen. Im

Schützengraben bei Kerzenschein, in Brody. Ich hatte eine vierbändige Goethe-Ausgabe immer bei mir – bis ich sie in einem Sumpf am Isonzo verloren habe.«

»Sind Sie fromm?«

»Nein, Gretchen«, er lachte immer mehr: »Aber auch kein Materialist.«

Sie wußte nicht genau, was das war, aber so ungefähr doch. Der Fischl war ein Materialist, und sie nahm sich vor, mit Fischl darüber zu reden.

»Was sagen Sie zu den Zuständen in Rußland?«

»Willst du mit mir Konversation machen?«

Pause und große Verlegenheit.

»In welche Klasse gehst du denn?«

»In die fünfte.«

»Fünfzehn?«

Fanny konnte nicht mehr reden. Es würgte sie – sie hatte etwas in der Luftröhre. Es wurde dunkel.

»Mußt du nicht nach Hause?«

»Ich muß nie etwas.« Sie schlug um und wurde kühl: »Was lesen Sie denn da?« Sie zeigte nach dem Buch in seiner Rocktasche.

»Sigmund Freud: ›Einführung in die Psychoanalyse‹.« Er gab ihr das Buch. Sie trat unter die Laterne und blätterte es auf.

Er sagte: »Es ist wahrscheinlich die wichtigste Sache, die es heute gibt. Völlig neue Gesichtspunkte.«

»Die Mizzi liest nie etwas. Nicht einmal die Zeitung.«

Er lachte schon wieder, er lachte lange, dann sagte er: »Ich heiße Robert, das weißt du ja. Du kannst mich ruhig bei meinem Namen nennen. Kannst auch ›Du‹ sagen.«

Fanny war beleidigt, weil er dauernd lachte. Da wurden die Lippen breit über den regelmäßigen Zähnen.

»Was willst du denn werden? – Komm, setzen wir uns wieder.«

»Ich will Ärztin werden... wegen...«

»Weil dir Freddys Tod nahegeht?«

»Ja, das ist es... und überhaupt...«

»Ich möchte es auch werden, Arzt«, sagte Robert ernst. »Aber es ist ein bißchen spät. Ich habe die Kriegsmatura und versuche jetzt mit Reklamezeichnungen Geld zu verdienen. Mich interessiert die Kunst im Grunde am meisten.«

»Künstler!« Das flüsterte Fanny.

Da küßte er sie.

Sie zitterte. Er zog seinen Rock aus und hängte ihn um ihre Schultern.

»Mir ist nicht kalt.«

Er küßte sie wieder und zitterte auch. Er lachte wieder und preßte sie an sich. Sie küßte ihn.

Sie beobachtete sich nicht mehr, sie dachte nichts mehr. Sie redeten auch nichts mehr. Er lachte auch nicht mehr. Ein berittener Polizist leuchtete sie mit einer Taschenlampe an und ritt weiter.

Die Zeit verging. Sie redeten nichts.

»Um Gottes willen«, sagte Robert und zog eine Uhr an einer Kette aus seiner Gürteltasche: »Deine Eltern!«

Wie in Trance lief Fanny neben ihm. Die Mutter stand am Tor.

»Vater rennt herum und sucht dich, wo treibst du dich herum, du Fratz! Wo kommst du her?«

Robert antwortete: »Wir haben über ein Buch geredet, Freunde von mir waren dabei. Ich wollte Ihre Tochter nicht allein gehen lassen, entschuldigen Sie, gnädige Frau!«

»Mizzi ist längst zu Hause«, sagte die Mutter vorwurfsvoll.

Die nächsten Tage verbrachte Fanny im Bett. Sie hatte Schwindelgefühle, sie war krank. Mizzi kam und sagte, Robert hätte nach Fanny gefragt.

»Er soll mich besuchen«, sagte Fanny. Mizzi brachte ihn zu ihr. Bubi Fischl hatte sie noch nie besucht.

Die Mutter mochte Robert.

»Er paßt zur Mizzi«, sagte die Mutter, »sie hätte keinen Besseren finden können, auch wenn er sie nicht heiratet.«

»Die Schwindelgefühle kommen von der Entwicklung«, sagte der Arzt.

Immerzu schwindelig traf sich Fanny mit Robert. Sie hatten einander beim Zeitungholen aufgelauert. Die Trafik, die auch die Zeitungen verkaufte, gehörte Roberts Verwandten. Sie schlenderten miteinander zum Donaukanal und besprachen einen Treffpunkt am Abend: in Erdberg, bei der Apostelkirche. Dort kannte sie keiner. Fanny ging wieder ins Bett. Sie ging acht Tage lang nicht in die Schule und verließ das Haus nur, um Robert in Erdberg zu treffen. Ehe die Vorberger das Haustor schloß, war sie wieder zu Hause. Die Mutter nähte für die Groß-Konfektion. Vater kümmerte sich von sich aus nie um Fanny. Nur wenn Mutter ihn aufstachelte: »Deine Tochter!«

Aber Fischl kam dahinter, daß sie sich mit Robert traf, denn Mizzi beklagte sich bei ihm. Er war bitterböse: »Ich hätt' mir denken können, daß es ein Goi sein wird, der...«

Fanny kränkte Fischl nicht gern, aber sie konnte darüber nicht nachdenken. Sie konnte überhaupt nicht denken.

Fanny ging mit der ganzen Schulklasse ins Parlament auf die Galerie, um das Funktionieren der Republik kennenzulernen. Die Lehrer, die Mitschülerinnen waren für Seipel, wegen der Ruhe und Ordnung, die nur er herstellen und garantieren konnte. Fanny fand, daß Ruhe und Ordnung nicht davon abhängen dürften, daß man sie garantierte oder herstellte. Sie schrieb das in einem Aufsatz, der nicht qualifiziert wurde. Der Lehrer unterstellte ihr, *fremdes Gedankengut* verwendet zu haben.

»Wer tut das nicht?« sagte Fischl.

»Ich hab das nirgends abgeschrieben!« Fanny war ganz sicher.

Sie träumte, daß sie für Seipel einen Tod am Kreuz starb und ihm daraufhin auf seiner Glatze blonde Locken wuchsen und seine Lippen dick wurden.

Das strenge Gesicht mit den verpreßten Lippen reizten Fanny zu einem Mitleid, das sich Seipel verbeten hätte. Er hatte wohl nicht gewußt, was er tat, als er Geistlicher wurde! Fanny stellte sich einen inneren Konflikt vor, zwischen Glauben, Politik und Liebesverlangen – ein Klerikerschicksal, in das sie als Engel eingreifen mochte. Die Roten Seitz und Glöckel die Befriedigten, Sozialen, vom Volk Geliebten, und Seipel, der Papsthörige, im Klerus Ersticke. Dagegen war das Elend der Arbeitslosen natürlich banal.

»Sie ist reaktionär, deine Tochter«, sagte die Mutter.

»Eine überspannte Gans ist sie«, sagte der Vater.

»Dein Vater ist leider nicht intelligent«, sagte die Mutter.

Die Mutter ärgerte sich. Fanny wollte den Vater küssen, aber er schob sie weg. Die Mutter sagte: »Das hast du davon, geschieht dir recht. Dein Vater mag uns nicht.«

Ja, er war eklig zu allen, aber er war nicht froh darüber, das war unerträglich für Fanny, und sie hatte die Vorstellung, daß Seipel ähnlich fühlte und Robert und Fischl und überhaupt alle Männer – sie litten unter lauter fixen Ideen.

Dicht aneinandergepreßt gingen Fanny und Robert nun Abend für Abend spazieren, und Robert erzählte ihr, was in seinem Gehirn vorging. Er sagte, er hätte noch nie mit einem Mädchen so reden können – sie las die Bücher, die er mit sich herumschleppte und stellte Fragen, und er schrieb für sie die Definitionen heraus, die er brauchte, um sich zurechtzufinden. Kants berühmte Definitionen von *Zeit* und *Raum* und die der *Ehe*.

»Die Bedingung der Möglichkeit des Nacheinanderseins der Dinge!«

»Die Bedingung der Möglichkeit des Nebeneinanderseins der Dinge!«

»Der Vertrag auf lebenslängliche gegenseitige Benützung der Geschlechtswerkzeuge.« (Letzterer Vertrag machte für Fanny die Ehe noch fragwürdiger, als sie ihr schon immer erschienen war – was waren *Geschlechtswerkzeuge*? – Abscheulich!)

Ein derartiges Eingehen auf selbstverständliche Sachen wie Raum und Zeit machte intimer damit und stellte sie ja sogar in Frage – das gefiel Fanny nicht nur, das sprengte den Alltag und eröffnete Horizonte – das war ja wie Religion...

Schopenhauers Worte »Das Leben ist eine mißliche Sache, ich will es damit zubringen darüber nachzudenken« waren einleuchtend. Fanny würde solange nachdenken, bis sie genau wüßte, warum sie es wunderschön fand.

Sie hatten eine Menge Gesprächsstoff, und in dunklen Haustoren wurde ihr schwindlig, wenn Robert sie küßte.

Robert arbeitete mit Fanny Mathematik und Englisch. Er schrieb für sie eine Hausarbeit über »Des Knaben Wunderhorn«! Er ging vor ihrer Schule auf und ab, wenn sie eine Prüfung hatte. Er selbst bestand die Aufnahmeprüfung in die *Akademie der bildenden Künste*, mußte aber in der Hauptsache das Geld für seinen Unterhalt verdienen. Sein Vater hatte den Posten als Materialverwalter in einer kleinen Fabrik verloren. Auch Robert fand *Heimarbeit.* Mit anderen Kunststudenten zusammen reparierte er Skelette von Menschen und Tieren, stellte Gipsknochen her und bemalte sie mit einer Art Leimwasser, er lackierte Haarnadeln, er hatte ab und zu einen Plakatauftrag...

Es war ein mühsames Leben. Zum Ausgleich gab es die Sonntagvormittage in einem leeren Atelier der Akademie, in das sie der Portier einließ. »Wir wollen ganz zusammensein«, sagte Robert, und Fanny ließ sich entkleiden. Er zeichnete sie. Sie schloß die Augen und wartete zitternd. Robert wagte sich nicht vor, als er bemerkte, wie sehr sie vor ihm erschrak. Er ging mit ihr ins

Museum, und dort erklärte er ihr an den antiken Statuen und an den griechischen Vasenbildern die Phalli der Krieger in den verschiedenen Stadien und was es mit der Funktion dieses Körperteils auf sich hatte.

Also war der Katechet gar nicht krank und auch Seipel...

Im Atelier standen nur staubige Stühle und farbverschmierte Staffeleien herum, der Raum war hoch und gelblich-braun gestrichen – verfallen und dreckig. Erst im Nebel und in der Dunkelheit eines Novemberabends auf einer feuchten Wienerwaldwiese kam es dazu: Fanny mußte sich damit abfinden, daß es einen Weg in ihr Inneres gab und daß Robert sich diesen Weg bahnte.

Sie inszenierte sich dieses Geschehen: Sie sah sich selbst auf feuchtem Moosgrund liegen, zur Opferung bereit und vor Erregung zittern, als die Berührung mit einem plötzlich fremd empfundenen Körper in jähen Schmerz überging...

Der Schmerz schlich sich ins Gemüt, Tränen kamen, das Herz tat weh. Sie setzte sich auf. Ein Fremder lag neben ihr. Das Außer-sich-Geraten Roberts hatte sie erschreckt. Jetzt hielt er die Augen geschlossen. Der Nebel legte sich in Tropfen aufs Gesicht. Fannys Haar, das schönste an ihr, klebte naß am Rücken.

»Hab keine Angst, es ist nichts passiert.«

»Angst? Ich habe keine Spur von Angst.«

»Ist dir kalt?«

»Ich weiß nicht.«

Robert war geistesabwesend, bedrückt, müde. Er brachte Fanny nach Hause, lieferte sie ab, trennte sich und erwähnte nur noch, daß er in den nächsten Tagen sehr beschäftigt sein würde.

So stimmte denn alles. Es war wie in den Romanen. Dieser Abschied an der Haustür erforderte von Fanny eine ungeheure Selbstbeherrschung – so konnte er sie nicht stehenlassen.

So? Was heißt das? So? So aufgewühlt. Sie wurde böse. Sie stand heulend im Hausflur und war böse. Sie war nicht mehr demütig und eins *mit dem Geliebten*. Sie fühlte sich erniedrigt, getreten – wie in den Romanen: benützt. Mißbraucht war das Wort.

Sie saß neben der Messingstange auf der Stufe, hielt sich fest und weinte. Das also war es zwischen Mann und Weib: Aha! So war es gemeint: ihn löste die Entspannung von ihr, sie band dieselbe Spannung ungelöst an ihn.

Fanny war derart aus dem Häuschen, daß sie vergaß, sich von

Klischees zu nähren, sich daran aufzurichten. Sie sah sich nicht mehr selber zu, sie wand sich in Verzweiflung.

Fannys gabs nicht mehr.

Ein beleidigtes, ein gekränktes, ein auswegloses ICH stellte sich der unbegreiflichen Welt.

Drei Tage lang.

II

Dann holte mich Robert von der Schule ab. Er sagte nichts, er gab mir nicht die Hand, er blickte finster. Ich konnte meine Erleichterung nicht zeigen, dazu sah er zu unglücklich aus. Ich trottete neben ihm bis zum Schillerplatz. Am Ring schon sagte er düster zu mir: »Kannst du nicht die Zöpfe hinaufbinden?« Ich machte ein paar Knöpfe in meine Zöpfe, denn ich hatte nichts, um sie aufzustecken. Aber sie sahen jetzt doch eher nach einem Knoten aus. Wir gingen in der Akademie am grinsenden Portier vorbei, die Stiegen hinauf in ein leeres Atelier. Wieder war es dreckig, roch nach Farben, Bilder standen herum und zwei wacklige Stühle.

»Ich habe das so ungern, daß ich die Kollegen erst bitten mußte wegzugehen.«

Mehr redete Robert nicht und ich auch nicht.

Nachher gingen wir in die Galerie, das kaschierte unsere Eskapade. Ich habe nichts getan und nichts gedacht, ich spürte, daß er Berge von Verantwortung fühlte, ich spürte aber auch, daß ich passende Äußerungen nicht auf Lager hatte – kein Wort von Liebe! Erst zwanzig Jahre danach.

Er wohnte als erwachsener Mann, als ehemaliger Kriegsteilnehmer in vorderster Front im »Sturmbataillon«, als heimgekehrter Gefangener in einer Kammer neben dem Schlafzimmer der Eltern, durch das er gehen mußte, wenn er aufs Klo wollte, das, wie das Wasser, auf dem Gang war. Er war auf die Unterstützung seines Vaters angewiesen, eines Magazinverwalters, den er nicht mochte. Er hatte es gründlich satt.

Schon daß er mir das erzählte, ließ mich in meinen Augen wachsen; ganz und gar adelte und veredelte mich die Tatsache, daß er mir ein Buch schenkte – die Briefe Vincent van Goghs an seinen Bruder Theo –, in dem er Sätze angestrichen hatte wie: »Was bin ich denn in den Augen der meisten? Eine Null oder ein Sonderling, oder ein unangenehmer Mensch, jemand, der in der Gesellschaft keine Position hat oder haben wird, kurz weniger noch als der Geringste... Die Kunst erfordert eine hartnäckige Arbeit, eine unausgesetzte Arbeit und unaufhörliche Beobachtung. Unter hartnäckiger Arbeit verstehe ich in erster Reihe eine anhaltende Arbeit, aber auch das Aufrechterhalten der eigenen

Auffassung den Behauptungen dieses oder jenes gegenüber.«

Diese Sätze waren ein Bekenntnis und die Liebeserklärung, und dazu sagte er noch:

»Ich will nicht und ich kann nicht ein normales Leben führen...«

»Was ist ein normales Leben?« Ich wußte es wirklich nicht.

»Du mußt einen Beruf haben!«

»Ich will Krankenpflegerin oder Ärztin werden.«

»Das sollst du auch!«

Ich war in der fünften Klasse.

Wir trafen uns in Kaffeehäusern und Museen und an Sonntagen gegen ein Trinkgeld oder ein Fläschchen für den Portier in der Akademie – allmählich hauste Robert tagsüber zu zweit mit einem Freund in einem dieser verdreckten Ateliers, die durch Mangel an Wasser, Gefäßen und dergleichen nicht sauber zu kriegen waren. Arg waren die Wintermonate.

Er brauchte Geld für Farben, Pinsel, Leinwand und für Papier.

Wenn es sehr kalt war, trug ich Mutters Mantel und ihre wollenen Unterhosen. Sie blieb zu Hause. Oder wir hockten abends alle um einen einzigen Ofen. Noch vermutete keiner, daß ich ein Verhältnis hatte.

Robert bewarb sich darum, einen Schikurs zu leiten. Er hatte für die Sportabteilung des Landesjugendamtes ein Plakat gemalt und dort einen Gönner gefunden. Er bekam den Kurs und nahm mich mit. Ich war als Schülerin mitgekommen, und es war nicht ganz richtig, daß ich nachts in seinem Bett schlief, aber diese Nächte brachten mir den ersten Orgasmus unter dem hohen Federbett bei rotglühendem Kanonenofen. Morgens war das Wasser im Lavoir schon wieder hartgefroren.

Ich lief ganz gut Schi, denn die Tanten hatten mir das schon mit fünf Jahren beigebracht, an Sonntagen auf der »Knödlhütte« in Hütteldorf. Robert war ein blendender Läufer und zum erstenmal wirklich gelöst und lustig.

»Hindenburg wird Reichspräsident!«

Vater sagt: »Nebbich ein Held!«

»Diese Deutschen! Sie tun es nicht ohne Pickelhaube!«

»Der Spengler schreibt: ›Die Cäsaren kommen‹!«

»Aber mit diesem Hitler wird nichts mehr! Seit seiner Haft ist's aus mit ihm... Gibt ja eine Menge von dem Kaliber... Ja, der

Strasser. Der will die Feudalherrn enteignen. Kommunist. Aber ein nationaler. Nationaler Bolschewik! Spengler: Sogar die Mitschülerinnen wußten, wer das war. Die Eltern lasen ihn.

Wir waren nur wenige in einer Klasse, und alle waren aus gutbürgerlichen Familien, die Väter Rechtsanwälte, Professoren, hohe Staatsbeamte, reiche Geschäftemacher – sie waren alle national, das heißt großdeutsch, das heißt für den Anschluß. Die Direktorin, die Wotawa hieß, war mit einem großdeutschen Parteiführer verheiratet. Im Abend spottete man, alliterierend wie Richard Wagner: »Wotan, Wotawa, Wortführer weniger Wähler!«

Die Männer, die von den Backfischen verehrt wurden, waren groß, blond, schwedisch oder norddeutsch. Siegfried aus den Nibelungen.

Wir hatten eine jüdische Literaturprofessorin, die so häßlich wie gescheit war und die mich mochte wie ich sie. Es hieß, sie sei Kommunistin. Mit Kommunismus verband ich die freie Liebe und das Foto einer sowjetischen Mütterschule, in der viele junge Frauen mit weißen Hauben in Bänken hintereinander saßen und ihre Babies säugten.

»Die pazifistischen Ideen der Kommunisten sind weltfremd«, sagte Robert. »Es wird immer Kriege geben bis zur Ausrottung der Menschheit, und deshalb werde ich kein Kind zeugen.«

Dieses Diktum hatte zur Folge, daß ich ganz heimlich, ohne irgendeinem Menschen etwas zu sagen, mit einer ganz frühen Schwangerschaft zu einer Ärztin ging. Die war entsetzt über meine Jugend, plauderte ein bißchen mit mir und ließ mich am nächsten Morgen nüchtern wiederkommen. Ich lag einen Tag lang in ihrem Bett und ging sehr niedergeschlagen nach Hause. Es kostete nichts, nur eine lebenslange Dankbarkeit. Ich hatte sie mir aus dem Telefonbuch gesucht, weil sie einen jüdischen Namen hatte und ich Juden allesamt für gescheiter hielt – daran war Fischl schuld und die Literaturprofessorin.

Robert suchte Anschluß an verehrte Künstler... Loos, Kokoschka, Gropius – Leitbilder für Robert. Einheit der Künste unter dem Primat der Architektur: Bauhaus in Weimar – mein Gott, und wir leben im Grau der Gründerjahre und in altdeutschen Möbeln! Daß meine Eltern Jugendstilmöbel hatten, wenn auch billige, das rechnete ihnen Robert hoch an. Er hatte bäuerliche Eltern. Meine Mutter mit ihrem politischen Engagement und der

»Fackel« und meine innere Selbständigkeit den Eltern gegenüber machten auf Robert Eindruck. – Er war mit meiner Mutter einig, daß der Sozialismus eine gute Sache wäre, aber… Robert hatte Bedenken:

»Sie sind Materialisten. Eine Partei ohne Gott!«

Roberts Mutter starb in einer Nacht an einem Anfall von Gallensteinen. Das ging ihm sehr nahe, und er suchte einen spiritistischen Zirkel auf. Dieser Zirkel hieß Geselligkeitsverein »Wahrheit« und bildete sich um zwei Medien. Diese Medien waren Berufspolizisten, zwei Tschechen mit starkem Akzent. Wenn sie in Trance waren, sprachen sie ein besseres Deutsch. Ich glaubte ihnen nichts und verdarb mit meinem Zweifel den Erfolg – so sagten sie. Ich verdroß sie, und auch Robert wollte dann nicht mehr hingehen. Sie hatten ihre Zusammenkünfte in einem Wirtshaus hinter der Karolinenkirche. Sektierer! Ich mochte die geduckte Präpotenz dieser Menschen nicht – ich wollte ja auch kein Außenseiter sein. Ich hätte mich aber nicht getraut, gegen sie etwas zu sagen.

Swedenborg! »Du mußt Swedenborg lesen!« Ich las Hasenclevers Übersetzung »Himmel und Hölle« und schrieb mir seitenlang daraus ab, daß »der Mann die Liebe zur Weisheit im höchsten Sinne ist und ein Aufnahmegerät der Weisheit vom Herrn. Das Weib ist die Liebe zur Weisheit im Mann, und sie empfängt diese Liebe vom Herrn.« Usw. Mir erschien das plausibel. Ich erlebte Robert tatsächlich als meinen *Herrn*. Er debattierte auch gerne mit meiner ungebildeten Mutter und versuchte sie zu belehren und zu erziehen. Sie war ganz eindeutig auf dem Holzweg, denn sie glaubte an das Gute im Menschen. Dem sei aber nicht so, deshalb müsse sich der einzelne mit Härte wappnen.

»Mein Gott, er redet wie die Völkischen!«

»Na ja, er will die Klerikalen nicht und auch nicht die Aufhebung jeder Moral, wie bei den Kommunisten.«

Daß er die Aufhebung der Moral nicht wollte, beruhigte Mutter in bezug auf mich. Sie sah den Altersunterschied, meine Kindlichkeit und seine Seriosität. Sie ahnte lange nichts – so lange nicht, bis Robert, nach dem Tod seiner Mutter einmal von meinem Vater mit mir überrascht, einfach erklärte: »Wir werden heiraten!«

Davon hatte ich noch nichts geahnt, und es machte mich sehr froh, obwohl mir nicht unklar war, daß der Tod seiner Mutter bei seinem Entschluß die entscheidende Rolle spielte. Er brauchte all das, was eine Frau im Leben eines Mannes bedeutete. Warum auch nicht!

Er sagte: »Wir müssen heiraten aus praktischen Gründen. Ich halte es bei meinem Alten nicht aus.« Diesem Alten waren alle zuwider: die Kirchen und die Parteien. Er hatte einen Wasserkopf, nahm sich sofort wieder eine Frau, eine junge, versteht sich, rauchte Pfeifen und trank schwarzen Kaffee mit Rum. Er las wie mein Vater alle Zeitungen und glaubte keiner ein Wort.

Aber die Onkeln und Tanten Roberts luden ihn just an dem Tag zu einer Familienfeier, als die Zionisten ihren Kongreß in Wien einberiefen. Die Völkischen Wiens tobten, die Arier versammelten sich, es würde Prügel geben. Ich war allein und lief auf den Ring.

Ganz Wien war auf den Beinen! Ein Wirbel! Wie fein!

Die Zionisten hielten in Wien ihren 14. Kongreß ab. Die Bewegung war 28 Jahre alt. Meine Mutter redete in hohen Tönen von Theodor Herzl. Frau Kraus, Frau Fischl, sogar die Hradetz waren gegen ihn – alle Juden rundherum, die reichen und die armen, sagten: »Noch mehr Zores! Judenstaat! Wer läßt uns schon, Balfour? Nebbich! Man wird uns noch mehr hassen und verfolgen!«

Auch die Vilma äußerte sich dazu als Sprachrohr ihres deutschnationalen Freundes:

»Die gehen nie wieder weg, die bleiben alle hier, die vielen Juden, die von überallher kommen.«

»Wenn das wahr wäre, käme viel Geld ins Land«, sagte der Vater.

»Ein Stuß, was die alle zusammenreden!« sagte der Fischl.

Robert meinte, man könne alles so oder so sehen, aber im Grunde wäre es ihm wurscht. Er malte eben das Porträt einer alten Jüdin, die aussah, als käme sie direkt aus dem Alten Testament – »es hat schon etwas damit auf sich, mit diesem Alten Testament.« Der Sohn dieser Frau war ein Schulkamerad, er und Robert hatten zusammen zum erstenmal Huren im Prater besucht – da waren sie beide fünfzehn.

»Ich bin kein Antisemit«, sagte Robert, »ich denke da mehr persönlich als prinzipiell. Ich möchte mehr alte Juden malen… im Kaftan mit Löckchen… so werden sie vielleicht zum Kongreß anreisen.«

Bei Fischls behauptete man, daß diese Zionisten es falsch machten.

»Schopenhauer«, so Bubi, »Schopenhauer hat geschrieben, daß das Judenproblem nur durch Mischehen zu lösen ist. Ich heirate einmal eine Schickse, und meine Kinder sind keine Juden mehr.«

Ich war traurig und fühlte mich schuldig, weil ich doch Robert liebte und Fischl mir das übelnahm.

»Das soll eigentlich nicht stimmen, das mit den Mischehen«, dachte ich laut und wurde rot: »Die Rassen mischen sich nicht, die dunkle Rasse setzt sich durch und verdirbt die helle...«

»Wieso bin ich dunkel? Nicht jeder Goi ist ein Albino wie die unausgebackene Semmel, dieser Galan von deiner tepperten Vilma!«

»Die Rasse macht es! So steht es in der Dötz!«

»Oi weh! Ein Idiotenblatt!«

Das fanden auch Robert und meine Mutter, die den kommunistischen *Abend* las. »Der Dietrich sagt, daß 30000 Juden, darunter 25000 aus dem Osten, von Wien Besitz ergreifen werden.«

»Großer Gott, ein Korpsstudent und die Deutschösterreichische Tageszeitung! Dieser Dreck und du... großer jüdischer Gott!«

Fischl rang die Hände. Ich fand das übertrieben... leicht meschugge. Steffis Dietrich, ein starker Mann, sah aus wie Paul Richter als Siegfried in den Nibelungen. Fischl war gescheit, aber vielleicht war er doch degeneriert...?

Wir trafen uns zufällig am Schwarzbergplatz. Fischl und ich.

Noch bevor der Minister Resch den Zionisten-Häuptling, Präsident Weizmann, feierlich begrüßen konnte, gab es schon über hundert Verhaftete, dazu fünf verletzte Polizisten. Die Nazis rotteten sich auf dem Freiheitsplatz zusammen und zogen über den Ring. Wir beobachteten, wie die Polizei unter die Marschierenden ritt. Sie preschte einfach überallhin, wo die Menge sich staute. Die Polizisten fuchtelten mit den Säbeln. Das regte mich sehr auf.

»Laß«, sagte Fischl, »die Pferde geben acht. Die Pferde sind besser als die Menschen, sie sind vorsichtig.«

Die Volksgenossen sangen Marschlieder, und mit einemmal zog auch Vilma mit ihrem Weißblonden vorüber. Sie trugen das Turner-Abzeichen Frisch-Fromm, Fröhlich und Frei, das dem

Hakenkreuz glich. Fischl, der nicht glauben wollte, daß ihm einer den Juden ansehen könnte, war empört, als er von einem der Blonden angerempelt wurde:

»Geh eini, Jud, ins Konzerthaus, zu den andern Kapitalisten!«

Fischl ging wutzitternd mit den Fäusten auf den Burschen los. Ich sollte ihn nicht für feig halten.

»Bubi nicht!«

»Hoooo, Bubi nicht!« höhnte der Angegriffene. Fausthiebe, Kinnhaken, Bubi Fischl taumelte. Er hatte zwar große Angst, aber er rempelte zurück. Ich kreischte, weil der andere dem Fischl einen Fausthieb versetzte, einen Kinnhaken, der Fischl umhaute. Plötzlich tauchte ein Pferdekopf neben mir auf. Ich wurde wütend, als das Pferd mich streifte und der Stiefel des Polizisten gegen meine Schulter stieß. Ich war wild, zornig, und als das Pferd schon fast vorbei war, faßte ich den Schweif, hängte mich an und biß es in den Hintern. Das Pferd schlug aus, der Polizist zog den Säbel. Ich lag auf dem Gesicht. Fischl zerrte an mir und brachte mich auf die Beine. Wir wurden beide auf die Wachstube mitgenommen. Vilma war plötzlich da, rannte mit. Wir waren minderjährig und wurden zu den Eltern nach Hause gebracht. Jetzt fand ich den Wirbel ganz lustig. Fischl und Vilma nahmen das alles zu ernst. Der Weißblonde von der Vilma lauerte dem Fischl am nächsten Tag auf und verprügelte ihn. Das verdarb auch mir den Spaß. Ich brach mit Vilma, kränkte mich aber, daß es dazu kommen mußte.

Deshalb stritt ich mit Fischl. »Der spürt natürlich, daß du ihn für einen Trottel hältst. – So schlimm finde ich das gar nicht, daß er bei einer Verbindung ist, die sich schlägt. So eine Mensur ist eine Mutprobe.«

»Initiationsriten, wie bei den Wilden!«

Es war nicht der Augenblick für mich zuzugeben, daß ich nicht wußte, was das für Riten sind.

Gojim Naches!

Ein jiddischer Ausdruck, der eine Sache lächerlich macht. Drückt ungefähr aus: Denen ihre Sorgen möcht' ich haben.

»Du bist destruktiv!«

»Ja«, sagte der Fischl traurig, »ja, so gesehen ja.«

Was denn soll er sein, würde die Vilma bemerken; er schimpfte auf die Wandervögel und Hakenkreuzler, weil die ihn nicht mochten.

»Ich bin nicht satisfaktionsfähig«, sagte Bubi.

Am nächsten Tag hatte ich bereits im Meyer nachgesehen, was das heißt, und paßte ihn an der Ecke ab:

»Möchtest du denn satisfaktionsfähig sein?«

»Nein«, sagte er viel zu heftig, und ich fand das in Ordnung. Ich legte meine Hand auf seinen Arm. Er beutelte sie ab.

Ich sagte: »Vorurteile!«

Er knurrte sauer: »Danke! Du bist drin, und ich bin draußen, das ist so.«

Wie kam ich nur derart ins Unrecht? Ich ärgerte mich und hörte mich keifen: »Und du? Hast du mich je in dein Zimmer gelassen?« – Ich wurde dunkelrot, ich spürte es. »Ich mag die Vilma nicht mehr.«

»Streng dich nicht an«, sagte er.

Er ließ mich stehen.

Ich dachte: Ist der Bubi denn je nett zu den Hradezkindern? Er denkt nicht daran. Robert ist nett zu ihnen.

Eine Romantikerin, die einen Gitarrespieler liebt, nannte der Bubi mich. Na und? Ist etwas Schlechtes daran, wenn einer eine schöne Stimme hat, ein Sportler und ein Künstler ist?

»Ja und sein Portepee hat er über seinem Bücherbord hängen.«

Das wußte Bubi von mir, und es war unfair, das gegen Robert auszuspielen. Schließlich hat er an der Front...

Nein, um die Habsburger war dem Robert nicht leid, auch um das tödliche Soldatenspiel nicht, aber »gehabte Schmerzen, die hat man so gern«, und das untergegangene Reich, die Monarchie in Wort und Bild, die hatte ihre Größe gehabt. Krieg muß sein, wird es immer geben... Da gab es mythische Tiefen in der menschlichen Seele... *Todessehnsucht.* »Alles Gute fängt mit einer Gemeinheit an.« Die nordische Seele und der Zerstörergott – da gab es Geheimnis über Geheimnis; dumpf geahnte Erkenntnisse. Kulturmüdigkeit. Der Mensch ist ein Tier. *Nie wieder Krieg* ist eine rote Parole – nichts als lebensfremde Abstraktion.

Ich mußte das alles einsehen. *Einsehen.*

»Aber Hitler ist leider dumm. Er wird nie zur Macht kommen. *Mein Kampf* ist ein dummes Buch. Immer mehr seiner Anhänger fallen ab. Es geht zu Ende mit ihm. Die Nazis haben keine Zukunft, leider, ihr Führer ist nicht intelligent, und der kleine Goebbels stellt nichts dar. Anders Mussolini! Der schon. Aber der stützt ja Österreich. Oder doch wieder nicht.«

»Die Nazis werden siegen, weil der Intellektualismus *steril* ist!« (Steril will ich um nichts in der Welt sein.) »Weil Spengler recht hat: *Die Cäsaren kommen*!«

»Die Sozialisten sind nicht Fisch noch Fleisch, *aber* die Nazis sind *militante* Sozialisten, weil sie Opfer bringen wollen, weil sie verlangen, daß man Opfer bringt. Ohne Einsatz wird nichts. Hitler weist immer auf den englischen Adel hin, der sich für sein Empire geopfert... geblutet hat er. *Blut.*«

Die Frauen haben zu lieben.

Die Männer haben den Geist, aber Geist kommt aus Blut!

Wir lasen Swedenborg, Nietzsche, Hamsun. Kretschmars Rassenkunde und den *Landarzt* von Kafka.

Wir lasen auch Sigmund Freuds Vorlesungen und notierten unsere Träume. Ich hatte einen sehr eindrucksvollen Traum, der sich immer wiederholte: Ich sehe, daß mein Vater in einem strohbedeckten Grab liegt und obendrauf ein Osterhase auf bunten Eiern sitzt. Ich finde keinen Sinn darin und erwache in Panik und schweißbedeckt. Manchmal hüpfen kleine Teufel über das Grab, die ich aber nicht so quälend empfinde wie den Hasen. Robert wußte, daß der Hase ein Fruchtbarkeitssymbol war und daß ich einfach Angst vor dem Kinderkriegen hatte und daß der Vater eben einfach für Vater stand.

Robert ahnte nicht, wie recht er hatte. Nie wieder wollte ich schwanger werden. Wir paßten beide höllisch auf.

Der Großvater stand eines Tages nicht auf. Die »Mädeln« konnten nicht nähen, nicht zuschneiden, er lag im Weg, röchelte, ließ »unter sich« und verstank die Werkstatt. Die Tanten schickten die Arbeiterin, um mich zu holen. Ich rollte den spitznasigen Sterbenden auf ein neues Bettuch und machte sauber. Ich tat es ganz sachlich. Empfindungslos blieb ich die ganze Nacht bei ihm sitzen. Ich wunderte mich selber, daß mir das alles so selbstverständlich vorkam. Die Ärztin meinte, es könne nicht mehr lange dauern und es lohne sich nicht, ihn wegzuschaffen. Sein Bewußtsein war kaum noch vorhanden. Speise und Trank konnte er nicht mehr zu sich nehmen. Ich befeuchtete seine trockenen Lippen und redete leise und liebevoll auf ihn ein. Ich wollte nur eins vor allem verhindern: daß er sich einsam fühlte. Daß er starb, war für mich nur ein Wort. Und doch war es mit einem Male aus, und man sah es. Er war von einem Menschen zu einem Gegenstand geworden. Die »Mädeln« beschworen mich zu bleiben, bis die Männer mit dem Sarg kamen. Als der Großvater verladen wurde, mußte ich heftig weinen. Seine Töchter weinten nicht. Sie atmeten auf.

Die Ärztin bekam ein Kleid von den »Mädeln«. Sie war adelig und die Frau eines SA-Mannes, der auch Arzt war. Sie war eine Bekannte von Bruckmann, wo Hitler verkehrte, und sprach von Hitler wie von etwas Heiligem. Ihr Mann hatte in München eine Praxis als Österreicher, sie aber arbeitete noch in Wien. Sie hatte zwei Kinder. Ihre überlegene Art und ihre guten Manieren, ihr knochiges Gesicht mit den breiten Backenknochen und den Schlitzaugen machten Eindruck auf mich. Sie hatte rotes Haar und Sommersprossen. Wenn sie mich mit ihren punktierten roten Armen tröstend umfaßte, war ich erregt. Ich preßte mich an ihre flache Brust und erwiderte einen Kuß. Ich erzählte es Robert nicht. Es war zu absurd und führte auch zu nichts. Es war nichts als verwirrend.

In einem Neubau aus Beton, einem trostlosen Prisma mit gleichmäßig rostfleckigen Gitterbalkonen, war ein großer Lagerraum im Souterrain billig zu vermieten – darin konnte man auch eine Werkstatt etablieren, denn Klo und Wasserleitung waren gleich daneben an der Treppe.

Robert fand das brauchbar. Die Fensterluken lagen innen an der Decke an und hatten draußen Straßenniveau – das ergab eine ausreichende Helligkeit. Die Aussicht, die man auf einer Leiter stehend genießen konnte, ging über ein Brachfeld, eine Gstettn voller Unkraut, ins Endlose. Nebenan fuhr die rote Tramway ins Endlose. Am Horizont verschwand sie ins Grünblaue. Hier war die Stadt aus. Weil dieser Keller zum Selbstmord einlud, mietete ihn niemand. Robert heimelte das an: eine Art Schützengraben. Man konnte sich da drinnen trotzig abquälen. Mir gefiel es in der Akademie besser. Aber hier sah ihm niemand über die Schulter, gab niemand Ratschläge, wußte es niemand besser, keiner lobte ihn voll Tücke. Hier konnte er auf vielen Quadratmetern Papier Kompositionen entwerfen – wie Michelangelo: Fresken für die Ewigkeit – keine dekadenten Wandschmuck-Bildchen. Handwerk, nicht Spielerei: Leitern, Bottiche, fingerdicke Zeichenkohle.

Ich hatte Roberts Hände gerne, ich versuchte sie zu zeichnen und tat es zärtlich mit ganzer Seele – es wurden komische Greifer daraus, denn ich konnte ja nicht zeichnen, aber es waren dann eben doch unverkennbar seine Hände. Er freute sich und sagte, ich kopiere Egon Schiele.

»Wenn ich's nur könnte – ich habe Schiele gerne und lebe mit Hodler...«

Das waren Scherze, die in Wahrheit zudeckten, daß ich die Kunst nicht ernst genug nahm. Wenn ich nackt auf dem Podium stand, das wir aus der Akademie »entliehen« hatten, und Robert mit der Zeichenkohle in der Hand und dem Zeichenblock auf den Knien blinzelnd die »ideale Form hinter der Erscheinung mit den Augen der Liebe suchte«, da gefiel mir das sehr gut. Ich revanchierte mich zum Spaß und zeichnete auch seinen Akt! Wieder kam eine böse Ähnlichkeit heraus. Robert machte es nichts aus, daß er als seine Karikatur erschien, er sagte: »Du mußt mit mir in den Abendakt und üben.« In diesem Kurs standen Berufsmodelle zur Verfügung, alte und junge, Männer und Frauen, für die Studenten. Das war mir peinlich, weil es meistens armselige untererernährte Leiber waren. Mich machte das konzentrierte Schauen ebenso müde wie die armen Teufel die Stellungen, die der Professor ihnen einzunehmen angab.

»Du hast den Sinn fürs Wesentliche, du solltest üben!«

»Nein um Himmels willen, ich will nichts mit Kunst zu tun haben, ich möchte etwas Wichtiges tun.«

Robert stöhnte überfordert: »Ich habe einen Krieg hinter mir. Glaub mir doch, was ich hier mache ist auch einer...«

Ich wollte ihm alles glauben, aber ich verstand nichts. Ich verschwieg, was ich dachte, schob es weg, daß ich seine Besessenheit, das tagelange Bemühen um ein paar Striche, als Sünde am Ernst des Lebens empfand.

»Du rennst einfach vom Krieg weg«, sagte ich ungeduldig, weil er ein Plakat, das uns Geld bringen sollte, wie ein Altarbild behandelte. Es ging um eine Schibindung.

Und dann sagte er: es geht um Technik, Form und Bild, nicht um das Scheißding.

Ich verstand das nicht.

Ja, Schiele: das war smart. Adern, Nerven, Knochen als Ornament in einem schwarz-weißen Atelier – das gefiel mir, das war Haute Couture – ein schöner Luxus – sinnlich – Sünde.

Du bist ein Puritaner!

Nein, du bist einer.

Wir stritten, ich weinte und dann umarmten wir uns auf dem Betonfußboden, während uns die Katzen, die Hunde und die Kinder durch die Luken zusahen.

Ich nähte Vorhänge.

Da steckte eine Schulkollegin den Kopf in den Gasherd und atmete das Gas ein, weil ihre feine Familie ihr nicht erlaubte, Krankenschwester zu werden.

Beim Begräbnis beschloß ich, in die Krankenpflegeschule zu gehen – um ihr Vermächtnis zu erfüllen.

Nur um mich in der Direktionskanzlei des Krankenhauses zu erkundigen, ob und wie ich zu einer Schwesternausbildung kommen könnte, war ich hingegangen, da behielten sie mich auch schon dort: zur Aushilfe, für die Sommermonate als Hilfsschwester mit dem vollen Gehalt einer Hilfsschwester. Geld! Etwas, woran ich gar nicht gedacht hatte! Auch noch Bezahlung! Ach ja! Ich war achtzehn, ein Schulmädchen. Mir erschien die Bezahlung enorm. Ich unterschrieb ein Papier, ging von einer Hand in die andere, bekam Kleider und einen großen Schlüssel und stand in einem hohen hallenartigen Raum. Der Raum war durch Pfeiler geteilt wie ein Kirchenschiff, der Boden hell gekachelt, die hohen Fenster vergittert, und auch die Betten, die unregelmäßig herumstanden, waren vergittert. Die Menschen in diesen Käfigen, halbnackt oder nackt, krallten sich in die Seile, aus denen die Gitter geknüpft waren, und starrten mich an. Nicht alle. Manche schliefen in dem Lärm, den die anderen machten. Eine Frau brüllte immerzu: *Der Bettauer ist tot!*

Der Bettauer war schon lange tot, erschossen, ein »Pornograph«. Ich wußte es, wie jeder Zeitungsleser es wußte.

Ich befand mich auf der psychiatrischen Station des Allgemeinen Krankenhauses, verkleidet in ein blaues Schwesternkleid und eine weiße Schürze. Auf dem Kopf saß mir ein weißes Häubchen.

Es knallte und pfiff. Gott allein wußte, was da knallte und pfiff wie im Wurstelprater. Eine dicke Schwester zerrte eine dreckige dürre uralte Frau in eine offene Zelle und schrie mich an: »Mit dem znichtigen Zugang da werdens vielleicht fertig werden. Ziehen Sie sie aus, und stecken's sie in ein Gitterbett!«

Der Zugang und ich, wir sahen uns an. Ich nahm sie am Arm und sagte nett: »Wie heißen Sie denn?« Sie spuckte mich an, ließ sich aber die Bluse öffnen. Ich streichelte sie und kam mir gut vor. Offenbar kam ich ihr auch gut vor, denn sie ließ sich ausziehen, zog meinen Kopf zu sich herunter und flüsterte mir ins Ohr, daß sie im Unterrock ihr Sparbuch habe. »Gibs nicht dem Lampl«, flüsterte sie, »der Lampl ist auf dem Zentralfriedhof!«

»Nein, ich geb's ihm nicht«, sagte ich. »Schauen Sie, ich steck's zu mir hinter den Brustlatz.«

»Ich bin Witwe, eine Wittib!« Sie fing zu kichern an und hörte nicht mehr damit auf.

Ich sah der dicken Schwester zu. Sie flocht einer Patientin, die auf einem Zimmerklo hockte, viele kleine starre Zöpfchen. Das sah komisch aus, und eine fing zu lachen an, und es kam Lachen auf, so wie danach Stille aufkam, oder tobendes Geschrei – als ob hier alles gemeinsam geschähe.

Die Dicke sagte: »Nix zum Lachen, sie verfilzt sich die Haare, und ihr dürfen sie nicht geschnitten werden wie den anderen, denn sie ist etwas *Besseres*. Sie bleibt auch bei uns und kommt nicht nach Steinhof, sie ist eine *feine Dame*, unsere Gina.«

Die feine Dame streckte mir die Zunge heraus und blickte mich aus trüben, aber gescheiten Augen an.

Ein hübsches junges Mädchen winkte mich an ihr Bett: »Du bist einmal etwas anderes da«, sagte sie: »Ich heiße Rene, ich bin ein Suizidfall. Immer wenn ich Menstruation habe, werf ich mich aus dem Fenster oder ich ertrinke im Bad. Gestern habe ich Veronal genommen. Sie finden mich immer, aber einmal werde ich es richtig machen.«

»Lebst du denn nicht gern?«

»Nein.«

»Hast du keine Freunde?«

»Zu viele!«

Das waren also die Narren, die Irren, die gefährlich waren und hinter Gittern gehalten wurden oder in gepolsterten Zellen, in die ich durch ein Guckloch hineinsehen konnte. Da saß dann eine Frau, die Arme gekreuzt an die Brust gebunden – in einer Zwangsjacke – und stierte auf das Guckloch, oder sie lag auf dem Boden und stampfte schreiend mit den Beinen. Ich hatte das Bedürfnis, sie alle zu streicheln, wie man Kinder streichelt, und zu sagen: »Ich bin ja bei dir!« Ich tat es auch, ich hatte ja einen Schlüssel, der die Türen sperrte. Ich hatte den Eindruck, daß sie es mochten. Es trat mich keine, es spuckte keine nach mir. Ich wollte ihnen sagen, daß ich dieselbe Panik spürte, daß ich verstehen konnte, wenn man schreien und strampeln mußte, und ich war Robert so dankbar; denn daß es ihn um mich gab – war wohl das einzige, das mich am Schreien und Strampeln hinderte. Die strampelten und schrien wie ich selber in der Ohnmacht vor dem unausbleiblichen Ende: dem Tod. Sie strampelten und schrien aber vielleicht auch wie meine Mutter, weil sie gehindert waren, das kurze Leben voll auszuschöpfen – weil kein Geld da war und nichts als Rackerei, wenn man außer Essen vielleicht auch noch schön wohnen und sich Kleiden und abends ausgehen wollte!

Schreien und strampeln schien mir so sinnlos nicht. Die Schwestern jedenfalls hielten sich für normal. Um die eine, die riesige und beängstigende, wabbelte das Fett, als wäre es ein Clownsanzug, und die braungebrannte dürre redete immerzu von einer Handballmannschaft, ihrer Handballmannschaft, einer weiblichen Handballmannschaft, die besser spielte als die der Männer... Waren die beiden normaler? Sie hatten auch Angst, große Angst...

Manchmal brüllten alle im Saal, es wogte das Gebrüll auf wie in einer politischen Versammlung, und dann trat plötzlich wieder Stille ein – wie auf einer politischen Versammlung –, ebbte auf und ab, wie auf Kommando – mir schien die Unruhe, wie meine eigene, normal.

Ich sah nicht ein, warum hin und wieder eine der Patientinnen ein Kopfstück bekam. »Das ist unser Selbsterhaltungstrieb«, belehrte mich die Dicke, »wir müssen sie im Zaum halten... Warum ich mich mit Ihnen plagen soll und alles erklären – Sie kommen ja doch wieder weg. Sie sind zu jung für diese Abteilung.« Sie schaute an mir herunter: »Und zu schwach.«

Ich wollte aber hier bei meiner Alten bleiben. Ich fühlte mich für sie verantwortlich. Ich trat an ihr Gitterbett und flüsterte:

»Da unter meinem Latz, da fühle ich immer Ihr Buch. Ich kann es nicht verlieren. Ich hebe es für Sie auf.«

Ich bekam eine Schnabelschale, um sie zu füttern. Sie entspannte sich und hielt mich am Arm.

»Geben Sie acht, Sie Spatz! Diese Cerebral-Sklerosen sind unberechenbar!« sagte die riesige Kollegin.

Ich hatte vor der Lampl weniger Angst als vor der Handballspielerin, vor deren braungebrannten Muskeln. Ich starrte ihren Bizeps an, als sie ihre Zigarette in den Mund steckte. Sie sagte du zu mir.

»Traust du dich, diesen dreckigen Zugang zu baden?«

»Pscht, sie hört uns ja!«

»Na wenn schon!«

»Bitte o ja«, sagte ich ganz servil, weil ich darauf aus war, bei der Alten, meiner Alten, zu bleiben.

Aber es erschien ein junger Arzt, stellte sich neben mich, legte seine Hand, mich verhaftend, auf meine Schulter, nahm der Handballerin die Zigarette aus dem Mund und steckte sie in seinen. Zu mir sagte er: »Du bist mir aber ein Schatzerl!«

Da kam die schöne Oberschwester, sah ihn nur an. Er duckte sich und zerdrückte die Zigarette in der Hand.

Es knallte und pfiff.

»Wir haben eine Menge Verletzte auf Eiselsberg. Im Hof stehen die Bahren. Sie müssen mit dem Doktor hinüber, um zu helfen«, sagte die Oberin zu mir. Ich begriff nur, daß ich weg sollte und schüttelte energisch den Kopf.

»O ja, bitte«, sagte die Oberin, die mich auch schon mochte, »ich hole Sie mir wieder.«

Endlich nahm ich wahr, daß das Knattern und Pfeifen von einer Schießerei kommen könnte. Ich stotterte: »Wer schießt denn da?«

»Der Justizpalast brennt! Bürgerkrieg ist!« sagte der Arzt. Ich hielt das für einen hauseigenen Scherz.

Der junge Arzt sollte mit mir hinüber auf die Chirurgische Abteilung im Alten Haus in die Währingerstraße fahren, und er führte mich aufs Dach, um mir den Brand zu zeigen. Wir sahen über die Dächer hinweg das Lodern der Flammen und den Rauch gegen den blauen Himmel. Wir standen in der heißen Sommerluft, und das bißchen Theater am Horizont wirkte fremd und unheimlich. Das war etwas Neues, eine Sensation. Alles war neu an diesem Tag.

Hochgemut stieg ich in den Pferdewagen, der vor das Tor des Hauses fuhr. Es saßen Schwestern, Pfleger und Ärzte drin.

Ich war plötzlich in einer Gemeinschaft – nicht hochmütige Mitschülerinnen aus gutem Haus, sondern Kollegen. Da fing der Arzt zu reden an: »Der Pöbel rächt sich am Urteil im Schattenbergprozeß.« Eine hübsche Schwester ließ sich das erklären. Der Arzt tat es gern: »Frontkämpfer schossen auf Arbeiter im Burgenland, in Schattendorf, und wurden dann im Prozeß freigesprochen. Dagegen wird angeblich spontan demonstriert.«

»Die Frontkämpfer sind doch auch Arbeiter«, sagte die hübsche Schwester.

»Der Pöbel kämpft gegeneinander für die verschiedensten Interessen«, sagte ich als Tochter meiner Mutter. Der Kutscher pfiff anerkennend durch die Zähne: »Diese Teppen!«

Ich dachte an Jenö.

»Genossin?« fragte mich der Kutscher. Er roch wie ein altes Bierfaß.

»Nein«, sagte ich.

Ich verleugnete meine Mutter. Mir gefiel der Doktor, der leider sagte: »Proletenschweine.«

Die Besseren! Die Feinen!

»Die Hälfte der Geschworenen waren Arbeiter!«

»Man weiß doch, wie verhetzt die sind!«

»Entscheiden gegen die eigenen Leute! So eine Schande!«

»Auch die Soldateska des Herrn Schober schießt die eigenen Brüder zusammen!«

So fuhren wir die Wickenburgstraße hinauf, was einen weiten Umweg darstellte. Der Kutscher behauptete, die Zufahrt durch die Alserstraße wäre abgesperrt – er war neugierig und fuhr, soweit es ging, zwischen fliehenden Menschen und reitenden Polizisten über die Lastenstraße – es flogen Papierfetzen, die verkohlt waren, und wir alle hatten Angst und genossen die Gefahr. Der Arzt legte seine sehnige Hand, eine gute Hand, auf meinen Oberschenkel, was ich hell und alarmierend wahrnahm. Ich hörte mir selber zu, wie ich ihn – kokettierend – meinen »Klassenfeind« nannte. Er nahm's nicht ernst, und doch hatte ich es ernst gemeint, im Augenblick jedoch zum Verrat bereit.

»Der Deutsch wird die Ruhe wiederherstellen!«

»Hört's mir auf mit dem Nobelsozi!«

In dem schönen alten Hof, in den wir zunächst nur mit »Achtung«-Geschrei hineinfahren konnten, standen uns Bahren mit Leibern darauf und gestikulierende Menschen im Weg. Sie wiesen aufs Dach der Nationalbank, von dort oben drohten Maschinengewehre. »Ein Polizist im Hof ist getroffen worden!« Es lagen auch Uniformen und Kappen auf dem Boden, ich konnte kaum etwas wahrnehmen. Ein Arzt stieß mich an eine Bahre: »Kommen Sie, da, machen Sie die Narkose!« Vor mir lag ein Mensch mit einer Art Beißkorb – der Narkosemaske. »Na, mach schon!« sagte der Arzt und stopfte Eingeweide in einen Bauch zurück. Ich hatte mit einem Male ein Fläschchen in der Hand.

»Oje, die hat keine Ahnung!« schrie der Arzt und sagte: »Tropf auf die Maske, vorsichtig, hör zu: Tropf für Tropf, und zähl dabei den Puls.«

Ein Pfleger, der vorbeikam, blieb stehen, während er die Tragbahregriffe in den Händen behielt, und sagte: »Du mußt den Puls mit dem Zeigefinger prüfen, so, mit dem Daumen, hörst du nur deinen eigenen.« Ich war durch und durch naß von Schweiß, der an mir herunterrann, aber ich begriff schnell. Es kam eine Schwester mit einem kleinen Wagen und reichte dem Arzt »Tupfer!« und »Nadeln!«, und eine andere schnitt etwas, ich sah alles nur halb und versuchte, die Tropfen mit dem Pulsschlag in Einklang zu halten. Wir arbeiteten im Freien, und der Mann wurde weggebracht und ein anderer auf den Tisch gehoben. Es arbeitete ein Team, das ich auch nur halb wahrnahm – die anderen ärgerten sich über meine Ungeschicklichkeit, sie ahnten nicht, wie neu mir alles war. Ich befand mich in einem Rausch von Tüchtigkeit, als ich plötzlich durch die Allee herunter Vater mit Robert kommen sah.

Die beiden – alle beide – mußten sich nun keine Sorgen mehr um mich machen, aber so riefen sie: »Jenö, Jenö ist mit dem Schutzbund marschiert!«

»Ich habe hier noch keinen verwundeten Zivilisten gesehen, auch keinen vom Schutzbund. Hier sind offenbar nur Polizisten!«

Vater und Robert wurden von mir abgedrängt. Ich sah sie stehen und warten – die Schießerei schien aufgehört zu haben.

Robert hatte von meiner Absicht, mich im Krankenhaus nach den Eintrittsbedingungen zu erkundigen, gewußt. Als die Unruhen begannen, machte er sich große Sorgen. Als die Straßenbahnen nicht mehr fuhren und die Leute »Bürgerkrieg!« schrien, machten sich Vater und Robert auf den Weg, um mich und Jenö zu suchen – da sorgte sich Vater trotz allem um Jenö, der in der Uniform des Schutzbundes unterwegs war.

Da saß ich nun mit Robert und Vater in einem Beisl in der Spitalgasse, und wir schimpften auf die Polizei, deren Männer ich einen Tag lang zusammenflicken geholfen hatte. Ich war übermüdet und überdreht. Ich hatte den schönsten Tag meines Lebens hinter mir: Ich war nützlich gewesen, so nützlich, wie ich sonst nur für Robert war.

»Mein Gott!« sagte der nur, »das willst du nun beruflich ein Leben lang machen?«

»Wer weiß, was noch kommt! Hier ist sie sicher«, sagte der Vater zu Robert.

»Großer Gott!« sagte Robert nur.

Ich erzählte den beiden begeistert von der imponierenden Oberschwester, und Robert sagte nur: »Jesus Christus!«

Ich würde auf der Psychiatrie schlafen und mir meine Sachen von zu Hause holen, wenn die Straßenbahn wieder ging, oder auch gar nicht. Ich trug ja jetzt das Schwesternkleid, und die Oberin lieh mir Kamm und Seife.

Als Robert und Vater gingen, rannen mir die Tränen herunter, aber ich fühlte so vielerlei, daß es der Gefühllosigkeit gleichkam.

Zur Alten wollte ich, ihr sagen, daß ich und das Buch bei ihr blieben.

Tags darauf wurde ich auf meine Eignung für den Dienst untersucht. Als sie mir das Blut für den »Wassermann« aus der Vene nahmen, fiel ich ihn Ohnmacht.

Hier, so mußte ich es empfinden, geschah etwas für den Mitmenschen. Für jeden gleich – vor allem im Operationssaal – aber auch am Krankenbett. Sozialismus in Christo! Gräfinnen und Fürstinnen liefen gleich mir mit der Scheiße in den Bettpfannen herum, und je höher der verlorene Rang, um so dreckiger die zugeteilte Arbeit. Der kleine Mann und die kleine Frau, Kollegen, sie rächten sich am gewollten oder gewohnten Hochmut, der in der Demut penetrant wurde. Ich genoß es mit Skrupel, in dieser Riege zu roboten. Die »Trampeln« vom Land, die drückten sich, wo sie konnten, während die »Damen« schufteten. Sie schufteten um Christi Willen. Die Freude der Bedienerinnen (Putzfrauen), mit den »Damen« herumschreien zu dürfen, wenn diese im Drange ihrer Tätigkeiten die Fußböden bekleckerten – diese Frauen waren auch penetrant.

Ich verteilte Sympathie und Verständnis an einzelne – die Linie fand ich nicht.

»84 Tote – davon sieben Wachleute! 90 Verletzte!« stand in der Zeitung: das war das Fazit des Ereignisses.

»Das kleine lebensunfähige Österreich!« reizten die deutschnationalen Blätter.

Die Oberin beanspruchte mich noch den Sommer lang auf der Psychiatrie. Dann mußte ich weg von ihr und von meiner Alten. Die Alte verstarb später am Steinhof, und das Sparbuch übergab ich der Oberin, ehe ich meinen Turnus durch alle Abteilungen begann, um zu lernen, um bei vollem Einsatz Erfahrungen zu sammeln. Meistens in Nachtdiensten. Tagsüber lernte ich in der Schwesternschule, oder ich ging zu den klinischen Vorlesungen, die von Professoren für Studenten gehalten wurden. Ich wollte ja dem Tod und der Seele auf die Spur kommen.

Die Schlächtereien auf der Prosektur machten mir angst und bange. Ich zwang mich, auch dort hinzugehen. Neugierig!

Unser Tierisches! Da verweste es in Teile zerschnitten. Menschenteile! Ich war unfähig, das beiseite zu schieben, das Häßliche unserer unausbleiblichen Zukunft!

Robert fand mich unerträglich und taktlos: »Es gibt einfach Dinge, über die man aus Takt schweigt, weil sie den anderen verletzen. Es ist Masochismus, immer in Wunden zu bohren. Immer tust du das.«

Ich tat es, um zu einem tröstlichen Resultat zu kommen – ich glaubte so wenig wie alle Menschen, daß es wirklich ernst mit dem Ernst sein könnte. Ich suchte den Fehler in der Konstruktion. Sterben war einfach absurd – genauso wie Mord.

Ich verschlang den Zauberberg von Thomas Mann, verstand das schlechte Gewissen der Todgeweihten, und es schien mir wieder klar: ich war *morbid.*

Robert wurde böse und bekam auf einer Stadtparkbank ein mir ganz unbekanntes böses, ein brutal entschlossenes Gesicht. Seine Lippen schoben sich dick vor und zogen sich dann auf einen Strich zusammen:

»Ich will dich heiraten, ehe du als Patientin auf der Psychiatrie landest. Schau wie du ausschaust! Wieviel wiegst du denn noch?«

Hitler ließ italienische Waffen an die Heimwehren verteilen und zog eine österreichische SA auf.

Hitler wurde der Affe Mussolinis genannt.

»Sind sie denn in Weimar auf den Kopf gefallen? Liefern sie die Demokratie ein paar Radaubrüdern aus?« Die Stimmenanzahl für Hitler wuchs. Jenö besaß keinen ganzen Schuh mehr, er zitterte den ganzen Tag vor ohnmächtiger Wut. Auch Robert und Vater gingen auf schiefen Absätzen, ich trug meine Schwesternschuhe aus und war nicht mehr im Spital. Da setzte sich Mutter hin und machte Schuhe. Sie hatte es dem Schwiegervater abgeschaut und überdies während des Krieges einen Kurs in der Urania besucht. Sie nähte nicht nur unsere Kleider, sie machte nun auch die Schuhe. Aber wie sollte es nun wirklich weitergehen?

Ich verdiente ein paar Groschen in einer Putzerei.

Da erhielt Robert einen Auftrag: einen großen Auftrag, der ihn sehr freute, einen handwerklichen Auftrag: Glasfenster für ein Rathaus in Wieselburg und eine Sonnenuhr und Porträts der Stadtväter zu malen, genug, um uns zu erlauben zusammenzuziehen, zu heiraten. Ich ging auf die Suche nach einem Untermietzimmer. Unser Recht auf eine eigene Wohnung konnten wir erst nach der Eheschließung bei der Gemeinde anmelden. Wir hatten es aber jetzt eilig. Roberts Vater nahm sich eine junge Frau und die Zimmer-Küche-Kabinett-Existenz mit dem jungen Paar wurde für Robert unerträglich.

Mir war der Abschied vom Spital leichtgefallen, denn Pilar, die Kollegin, die mir nahestand, hatte einen Freund gefunden, mit dem sie zusammenzog. Die miese fensterlose Kammer ohne sie zu bewohnen war, nach dem schweren Dienst, für mich allzu trostlos.

Da es mich immer zu den »Feinen« zog, besann ich mich einer Schulfreundin, die in einem der Villenviertel wohnte. In ihre Nähe wollte ich ziehen.

Als ich – vor einer Ewigkeit, wie mir schien – in die Mittelschule eintrat, saß Maria vor mir. Nicht aus Zufall. Ihr Nacken faszinierte und verwirrte mich. Ich setzte mich hinter sie. Durch eine Narbe verzogen, lag ihr Kopf schief auf der rechten Schulter, ihr dunkler Haarzopf betonte die Gerade, ihre Schultern waren breit und hager, die übrige Figur, wie ich später sah, sehnig und knabenhaft. Sie blickte aus dunklen und matten Augen und wirkte wie eine alte Frau.

Später verwirrten mich auch ihre Eigenschaften. Sie war in darstellender Geometrie und in Mathematik kundiger als der Lehrer, und sie wollte oder mußte alles, was sie unternahm, nach ihrem Nachmittagsschlaf richten. Sie verzichtete um seinetwillen auf Ausflüge – auf Rendezvous.

Sie fand für uns in nächster Nachbarschaft ein Balkonzimmer mit Bad bei einer k.u.k. Oberstenwitwe, Freiin von X. Ich stellte mir diese wie meine Oberin aus der Psychiatrie vor, und so war sie denn auch: imponierend, walkürenhaft, nur aber alt und leider dreckig. In der ungelüfteten Wohnung zwischen Flügel und Vitrine stank es nach Schmutzwäsche, ein triefäugiger langhaariger Hund kroch mit hängendem Hinterteil drin herum, und die Oberstin sagte:

»Ich gebe Ihnen mein ehemaliges Schlafzimmer, es geht nach dem Osten, für wenig Geld, wenn die junge Frau ein wenig putzen würde!«

Darauf gingen wir ein. Wir misteten das Bad aus, Robert half, wir strichen Fenster und Türen. Und dann: Dann wohnten wir herrschaftlich mit Balkon und beobachteten vom Bett aus ein Nachtigallennest. Dafür kochte ich auch für die Alte mit, die inmitten ihrem Silber und Porzellan fast verhungerte. Sie war an Personal gewöhnt.

Glanz und Elend in Hollywood spielten sie in den Kinos. Wir gingen nicht in die Kinos.

Sacco und Vanzetti! Mutter wurde krank darüber.

Robert sagte: »Es ist alles hoffnungslos. Der Mensch ist ein Schwein. Die Bagage ist immer in der Mehrzahl.«

»Damit fang ich nichts an«, sagte ich.

»Ich war beim Sturmbataillon im Schützengraben. – Der japanische Maler Hokusai malte sein Leben lang Hähne, und als er es konnte, mußte er sterben!«

Roberts Sprüche!

Ach, er quälte sich damit, romantische Themen modern darzustellen. Er malte auf Auftrag einen Andreas Hofer, indem er ihn aus Farbflecken zusammensetzte und die Zeichnung drüberlegte.

»Die Form muß es bringen, das Neue – der Inhalt ändert sich nicht.«

Das verstand ich nicht.

Jenö wollte den Polizeipräsidenten ermorden – jedenfalls redete er davon –, das verstand ich schon eher. Kranke zu pflegen und mächtige Herren umzubringen kam mir wichtiger vor als Kunst zu betreiben und ein Leben lang Hähne oder Helden zu malen... aber ein Gefühl warnte mich davor, das zuzugeben: Robert hatte einfach mehr Gewicht als Jenö. Ich sah das nicht gerne ein. Ich litt unter den Unterschieden, die ich machte: Pilar – Mutter – alles Menschen und ein so großer, ungerechter Unterschied.

»Motiv und Sittlichkeit eines Menschen bestimmen seinen Wert«, sagten die Priester. Aber die Priester waren Zölibatäre und für mein Dafürhalten eben deshalb nicht normal – die waren geisteskrank. Das las ich mir aus Freud und Weininger heraus: Sex ist die Grundlage – wer damit hadert, liegt schief. Das leuchtete mir ein. Freud war berühmt, und Weininger mußte sich umbringen.

Es ging uns gut, es ging uns immer besser. Wir hatten bereits eine winzige Mansardenwohnung mit Großmutters Erbe abgelöst, und es standen Großmutters Biedermeiermöbel darin. Wir wohnten wieder nicht weit von Professors entfernt, wir blieben in der Villenstraße. Wieder hatten wir Gärten vor den Fenstern, und im Sommer war es heiß und im Winter kalt dicht unter dem Dach. Großmutter war im hohen Alter friedlich verschieden, als sie mit Rosenkranz und Gebetbuch zum Abendsegen aufbrechen wollte. Robert verdiente besser, weil er für Neuraths Wirtschaftsmuseum statistische Tafeln mit Figuren illustrierte, und ich verdiente mit, weil ich die Beschriftung dieser Tafeln ornamental kalligraphierte. Es war uns noch nie so gut gegangen, aber wir mußten Jenö und Mutter mit versorgen.

Es war die Zeit, da Dollfuß, der winzige Kanzler, seinen österreichischen Faschismus unter der Patronanz von Mussolini erfand: den Ständestaat. Dollfuß war ein Klerikaler, das mochten wir nicht, aber er war fromm, das schien uns eine gewisse Gewähr für Anständigkeit; doch er war militant und ein Hahnenschwänzler – ein Feind der Roten und der Braunen, er war ein österreichischer Patriot, ein Monarchist, der er nicht wagte zu sein, und er war das ärgste, was man sein konnte: konservativ.

Wie weit waren wir es denn aber selbst: konservativ? Wir begannen dabei alle Annehmlichkeiten der bürgerlichen Kultur kennenzulernen und wünschten nichts anderes – nicht nur für uns: für alle, für Jenö, für die Hradezkinder, für Herm Hofer und für die »Menschen« aus Vilmas Haus.

Es folgten nun aufeinander die Ereignisse, die uns zu Dollfuß-Gegnern machten: Er gründete die Vaterländische Front, er verbot die NSDAP – das ging noch an, das war zwar reaktionär, immerhin patriotisch –, aber er führte die Anhaltelager, KZs für politische Häftlinge ein und politisierte die Kirche, als er das Parlament mit winziger Mehrheit ausschaltete und mit Hilfe des Erzbischofs die Roten ausschloß.

Beim Putsch der Sozialisten zitterten wir um Jenö, der mitkämpfte und verlor – Jenö und Mutter waren die Menschen, die von allen, die wir kannten, am ehrlichsten, am wenigsten verlogen waren, wenn sie auch lange nicht so fein auftreten konnten wie Professors, die sich vor den Roten fürchteten. Was fürchteten sie von den Roten?

Diese Roten, das waren eben doch Kommunisten, die alle Bürger umbrachten. So sahen es Professors, die sich überhaupt nicht vor den Nazis fürchteten, weil diese nur gegen die »Artfremden« auftraten.

»Warum sind Sie kein Roter?« fragte ich Herrn Hofer, den Gemüsehändler.

»Ich will hinauf und nicht hinunter«, sagte der. »Ich will mehr für mich als für die anderen.«

Herr Hofer drückte sich immer klar aus.

Jenö dagegen schien immer mehr herunterzukommen – war er auch im Recht, so war er doch auf der Seite der Verlierer, denn Roberts Spruch »Die Schweine schwimmen immer oben« war wieder einmal wahr.

Jenö mußte sich vor Dollfuß' Schergen verstecken, er war in Schutzbund-Uniform gesehen und verpfiffen worden.

Fischls wanderten in die Schweiz aus.

Mutters schwarze Augen glänzten wild, sie trug das gefärbte Haar als Bubikopf und war mit aufgeregt roten Wangen immer bereit, auf die Barrikaden zu steigen. Brave Bürger nannten sie ein »Flintenweib«, und ich hätte doch so gerne eine mütterliche, sanfte Mutter gehabt, die dem Ideal der Frau entsprach – wie etwa des Professors Gattin, eine passive Riesin mit matten Blauaugen und dickem blondem Zopf. Wenn diese Mutter am Herd stand oder im Garten jätete, trug sie fraulich eine Schürze – ein

Kleidungsstück, das meine Mutter ablehnte. Klavierspielen konnte meine Mutter auch nicht. Schillers »züchtige Hausfrau« – das paßte auch zu mir nicht, und das tat mir schrecklich leid; ich betrieb die Heiraten der Professorstöchter, soweit ich nur etwas dazu reden konnte. Ich wollte sie alle unter der Haube und in Schürzen sehen – sie waren so hübsch und dazu geschaffen, einen Mann zu beglücken.

Robert war ein sehr guter Ehemann, aber ich hatte doch das Gefühl, daß er mit mir betrogen war – ich paßte in kein brauchbares Schema. Zur Mutter wollte er mich nicht machen, und als Geliebte befand ich mich zu häßlich. Den Bildhauern stand ich zwar oft aus Gefälligkeit Modell – mein Wuchs gefiel, was ich nie verstand, denn ich war prall, um nicht zu sagen dick. Eine Rubensfigur. Aber mein Gesicht! Ich fand mühsam einen Winkel, aus dem gesehen ich es ertrug. Dann war ich auch »gescheit«! Der Schwiegersohn in spe des Professors nannte mich eine »Egeria«, unweiblich und verjudet.

Als Hitler seinen Stabschef Röhm und die halbe SA erschießen ließ, erblickten wir darin nur eine niveaulose, kleinbürgerliche, peinliche Aktion, eine Grottenbahnstory, ein Grand-Guignol-Theater – selbst Professors genierten sich und verzichteten darauf, Hitler zu entlasten.

Und als auch Dollfuß sterben mußte, hatte das Geschehen das Gewicht eines üblen Schundromans.

Unter solchen Menschen sollten wir leben. Selbst Professors rümpften die Nasen und sahen ihre Ideale der Deutschheit – Blut, Volk und Boden – durch den Schmutz gezogen.

Bei Professors lasen sie Bismarcks Briefe und Grimms »Volk ohne Raum« – und debattierten schon damals die Notwendigkeit für Deutschland, an Rußlands »Kornkammern« heranzukommen. »Kampf« war gesund, notwendig, wehrhaft mußte man sein, um lebensfähig zu bleiben. Auch die Fähigkeit zum Verrat gehörte zum Kampf ums Dasein. Der Feind stand eindeutig links – die »Vielzuvielen« zerstörten die Privilegien, die allein das Leben lebenswert machen. Die Rassereinen gehörten zu den Privilegierten.

Christentum war Dekadenz. Professors hatten durchaus die Kraft, sich auserwählt zu fühlen – nicht von Gottes, von Darwins Gnaden. Sie lasen Daqué…

Ich erwischte durch Zufall in der Leihbibliothek Friedells Kulturgeschichte und las daraufhin monatelang nichts als diese. Nachts las ich Robert laut daraus vor, und wir waren wieder ein Herz und eine Seele über die deutschen Mystiker, Meister Ekkehard und den Frankforter und Jakob Böhme.

Wir glaubten an Jesus Christus, der sich für die Schuld der Welt kreuzigen ließ – wir glaubten an seine Nachfolge –, wir bezogen Stellung.

Wir berauschten uns an den Verzückungen der Gotiker und des großen barocken Welttheaters und »streiften den Alltag ab«.

Ich erfuhr, daß Friedell Schauspieler war und im Josephstädter Theater spielte.

»Die ganze Familie seiner Haushälterin lebt mit Friedell in einer großen Wohnung. Er ist nicht knickrig wie Pilars Mann, er ist ein gütiger Mann und sehr traurig, weil Mussolini in Äthiopien einen Krieg angefangen hat und weil es auch in Spanien zugeht, wenn er mit seinem Freund über Politik spricht, ist das ganz anders als…«

»Nebenan?«

»Wann gehst du wieder zu ihm?«

»Wann immer ich will, hat er gesagt. Er hat gesagt, ich sei nett… und er hat gesagt, ich rede wie gedruckt und ich erinnere ihn in meiner Aufgeregtheit an Ottilie von Goethe – denk dir –, an Goethes Schwiegertochter, und ich sollte doch versuchen, über sie ein Buch zu schreiben.«

»So etwas sagst du mir erst jetzt?«

»Ja, weil da etwas dabei ist, was mich kränkt. Sein Freund, der Walther Schneider, der hat mich nach Hause begleitet und hat mir erzählt, daß Adele Schopenhauer, die Schwester des Philosophen, die beste Freundin dieser Ottilie gewesen ist und sie zärtlich ›Papageiengesicht‹ genannt hat…«

Robert lachte und rückte mir näher; er küßte meine krumme Nase. Später sagte ich zu ihm: »Schau, der Mond ist schon ganz weiß!« Und er sagte: »Mond genug im Schützengraben gesehen.«

Ich lud Friedell ein, und er sagte ungern zu – er ging nicht gerne zu Leuten, die er nicht kannte –, er war vielleicht auch hochmütig – Robert behauptete es. Es funkte gehässig zwischen Robert und Friedell, Walther schätzte Robert gering. Was ging vor? Warum waren sie nicht froh, sich getroffen zu haben? Warum spielten sie

Rivalität unter Männern? Sie benahmen sich dumm. Friedell betrank sich. Warum liebten sie einander nicht – es wäre das Natürlichste von der Welt...

Als sie gegangen waren, weinte ich. Robert sagte: »Siehst du, siehst du, er hat mich nicht eingeladen – mich nicht –, nur dich! Ich könnte dir den Umgang mit den beiden übelnehmen.«

»Warum zum Kuckuck?«

Robert schwieg. Er nahm übel.

»Hör einmal, du bist ja blöd!«

Robert war kein Antisemit, und er vertrat auch nicht die modern gewordene These, daß Jesus ein blonder Arier gewesen ist.

Professors taten das.

Wir lasen *Mein Kampf.*

»Schlechtes Deutsch! Sprachlich miserabel.«

»Aber hier bemüht sich doch einer – ein armer Hund. Ist Hitler nicht ein armer Hund – versteht vieles nicht –, er will Macht? Was hat er denn davon, wenn Leute wie ihr ihn dafür verachtet? Ich verstehe nicht. Ist er nicht ein armer Hund?«

»Ja, aber ein toller...«

»Ich kann nicht hassen...«

»Das ist ein echtes Manko«, sagte Walther, der vor Haß keine Luft bekam.

Ich dachte an die Psychiatrie, an meine Fähigkeit, mit tollen Hunden zu fühlen, Angst nicht nur zu haben, sondern mit ihr zu leben! Ich wurde mir selbst verdächtig.

»In Deutschland gibt es keine Arbeitslosigkeit mehr. Man liebt den Führer. Den Leuten geht es gut.«

»Bis auf jene, die in Lagern sind.«

Über die Schweiz kam durch Josef Burckhardt, der Ossietzky im Gefängnis besucht hat, die Nachricht, daß er gefoltert wurde – ein Buch ging unterderhand herum über die »Moorsoldaten«, das erste Buch über ein Konzentrationslager im Norden Deutschlands. Friedell betrank sich jeden Tag. Aus Angst. Für ihn gab es keine Zweifel darüber, daß die Greuel sich steigern würden. Ich hatte ein schlechtes Gewissen. Ich gehörte als Schwester in die Psychiatrie – dort war die Wirklichkeit, nicht in unserer hübschen Wohnung mit ihren Farben und Nischen, ihren Großmuttermöbeln und Roberts Bildern. Maria war die einzige von Professors, die sich für Friedell interessierte und, bei uns auf dem Diwan liegend, sich daraus vorlesen ließ. Aber ich begriff sie nicht. Sie liebte einen Ingenieur, den wir von vornherein für beschränkt hielten, weil er auf allen geistigen Gebieten ignorant war. Hitler und die NSDAP hielt er für lächerlich, soweit es weltanschauliches Getue bedeutete, ansonsten bezeichnete er den Mann als »gehaut«. Die politischen Alternativen zu Hitler galten ihm als unrealistisch und außer der Welt der Maschinen alles als langweilig. Man muß Spezialist sein – für alle brauchbar und notwendig, ob nun rot, braun oder schwarz.

Funktion an sich machte Vergnügen! Ich aber glaubte an Zwecke. Georg wurde durch sein Motorrad ausgefüllt.

»Er ist groß und stark«, sagte meine Maria, und das war ein Argument, das ich gelten ließ. Sein Erscheinen weckte das Verlangen. Gut.

»Kommt doch abends zu uns, ihr könnt ja euer Essen mitbringen«, lud uns Maria ein, und ich antwortete schnell: »Ja, ja, sehr gern, wir bringen unsere Brote mit...«

Ich hatte die Stimme meiner Mutter im Ohr: »Bei denen geht's ja zu wie bei deinen Tanten! *Meine* Mutter, *deine* Großmutter hätte mittags nichts gegessen, um abends Gäste bewirten zu können!«

Ich freute mich, daß sie uns überhaupt aufforderten zu kommen. So feine Leute. Wir kleideten uns nett. Robert besaß immer noch seinen weißlichgrauen Schafwollanzug aus der amerikanischen Hilfsaktion, und ich zog mein Lieblingskleid an, das meine Mutter genäht hatte – paradeisrot, mit Taille und gebauschten Ärmeln. Im Nacken trug ich einen großen Knoten, ganz gegen die Mode, denn einen Bubikopf fand ich zu unernst für mich. Die Töchter des Professors flochten ihr blondes Haar nach deutscher Mädchenart in Zöpfen. Bei mir bildeten sich ganz von selbst Nacken- und Schläfenlocken, was Robert sehr aufreizend fand. Ich reizte gerne auf, glaubte aber nicht, es zu können, weil mir meine Nase nicht gefiel.

»Wie jung du bist!« Ein Seufzer Roberts, den ich auch gerne hörte... ich war rundherum eine Ehefrau, die sich freute, im »Dreimäderlhaus« des Professors Neid zu erwecken: in der Butzenscheibenvilla aus den neunziger Jahren mit den Kupfertürmchen im Garten hinter der Hecke.

Wir stiegen fünf Stufen zum gedeckten Eingang und klingelten.

Maria ließ uns in einen großen Vorraum mit schweren dunklen Schränken und Jagdtrophäen eintreten, öffnete dann die Tür in einen menschengefüllten Raum. Zuerst sah ich den Vater – er saß, ein Patriarch mit blondem Bart, hinter einem massiven Schreibtisch vor einem Globus; daneben konnte ich durch ein hellornamentiertes Fenster weit ins Grüne blicken. Dann starrte ich auf Bücherwände an den Seiten und bekam, wie immer, wenn ich auf vielen Bücherrücken Titel zu lesen versuchte, Bauchweh aus Gier. Es waren riesige Lexika, zum Teil in Leder, und die gesammelten Werke – wie ich glaubte – sämtlicher Klassiker. Der Professor begrüßte uns, und seine Stimme kam tief aus einem breiten Mund. Er hatte starke weiße Zähne. Er war ein prächtiger Mann mit wenig Bauch und in gestraffter Haltung.

»Wir machen Hausmusik«, sagte er: »Spielen Sie auch ein Instrument?« »Gitarre«, sagte Robert, und der Professor blickte ihn wohlwollend an.

Die statuöse Mutter wartete bereits am Flügel – rotgesichtig, blauäugig und blond mit sehr breiten Schultern und einem Kindermund – im Kreise der Familie: der Töchter und der Freier der Töchter – Studentchen von der Universität.

Wir befanden uns unter Waldmüllerdrucken und einer Spitzwegkopie, auf Webteppichen neben einer altdeutschen Kredenz inmitten von akademischen Bürgern! – Die Glücklichen, sie lebten ein Muster.

Der Vater stellte ein Cello zwischen kräftige Knie, gab das Zeichen mit umbuschten Augen, die Mutter schlug den Flügel an, und die Tochter legte den Bogen an die Violine.

Sie spielten Beethoven und Solveigs Lied und führten dann Gespräche, die von ernsthaftem Studium und von Kompetenz zeugten. Gaya Sciencia! »Angenehme gesellschaftliche Verhältnisse«, hatte einst Goethe dergleichen genannt. Sie waren nach Kretschmars Rassenkunde alle als nordisch einzustufen mit allerdings einem slawischen touch, der sie mir gemütlicher machte.

Ein Gartenlaubeleben, das bei schönem Wetter unter einer alten Linde stattfand. Da spielte dann Robert Gitarre und sang dazu: »Drüben am Wiesenrand sitzen drei Raben...« und aus der Carmina Burana und aus des Knaben Wunderhorn. Die anderen sangen: Gaudeamus Igitur, das Deutschlandlied und die Filia

Hospitalis. Man nahm uns auf in diesen Kreis, als Boheme, als Würze, als Stichwortbringer, ob im Sommer bei Windlicht oder im Winter auf der geheizten Veranda unterm geschnitzten Lüster, und dort betrieben sie auch die Politik des Großen Nachbarn, denn hier zu Hause in Österreich, da wurden die nationalen Werte, das Deutschtum nicht hochgehalten. Hierorts war man nicht stolz auf Wotan und Bismarck, hier entartete man entweder links und jüdisch, oder rechts und klerikal.

Wir wurden belehrt, daß der Versailler Vertrag ein Verbrechen sei und ihn einzuhalten ein Verrat am deutschen Volk, an Südtirol. Daß es nicht anging, daß die anderen Kolonien besaßen und die Deutschen keine, wo sie doch so tüchtig waren und nun durch Armut und Raummangel bedroht. Hitler schrie *Deutschland erwache!*

Wer war Hitler?

Kolonien!

Wozu Kolonien? Etwas ganz Neues für mich.

Ein Staat, der Kolonien hat, hat Bodenschätze und billige Arbeitskräfte.

Ja, aber (Mutters Stimme in meinem Ohr): »Das ist doch Raub und Ausbeutung!«

Es ist der Lauf der Welt, daß die Starken die Schwachen ausbeuten und für sich arbeiten lassen. Dafür beschützen sie sie aber.

Wir sind ein Herrenvolk.

Wir, wieso?

Ich war eben verjudet. Also klärten sie mich auf über mein Vorrecht in der Welt, Deutsch und Arisch zu sein.

Im Stiegenhaus war am Vormittag ein unguter Lärm. Neugierig trat ich aus der Wohnung und schaute hinunter. Auf der Kellerstiege drosch die alte knochige Hausmeisterin auf ihre unterspickte, kindliche Schwiegertochter ein. Sie zerrte und zog an dem schwarzen Haar der Jungen, die den hellroten Mund im schneeweißen Gesicht so weit aufriß, daß ich von oben in den dunklen Schlund sah. Überall war die Haut der jungen Frau leuchtend weiß, und man sah sehr viel davon, weil ihr die Greisin das Kleid zerriß. Die Junge brachte keinen Ton heraus, ich spürte die dumpfen Schläge und den Würgegriff der Alten wie um den eigenen Hals.

Da schrie ich.

Darauf kam der Sohn aus dem Kellerloch, prügelte auf seine Mutter ein und stieß beide Frauen in die winzige Behausung.

Ich blieb stehen und überlegte, wie man sich da helfend einmischen könnte, obwohl die Junge kaum zu lesen und zu schreiben vermochte und vor jedem Mann, der vorbeiging, ihren Busen entblößte.

Das waren Leidenschaften, die mir mehr Rätsel aufgaben, als die Notwendigkeit um Kolonien zu kämpfen, die andere hatten.

»In einem Staat mit Kolonien haben die einzelnen Staatsbürger mehr Geld, und junge Paare brauchen nicht mit der Schwiegermutter zu hausen«, klärte mich Robert auf.

»Und die Jugend verdient die Hiebe, wie die Neger die Peitsche«, räsonierte ich, »einfach weil sie es sich gefallen lassen.«

Muß man, was man haben will, anderen wegnehmen?

Politik schien darauf zu beruhen.

Ich wollte mit Maria drüber reden. Es ließ mir keine Ruhe, und ich lief hinüber. Das tat ich so spontan kein zweites Mal. Es war zwei Uhr mittags, und die Familie lag im Schlummer. Maria erschien an der Tür, zerzaust und abweisend flüsterte sie: »Aber wir schlafen doch!«

Dieses zuerst schlafen und essen und dann erst alles andere, straff eingeteilt ohne Raum für Spontaneität, hat mich schon als Kind ganz unglücklich gemacht, wenn Mütter von Freundinnen mich an der Wohnungstür abgewiesen haben – wenn überhaupt Gefühlsstürme jeder Art und Qualität gebremst wurden.

Hitler verlor Stimmen! Viele Stimmen bei der Wahl im November 1928! Ich freute mich darüber, es war wie eine Rache an den schlafenden Theoretikern der Bewegung. Sie werden sich ärgern. Es wird zwar wieder fad und langweilig werden, wenn dieses enfant gâté aus der Politik verschwindet. Ich war voll Sensationsgier und erstickte an meinem Wunsch, mich auszusprechen. Auch untereinander ließen sie keine störenden Gefühle aufkommen, sie brauchten das auch nicht – das Interesse an einem reibungslosen Alltag in einer Pflichterfüllung, die ihn, den Alltag rechtfertigte, genügte. Sie waren so sicher im Glauben an die Richtigkeit dessen, was sie besonnen taten. Das steckte ihnen die Grenzen – sie erfüllten die eigenen Gebote um *der* Ordnung willen, die ihnen ihre Bequemlichkeit garantierte. Das war nichts für mich und Robert.

Mich hatte der Mangel an Teilnahme an einem politischen Geschehen, auf das mich eben diese Freunde nebenan erst aufmerksam gemacht hatten, tief verstimmt – so sehr, daß ich Robert überredete, an diesem Abend Pilar und ihren jüdischen Mann aufzusuchen. Die beiden würden sich über die Entwicklung in Deutschland freuen.

Und das taten sie. Sie hatten Zeit für uns. Sie waren ganz für uns und für ein Gespräch über die nächste Zukunft bereit. Hier saßen wir zwischen Schleiflackmöbeln auf dicken modisch gemusterten Teppichen, an den Wänden hingen Roberts Bilder, die wir den beiden zu Weihnachten und an den Geburtstagen geschenkt hatten. Aber auch hier liebte man uns mit der reservatio mentalis, die wir überall spürten, selber aber niemals übten. Wir sagten gleich, als die große Hoffnung, Hitlers Stern sinken zu sehen, uns zu überschwenglich schien: »Aber so viele Menschen glauben an ihn und an ein Ende des Elends!«

»Ein Bolschewik, ein Proletarier – er wird alles zugrunde richten!«

»Proletarier sind wir auch und richten deshalb nichts zugrunde, und die Klerikalen sind auch Antisemiten.«

Das sagte ich, um Pilar zu kränken, die ein großes Kreuz am Halse hängen hatte.

Sie zeigte mir in ihrem blauen Ankleidezimmer ein neues Kleid. Es war ein Vorwand, um mir etwas anzuvertrauen. »Mein Mann ist deutscher Staatsbürger, ich bin es daher auch geworden. Sie verstehen, wie froh wir heute sind!«

Ich nahm ihr das »Sie« übel, an dem sie mir gegenüber festhielt und sagte deshalb, um sie in Unruhe zu halten: »Hoffentlich kommt er nicht wieder hinauf!«

Sie sah eine Weile in die Luft, legte dann ihre feinen langen Finger auf meine Schulter und sagte von ihrer Höhe herab: »Behalten Sie es für sich, aber Arthur hat sein Geld schon lange in der Schweiz.«

In der Nacht träumte ich, daß die alte Hexe aus der Kellerwohnung der bleichen Susi die Zähne ausgeschlagen hat und daß ich das rote Blut über den nackten Busenballon rinnen sehe, ich träumte von Negern, denen das Blut weiß über die schwarze Haut rinnt und daß der vierschrötige Sohn der Kellerhexe ihr kreisrunde Löcher in den Leib schießt, während ihm der Speichel aus dem Mund fließt.

Am frühen Morgen sah ich den kleinen Kraftlackl in SA-Uniform aus dem Haus gehen. Er kannte keine Hausmusik, und auch die »Muse« war ihm fremd.

Mein Vater starb plötzlich, nachdem er eine Zeitlang in ihrer gemeinsamen Armut friedlich mit Mutter und Jenö zusammengelebt hatte, an einem Aortenriß, während Robert und ich im Gebirge auf Skiern unterwegs waren. Erst nach seinem Begräbnis erreichte uns die Botschaft durch einen Skiläufer auf nahezu dreitausend Metern Meereshöhe. Wir fuhren vor dem Morgengrauen, ehe sich die Lawinen lösten, ab. Das Gleiten im Nebel, beschienen von einer roten kalten Sonne, die noch nicht ins Tal drang, sondern nur die eisigen Gipfel schimmernd beleuchtete, mit meiner Trauer im Herzen, nicht um den Tod, sondern ums Leben eines Vaters, der trinken mußte, um froh zu sein, machte mich nicht weich, es machte mich rebellisch. Nichts hatte er an sich reißen können, nichts an andere abgeben, und doch war er nur ein einziges Mal auf der Welt gewesen. Im Hochgefühl einer wilden Revolte schoß ich schwungvoll und sicher ins Tal. *Ich würde einmal oben enden* – wo immer das auch sein sollte.

Der Professor bezog sein kleines Gelehrtengehalt und lebte bescheiden mit den seinen im einmal gesteckten Rahmen. Wir starteten schlechter. Wir: Mutter, Vater, Jenö, ich, wir hatten nicht studiert. Robert erhielt uns alle mit dem Malen. Er malte aber eben auch Plakate, und ich beschriftete sie. Wir beschrieben und gestalteten Diplome, Dokumente – ich lernte es an der Akademie. Es war nicht die *Kunst,* die uns über Wasser hielt, es war Kunst im Dienste der Werbung, der Ehrung und Eitelkeit. Wir lebten armselig, aber doch besser als viele viele andere. Es standen die Bettler an allen Ecken.

Es ging so nicht weiter. In Deutschland randalierten sie, die Bauern und die Arbeiter, es fielen Bomben. *Es ging zu.* Die Freikorps, die nationalen Sozialisten, die Kommunisten, alles richtete sich gegen Weimar, die unfähige Regierung. Die Propaganda, die dahin ging, um des Überlebens willen den Versailler Vertrag zu kündigen, das Saarland und den Korridor wieder zurückzuverlangen, war mehr als populär. Man konnte nicht ein Volk, eine

Generation für einen Krieg büßen lassen, der *oben* angezettelt worden war. Die nationalen Sozialisten würden vielleicht mit Entschlossenheit gegen die Entente auftreten und etwas erreichen für die Ärmsten, die Arbeitslosen, die Ausgesteuerten...

George Grosz zeichnete sowohl diese wie die Schieber und Ausbeuter – er galt nicht als »Künstler« für uns: ein Agitator! Ein nützlicher Mann.

»Aber da stimmt doch etwas nicht«, meinte meine ungebildete Mutter, »diese Hitler-Leute kriechen den Kapitalisten in den Arsch und sind militant. Das sind nie und nimmer Sozialisten.«

»Es ist eine Arbeiterpartei!«

»›Herrenmenschen‹ sind die Macher!«

Herrenmenschen? Ich hatte nichts gegen die Feinen. Ich schaute lieber hinauf als hinunter.

»Ein Bismarck wäre mir lieber«, sagte Robert.

Niemand dachte noch daran, daß Hitler je die Nummer eins sein würde: Da waren doch noch Brüning, Schleicher, Hugenberg, Papen. Wer die wirklich waren, wußten wir nicht. Keine Arbeiter, nein, keine Arbeiterkinder.

Sicher hatten die alle miteinander nichts übrig für die Hradezkinder, für die Vilma Gusileg, für Jenö, für... vielleicht für mich. Ich bin ja schon – nicht wahr! – ein bißchen etwas »Besseres«. Wieso eigentlich? Ich fühlte mich so. Robert wird für die Malerei des Jahrhunderts etwas bedeuten...

Menschenmaterial war ein Wort, das ich haßte, aber die *Stahlgewitter* von Jünger gefielen mir – die waren *aristokratisch* empfunden!

Und setzet ihr nie das Leben ein, nie wird euch das Leben gewonnen sein.

Dieses Zitat gefiel auch Robert. Er hatte sein Leben gegen die Matura eingesetzt – Kriegsfreiwilliger mit siebzehn Jahren, der er gewesen ist!

Aus dem Nachbarland Deutschland, das soviel tragische Helden hatte, weil es Schlachten gewann und den Krieg verlor, kam einer der politischen Romantiker, der »das glühende Ziel weit über dem Sieg schweben sahen«, ein Zuchthäusler, ein Kämpfer, ein Schriftsteller und überdies von Adel. Ernst von Salomon stieß durch einen der vom Professor in Aussicht genommenen Schwiegersöhne zu uns. Salomon studierte bei Othmar Spann den Ständestaat. Er war ein Mann der Tat und einer, der Bücher schrieb. Ein Hamlet, der zwei Ventile hatte. Ich machte unsere Wohnung sauber und belegte die Brötchen, um ihn zu empfangen.

Er stand klein und unrasiert in der Tür. Er ging zuerst aufs Klo und legte dann die Baskenmütze ab.

Er zog einen Revolver und einen Flachmann aus seinen Gesäßtaschen, um sich in unseren Polsterstuhl setzen zu können, und legte sie auf unseren rustikalen Kamin. Er hatte schwarze Fingernägel und eine blasse fettige Haut, und er begann in seinem preußischen Idiom uns zu belehren: »Geht dem doch nicht auf den Leim... was Hand und Fuß hat an der Bewegung, ist von Strasser – Strasser ist der Kopf. Strasser hatte die Idee eines nationalen Sozialismus, eines deutschen Kommunismus... Hitler ist ein Hampelmann der Schwerindustrie! Hitler nimmt, was er kriegen kann für seine Propaganda... Macht will er, wo immer er sie kriegen kann. Er ist ein Maniak – unheimlich wie ein Dorftrottel...«, und so weiter und so weiter. Uns wurde klar, daß für einen preußischen Kadetten Hitler einfach eben ein *Prolet* war.

Aber dieser preußische Kadett war nicht dekorativ, er sah nichts gleich und warf Hitler vor, nichts gleich zu sehen.

Der bärtige Patriarch, der schöne Epikuräer, der Vater meiner Freundin, der Professor, wünschte sich auch einen Bismarck, einen Siegfried – eine Gestalt aus Schwabs Heldensagen, aber nicht einen mickrigen Beinahe-Mörder wie Salomon als Sprecher des Heiligen Reiches.

»Es kommt auf den Traum an, den einer träumt.«

Wir politisierten. Soll einer sich einen Schrebergarten und eine Rente wünschen oder die Rache an Clemenceau, an Wilson...? Die Ehre des Reichs?

Salomon hatte geholfen, Walther Rathenau zu ermorden. Er war ein Fememörder und hatte fünf Jahre abgesessen. Das Buch, das er im Gefängnis schrieb, wurde ein Bestseller. Sie hatten Rathenau »hingerichtet«, weil er ein Erfüllungspolitiker war. Er war für die Erfüllung des Versailler Vertrags und für die Bezahlung aller Kriegsschulden eingetreten.

»Er war Jude!« stellte der Schwiegersohn in spe des Professors fest. Das war es nicht. Jud hin Jud her! Jud oder Hitler, das ist uns Jacke wie Hose – er diffamiert das Reich, blamiert uns... Uns! Das deutsche Militär!

Sie sind kein Antisemit?

Halten Sie mich für einen Gemüsehändler?

Nichts paßte, rein gar nichts, zu meinen Vorstellungen.

Salomon steckte mein Sandwich zwischen seine ungeputzten Zähne und verlangte, daß andere Leute als diese grotesken Affen sein Land regierten…

Was immer auch zu denken war, Salomon schien mir kompetent, und er bot mir den ersten Blick über die Grenzen, und außerdem ahnte ich jetzt, daß es viele Ebenen des Geschehens gab.

Wie aber »schaffen«, künstlerisch produzieren, wenn man davon keine Ahnung hatte?

Müßte man nicht eigentlich einer Partei beitreten!?

»Gott behüte! Dieser Schlamm!« sagte Robert.

»Wieso? Mutter und Jenö?«

»Was haben die schon zu reden? Was wissen die schon?«

Dollfuß bekämpfte die österreichischen Nationalsozialisten.

»Auch so ein Affe, der Politik macht! Ein Klerikaler!«

Mutter und Robert waren beide gegen ihn. Ein Major wurde so etwas wie ein Polizeimeister – Staatssekretär für das Sicherheitswesen – Emil Fey. Ich kannte niemanden, der ihn mochte. Wir kannten keine »Schwarzen«.

Salomon machte sich über die Schwarzen auch lustig – und über die Roten. Er war für einen nationalen Kommunismus – eine andere Ökonomie. Er war für die Bauern, die Grundbesitzer, für eine noble Art von Kommunismus, einen feudalen Kommunismus. Ich stellte mir nichts darunter vor.

Die Debatte brach ab, weil Weihnachten nahte. Salomon fuhr nach Berlin und kam nicht wieder, denn inzwischen waren die Nationalsozialisten an der Macht. Hitler verhängte eine Tausendmark-Sperre für die Einreise nach Österreich, um den österreichischen Fremdenverkehr zu vernichten.

Aber dann brannte der Reichstag. In Berlin brannte das Gebäude, das alte symbolträchtige Haus, auf das die Preußen so stolz waren, das Parlament, es brannte ab. Die Kommunisten waren es, sie haben den Deutschen Reichstag angezündet!

Die Kommunisten meinten aber, daß Göring selbst es gewesen sei, um dann behaupten zu können, Gefahr und Ruhestörungen drohten von Links – Feinde bedrohten die Neue Ordnung.

»Eine infame jüdische Lüge!« Bei Professors entrüstete man sich.

Und nun stellte sich heraus, daß ich dem »artfremden« kraushaarigen Geschäftsmann, den meine liebe Pilar geheiratet hatte, mehr glaubte als dem gelehrten »geistigen« arischen Professor. Ich glaubte ihm das Gerücht, das er aus Zürich mitbrachte: Hitler und Göring hätten es für nötig befunden, sich ein Feuer unter dem eigenen Hintern anzuzünden, um zu demonstrieren, wie gefährlich ihre Feinde wären.

Nun wurde es sehr kompliziert, denn es gab ja noch die dritte Möglichkeit: an die Infamie Görings und Hitlers zu glauben und ihre Tat gutzuheißen.

Mein Gemüsehändler Hofer war kräftig, muskulös und hatte das ehrliche Gesicht eines Burschen vom Land – er mußte Frau und Kind ernähren und vermochte es kaum. Jeden Morgen schob er einen Karren mit Obst und Gemüse den Berg vor unserem Fenster hinauf in eine Hütte, in der er es verkaufte. Er träumte davon, Verkaufsleiter in der Lebensmittelabteilung eines großen Kaufhauses zu werden, das Hitler erst einem jüdischen Besitzer wegnehmen mußte.

»Ein schlauer Hund, der Hitler«, sagte Hofer voll Anerkennung: »Er muß die Kommunisten ausschalten, damit er ans jüdische Geld kann – der weiß, was er will. Der wird dem Krupnik und dem Zwieback das Handwerk legen!«

»Das wollen ja die Kommunisten auch!«

»Die sind doch selber Juden...«

Ich dachte an die Hradezkinder: »Es gibt bettelarme Juden, Herr Hofer!«

Das glaubte er mir nicht.

»Denen hilft keiner«, sagte ich und dachte an den Fischl, den Sohn reicher Eltern, der mir die Freundschaft mit den Hradezkindern übelgenommen hat und mich auch nie in sein nobles Zimmer ließ.

Aber es wurde noch komplizierter.

Ich konnte nicht dulden, daß Pilars Gatte sich entrüstete. Er fuhr in einem herrlichen weißen Automobil, wohnte mit Pilar in sieben Zimmern, und wenn die beiden, Pilar und er, uns zu Weihnachten Geschenke machten, so war es billiges Zeug – für uns gut genug.

Reiche Leute hatten kein Recht, eine Meinung zu äußern – die sollten froh sein und kuschen –, dachte ich.

Wir gingen gerne und oft ins Kino. Da erlebten wir, was wir nicht erlebten. Zum Beispiel Reisen in fremde Länder und Frackfilme, das waren die Schicksale, die sich in eleganten Kleidern erfüllen ließen.

Wir saßen in den billigen vordersten Reihen und ärgerten uns über das Rascheln und Knistern der Bonbonpackungen hinter uns. Wir sparten auf neue Betten, denn bei unseren ererbten stachen die Sprungfedern durch den abgeschabten Stoff. Also naschten wir nicht.

Vor uns glitt auf der Leinwand silbrig glänzend die phallische Riesenwurst des Zeppelins »Hindenburg« nach sensationellem Flug gelassen der Landung zu. Plötzlich explodierte sie und brannte in wütenden Flammen gegen den Himmel. Es stürzten brennende Menschen heraus. Sie flatterten und zappelten an den Landungsseilen und starben schließlich ziemlich erbärmlich. Das sah man alles in der Wochenschau. Das Kamerateam bekam diese Sensation live ins Bild geschenkt. Zunächst dachte man an Inszenierung und Spiel – aber nein –, der Tod war zum Zuschauen und lebendig: das Gezappel war echte Not – Todesnot. Hinterher der Schock, daß wir imstande gewesen waren hinzusehen, daß die Kameraleute nicht den Kopf verloren hatten, daß die Menschen in allen Kinos zurückgelehnt das Entsetzen genossen.

Im Scheinwerferlicht untergehn! Wer konnte das schon! Im Bewußtsein eines weniger prächtigen Endes wurden die Zuckerln gelutscht, wurde jedem das Seine gegönnt.

Wie sagte der Duce? Lebe gefährlich!

An der Zweierlinie, nicht unweit vom Kino, wurden immer wieder die Mörder aufgehängt: mitten in unserer Stadt, im Grauen Haus:

Die Todesstrafe vollzogen. Im vaterländischen Staat.

Der Tod ist eine Banalität.

Aber er ist auch der Preis, den wir für das Leben zahlen, das uns so viel schuldig bleibt. Er ist auch das, mit dem wir für etwas Hohes zahlen dürfen: mit unserem Tod für die Ideale!

Der Tod ist die Waffe Gottes, die wir auch gegen Gott richten können.

Der Tod ist die große Fehlkonstruktion, die uns in Frage stellt.

Der Tod, der Stoff aller Poesie, der Ritter Tod und die stinkende Verwesung.

Der Tod, den wir nicht sterben wollen, ehe wir uns nicht am Leben gesättigt haben.

Und da stand der unvermeidliche Hitler vor der Tür. Mickrig und schäbig, versprach er den einen das Ende und den anderen den Anfang.

Er baute Regierungspaläste, Sportstadien, Kunsttempel und verkündete Frieden und Wohlstand.

Wir saßen im Kino und sahen die Zeppelin-Katastrophe. Dann sagten wir: »Wie entsetzlich ist das alles«, und sahen den Spielfilm. Und dann gingen wir nach Hause und aßen eingebrannte Kartoffel, denn wir sparten eben auf die neuen Betten.

Robert sagte: »Ich habe jetzt ein Rezept, um Jute zu grundieren. Ich habe es satt, auf Sperrholz zu malen – es saugt mir nicht genug.« Von Leinen war nie die Rede. Malen auf Leinwand war viel zu teuer. *Ich* dachte an neue Schuhe. Ich hatte so gerne neue Schuhe, viele und nicht ausgetretene Schuhe – das war *meine* Vorstellung von Eleganz, denn zu Kleidern kam ich, weil Mutter sie nähte, doch immer wieder einmal, ohne viel Geld auszugeben.

»Wir leben in Untergängen«, sagte Robert: »Erst die Monarchie, dann die Republik, jetzt ist der Ständestaat an der Reihe. Was willst du also: auf großem Fuß leben, wie im alten Rom?«

O ja!

Hitlers Prestige wuchs enorm, er hatte das Saarland dem Reich zurückgewonnen, englische Minister suchten ihn in Berlin offiziell auf. Es gab keine Arbeitslosen mehr. Cäsar machte sich! Er rüstete auf, um den Frieden zu sichern. »Sie sollen Deutschland fürchten! Niemand wird wagen, Deutschland anzugreifen!«

Daß Hitler unvermeidlich war, sagten seine Anhänger, und auch die Juden sagten es, die ihn fürchten mußten. Leute, die an die Fähigkeit der vaterländischen Regierung glaubten, Hitler aufhalten zu können, Leute, die an die Hilfe des Auslands gegen Hitler glaubten, kannten *wir* nicht. Sogar der Chefredakteur der katholischen Kunstzeitschrift, für die ich gelegentlich etwas schrieb, verlobte sich vorsichtshalber mit einem illegalen BDM-Mädchen, und wer ausländische Zeitungen las und es sich leisten konnte auszureisen, bereitete den Absprung vor.

Es gab nur noch die Angst vor Hitler und die Hoffnung auf Hitler.

Ach ja, und dann ging die Rede um, daß die Olympischen Spiele gezeigt hätten, daß er es mit der Rassenfrage nicht so genau nahm: Neger liefen mit um den Sieg, und die Juden wurden schon seit langem in Ruhe gelassen.

Und dann gab es noch den General Milch, der doch Jude war. Und der Göring, der mochte die Juden – und auch der Goebbels mochte viele Juden –, übertreibt man da nicht doch mit der Angst vor Hitler?

Vielleicht kann Egon Friedell doch noch in Ruhe weiterschreiben!

Also auf ins Wirtshaus, um die große Rede für den Frieden, aus Deutschland übertragen, zu hören. Da saßen sie alle: die Volksgemeinschaft. Herablassend die Akademiker; Arzt, Apotheker, Professor mitten unter dem Volk. Der Greißler Hofer und der illegale SS-Mann Huber aus der Hausmeisterwohnung, einig im Glauben. Wie in der Kirche.

Ich mittendrin, neugierig und nervös, starrte auf das rotkarierte Tischtuch und betete: Lieber Gott, mach mich fromm, laß mich nicht hochmütig über die anderen denken und dabei um die Freude ungebrochenen Fühlens kommen.

Weihestunde!

Von ferne her klang der Badenweiler Marsch, vordergründig erzählte eine Stimme von gleißendem Flutlicht, von den Blöcken schwarz uniformierter Männer, vom Wald von tausend Fahnen, von den kantigen Gesichtern der Helden und von der Kopf an Kopf atemlos harrenden Menge.

Fanfarenklänge, aufbrausendes »Heil«-Gebrüll.

»Du liebst ja die Menschen! Wie dich selbst!«

»Nein, ich liebe mich überhaupt nicht, und die Menschen brauche ich. Es ist so schwer, sich gegen eine Menge zu stellen.«

Ich starrte auf die braunen Kaffee- und die fetten Saucenflekken auf dem Tisch und auf den Bierschaum in den Krügen; auf das Kruzifix aus Eisen an der ockergelben Wand, auf den Strohblumenstrauß darunter, auf den weißbeschürzten Bauch des Wirtes, der hinter der Schank und vor dem Bierfaß stand und zitterte beim Klang der berühmten Stimme: »Volksgenossen!«

»... Und er hat unter uns gewohnt, in der Meldemanngasse im Männerheim, ein Proletarier, ein Arbeiter, ein kleiner Mann, einer von uns...«

Einer *von uns* war es, der grölte, schrie und schrillte aus dem Lautsprecher und uns beschwor, auf ihn stolz zu sein und an ihn zu glauben. Die Kinnladen fielen herab, die Augen verglasten, verschwitzt und mit verschmuddelten Hemdkragen saßen sie im verrauchten Bierdunst, wie im Weihrauch vereint, und lauschten, wie der Führer kurzen Prozeß zu machen versprach und die gordischen Knoten nur so durchzuhauen.

»Ich vernichte sie alle!« Er brüllte.

Ich hielt dem Pathos nicht stand: »Wie will er das machen?« flüsterte ich.

»Pscht!« zischte es um mich herum.

Stehend sangen sie das Deutschlandlied und riskierten die Strafe, die auf Hochverrat stand.

Wir gingen nach Hause, und ich nahm den Knetgummi von Roberts Arbeitstisch und knetete gedankenlos spielend den Kopf der Hausmeisterin, der Kellerhexe aus der Souterrainwohnung. Das war nicht einmal so schwierig. Als das kleine Gesicht mit der markanten Ähnlichkeit aus der verdreckten Masse gebildet war, fielen mir die Medizinmänner ein, die Menschen als kleine Figuren nachbildeten und dann durch Stiche töteten. Ich formte nicht, um durch Zauber zu töten. Als ich dieses verkleinerte Gesicht in Händen hielt, dachte ich an die Bilder Goyas und George Grosz'. Ich weinte um die häßlichen und verlorenen Menschen. Auch Hitler war häßlich und verloren und biß sich tobend selber in den Hintern. Seine Wut war die Wut unserer Hausmeisterin – die Hoffnungslosigkeit des kleinen Trenchcoatzwerges in seinem Größenwahn. Ich knetete aus dem Kopf der Alten Hitlers Profil, was so perfekt gelang, daß ich es schnell wieder zermanschte. Ich war mir selbst zuwider, auch meine Versuche zu schreiben kamen mir verdächtig vor. Aus Leben Kunst zu machen, es zu Stil zu verfälschen, in Technik zu zwingen, es mit dem Anspruch tieferer Wahrheit als dem der Fläche... o heiliger Thomas von Aquin!

Österreich! Deutschland! Deutsch und *Deutsch!*

Konnte ich mich einen Patrioten nennen?

Die Monarchie in Wort und Bild!

Wien, Wien, nur du allein!

Da schaut der Steffel lächelnd auf uns nieder...

Deutschland, Deutschland über alles... und das slowakische Dorf, aus dem Großmutter kam, der riesige gemauerte Ofen, auf dem ich mit Cousins und Cousinen unter der schweren Tuchent schlief und mir Läuse holte, und die Küche vor dem bunten Tor. Das Rinnsal, aus dem ich Krebse fischte, und der Kirchenplatz und die Kirche und der tote Freddy in der Leichenkammer...

Gott erhalte, Gott beschütze, und dann alle die Kaiserbilder, die zum Abtransport im Turnsaal lagen! Ich hing an alledem, jederzeit bereit es zu verlassen und ganz und gar etwas anderes zu erleben. Das Alte vergessen? Aber gerne...

Heimat ist Heimat – ganz selbstverständlich.

Aber drum herum die Welt – und ohne uns, die Welt... Und dann mit einem Male die Möglichkeit nach Paris zu fahren und dort sogar Geld zu verdienen!

Wir lagen zusammen unter einer schmalen Decke in einem nicht gar so breiten Bett. Aus dem Rohr, das durch den Plafond, der Wand entlang, zum Bidet führte, kam leise zischend ein ganz feiner Wasserstrahl und wurde von einem ruppigen blauen Wollteppich aufgesogen. In der Fenstertür saß eine getigerte Katze, und draußen floß die Seine.

»Le petit Matelot« auf der Isle de France in Paris.

Es war kein Drei-Stern-Hotel, das »Petit Matelot«, es war *viel* mehr – es gehörte in die Stadt wie Notre Dame, und wir wohnten nicht als Touristen dort, sondern als Künstler und Arbeiter für die »Gesellschaft des Friedens«, für die Propaganda *gegen* den Bürgerkrieg in Spanien, für den Pavillon, den die Kommunisten errichteten. Es galt, die Welt auf die Greuel in Spanien aufmerksam zu machen.

»Aber das sind ja die Marxisten, die nur ans Kapital denken, ans Geld, das die anderen haben, und die in Spanien die Priester umbringen!«

»Pazifisten gibt's in allen Parteien, selbst die Christen sind für den Frieden, auch wenn sie die Roten morden.«

Es geht nicht um Rot und Schwarz, es geht um die Macht.

Eben, wer sie endlich hat, gibt Frieden.

Oder was denkst du – sie müssen die Macht verteidigen. Mein Gott, wie kindisch das alles ist!

Jedenfalls hatte das Wiener Institut für Bildstatistik die Aufgabe, das Material für diese Ausstellung zu ordnen, und Robert bekam den Auftrag, einen Fries zu malen. Einen Fries, der um die Wände gehen und die Perioden der Kriegs- und Friedenszeiten seit Christi Geburt in deutlicher Proportion zeigen sollte. Der Friede: immer nur die Atempause zwischen den Kriegen.

Pazifismus – Robert hielt nichts davon. Er wußte nur, daß er niemals mehr in irgendeinen Krieg ziehen würde. Nie mehr!

Der Pavillon stand außerhalb der Warenschau, umarmte von seinem erhöhten Platz im Halbrund gleichsam diese festliche Welt in Freiheit, Gleichheit und Brüderlichkeit.

Wir sangen mit erhobenen Fäusten die Internationale mit, weil sie so schön klang und uns die Musik und die Sprache und die Begeisterung der Menschen um uns herum beschwingten. Wir hockten wohlig verwirrt auf unserem wackeligen Baugerüst, blickten weit über das Gelände und seine Wasserspiele und malten Häuser und Männchen auf eine Riesenlandkarte. Dauernd erschienen Gestalten in Hüten, in Baskenmützen und Militärkappen und redeten in allen Sprachen aufeinander und auf uns ein.

»Sie bombardieren Frauen und Kinder in bewohnten Städten!«

»Ja, und Picasso hat ein Bild gemalt, eine Vision – Guernica –, er stellt es mit einer Taube aus!«

»Hier, hier, sehen Sie! Ich werde nie mehr gehen können! Ein Sprengstück von so einem Bombenangriff – Hitlers Bomber!«

»Hitler hilft Franco!«

»Die Legion Condor – ein deutsches Geschwader – besonders schrecklich – eine neue Art von Bombern über spanischem Gebiet...«

»Wo unbewaffnete, wo zivile Menschen wohnen!«

Nonnen erschienen und bettelten für die vertriebenen Priester.

Nix! Hier kriegt ihr nix, geht zum Papst! Der hilft Franco!

Die Kirche und Hitler!

Inquisition!

Ich bekam Aufnahmen und Bilder von Schreckensszenen, um darunter mit der Redisfeder die Erklärungen zu schreiben.

Eine Freundin meiner Mutter, einst ein armes Schneiderlehrmädchen aus einem Nestroyschen Biedermeierhaus mit Paplatschenstiegen war in Paris zu Geld gekommen. Sie führte einen Salon für Haute Couture. Ich nannte sie Tante, ich kannte sie von ihren Wiener Besuchen, sie und ihre Tochter, die so alt war wie ich selbst.

Diese Tochter hatte eine Scheidung und eine Fehlgeburt hinter sich und litt an Depressionen. Es zerstreute sie, mich aufzuputzen sie verkleidete mich als Pariserin mit ihren kostspieligen Sachen und schminkte mein Gesicht, weil – so sagte sie – nur die Schwedinnen in Paris so nackt herumliefen wie ich, ohne Farbe und Puder und ohne Korsett: so, daß alles wackelte.

Robert erkannte mich nicht, als ich ihm auf der Rue Rivoli begegnete und fand mein Aussehen abscheulich, aber ein schwarzer Gentleman aus Algerien lud mich in eine Bar ein.

Ach ja, und dann kam Herriot, der große Parteichef, um den Pavillon zu eröffnen. Einer der Arbeiter stürzte tot vor des Parteichefs Füße. Er hatte auf dem Dach eine schlampig hingelegte Paneelplatte für tragfähig gehalten und war daraufgestiegen.

»Das konnte auch nur den Franzosen passieren! Sie sind schlampig und arbeiten zu langsam!«

»Die Weltausstellung war schon eröffnet, und dieser Pavillon am Trocadero ist zwar auch eröffnet, aber noch immer nicht fertig.«

»Wiener müssen her.«

Eine ganze Equipe Wiener Bautischler kam am Gare de l'Est an.

Die Nothelfer! Sie fanden Quartier in der vornehmen Avenue de Kléber, die sie die »Klebergasse« nannten, schufteten tagsüber und besetzten nachts zu sieben ein Taxi, um in der Stadt herumzurasen.

Der Meister Kratochwil von der Wieden hatte die Totenmaske seiner Frau im Koffer. Die Frau war erst vor wenigen Tagen verstorben, und der Witwer hatte sich noch nicht von ihr getrennt. Er schlief mit dem gipsernen Gesicht auf dem zweiten Polster neben sich. In seiner freien Zeit ging er auf die Suche nach den berühmten und berüchtigten Bordellen in Paris.

Und er fand eine ganze Anzahl von ihnen.

»Ich vergesse dort meine Anuschka nicht, aber der Mensch findet nur, wenn er lebt, seine Freude wieder. Der Mensch muß leben.«

Und am einfachsten tat er das in der Rue des Hirondelles in einem Haus, das eine ganz schmale Fassade zwischen zwei Ecken hatte. Es stand in der Straße und verzweigte diese. Durch einen bunten Perlenvorhang, wie er sonst nur im Süden üblich ist, betrat man ohne Übergang einen wie einen Fleischerladen weißgekachelten Raum und übersah mit einem Blick die aufgestellten Tische und die bleichhäutigen nackten Mädchen, die den Männern Bier servierten und sich von ihnen auf den Schoß ziehen ließen. Dort saßen sie dann und lachten laut zu den Scherzen und Gesten. Die Besucher nahmen die Kappen und Mützen nicht ab, sie schoben sie nur ein wenig nach hinten.

Nach einer Weile verschwand immer wieder ein Paar.

Die Männer, wenn sie jung waren, blieben dabei merkwürdig ernst und konzentriert, die Mädchen freundlich und heiter. Die Zoten der Alten störten das Vergnügen. Aber nur ein wenig. Wir tranken unser Bier, und ein ganz junges Mädchen mit nichts als einem Strumpfband am Leib lehnte sich an Robert. Der genierte sich ein bißchen.

Auf den Champs-Élysées verlor ich den Verstand: die zahlreichen Menschen vieler Hautfarben, die Sprachmelodien, das Sitzen beim grünen Pernod im Lampenschein unter dem Nachthimmel mitten im Gewimmel der Fußgänger, das war einfach *zu* schön, wenn man an Blut und Kriegsgetöse in Spanien dachte, und ich nahm mir vor, auf die Schlachtfelder zu fahren und mit dem Roten Kreuz zu arbeiten.

Vorher aber ging ich noch mit all den Wiener Handwerkern, Malern und Grafikern ins Moulin Rouge. Wir luden Marcelle ein, die Tochter der Freundin meiner Mutter, um sie aufzuheitern. Ich fand es recht lustig, wenn die schwarzen Mädchen auf der Bühne die gelbseidenen Quasten auf ihren Brustwarzen wakkeln ließen und versuchte im Takt meine Hüften zucken zu lassen; aber so gemütlich wie das Puff des gemeinen Volkes mit der ausgedienten Hure an der Registrierkassa, die in ihren Pausen Pullover strickte, war das renommierte Nachtlokal nicht.

Angeregt durch den warmen Sprühregen, der aus dem defekten Rohr in unserem Schlafzimmer leise säuselte, träumte ich von den Männern mit den nach hinten geschobenen Mützen und den derben Händen, die zärtlich die speckigen Hüften und Schenkel der poules betatschten, und sah dazwischen die gelbglänzenden Quasten aus dem Moulin Rouge hüpfen. Mittendrin der vom gleißenden Gold verschwenderischen Lichts umgossene Eiffelturm zwischen den ragenden Pavillons der Deutschen und der Russen. Das übergroße Paar aus Nirosta-Stahl, das mit Sichel und Hammer in die Zukunft stürmte, landete in meinem Traum in einem Salon, der ganz und gar mit rotem Samt ausgekleidet war. Die metallenen Genossen kopulierten klirrend, und ich wachte auf. Die Katze hatte die blecherne Wasserkanne umgestoßen.

Am 14. Juli tanzten wir mit den Parisern auf den Straßen des Boulevard Michel, und abends erfüllten wir den Wunsch der Mutter Marcelles, ihre Tochter noch einmal auszuführen und zu unterhalten.

»Ich will nicht, Mama, ich bin lieber zu Hause…«

»Sie sitzt im Dunkeln und weint und raucht, ich kann's nicht mehr mitansehen«, jammerte die Mutter.

»Ich ertrage den Lärm und die Leute nicht«, die Tochter.

»Du mußt dich zerstreuen!«

Die resolute Karrieredame, klein, zart und ach so chique gekleidet, war kategorisch: »Zerstreue dich!«

Wie eine Maske geschminkt im decolletierten schwarzen Kleid aus reiner Seide hing Marcelle in Roberts Arm. Er tanzte nicht gern, er tat es ihr zuliebe.

»Mal mal«, sagte sie und wurde ohnmächtig.

Auf seinen Armen trug Robert sie nach Hause und legte sie ihren Eltern aufs Bett. Sie ist nicht mehr wach geworden. Man hatte nicht bedacht, wie gefährlich eine Nierenentzündung im Anschluß an eine schwierige Geburt sein konnte.

Das Pariser Dienstmädchen lag laut betend auf den Knien, der Sterbenden lief die schwarze Farbe aus den Wimpern über die Wangen. Die Familie und der herbeigeholte geschiedene Gatte standen weinend zwischen dem Meublement. Auch hier wie bei meinen Tanten in Wien lagen in diesem renommierten Salon der Haute Couture kostbare Stoffe und Accessoires, Ledertaschen und Handschuhe, Gürtel, Schirme und Schuhe herum wie in den eleganten Schaufenstern und dufteten nach Luxus.

Der Arzt saß am Bett und war hilflos.

Um den »Pavillon pour la Paix« wimmelte es von Deutschen. Kommunisten, Sozialisten, Juden – Flüchtlinge vor Hitler, und manche von ihnen verlangten ganz ernsthaft unter den Fahnen aus aller Welt auch die deutsche zu hissen. Viele lehnten das empört ab.

»Ihr habt ja den Verstand verloren! Die Hakenkreuzfahne! So was!«

»Deutschland ist auch ein Vaterland, auch das unsere – Hitler wird das einsehen müssen.«

»Was wird er einsehen…?«

»Daß auch wir…«

»Geh, geh, geh doch zu ihm hin und red ihm gut zu, du Idiot!«

»Wo seid ihr denn… im Ausland seid ihr… Du Narr! Er will Hitler ins Gewissen reden! Hat man so was schon gehört!«

Sie stritten. Sie schlugen sich sogar.

Die einen zogen nachts die Fahne auf, die anderen holten sie am Morgen wieder herunter.

»Ihr überschätzt diesen Hitler!«

»Hast du gehört? Überschätzen!«

»Gib acht, daß du die Franzosen nicht unterschätzt!«

»Wie kommen wir Franzosen dazu, alle Bolschewiken Europas in den Bistros zu haben?!«

Schwarzschilds *Tagebuch*, die Zeitung der Emigranten, berichtete von Hitlers großer repräsentativer Kunstausstellung und verhöhnte seinen Kunstgeschmack. Es war in dem Artikel von Schäfchenwolken, von Wiesen und bekränzten Mädchen, von deutschen Müttern und antiken Helden zu lesen, die bis auf die Schamhaare realistisch gepinselt waren, von Kolossalschinken in einem Tempel der Kunst, wie sich neureiche Banausen die Kunst vorstellen.

Ein sehr gehässiger Artikel!

»Weißt du was, wir unterbrechen die Heimreise in München und schauen uns das selber an!«

Ich fuhr also nicht nach Spanien zum Roten Kreuz. Zu Marcelles Beerdigung zu gehen, hatten wir auch keine Zeit mehr.

Wir wollten uns die Kunst im Dritten Reich anschauen und reisten hin.

Die Wiener sangen im Zugabteil: »Wacht auf, Verdammte dieser Erde...« Ein pralles Baby weinte.

Am Münchener Hauptbahnhof stießen zwei halslose Bayern die runden Schädel an die Wand, daß es krachte. Das war ihnen lustig. Eine dicknasige kurze Frau legte ein Taschentuch auf eine Bank, ehe sie sich niedersetzte und mit ihren Beinchen baumelte. Wir packten das Nötige aus unseren drei Koffern in den kleinsten zusammen, ließen die anderen in der Aufbewahrung und suchten uns ein billiges Hotel.

Hier war alles so anders. Kein »Petit Matelot«, sondern ein sauberes langweiliges quadratisches Zimmer, in dem das Licht und das Fließwasser funktionierten und jeder Fliegenschiß vom Milchglaslampenschirm geputzt worden war. Blütenweiße Spitzendeckchen lagen auf dem Sofa, und zwei hohe knarrende Betten hielten Abstand voneinander. Dazwischen stand der Nachttisch mit der Lampentulpe. Ein röhrender Hirsch hing als Bild an der Blümchentapete. Die Leute blickten leer an einem vorbei.

Nichts vom lebhaften Pariser Getriebe, die Menschen gingen langsamer, gemessen, und uniformierte Trupps, Gruppen, lauerten herum. Keine Geschäftigkeit, kein Lachen, kein Aufschrei, Mißmut.

Auf der Suche nach dem »Haus der Kunst« kamen wir immer mehr ins Öde, in eine Attitüde der Vornehmheit. Vorgärten und Eingänge ließen mit ihren anspruchsvollen Fassaden alles offen und alles erwarten. Romanhafte Posen, Aufschneiderei, Großtuerei! Als solche empfanden wir auch die falsche Klassik, die Pose der Repräsentation des Baues auf dem alten schönen großzügigen Platz.

War das ein Witz? Es war ein Witz: Am Podest am Treppenabsatz hing lebensgroß konterfeit Hitler in silberner Rüstung auf einem Rappen reitend, mit dem obszönen Bärtchen auf dem obszönen Mündchen und mit der feschen Locke in der Stirn.

Es war kein Witz – er war es selbst, das waren wir selbst: kleine Leute in der Anmaßung eines Kostüms großer Vergangenheit: Ritter! Ach ja, Tod und Teufel! Wir waren im Märchen, im Schrecken der Kinderbücher, im Rachen der Macht – bedroht, wenn wir nicht brav waren, bedroht von den Satansscharen der SS im schwarzen Leder, bedroht von den bleichen blonden Feen mit blauen Glasaugen, die auf blumigen Märchenwiesen in goldenen Rahmen tanzten, von den nackten Recken aus dem Totenreich der antiken Welt, und von den robusten Müttern neuer Germanen. Abziehbilder, Kinderschrecken, alte sakrale Alpträume meiner Kinderzeit, alte Mythen, Gold und Purpur! Hallen und Herrschaft nahmen mir den Atem, und ich klammerte mich an Robert, der – ganz ohne »schimmernde Wehr« – mein Vater und Beschützer war.

Nicht Rothschilds Geld, sondern Schwarzschildts Spott rührte den Sumpf des Anspruchs auf: alle Macht *dem* Volk, das den Tod und das ruchlose Spiel damit nicht fürchtet: ein rücksichtsloser Wille zur Problemlosigkeit, zur brutalen Eindeutigkeit: Uns gehört die Welt und der schlechte Geschmack – klar und glatt ist die Oberfläche unserer Gebilde: Kunst ist, was dem Volk gefällt.

Meine Sorge: Wie bringen wir das unseren Freunden, dem Hofer und dem Huber, dem Volke, das uns näher steht, und den Professors bei, daß in diesem Scheißdreck bereits das Verdikt des Scheiterns liegt.

Wir wußten wenigstens *das* jetzt noch besser als vordem: Hier haben wir nichts zu suchen und zu hoffen.

Wie gerne kehrte ich zurück, heim – wohin? Auch nach Wien und zu Walther Schneider und Egon Friedell – zu den Freunden des Hauses Schwarzwald. Das Haus der Frau Doktor Schwarzwald war ein Treffpunkt berühmter, berüchtigter Künstler und Intellektueller aus aller Welt. Der Schwarzwald-Kreis: Sozialisten, Liberale, Künstler, Journalisten, »Freidenker«, wie das Volk sie nannte: Es gehörten viele der Größten dazu, Kelsen, der Staatswissenschaftler, Loos, der Architekt, Kokoschka, der Maler, Dorothy Thompson, Roosevelts Freundin, die erste Journalistin, die Hitler interviewte, ihr Mann Sinclair Lewis, Karin Michaelis, Carl Zuckmayer – eigenständige Menschen, produktive Menschen, vitale Menschen. Walther lud mich ein, mit ihm hinzugehen. Ich wagte es nicht. Ich fürchtete mich vor soviel Ansehen und Ruhm. Egon sagte: Geh nur, du wirst auch einmal etwas Gutes schreiben, geh nur hin, wenn sie dich nicht vorher hängen, wird noch etwas aus dir.

Trauriges Gehänsel. Ich würde wohl kaum hängen wegen meiner Schmähartikel über die Deutsche Kunst.

Aber ich hatte Angst.

»Komm nur«, sagte Walther, »du kannst mit mir dort schlafen in einem Bett von Adolf Loos – Loos hat das Kleine Palais eingerichtet, komm, schau es dir an! Kleine Madame Bovary!«

»Nein«, sagte ich. »Ich liebe meinen Mann.«

»Na ja«, sagte Walther, »da hat ja keiner was dagegen.«

Diese Art Frivolität stieß mich ab.

Egon Friedell sagte: »Kümmere dich um nichts, sondern schreibe, du kannst es. Schreibe über Ottilie von Goethe, die Sentimentale, die Liebende...«

»Komm mit zu Genia«, sagte Walther: »Ich möchte wissen, ob sie dich für begabt hält.«

Begabt? Das war ein Wort, das mir nicht gefiel. Es kam mir blasiert vor, arrogant und eben – »intellektuell«. Ich teilte den Widerwillen gegen alles »Intellektuelle«, ich verstand die allgemeine populäre Argumentation gegen den »lebensfeindlichen«, oder besser »lebensfremden« Geist. Begabt! Das konnte doch nur heißen, anders oder besser als andere. Das wollte ich nicht sein.

Im tiefsten Innern galt mir eine Krankenschwester mehr als ein Künstler, und ein quälendes Schuldgefühl war immer in mir, wenn ich Goethe las, einen Satz über Goethe bosselte oder Roberts ungespielte Versunkenheit in ein Objekt beobachtete, das für ihn nur Farbe und Form war.

Alles, was ich von Eugenie, Genia Schwarzwald hörte, gefiel, nein, imponierte mir. Sie hatte die erste Volksküche ins Leben gerufen, sie nahm »begabte« junge Mädchen in ihre private Mittelschule unentgeltlich auf. Sie förderte »begabte Proletarier« und führte ein gastliches Haus – eben für alle Berühmtheiten der ganzen Welt.

Walther war einer der »begabten« jungen Leute, die von der Genia Schwarzwald protegiert wurden, er wohnte im Hause, wenn er zu faul war, nach Schönbrunn zu fahren und dort die Wohnung aufzuräumen, die er seit 1921 besaß: über Kaiserin Elisabeths Schlafzimmer mit dem Blick in den Kammergarten.

Ich ging nicht mit zu Schwarzwalds, weil ich Angst hatte, sie würden bei mir Professors wittern – oder auch Pilar und ihren Kaufmann. Wie verschieden doch meine Freunde waren. Mutter und Jenö wurden von Walther akzeptiert.

»Dein Robert ist ein heldischer Typus«, sagte er.

»Das ist aber doch Kokoschka auch!«

»Eben«, sagte Walther, »aber doch mehr äußerlich.«

»Rede doch mit ihm so wie du mit mir sprichst!«

»Ich kann mit Männern nicht reden.«

»Du tust es doch!« wollte ich sagen, dann fiel mir auf, daß er im Grunde nur mit berühmten Leuten redete.

»Du bist ein Snob!«

»Ja«, sagte er, »alles andere ist langweilig.«

Ich dachte sofort an die alte Marie, sie fiel mir ein, es fiel mich an wie ein großes Herzweh. Der Gedanke an die arme alte besoffene Marie, die nicht lesen und schreiben konnte – es war eine Gedankenfolge, die sich prompt bei mir einstellte: Marie mit dem Zementschaff auf dem Kopf, ohne Unterhosen in drei weiten Röcken mit zerschundenen Füßen, die nackt in den Pantoffeln steckten und im ständigen Alkoholtaumel, der sie Tag für Tag unempfindlich machte gegen das geile Geschwätz der Männer, oder erst recht empfindlich für das einzige wilde Vergnügen.

»Es ist auch eine Form von Snobismus, daß ich ablehne... ich sag dir, ich geh nicht zu deinen feinen Leuten.«

»Sie sind nicht fein«, sagte Walther, »fein sind sie nicht. Sie sind wie du, nur weißt du es nicht. Im Augenblick ist das ganz gut für dich.«

Walther griff meine Ehe an. Das tat er durch alle die Bemerkungen zur inneren und äußeren Freiheit, zur Liberalität des Lebens bei Schwarzwalds, zu den vielfältigen Beziehungen zu allen Ländern der Welt. – Ach, dänische Diplomaten, Bankleute aus London und Schriftsteller aus den USA! Schwedische Schauspielerinnen! Seine Welt.

Ich fürchtete mich vor ihnen, wie sie sich vor dem Volk fürchteten, das in Hitlers Uniform randalierte, um sich auch eine Freiheit zu nehmen und zu haben.

Walther fand es wunderbar, daß ich »Klassenhaß« fühlte, ohne Marx oder Lenin zu kennen, und foppte mich.

»Du machst dich über mich lustig.«

»Ja«, sagte er, »du machst mir viel Vergnügen.«

Schuschnigg wurde nach Berchtesgaden befohlen, und Friedell kniete vor mir und bat mich, ihm Gift zu besorgen, er kniete vor Czokor und bat um einen Revolver.

»Ich will es nicht, ich will es nicht erleben!«

»Geh mit mir nach Polen«, schlug ihm Czokor vor.

»Dort kommen sie auch hin – sie kommen überall hin, und dann folgen die Chinesen. Unsere Welt ist am Ende. Alles ist aus, es ist aus.«

Er sagte es als Mann von sechzig Jahren. Mir sagte er es, und ich hatte noch nicht einmal begonnen zu begreifen.

»Es sollte dich interessieren, neugierig solltest du sein, wie es weitergeht«, winselte ich.

»Ich weiß es aber schon, ich weiß es genau«, weinte er.

Mit jedem dieser Worte machte er mich bei aller Zuneigung und aller Angst und wegen meiner Zuneigung und Angst böse. Wie ein Tier im selben Käfig kam ich mir vor, als würde er sein verdammtes Schicksal ganz mit dem meinen verknüpfen.

Ich verfügte buchstäblich nur über Gemeinplätze von Hoffnung und Gottvertrauen, und dann sagte ich noch:

»Sei doch solidarisch, wenn du schon sicher bist, daß es uns alle trifft.«

»Ich bin feige«, sagte er.

»Ich auch. Und wie!«

Wir saßen in schäbigen Schnapsbeiseln und zitterten vor der Weltgeschichte, vor Hitlers »historischen Augenblicken«. Wir gaben keinen Pfifferling für Schuschniggs Wahl. Wir, das heißt Friedell und Schneider und alles, was bei Schwarzwalds saß. So wurden denn auch Walther, die Diplomaten und Schriftsteller, die ganze illustre Tischrunde von höflichen SS-Leuten abgeholt, ehe Hitler seiner Vorhut in die Stadt folgte.

Ich hing bis zum Nabel aus Pilars Speisezimmerfenster auf der Mariahilferstraße, um ja den Einzug zu sehen. Es war durch nationalsozialistische Ordner – viele maßten sich das an – Befehl gegeben worden, die Fenster geschlossen zu halten. Ich sah kein Fenster geschlossen. Unten das dichte Spalier, und in allen Fenstern hinter den Vorgebeugten die Stehenden: Da spielte einer den Imperator! Das war eine Gaudi! Ein Kasperltheater! Eine Grand-Guignol-Inszenierung! – Nein, er meint es ernst. Er will uns aus dem Dreck ziehen. Da traut sich einer etwas.

Schicksal! Ein von Gott Gesandter! Führer!

Mutter, Jenö, Robert, Pilar und ihr Mann, alle standen sie an den Fenstern, allen kam es absurd vor, als der Wagen langsam durch die brüllende Menge fuhr.

Sieg heil! Sieg heil!

Pilar bekam einen Kuß auf jede Backe von ihrem Mann, und dann ging er. In Überzieher und Hut, ohne das kleinste Gepäckstück, reiste er nach Prag. Was er brauchte, hatte er bereits dort. Er ging. Pilar zog in meine Wohnung, wir blieben in der ihren.

Ich lief zu Egon. *Zu Fuß.* Ich lief wieder weg, um über Walther etwas zu erfahren. Aber er kam mir schon entgegen. Die SS-Vorhut hatte zuviel Prominenz auf einmal erwischt, und sie ließen alle Ausländer und auch ihn laufen. Aber über ihn gab es jetzt einen Akt.

Robert fand, daß all dieser Unfug ihn nur von der Arbeit ablenke und daß, was ihn beträfe, alle Dauer nur von der Lösung eines jeweiligen Formproblems abhinge. Er entwarf für eine Leichenkammer ein Glasfenster, und zwar wollte er christliche Symbole aktuell gestalten.

Flucht aus der Wirklichkeit?

»Ach laß mich in Ruhe. Ich halte mich für genug wirklich, und ein Refugium ist meine Art, die Kunst zu betreiben, sicher nicht.« Er war sehr blaß und mager. Am Rechaud stand die italienische

Kaffeemaschine und zischte.

Er überzeugte mich viel mehr als Walthers Polemik.

Aber da war Egon, unmittelbar bedroht durch Hitler und durch seinen Entschluß, es nicht darauf ankommen zu lassen, ihnen in die Hände zu fallen.

Ich lief von einem zum andern und wurde, weil ich in Pilars Wohnung hauste, an ihrer Stelle zum Kruckenkreuzputzen geholt.

Getreten und gestoßen lag ich auf dem Gehsteig in der Lauge und putzte gemeinsam mit anderen die aufgemalten Kruckenkreuze weg. Harte Bürsten und scharfes Wasser nahmen mir ein wenig von meinem Schuldgefühl. Sie nannten mich Judenhure, und ich kicherte hysterisch über dieses Pathos. Ich schwieg, und auch die anderen, die wußten, daß ich nicht Pilar war, schwiegen. Es war chrisllich, hier in der Katakombe zu sein. Daß Leben auf dem Spiele standen, dachten nur wenige. Zu soviel unreflektierter Gegenwart kam ich selten. Die Wut, die ich in mir schmoren ließ, war wie die Erregung vor der Liebe. Ich horchte in mich, wie ich kochte. Ich suhlte mich in der Feigheit wie in der ätzenden Lauge. Die Erschöpfung, als sie mich schließlich laufen ließen, empfand ich angenehm: als körperliche Sensation.

Egon stürzte sich aus dem Fenster.

Ich kam zu spät zu seinem Begräbnis, weil ein Aufmarsch die Straßenbahn aufhielt, und warf Veilchen ins offene Grab.

Dann trank ich im Atelier mit Robert Kaffee und Slibowitz.

Die Nachbarin stand vor uns, eine junge schöne Frau, sie erzählte uns von den Juden, die sich an diesem Tag umgebracht haben sollen. Sie wurde ein paar Tage darauf mitsamt einem Juden aus ihrem Bett geholt.

Was nun?

War es nicht ein interessantes Thema für die Gespräche in den intellektuellen Tischrunden? Sie befanden sich plötzlich mitten im Dschungel und aßen ihr Brot mit eigenen Tränen.

»Du haßt die Intellektuellen?« fragte mich Walther.

»Es scheint so.«

Verhält es sich wie mit dem jüdischen Selbsthaß?

»Schämst du dich nicht?!«

»Ich schäme mich immerzu. Ich muß über die Ansprüche nachdenken, die ich an mich stelle, weißt du!«

»Höchste Zeit!«

»Sag mir genau, ganz exakt, was du von dir verlangst! Ja?«

Walther hielt mir eine Rede:

»Du hast einen Romantiker zum Mann, das ist gefährlich, ihr erliegt den Mystifikationen von Gott, Heimat, Natur, Rasse, Kraft – ihr lest den albernen Zarathustra, und ihr seid Fatalisten...«

»Ach«, sagte ich, »und du hast überhaupt kein Gefühl...«

»Ich kann's mir nicht leisten«, sagte er und weinte. Große Tränen rannen ihm über die Wangen. »Ich verlange von mir, daß ich den Mut hätte, wie Egon zu sterben. Ich weiß, du findest, er hätte das Seine gehabt, gelebt und gearbeitet, wie er wollte...«

»Ja«, sagte ich zornig, »und meine alte Tante Maria hatte nie die Wahl und mußte ihr Vegetieren und Saufen für Leben halten. Ich trauere um sie und um alle, die wie sie...«

»Diese Leute werden mit dir kurzen Prozeß machen...«

»Sie wissen nicht, was sie tun.«

»Und du bist Christus? Bist du Christus, dumme kleine Gans?«

»Ja, soweit ich mich vor ihnen fürchte. Auch ER hatte Angst... am Ölberg.«

»Gott wird dir nicht helfen...«

»Nein, weil ich nicht an ihn glaube.«

»Dir haben doch die Kommunisten in Frankreich gefallen, und du bist gegen die Klerikalen in Spanien.«

»Ja« – jetzt fing ich auch an zu weinen: »Unter den Nazis sind viele Kommunisten...«

»Das höre ich zum ersten Mal.«

»Sie haben mit den Privilegien Schluß gemacht. Jeder kann Parteigenosse werden.«

»Statt Klassen- haben sie Rassengegensätze...«

»Egon konnte auch nicht an Gott glauben. Er spielte es nur, das finde ich so ganz, ganz entsetzlich...«

Wir weinten beide, und Walther war in seiner Trauer unschuldiger als ich. Ich war wütend. Ich wollte mich aus einer Entscheidung heraushalten. Egon hat uns im Stich gelassen. Ich will mich nicht für ihn zum Opfer bringen. Für uns geht das Leben ganz gut weiter.

Walther kannte meine unausgesprochenen Gedanken: »Faschistin!« schimpfte er mich.

»Warum waren denn so viele Leute auf der Kundgebung am Heldenplatz, um Hitler zuzujubeln! Weil sie auf die Posten warten, die anderen weggenommen werden, weil sie profitieren, und nicht, weil Hitler für die Wikinger, die Teutonen und die reine Rasse ist. Schau dir den Goebbels und den Göring und den Oberwurstel an...«

»Verstehst du denn nicht, daß die eben das kompensieren müssen?«

»Gott behüte, daß sie das müssen!«

»Du stellst immer alles auf den Kopf.«

Die Opferstöcke in den Kirchen füllten sich mit zerknüllten großen Scheinen: Sühnegelder oder Gelder, die den Usurpatoren, den neuen Herrschern, den Verbrechern und Plünderern vorenthalten werden sollten? Die Kirchen wurden reich. Robert bekam Aufträge über Aufträge von kleinen Pfarreien an der Peripherie der Großstadt. Er sollte Altarbilder, Glasfenster, Deckengemälde schaffen.

Unterdrückte Gedanken, verdrängte Gefühle verursachen Schuldgefühle, mehr als gewalttätige Handlungen.

Oder: Sah die Frau jüdisch aus, die sich da geduckt davonschlich, nachdem sie ihr Scherflein hineingesteckt hatte?

Sie war jung und trug einen taillierten modischen Mantel – eine große schlanke behende Person.

Wenn ich nur nicht das Gefühl hätte, daß die Drohung, der sie ausgesetzt war, eine Gestalt hatte!

Hitler erschießen!

Warum tat das keiner? Alles andere war für die Katz.

Es wurden ja alle, die durch Parteizugehörigkeiten als seine potentiellen Feinde angesehen waren, eingelocht, und geheime Protestgruppen blieben geheim oder flogen auf.

Jenö tobte, aß nichts, drohte dem Himmel. Meine Mutter zeterte: Sie stand da in ihrem schicken Selbstgenähten, selber war sie nicht mehr hübsch, sie wurde ein wenig schief in den Hüften, sie trug aus Eitelkeit zu kleine hochhackige Schuhe. Das strengte ihren Gang an und verschob ihr Knochengerüst. An den so geschonten Stellen, etwa dem rechten Hüftgelenk, setzte sich Fett an. Die müde Wirbelsäule straffte sich nicht mehr, der Bauch sank nach vorne: so stand sie da, die resolute Frau aus dem Volke, und schimpfte empört auf die »Nazibuben«, die »Juda verrecke!« auf die Schaufensterscheiben des alten jüdischen Uhrmachers schmierten. Ein vorübergehender Mann in den Fünfzigern gab ihr recht. Er trug das Parteiabzeichen: »Diese Rotzbuben entwerten die Bewegung. Wenn das der Führer wüßte!« Schließlich droschen sie gemeinsam mit Schirm und Stock auf den Buben ein: meine Mutter mitsamt dem Parteigenossen. Sie standen da und sahen dem Burschen nach, der davonlief, und Mutter zeigte auf das Abzeichen des Mannes und sagte: »Sie sollten sich genieren!«

»Ich war Frontsoldat wie unser Führer.«

»Ich nicht«, sagte meine Mutter, »ich brauche keinen Führer!«

»Frau, seien Sie vorsichtig!«

»Dasselbe sag ich Ihnen!«

Ich stand neben dem Geschäft, als wäre meine Mutter eine Fremde. Ich wartete auf sie, wie man auf ein Kind wartet oder auf einen Hund, auf unvernünftige Wesen, die sich auf ihre Weise amüsieren, bellen, schnuppern, ihren Bedürfnissen nachgehen. Gönnerhaft lächelte ich ihr zu und begleitete sie nach Hause.

»Was willst du erreichen? Es ist sinnlos, sich aufzuregen.«

»Ja«, sagte sie, »findest du? Bist du ein Stein?«

»Fast glaub ich es. Ich schau dazu... Wie ein Pflasterstein. Ich bin feige.«

»Ich kann das nicht: zuschaun!« – Sie hatte rote Backen und wilde Augen. Ihr Haar löste sich aus der Frisur.

»Du siehst aus! Wie eine Irre!«

»So ist mir auch zumute! Daß du so ruhig bleiben kannst!«

Ruhig? Ohnmächtig. Gelähmt. Feige. Für mich sind es gefährliche Irre, die nicht wissen, was sie tun – Figuren aus dem Panoptikum!

Mit Walther ging ich durch die Straßen des zweiten Bezirks. Durchs Judenviertel. Die Gassen und Plätze waren leer. Eine junge Jüdin trug trotzig den Sowjetstern. Wir grüßten sie ostentativ. Sie wurde rot.

»Was geschieht, wenn einer diesen Stern trägt?«

»Er kommt nach Dachau.«

»Dr. Friedländer hat ihn getragen und ist nach Dachau... Sie müssen ihn wieder freilassen. Einen solchen Wohltäter. Er verarztete Arme ganz umsonst.«

»Die müssen gar nichts. Die tun, was sie wollen.«

»Na, lang kann das nicht dauern...«

»Denk daran, was Egon gesagt hat. Mit der Freiheit, zu tun und zu denken, ist es aus. Es ist die Zeit der Macht und der Mächte...«

»Aber nicht von Gottes Gnaden.«

»Ihre Ausweise!«

Jetzt kannte ich sie schon: Diese Truppe, diese Schergen, diese Mafia der Willkür. Zum Teil stramme Burschen, zum Teil missionsbewußte Hascherln. Dumme Augen und eifrige Blicke, weiße Hemden und Stiefel, die Nachdruck verliehen: militante Gefühle von Vollstreckern.

Ich mußte hysterisch lachen.

Walther griff in die Tasche und zog seinen Ausweis hervor.

Ich weigerte mich, meinen Ausweis zu zeigen, aber ich kam mir ungehorsam und infantil vor.

»Die Frau ist jüdisch!«

Sie führten uns ab wie Verbrecher, und das wollte ich. Ich wollte es. Ganz gekränkte Unschuld trabte ich mit ihnen in ein Schulgebäude, in eine leere Klasse, in der sie ein Tribunal eingerichtet hatten. Ein Mensch, den ich in meinem Leben übersehen, das heißt, nie wahrgenommen hätte, so ohne Gesicht, wie er war, saß hinter dem Katheder, unter dem Kruzifix. Am Arm hatte er die Hakenkreuzbinde. Ein Wimpel mit Hakenkreuz lehnte in der Ecke. Er schrie mich an:

»Name, Nationale?«

Ich sagte zu Walther: »Ich rede mit denen nicht.«

Sie rissen mir die Handtasche weg und nahmen heraus, was sie fanden. Walther gab ihnen meinen Namen und die Adresse an.

Sie steckten mich in ein leeres Klassenzimmer und ließen Walther gehen.

Er holte mich in einer Stunde heraus.

»Bring mich nie wieder in die Lage, mich diesen Leuten verpflichten zu müssen. Ich habe da bei meiner Festnahme am ersten Tag einen kennengelernt, der sich für Schriftsteller interessierte. Ich versprach ihm jetzt ein signiertes Buch von mir. Es ist ein SA-Mann, der zu zweifeln beginnt. Er ging mit mir hierher und redete mit dem Kerl hinter dem Katheder.«

Sie grinsten alle, als ich mit Walther abzog: als seine Liebste, die keinen Ausweis zeigte, weil sie verheiratet ist. Vertuschter Ehebruch!

Ich bestand darauf, es Robert zu erzählen. Der schwieg. Ich hatte lange zu tun, seinen Argwohn zu beschwichtigen. Um so länger, als er nichts dazu äußerte, sondern bloß litt.

Die Luft war vergiftet.

Vergiftete Luft. Jeder hatte Angst. Im Hausflur, beim Greißler, im Kaffeehaus, überall wurden Geschichten erzählt von willkürlichen Verhaftungen, von Selbstmorden und von Flucht. Ich wehrte mich immer noch dagegen, das ganze Leben für uns und alle um uns herum für verloren anzusehen, ich gab nur die Krise zu – eine Krise –, der Egon zum Opfer gefallen war, weil er alt und müde und wohl auch krank gewesen ist – er hatte einfach die Nerven verloren. Ein bewußter Tod eines klugen Mannes, ein erlittenes, ein gestaltetes Schicksal. Gescheite Leute, die wußten, warum sie litten, ihren Tod selbst bestimmten – fast beneidete ich ihn. Arme Schlucker, in deren Gehirn nicht viel vorging außer des Gefühls von Mangel aller Art, wie meine alte Tante Maria – was kümmerten sie Schuld und Willkür? Sie hatten Hunger, froren, und jetzt sorgte sich ein bayrischer Hilfszug um sie, sie bekamen Essen aus einer Gulaschkanone. Und Jenö, Jenö fand mit einem Male qualifizierte, gut bezahlte Arbeit, er machte Apothekerwagen. Schlimm waren Menschen wie der Professor, der sich aus seiner Kenntnis der Geschichte eine Legitimation für Hitlers Vorgehen zimmerte, klitterte: Deutschlands Recht auf dasselbe Unrecht, das andere übten: z. B. Kolonien! Schlimm, schlimm die Hetze gegen die Juden, darin lag der Keim des Untergangs für das Regime, das war übles Ausnützen gemeiner Instinkte, um von Raub und Diebstahl abzulenken. »Herzmansky wieder rein arisch«, stand in der Presse.

Aber daß »Eigentum Diebstahl ist« – ein Satz, der mir gefiel –, rückte Hitler für viele in die Nähe von Robin Hood.

Walther ließen solche Auslegungen vor Verzweiflung rotieren. Und dann gabs noch Nietzsches Wort von den *Vielzuviele*n, vom *Übermenschen*, Strindbergs *Bohnen* – die teils auf Hitlers Opfer, teils auf ihn selber und auf seine Herrenmenschen angewandt wurden.

War Hitler nun ein Freund der Armen oder der Militärs, oder betrieb er die Geschäfte der Großindustrie?

Im »Altreich« gibt es keine Arbeitslosen. Ist das nichts wert?

Aber nie mehr wird einer schreiben können, malen können, denken können, was er will.

Meine Arbeit über Goethes Schwiegertochter wurde natürlich nicht von dem neuen Lektorat übernommen, denn daß der Haushalt des alten Goethe von einer jungen Frau geführt wurde, die unter seinem Einverständnis, oder doch zumindest Verständnis, ihren Mann, Goethes Sohn, betrog und diesen, den Syphilitiker, im Suff verkommen ließ, das paßte nicht ins patriotische Programm der Nationalen. Auch Walther hatte seinen Posten als Dramaturg verloren und keine Aussicht, je wieder einen solchen zu bekommen. Noch warf sein Buch über Schopenhauer etwas ab, aber wie lange?

Unter Schuschnigg wurde schon genug geheuchelt, auch seines war ein totales Regime – aber Heuchelei vergiftet nicht so wie der Glaube an ein Recht, das keines ist und keines sein kann. Der Glaube, im Namen des Staates, der Nation, einer Irrationalität, jede Gemeinheit, jedes Verbrechen begehen zu können.

Rechtsempfinden. Schuld. Gewissen. Gott in Hitlers Mund. Walther hielt stundenlange Reden, legte klar und hinderte uns daran, uns fatalistisch zurechtzufinden. Ein Eiferer.

Und ich hatte Tag und Nacht den Alb auf der Brust:

Pilar war ihrem Mann nachgereist und hat mir die Papiere übergeben, die es möglich machen sollten, ihr gesamtes Hab und Gut in zwei Waggons zu verladen und nach USA auf den Weg zu schicken. Zwei Amtsorgane überwachten die Packer und mich. Ich hatte Gold und Silber in zwei Strohsäcke genäht und die Amtsorgane und die Packer bestochen wegzuschauen. Es dauerte zwei Tage lang, ehe die »Lifts« amtlich versiegelt waren und in ein Lager kamen.

Nachts erstickten mich Möbel. Sie lagen auf mir: Mutters Möbel, der Tanten Möbel, Hubers und des Professors Möbel, meine Möbel, Möbel, die lebendig waren, weich und beweglich und voller Ecken, und die Gesichter hatten. Die Möbel sollten vor einem Riesenholzwurm gerettet werden, der Hitler glich und einen Schnurrbart aus spitzem Stahl trug, mit dem er meine Füße wegfraß. Ich schrie und wurde auf die Matratze mit dem Schmuggelgut geworfen. Der Professor setzte sich auf den Kutschbock, und Pferde zogen die Eisenbahn. Ich sah auf die Armbanduhr, und das Zifferblatt war rot und leer. Meine Hand blutete. Ich schrie.

Da brachte mir Walther ein Stanitzel Eis, und ich leckte daran mit dem quälenden Gefühl, etwas Verbotenes zu tun.

»Ich möchte zu euch gehören«, sagte ich zu Walther am Telefon.

»Dann komm«, sagte er, »komm ins Nischerl.«

»Du verstehst mich nicht. Ich möchte soviel wissen, alles wissen, oder so tun können. Es ist doch manchmal so, daß man sich wundert, wie du, oder wie Egon immerhin ein Leben in der Entfernung von allem, ich meine... also in der Spannung... Wieso eigentlich gehöre ich nicht zu dir?«

Ach, ich sah nicht den Mann in ihm, drum redete ich so. Er war zart und bissig, klein mit einem großen Kopf, er hatte schwimmende helle Augen, schlechte Zähne unter einem schönen Frauenmund. Schön waren seine Hände, für mich waren sie wie Pflanzen, weich und doch nicht knochenlos.

»Ich weiß schon, du zählst mich zu den ›Privatfunzen‹, zu den braven Hausfrauen ohne Begabung.«

Ich hätte viel darum gegeben, ihm zu gefallen.

Hitler brachte seinen Röhm um, und ein großes Frohlocken ging durch seine Gegner: Ah, der Gangsterkrieg beginnt! Sie erschlagen sich gegenseitig. Es mußte ja so sein – es konnte sich nicht halten! Die grauenhafte Geschichte von dem Massaker in Wiessee wurde hinter vorgehaltenen Händen kolportiert. Die Zeitungen bestätigten den Tod Röhms, auch den von Schleicher.

Ist denn das die Möglichkeit?! Im zwanzigsten Jahrhundert!

Der Fortschritt schritt fort – er schritt weg. Weg. Das mußte sein. – »Und jetzt kommt doch der Krieg! Er muß kommen!« – Statt der Pest... Es gibt zu viele Menschen auf der Welt. Krieg ist wie Stoffwechsel. Pazifismus ein irrer Traum der Feiglinge. Gerüstet wird.

»Ohne mich«, sagte Robert. »Nie mehr spiel ich den Soldaten!«

Spiel, ja Spiel! Die Welt eine Bühne. Kreislauf der Dinge.

Wir sind zu Akteuren in einer Tragödie, in einer Katastrophe geworden, aber wir haben nicht die Absicht, die Rollen der Opfer zu spielen. Nicht kämpfen und nicht widerstreben! Nur Zuschauen – und sei es schimpflich – als *Volk* und als *Chronist*.

Ich war zornig, weil die Juden sich nicht wehrten. Sie brachten uns in eine peinliche Lage. Es nahm uns Appetit und Schlaf, sie bedrückt und gemieden herumgehen zu sehen.

Als Robert riesige Rahmen und Papierrollen in einen gemieteten Lastwagen lud – Evangelisten für einen Flügelaltar –, bot ihm ein Mann an, ihm zu helfen. Er trug einen Schlosseranzug und sagte, er sei als Entgelt mit ein paar Zigaretten zufrieden. Ich engagierte den Mann dann noch fürs Entrümpeln des Dachbodens. Der »Führer« hatte befohlen, die kleinen Gelasse unter Dach, die Speicherräume leer zu machen, und wir hatten eine Menge Handwerkszeug wegzuschaffen. Von Großvaters Schusterwerkstatt, Roberts Hobelbank, Jenös Schrauben, Zangen und Kisten voller Kleinkram.

Der starke fremde Mann arbeitete kräftig zupackend, er hatte rötliche Nackenlöckchen, eine breite Nase, und ich fragte ihn, ob er boxen könne. »Nein«, sagte er. »Ich bin ein Schlosser wie mein Vater und mein Großvater. Wir stammen aus dem Burgenland und sind Juden. Mein ganzes Geld habe ich gegeben für einen falschen Ariernachweis und einen falschen Ausweis für meinen Sohn.«

Und dann weinte er. Und ich weinte auch, und der Matuschek, wie er hieß, wurde unser Hausgehilfe.

Wir beruhigten uns dabei, wenigstens etwas Verbotenes zu tun und in Gefahr zu sein. Viel war es nicht, aber es half unserem Gewissen weiter.

Davon aber konnte der Verlobte der Professorentochter nichts wissen, als er mich zufällig auf der Ringstraße neben einer Platane stehen sah und mir »Judenhure« zurief. Dann spuckte er kräftig vor mir aus und zog einen Revolver. Hochgewachsen und hager, in schwarzem Leder, gestiefelt, ein SS-Mann, ein Teufel mit dem Totenkopf am Hals. Ich lachte, ehe ich erschrak. Aber selbst wenn er mich zwischen den Alleebäumen in der Ringstraße erschoß, wäre es noch zum Lachen.

Er war ein schöner Mann. Das junge bleiche Gesicht zeichnete die Backenknochen ab, saugte ganz gespannt und fleischlos die hohlen Augen ein – das sah zumindest vornehm und klug, mephistophelisch aus. Ich hatte ihn wohl immer merken lassen, daß ich ihn für einen dummen Teufel hielt. Sogar jetzt noch. Opernsänger und ein Schauspieler hatte er werden wollen, letzteres war ihm offenbar gelungen: der finstere Hagen von Tronje!

»Du spinnst!« sagte ich.

Er sagte: »Mit mir spielst du nicht.«

»Ich kenne mich mit Irren aus«, behauptete ich.

Aber ich merkte, daß er unter dem Zwang stand, den er sich selber antat, und als er »Verräterin« und »Judensau« schrie, merkte ich, daß er glaubte, was er glaubte.

Ich rannte ihm einfach davon, ich lief und lief und lief.

Vor einem Menschen fürchten? Ich habe mich noch nie vor einem Menschen gefürchtet, nur vor Gott und seiner Verdammnis. Jetzt fürchtete ich mich plötzlich wieder wie ein Kind vor dem Teufel.

Der arme Teufel! Daß man sich vor ihm fürchten muß! Daß sich sein Minderwertigkeitsgefühl so gegen mich – gegen mich? – richten muß!

Ja, ja, ich habe ihn für impotent gehalten, weil er nicht – wie nahezu alle – zunächst in mein Bett wollte, ich hielt ihn für einen jener Männer, die große Brüste fürchten, aber ich weiß es ja – ich weiß es von seiner Verlobten, daß ich mich geirrt hatte. Er war zwar etwas schwierig, aber er konnte... was also? Warum haßte er mich so? Mich, eine ganz nette junge Frau?

Walther haßte Hitler.

Ich haßte keinen Menschen. Allmählich schien das ein Manko zu sein. Mir entging etwas. Glaubte ich nicht an Zuneigung, Zärtlichkeit? Daran, daß es genügt, guten Willens zu sein und alle Herzen neigen sich einem zu?

Dieser Affe! Ich fühlte Zorn und Überlegenheit. Ich riskierte es, stehenzubleiben und ihm nachzusehen. Er war weit weg. Vielleicht war es bereits ein anderer seiner Sorte, den ich in der Ferne noch sah. Der Schweiß kühlte mein Gesicht. Sollte ich mich jetzt täglich und stündlich vor einer derartigen Begegnung fürchten? Bewaffnete! Da stand die gute alte breite Hofoper, die mich immer an eine alte Frau mit vielen Unterröcken erinnerte und in deren Fenstern ich immer die volle Beleuchtung strahlen sah, die mich erwärmte. Innen bin ich noch nie gewesen. Drüben die Sirkecke, berühmt – soweit es mich betraf – durch Karl Kraus. Was der jetzt wohl gemacht und gedacht hätte. Mutter trauerte um ihn, Walther auch. Robert mochte ihn nicht sehr. Ich stand unter der Uhr an der Kreuzung und blickte die Kärntnerstraße hinunter. Das war Heimat. Und in den neuen Verkleidungen der Passanten steckten Volksgenossen, die nicht einmal in den Arbeiterbezirk paßten – und schon gar nicht in die noble Kärntnerstraße.

Da kam es mir mit einem Male in den Sinn, da verstand ich, was Walther meinte und auch Salomon, daß Hitlers Partei keine Arbeiterpartei, sondern die Partei der verkrachten Existenzen war.

Ob man ihn, den SS-Mann, nicht darauf aufmerksam machen könnte. Ich werde ihn aufsuchen und zu ihm sagen: Nimm doch nicht diese blöde Haltung an, sondern horche in dich hinein, horche nach außen, was vorgeht. Du schlägst doch wild um dich, weil du diese soziale Geltung haben willst, die dir ein Hitler verschafft.

Ja, wird er sagen, und warum nicht?

»Weil Hitler die Juden diffamiert.«

Da wird er lachen und sagen: Na und? Und er wird sagen: Schau dich an! Warum kriegt ihr keine Kinder, warum drückt ihr euch um eure völkische Verantwortung? Warum bist du nicht stolz darauf, daß der Aufstieg des deutschen Volkes dein Schicksal bestimmt? Was gehen dich die Juden an?

Und ich könnte ihm nur antworten, daß ich viele Freunde hätte, die mir näher stünden als er, und das würde er nicht verstehen.

Warum, zum Kuckuck, warum verstand er das nicht? Ich verstand ja auch seine alberne Eitelkeit, die ihn diese kindische Uniform tragen ließ.

Gier nach Geld, Macht und Ansehen! Wer verstand das nicht! Aber: Geld wofür in einer solchen Umgebung? Macht und Ansehen? Bei wem? Schämst du dich nicht vor deinen Opfern? Und ob er sich schämte!

Der arme Irre.

Ich war mit Walther unterwegs, um Robert abzuholen, der in einer Kirche hoch auf einem Gerüst ein Deckenbild malte. Ich wollte Robert zwingen, eine Pause zu machen und mit uns in ein Beisl auf ein Gulasch zu gehen.

»Brennt es dort nicht? Im Parterre? Es schlagen Flammen, einzelne Flammen aus einem Schaufenster. Wo ist denn da ein Feuermelder?«

»Es stehen ja Leute herum, die Feuerwehr ist sicherlich schon unterwegs!«

Ein Fremder gab mir ein Kopfstück und äffte mich nach: »Feuerwehr unterwegs! Leben Sie auf dem Mond? Hier brennt ein jüdisches Geschäft! Ein Pelzhändler, den sie vorher geplündert haben.«

»Wo ist die Polizei?« rief ich.

»Da, da ist sie ja und schaut zu!«

Wir wurden weitergestoßen und ließen uns weiterstoßen.

»Juda verrecke!«

»Lausbuben, Verbrecher!«

Es wurde scharf geschossen, und wir liefen weg. Wir liefen nicht allein. Es liefen viele, geduckt und schimpfend.

Wie uns das gut tat, daß manche aufbegehrten, aber wir waren zu vernünftig, um uns zu den Naiven zu gesellen, die sich festnehmen ließen. Es kamen Lastwagen, die mit Menschen vollgestopft wurden. Ich konnte nicht hinsehen.

»Man muß sich wehren!«

»Wem hilft's?« fragte Walther. Er zitterte wutverzerrt und doch voll Angst.

Mich fesselte der Anblick der SA und der SS und der Goldfasane. Wer gab sich dazu her? Wie kam einer dazu, sich dazu... Bringt das sooo viel?

Und die Gläubigen? Die es fertigbrachten, an die Notwendigkeit und an das Ziel ihres Vorgehens tatsächlich zu glauben? Ihr Eifer schien kein Nachdenken zuzulassen.

Denkt einer erst einmal nach, ist er kein Tatmensch mehr. Kann man wirklich nur tun oder leiden?

Walther weinte. Ich hatte das Gefühl eines hohlen Bauches, das vernichtende Gefühl eines vollkommenen körperlichen Versagens, eine Übelkeit, wie ich sie einmal empfand, nachdem ich zuviel schwarzen Kaffees getrunken hatte. Mir war schlecht. Speiübel, aber es kam nur Luft heraus. Ich rülpste erst, dann schluckte ich Luft. Ich schluckte und schluckte und schluckte ums Leben. Walther mußte aufhören zu weinen und sich um mich kümmern. Ach, es tat wohl, in die Kirche zu treten, die dunkel war, bis aufs Ewige Licht und einen Scheinwerfer, der auf die heilige Katharina gerichtet war, die Robert eben ans Rad flocht. Er malte. Er stand im farbbekleckbsten Overall breitbeinig auf dem Gerüst und malte die Marterszene – eine schöne Frau, die lächelnd litt. Draußen die Geschäftsstraße mit den Läden minderer Eleganz, Novembernebel und Reklamelichter, bedrückt huschende Menschen, und hier die düstere Zuflucht, Gottes Zuflucht, und die Hingabe seiner Märtyrer!

Die Religion und die Kunst – Formen des Trostes? Robert jedenfalls schien ganz abwesend. Ihn interessierte kaum, was wir erzählten: »Ja, ja, so wird es nun weitergehen...«

Robert stand nackt am Ofen und ließ seinen hellen Körper von der roten Glut anstrahlen, er drehte sich vor der offenen Ofentür, und ich sah ihn mit leeren Augen an. Ich hatte immerzu die völlig knochenlosen, verzagten Gestalten vor Augen, die von den uniformierten Jungen, die sich selber durch Geschrei Mut machten, auf die Lastautos gestoßen wurden.

»Die Buschens waren auch dabei, sie sind wieder zurück, aber ihre Wohnung war versiegelt. Sie nehmen den Leuten Hab und Gut.«

»Ja«, sagte Robert, »es geschieht Unrecht – irgendwo geschieht immer Unrecht. Irgendwer stirbt immer. Bald sind wir es auch.«

»Buschens schlafen bei der Hausmeisterin.«

Während Robert fromme Sprüche von sich gab, zitterte er vor Wut, und gleichzeitig massierte er sein Glied.

»Komm!« sagte ich und rückte in meinem Bett zur Seite: »Komm schon!«

Es wurde eine Nacht ohne Schlaf. Robert ging in sein Bett in der Ecke des Raums schräg gegenüber meiner Ruhestatt und begann Mulfords *Der Unfug des Sterbens* zu lesen. Er feuerte das Buch an die Wand und kam wieder zu mir herüber. Wir erschöpften uns, aber es half nichts. Ich fand schließlich eine Flasche Rum in meinen Vorräten, der sich gehalten hatte, weil wir ihn nicht mochten. Er schmeckte scheußlich.

»Ich denke immer an die langen Nächte bei Kerzenlicht im Dreck, wo es nur Läuse und keine Frauen gab.«

Was ich dachte, sagte ich Robert nicht. Ich dachte an die sanften irren Frauen, die sehnsüchtig ihre Schenkel spreizten, und an Willis kleinen Revolver, an die Stiefel, die den Juden in die Hintern traten und an immer dieselbe Verszeile: »O Herr gib jedem seinen eigenen Tod!«

»Ich denke an gar nichts«, sagte ich und spielte mit Roberts runzligen Hoden. Ich kreiste mit meiner Zunge um seinen Nabel.

Er seufzte.

Später schliefen wir eine Weile, ineinandergeschmiegt in meinem Bett bei eingeschalteter Nachttischlampe und offener Ofentür. Ich träumte das brennende Judengeschäft in meinen Ofen hinein, sah die Flammen an den Gegenständen züngeln und fand das schön. Immer entlang einer Linie, einer Kontur, bis die Mitte einbrach: Schränke mit Gläsern, die klirrend sprangen, Holz, das knisterte, Rauch, der duftete.

Am Morgen roch das Atelier nach dem scheußlichen Rum aus Weingeist und sogenannter Komposition. Der helle Himmel blendete uns durch die Fenster, und der Unwille aufzuwachen trieb uns wieder dicht aneinander.

Matuschek kam. Er rumorte in der Küche und bereitete das Frühstück. Dann saßen wir zu dritt in der gemütlichen Ecke des Ateliers, und Matuschek erzählte uns von den Juden, die zusammengedrängt in Turnsälen, Kellern und unbewohnbaren Löchern froren: »Alle zusammen, Arme und Reiche, Akademiker und Geschäftsleute, Kinder und Greise.«

Essen? fragte ich. »Haben sie zu essen?«

»Manche haben Geld und gehen in die Lokale, in die sie hineindürfen, oder in die Geschäfte, die ihnen was verkaufen, aber die meisten gehen gar nicht aus den Löchern heraus. Die Kultusgemeinde... ich geh nicht dorthin... ich riskiere es nicht. Ich könnt' ja sonst nicht mehr zu Ihnen kommen... Mein Sohn ist beim Militär, beim Militär, das jetzt deutsch ist. Ich hab ihn gesehen. Von weitem. Das sind Zustände! Alle Tempel sind ausgebrannt. Sagt man. Sogar auch in Berlin und überall in Deutschland. Die ganze Nacht ist es zugegangen.«

Gott, wäre es schön gewesen, liberal sein zu können, voll Verständnis und Toleranz... das hätte mir gelegen: auch Hitler einen Standpunkt zuzubilligen, auch er hätte Argumente und recht. Aber wer konnte Derartiges sagen mit dem weinenden Schlosser da am Frühstückstisch mit Muskeln wie ein Boxer und so rührend graurotmelierten Borsten auf dem Kopf, dem nur ein Stückchen Vorhaut fehlte, um als ein Mensch zu gelten? Kein Übermensch hat das Recht, den armen Matuschek da wegen seiner Zugehörigkeit zu einer anderen Tradition zum Untermenschen zu erklären – da könnte ja jeder... Das Erklären wäre ja nicht so arg, aber daß es soviel Idioten gab, die das glaubten! Hinnahmen und einfach glaubten, bis der arme Hund es schließlich selber glaubte und den Schwanz einzog mit schlechtem Gewissen. – Mitleid soll nach Schopenhauer die einzige wirklich gute Fähigkeit unserer Spezies sein, weil sie dadurch ihre Welt als Wille und Vorstellung nicht gar so egoistisch bestimmt. Nun, ich litt mit, aber ich wollte überleben, und Matuschek wollte es auch. Wir wollten nicht in ihre Kerker! Also duckten wir uns im Dschungel. Kämpfen für eine politische Idee. Vielleicht! Aber ja, gerne! Aber wie?

Rosa Luxemburg, die Heilige meiner Mutter!

Sie duckte sich auch, meine Mutter. Was sonst sollte sie tun? Sie war unbedeutend genug, so daß man sie beiseite stehen ließ. Sie schimpfte in ihren vier Wänden – auch nicht gerade erhebend und ihrer Würde zuträglich.

»Matuschek, weißt du etwas über Lenin und Marx, außer daß sie gottlos waren? Und trotzdem für die Armen! – ›Steht auf, Verdammte dieser Erde!‹ – Marx und Lenin scheinen schlüssiger zu sein als Rilke. Rilke war ein reiner Dichter.«

Was das wieder heißen soll? Mir fiel nur ein, daß Rilke häßlich war. Matuschek liefen die Tränen über die Wangen und in den Kaffee. Ich mußte auch weinen. Robert blieb ein Mann und biß sich die Lippen auf.

»Ich bring euch nur in Schwierigkeiten!«

»Aber Mati… Wie kannst du so etwas nur sagen – wie heißt du mit dem Vornamen? Sag Fanny und Robert zu uns.«

»Wozu«, sagte er, »noch mehr Zores? – David heiß' ich.«

»Du sagst, alle Synagogen?«

»Ja, und auch in Deutschland, hör ich. Sie haben Brände gelegt und alle Juden aus ihren Wohnungen getrieben. Ich bring euch nicht ins Unglück… laßt mich ausreden – niemand kennt mich hier… Wenn sie mich erwischen – gut, was noch können sie mir tun? Ihr habt keine Ahnung! Bitte, nix wißt ihr. Ich habe meinen Sohn gesehen – er stand Wache vor der Kaserne. Ich bin vorbei… wir haben uns angeschaut. Es genügt, ihm geht es halbwegs. Er soll leben. Leben soll er.«

Ich dachte an die Redensart »Es dreht sich mir der Magen um« und ging aufs Klo. Dort ließ ich die Wasserleitung rauschen, weil aus mir ein Heulton kam, der sich nicht unterdrücken ließ.

Aus war es mit dem Drôle de guerre. Was da die Franzosen so nannten und womit es jetzt vorbei war? Mit der Zeitspanne, in der die Franzosen glaubten, daß die Siegfried- und Maginotlinie etwas darstellten, was Hitler aufhalten könnte. Der Drôle de guerre war eine Wirklichkeit gewesen vom Oktober 38 bis Mai 40... was aber jetzt losbrach, war der »tolle Hund Europas« – kein Kriegsspiel mehr, kein Kampf, sondern Tabula rasa gegen jedes Bewußtsein. – Im Wonnemonat Mai überfiel die deutsche Wehrmacht Frankreich und Holland, und sie zerhämmerten, vernichteten, zerstörten Rotterdam. Aus der Luft kam das tödliche Verhängnis... für Frauen und Kinder... in eine offene Stadt. Blumenreich wurden die Schrecken geschildert, der Durchbruch der »wahren Natur des Menschen, seines unbeugsamen Siegerwillens, seines Heroismus und Mannesmutes«... wie er dem »Recht des Stärkeren« den Weg freibombardierte mit der Gewissenlosigkeit des Sendungsbewußtseins... Oh, es war eine Lust, zu den Wilden zu gehören, die es nicht duldeten, daß die Instinkte verdarben, die den Ausgleich zu allzuviel Zivilisation schufen. Schluß mit Zagen und Zögern... Sie würden auch Frankreich überrennen.

Brauchten sie Walther dazu? Den schmächtigen kleinen Mann mit dem großen Schädel, auf den schon 1914 Kaiser Franz Josefs des Zweiten k.u.k. Armee verzichtet hatte?

Sie holten ihn.

Der Oberkellner im Kaffeehaus fand es zum Lachen! Walther war doch schon über vierzig.

Gut genug, um zunächst Polen besetzt zu halten.

»Du meine Güte«, fragte mich Robert, »warum lernst du Russisch?«

»Ganz genau weiß ich den Grund auch nicht... mag sein, daß mich das Ausgefallene reizt... mag sein, um Dostojewski im Urtext zu lesen – oder *Krieg und Frieden* – oder weil ich ein bißchen Tschechisch kann – so von der Großmutter her.«

»Oder lernst du es, weil Hitler mit Stalin paktiert – willst du Botschafterin in Moskau werden?«

Es war viel einfacher, aber das gab ich mir selbst nicht zu: Mich interessierte der Exilrusse, der im Institut für Slawistik Lektor für Russisch war. Er sah sehr dekorativ und aristokratisch aus. In Österreich lebte er seit 1919.

Walther schrieb in Güterzügen hockend auf den Knien lange Briefe, um sich über seine Teilnahme am »Alexanderzug« grimmig zu mokieren. Er war den Fliegern zugeteilt. Bodenpersonal natürlich.

Ich war damit beschäftigt, die Ästhetik des Krieges zu ergründen, und schrieb in meinen Briefen, daß mich Hauen und Schlagen, Brennen und Morden, Jagen und Schießen mit einem Mal als Phänomena gefangennähmen. Ich schrieb ihm, daß ich über Kriege und Revolutionen lese und über Dämonen und solche Sachen und daß ich wissen möchte, wieso das *Böse* – was immer es sein mag – anziehender sei und besser darzustellen als die Idylle, und ich schrieb ihm, daß mich eher die Dummheit, die Tumbheit, die Kleinkariertheit der Kämpfer erschrecke als das Blutvergießen.

Darob geriet er außer Rand und Band. Viele eng beschriebene Zettel aus allen Wehrmachtsschreibstuben Polens kamen an und beschworen mich, doch nicht auf die »Instinktler« hereinzufallen. Er warf mir eine »nicht ganz abgerissene Zugehörigkeit zur Ungeistigkeit« vor, und er warf mir vor, daß ich Hamsun gerne las und mich selbst *vital* fand. Er beschwor mich in langen Episteln, vital in meiner Kritikfähigkeit zu bleiben und nicht auf die Sirenentöne der idiotischen Amokläufer hereinzufallen.

Rechtzeitig bearbeitete er mich, denn schon läuteten eines Nachts von allen Kirchen die Glocken, weil Paris gefallen war. Robert und ich, wir starrten in den blauen Sommerhimmel. Dunkelblau und ausgestirnt war es, eine Nacht, um die Welt zu umarmen und Paris zu beglückwünschen, daß es deutsch geworden war: Für *ewige* Zeiten, wie es das Radio verkündete und wie es viele glaubten – ob beseligt oder verzweifelt –, es glaubten alle um uns herum an die *Ewigkeit der Hölle.*

Matuschek wohnte mit einigen anderen Juden in einer Bauhütte im Prater, und das kann nicht sehr luxuriös gewesen sein, denn er rasierte und wusch sich bei uns. Eines Tages kam er und sagte, er und die anderen jüdischen Handwerker, mit denen er hauste, kämen weg: nach Hildesheim zur Arbeit in der Rüstungsindustrie.

Das tat uns sehr leid. Wir staffierten ihn aus, gaben ihm warme Sachen mit und baten ihn, uns zu schreiben.

Er schrieb uns nicht.

Sein Sohn kam. Ein unbekannter Soldat, der uns durch die Uniform, die er trug, schreckte. »Wo ist mein Vater! Er ist nicht in Hildesheim, ich war dort.«

»Mensch, seien Sie vorsichtig.«

»Man sagt, sie bringen Juden im Osten um.«

»Ja, wir hörten davon – aber doch nicht gerade ihn. Sie brauchen ihn zur Arbeit.«

»Ich hab' ein sehr ungutes Gefühl.«

»Wir auch. – Seien Sie vorsichtig, Mensch, passen Sie auf sich selber auf.«

»Meine Kompanie geht nach dem Osten... Dort nämlich...« Er schwieg.

Robert malte eine Sonnenuhr an die Hauswand eines Bischofssitzes am Zellersee. Eines Morgens saßen wir im Hotel bei einem ganz guten Frühstück mit dem immerwährenden schlechten Gewissen, weil es uns besser ging als anderen, und tranken Pfefferminztee.

Die Sonne glitzerte über den See, die grünen Hänge, die dem Berg vorgelagert waren, der die Schmitten-Höhe hieß und der höhnisch ›Semiten-Höhe‹ genannt wurde. Jetzt war er arisiert als »Helden-Höhe«, denn es gab nur Parteigenossen aus dem Altreich mit ihren Fronturlaubern. Die berühmte Gegend war durch Haß und Mißgunst nicht Natur mehr, sondern Inferno.

Still ruhte der See, die Vögel machten einen Höllenlärm, das süße Frühlingsgezwitscher gellte in die Ohren, und ich konnte die alte NSV-Dame mit ihrem Abzeichen an der tiefen Brust nicht ausstehen. Sie war schuld, daß kein Behagen aufkam, daß der Sonnenstrahl mörderisch stach mit seiner Tücke. Hoch war der Himmel, und das Radio schnarrte.

»Nein!« schrie die Alte, wurde bleich und kam an unseren Tisch. Sie zerrte das Tischtuch mit dem Geschirr hinter sich her: »Hören Sie, hören Sie doch zu!«

Wir glaubten nicht, was wir hörten: Hitler war in Rußland einmarschiert... über die russische Grenze und – weiß Gott – dreißig Kilometer ohne Widerstand vorgedrungen.

Oh Gott!

Robert sagte mit tiefer Genugtuung: »Das ist das Ende, unser aller Ende, gnädige Frau!«

»Ich habe zwei Söhne und meinen Mann... Wo? Ich weiß es seit langer Zeit nicht, wo!« Sie war plötzlich ganz menschlich, weil es ihr an den Kragen ging, und weinte mit Haltung. Wie ich das satt hatte! Laßt uns schreien, brüllen, um den See rennen!

Wir taten's nicht, ich tat es auch nicht. Wir blieben sitzen und starrten Löcher in einen milden blauen Tag.

Von Walther kamen frivole Briefe über diesen »größten Aufmarsch der Geschichte«. Er schrieb leicht entschlüsselbare, allgemeine Betrachtungen als Philosoph im Kriege und bat mich, für ihn zu schlafen, er käme nicht mehr dazu, was enorm langweilig wäre, weil die irre Abwechslung ihn am Denken hindere. Er schrieb über Völker und Sprachen: Daß man das deutsche Denken aus der deutschen Sprache entschlüsseln müsse, er schrieb: »Ich denke dabei, die Poesie der frühen Morgendämmerung zu desillusionieren... bin zwischen Alaska und Indien und nicht bereit, in kleineren Maßstäben zu spekulieren.«

Landkarten mit Stecknadeln. Der kleine Walther im großen Rußland. Wo? Weil seine Seele mit Großem beschwert war, entdeckte sein Auge das Kleine, schrieb er – und daß er glücklich vergessen in einem vergessenen Dorf bei einer Partisanenfamilie hauste in einer Lehmhütte mit Strohdach, die aber so sauber war, daß der russische Bauer von einem deutschen Soldaten Flöhe bekam. Er trank viel Milch und fürchtete sich vor der erneuten Notwendigkeit, den Ort zu wechseln. Er schrieb an einer »Elektra«.

Auch wir kamen uns vergessen vor. Nach dreimaliger Rückstellung schienen sie sich nicht mehr um Robert zu kümmern. Er lag auf einem hohen Gerüst und renovierte die barocke Deckenmalerei der Peterskirche. Ich versuchte, ein Kinderbuch zu schreiben. Wir hatten oft großen Hunger, das war das mindeste, das wir für den Endsieg tun konnten. In Stalingrad schien sich das Debakel schon abzuzeichnen. Es in Ruhe abzuwarten war auch im persönlichen Glück eines problemlosen Miteinander trostlos.

Ich wünschte mir ein Kind!

Nichts als Hybris in meinen Gefühlen.

III

»Sie werden sich erkälten, Fräulein!«

»Die kalte Luft tut mir gut, nach der Hitze im Abteil.«

»Gerade das, gerade das ist gefährlich!«

»Vieles ist gefährlich«, sagte ich.

Es kam die beste Konversation auf, bei der die Pointen nur der eine Partner kannte.

Ich saß fest auf dem Koffer, allen im Wege, der Doktor hielt es nicht für ratsam, ihn ins Netz zu heben, als er mich auf die Bahn brachte. Ein anderer Doktor wartete in Gastein darauf und wird mich, so Gott will, von der Bahn abholen.

»Es gibt leider keinen Speisewagen, Fräulein!« sagte der deutsche Schwerenöter.

Fräulein, sagte er. Nein, ich bin eben doch nicht gealtert nach all dem, was in Lemberg geschehen ist... Ich sehe kaum älter aus als Beate, obwohl sie zehn Jahre jünger ist... Sie ist ein melancholischer Typ wie Robert und wunderschön... sie paßt besser zu ihm als ich...

»Ich bin ausgebombt.«

Warum erzählte er mir das, ich war nicht aufs Plaudern aus. Auf keinen Fall mit so einem deutschen Ingenieur, den sie UK gestellt haben – denn so sah er aus: ein deutscher Ingenieur, ein einseitig gebildeter Techniker, kein Humanist – ein Installateur, der mir auf den Busen schaute. Ich hatte die obersten Knöpfe am grünwollenen Hemdblusenkleid offen, und das aus vielen Gründen: Erstens war mir wirklich heiß, zweitens erregte mich in meiner ständigen Erregtheit die streichelnde Luft angenehm, drittens sah ich mit tiefem Ausschnitt schlanker aus, viertens war mein Dekolleté tatsächlich immer aufreizend, und ich reizte gern und... Der windige Kerl, elegant und alert... Ich sah mich mit jedem, jedem, es war zur Manie geworden, seit Robert mit Beate... mit jedem Mann im Bett. Von jedem möchte ich, daß er mir zwischen die Schenkel... ich rutschte auf dem Koffer hin und her... Ich lebte Roberts Liebe mit auf eine Art, die... na, Schwamm darüber. Ich werde natürlich nicht aufstehen, ich bleib schon auf meinen Flugzetteln draufsitzen... Der Bischof Galen, ein feiner Mann, teilte darin dem Volke mit, daß die Irren gemordet werden – »euthanasiert«. In Gastein wartete ein flüchtiger Tierarzt, der bereits zum Tode verurteilt war, auf die Zettel, weil er in Hannover oder wo notgeschlachtet hatte. Mein Psychiater hat mich auf die Fracht gesetzt. Er war auch im Zuge, aber zeigte sich nicht. Seine Frau hatte auch einen Koffer. Sie saß in einem anderen Waggon.

»Mein Mann ist auch UK«, verkündete ich – Gott weiß warum – dem deutschen Ingenieur, »ich bin von Pontius bis Pilatus gelaufen, um ihn freizukriegen, ich habe Gott und die Welt verrückt gemacht mit seiner Verletzung aus dem Ersten Weltkrieg, und dann habe ich ihn noch überredet, einen Auftrag in Lemberg anzunehmen. Das hat den Ausschlag gegeben. Er wurde UK gestellt, und das hat uns unser Kind gekostet.«

Ich fing schon wieder an schreiend zu reden, um nicht loszuheulen. Der Ingenieur verdrückte sich umgehend. – Nein, ich bin kein Flirt, Herr, so gerne ich es wäre. – Ich hatte das Zeichen auf der Stirn. Verrückt, weil ich mir ein privates Leid anmaßte, wo doch die ganze Welt… Ausgebombt ist er! Arm ist er dabei jedenfalls nicht geworden. Ich sah die goldene Uhr… ich nahm alles wahr. Ich sah auch, daß er Haar auf dem Handrücken hatte, was auf viel Behaarung auch auf der Brust schließen läßt. Ich war erregt, was sich überhaupt nicht schickte, und was ich auch in Lemberg war, trotz Schwangerschaft und Todesgefahr. Auch diese Beruhigungsmittel, die Karl mir spritzte, nützten nicht viel. Eisig war die blaue Luft. Ich atmete sie tief ein: Ja, Robert und Beate. Es war ihnen zu gönnen. »Du bist zu exaltiert«, hatte Robert gesagt. Nun, Beate hatte große dunkle Augen, immer still, immer intensiv traurig. Auch ich liebte Beate. Ich liebte alles, was Robert liebte. Das war ihm auch nicht recht. »Du bist nicht normal.« Nichts wie heiße Messerstiche für mich. Er kämpfte um sein Leben und brauchte den Rausch.

»… ich seh das ein. Ich möchte auch!«

Ich darf hier nicht mit mir selber reden. – Mir war nicht mehr heiß, mich schüttelte es.

Es war schon gut, daß der fremde Veterinär den Koffer und dadurch mich erkannte. Gemessen trat er an mich heran und küßte mich konspirativ und stumm. Ich weinte.

»Das sind die Nerven«, flüsterte er. Er war klein und dick, ein Onkel.

»Ich gehe lieber in die andere Richtung. Sie wohnen am Wasserfall?«

Ich sagte gar nichts und sah ihn mit einem Pferdewagen wegfahren.

Hedi war auch auf dem Bahnhof.

»Wieso hat der deinen Koffer?«

»Es ist nicht mein Koffer, ich hab ihn nur aus Gefälligkeit mitgenommen.«

Hedi besaß ein Hotel in Gastein. Ein sehr schönes, aber verwahrlostes altes Hotel. Sie hatte mir ein Dachstübchen reserviert. Sie wußte, wie einer Frau zumute ist, deren Liebster seine Kraft woanders auslebt.

»Ich bin nicht eifersüchtig, ich bin krank... es war schon lebensfähig, als ich es verlor...«

Wortloses Weitergehen.

»Wird dich das Rauschen des Wasserfalls stören?«

»Nein, ich find es schön. Und die Luft! Die gute Luft! Die Luft ist wirklich – wie man so sagt – wie Champagner. In Lemberg hat es nach verbranntem Fleisch und Knochen gestunken – Menschenfleisch und Menschenknochen!«

»Wenn du es sagst, muß ich es glauben.«

»Wenn ich es sage, komme ich mir wie... wie eine Irre vor, die phantasiert. Ich traue meinen Wahrnehmungen nicht mehr.«

»Also du mußt vernünftig sein, meine Liebe. Jetzt bist du da, um dich wieder zu fangen. Wein dich aus!«

»Du hast keine Verantwortung, Hedi, mein Psychiater wird seinen Winterurlaub hier verbringen. Er ist nur so mein Arzt, weil er ja auch ein Freund ist. Er ist mit Robert zur Schule gegangen. Er kümmert sich um mich. Robert wollte es.«

Da standen Biedermeiermöbel, alte wackelige Stühle mit schleißigen Bezügen, die sichtlich ausrangiert waren, ein hübscher runder Tisch, eine Vitrine mit Büchern und ein Bett mit rotkariertem Bettzeug. An der Wand hing der Druck von Spitzwegs »Bücherwurm in der Dachkammer«, die Wände waren schräg wie zu Hause, aber das Fenster winzig – der Blick ging tief hinunter ans tosende Wasser. Ich stopfte den Kachelofen voll mit harzigem Holz und atmete tief und beruhigt. Hedi brachte mir einen Kräutertee, und ich schluckte Baldriantabletten. Dann nahm ich die *Rauhnacht* von Billinger aus der Vitrine und legte das Buch auf den Nachttisch. Innen an der Schranktür war ein schmaler Spiegel. Ich verglich mich darin mit Beate. – Nun, ich hatte kein Recht, Robert sein Glück zu mißgönnen. Immerhin gefiel ich mir zwar auch ganz gut – nicht mein Gesicht. Ich legte mich ins weiche Bett auf eine Untertuchent aus Federn, und am Fußende lag ein warmer Ziegelstein. Es war behaglich. Ich begann mit mir zu spielen: meine Klitoris war hart und groß wie eine weiße Bohne, und Karl will mir einreden, ich hätte einen Penisneid wie alle... Ich seufzte und döste, ich ließ mich ganz und gar fallen.

»Weg weg... laß mich, ich bekomme keine Luft, ich ich ich ersticke...« Warum preßte Karl seine Pratzen auf meine Brüste? Er lächelte gar nicht verschmitzt, wie er es sonst tat.

»Es brennt, sie haben mich mit ihm in einem ihrer Öfen... O Hilfe, der Rauch erstickt mich!«

»Gottseidank«, sagte Karl, »viel später hätte ich nicht kommen dürfen!«

Er deckte mich zu und wirbelte mit dem Handtuch den Rauch aus der Kammer. Die Tür war offen, das kleine Fenster auch.

»Die Rauchgase!« sagte er. »Der Ofen hat keinen Abzug.«

Dann hob er mich aus dem Bett und setzte mich auf den Nachttopf. Er plusterte Polster und Decken zurecht, und ich war dankbar, matt und zärtlich.

»Meine Frau wird gleich da sein mit Tee und Cognac. Wir wollten nur sehen, wie es dir geht. Ich habe sie zu deiner Freundin Hedi geschickt.«

Er küßte mich auf die Brust.

Dann kam sie. Sie sah aus wie jede. Auch Hedi sah aus wie jede.

Alle diese Leute, alle diese fremden Menschen! Nur Karl, der wußte alles. Ich hielt ihn fest.

Es konnte nicht schöner sein. Die Sonne glitzerte im Rauhreif, der Schnee knirschte unter einer feinen Lage Pulver, und der Himmel war eisig blau.

Wir rutschten nebeneinander her. Karls Frau war im Hotel geblieben. Sie fuhr nicht Skier. Ich hatte im Hotel welche geborgt.

»Hier bin ich vor einer Ewigkeit auf weißen Höschen über die grünen Wiesen gerutscht.«

»Du warst schon einmal hier?«

»Mit meinen eleganten Tanten, die jetzt in der Partei sind. Sie wissen nicht, was sie tun. Ach es hat keinen Sinn – alle diese Redensarten. Der Schnee und die Sonne – dabei kann ich nicht einmal sagen, daß ich sterben möchte oder daß ich deprimiert bin.

Ich war vor nichts anderem entsetzt als vor mir selber. Da geh ich mit dir... Wenn ich etwas in meinem Leben immer... ich meine, ich habe es auch gelebt... nicht nur davon geredet, von Solidarität. Und jetzt fahre ich hier Ski...«

»Es ist banal, was dir widerfahren ist.«

Er hielt mich am Ellenbogen zurück, um mich aufmunternd und tröstend anzuschauen.

»Ich meine nicht Beate.«

»Willst du es mir endlich erzählen?«

»Ich will schon...«

»Renn nicht weg. Du mußt es erzählen, du mußt es allen Leuten erzählen. Es ist wichtig. Die Menschen stecken den Kopf in den Sand.«

»Ich will ja, aber es... es ist peinlich... weil es so pathetisch, so unwahrscheinlich ist, zu sagen, man sah einen, zwei, drei, vier Menschen, die brennend über Balkonbrüstungen flogen und durch einen Strick um den Hals am Fallen gehindert worden waren und in der Luft verbrannten, vom Balkon baumelnd verbrannten.«

Ich erzählte es schreiend, und dann lachte ich.

»Das glaubst du nicht? Was? Du glaubst es nicht?«

»Sei nicht hysterisch.«

»Nein.«

»Es war der Brand des Lemberger Ghettos?«

»Wie ich heute weiß, war es kein richtiges Ghetto, ein von den Nazis abgeriegelter Bezirk. Ich stand am Stacheldraht. Ich bin dort spazierengegangen. – Es ist meine Schuld.«

»Du hast Robert überredet, den Auftrag in Lemberg anzunehmen?«

»Ja, vordergründig, weil ich schwanger war und es dort Milch und Eier geben sollte. – Es gab Milch und Eier.«

Wir schleiften auf unseren Skiern weiter.

»In Wahrheit wollte ich es aber. Ich wollte nach Galizien. Seit Matuschek abgeschoben worden war, wollte ich wissen, ich wollte es genau wissen, ob es wahr ist, was man erzählte – o ja, ich glaubte es schon, daß etwas wahr ist... aber... aber... nicht so kraß.«

»Komm, machen wir eine kleine Abfahrt.«

Ich war gut in Form, ich war noch am Leben. Das Kind gab es nicht. Wozu auch? Zum Krepieren?

Das beherrschte Gleiten machte mir sogar Freude. Karl schnitt meine Fahrt mit einem Bogen ab und fing mich auf, als ich quer über seine Skier zum Stehen kam. Er drückte mich fest an sich und küßte mich. Mir war das sehr angenehm. Ich sagte aber: »Verstehst du das?« und weinte wieder.

Was da alles durch meinen Kopf ging, als er mich küßte! Zunächst wieder diese alte Selbstverachtung, weil ich einen Orgasmus hatte – ganz schnell – und er es merkte und er auch merkte, daß ich darüber nicht aufhörte, ihn und mich kritisch zu beobachten, und ich litt sogar jetzt unter der Forderung an mich, mich fallen zu lassen. Ich hing in seinen Armen und stilisierte mir den Moment, sah uns stehen auf dem hart gefrorenen Schnee mit der Pulverauflage und dachte, daß es das beste darstellt, was es als Unterlage zum Skifahren gibt, ich dachte an die runde Sonnenscheibe und daran, daß die Bezeichnung Orange, die mir einfiel, an meinen Durst erinnerte und daß die Trockenheit von der Erregung kam sowie das Zucken, das Karl registrierte und das ihn veranlaßte, mich noch fester an sich zu drücken. O ja, mir war ungeheuer wohl, trotz der selbstquälerischen Kritik, die ich immer für mich hatte. Eine läufige Hündin, die sich dauernd beobachtet.

Ich sagte es Karl, weil er doch Arzt war. Trotzdem schockierte es ihn, machte ihn vorsichtig – ich hätte das wissen sollen.

»Komm«, sagte er, »du bist ganz durcheinander. Wir gleiten jetzt schön langsam auf der Straße. Sie ist leer, die Leute schlafen. Und du erzählst mir alles, was du in Lemberg erlebt hast. Es ist notwendig. Es ist für dich notwendig, darüber zu reden, und für die Menschen, für alle Menschen ist es gut, das zu hören. Es ist wichtig. Du tust etwas Gutes, wenn du nichts verschweigst.«

Mich stieß schon wieder das Schluchzen, obwohl ich mich kalt und überlegen fühlte.

Ich begann damit, daß ich Karl beschimpfte:

»Du bist ein Sonntagskind, hast da eine fröhliche Praxis – lauter Narren, bist selber ein halber.«

Er lachte.

»Dich hat Nestroy erfunden«, sagte ich, und: »Du bist ein Spitzbube, der mit Mama verheiratet ist!«

»Verzeih!« sagte ich, ich fühlte, daß er sich ärgerte.

»Du bist nicht so intelligent wie Walther, der mir sehr gescheite Briefe von der Front schreibt und mich eine...« Ich heulte.

»Ist er dein Liebhaber?«

»Nein! Er ist mir nicht schön genug... Aber ich liebe ihn.«

Wir blieben stehen und küßten uns, weil wir das beide wollten. Es war so angenehm.

»Du riechst nach Klinik, nach teurem Tabak und nach all dem Beutegut aus Paris und sonstwoher, das dir deine kaputten Flieger und Soldaten schenken. Du bist ein Sonntagskind...«

»Ich bin in einer Widerstandstruppe!«

»Das will ich gar nicht wissen...«

Seine Frau stand unter der beschneiten Tanne vor der »Alpenrose« und sah uns entgegen. Sie war hübsch, aber gouvernantenhaft, und sie war bedeutend älter als er. Ein feines Gesicht mit zarten Zügen und einem harten Mund. Kein Bettvergnügen, das sah man von weitem.

»Ich kann nichts essen! Nicht diese ewige Erbsenwurstsuppe mit Erdäpfeln.«

»Meine Frau macht Kaffee. Echten Kaffee, Fanny, und Cakes haben wir auch.«

Ich zog die Skischuhe aus und quatschte schon – ich weiß, daß ich es in der Form tat, um die Alte zu vergraulen:

»Ganz Lemberg hat in der Sommerhitze nach den verbrannten Juden gestunken – es hat gestunken wie die Pest –, nach verbrannten Knochen und Fleisch... Menschenfleisch. Natürlich glaubte ich, was man mir sagte, daß es von einer chemischen Fabrik herkäme.«

Sie kochte den Kaffee mit einem Tauchsieder, und Karl schob mir Polster in den Rücken und nahm sich einen Notizblock unter die Nase. Im Fensterrahmen ragten die weißen Berge in die reine Luft – ach die köstliche Luft.

»Red weiter«, sagte Karl, »alles, was dir einfällt. Es ist gut für dich.«

»Ich denk nach, weil ich es so sagen möchte, daß du die Menschen spüren kannst, die Unmenschen, wie sie... wie ich sie gespürt habe. Keiner war wirklich, wenn du weißt, was ich meine. Uniformen, Stiefel, und – glaub es mir – eine Menge wunderschöner, scharfer junger Gesichter – lauter Kitschkapitäne von Luxusdampfern aus der Operette. Sie holten uns von der Bahn mit einem schwarzen Auto mit SS-Standarte. Ich werde dafür in der

Hölle braten, obwohl ich schon auf den heißen Sitzen briet... weil wir an einem Trupp vorüberfuhren, einer langen Reihe von Elendsgestalten in weißen Kitteln mit großem schwarzem J auf der Brust. Juden, die zur Arbeit gingen. Ich schaute tatsächlich genau, ob Matuschek darunter wäre.«

»Red weiter!«

»Ach Karl, meinst du nicht, daß... ich kann nicht weiterreden!«

Sie ging aus dem Zimmer.

»Watteschultern, glänzende Stiefel, klappernde Autotüren, Wimpeln und Karosserien. Filme über das Mittelalter fielen mir ein. Die Bettler am Straßenrand, die Pferde und die Karossen. Das Eis war dünn, wir ritten über den Bodensee. Diese kalten Augen, Fischaugen, wie sie die Mörder in den Krimis haben – noch hielten wir die hier nicht für Mörder. Wir bekamen ein Appartement in einem ›Gästehaus‹. Alles da, Teppiche, Möbel, alles aus dem Warenhaus gestohlen, es hingen noch die Preiszettel dran, alles neu, nur staubig. Die Wohnung war leergestanden, und im Badezimmer hockte in einer trockenen verstaubten Wanne ein nacktes Gerippe. Ein Jude, der sich versteckte. Er sah uns entgegen, er sah in uns seine Mörder. Die Panik! Die Panik! Er begriff nicht. Lange begriff er nichts. Ich stotterte... ›Ruhig, bitte sei ruhig, nichts passiert!‹ Wir gaben ihm ein bißchen Brot und Kirschen, ein hartes Ei, ein Hemd und eine Hose. Er nahm es voll Verachtung. – ›Sie haben Hunderte abgeknallt, einfach am Rand des Massengrabes!‹ schrie er uns dann an. ›Ich bin davongerannt. Andere auch. Sie schossen uns von den Bäumen, auf die wir... ich bin durch Zufall hier. – Nachts. Eine Tür stand offen. Es gibt Polen, ja es gibt sogar Deutsche, die einem... einem Nackten, der um sein Leben rennt, nichts tun. Ich bin nicht der einzige, der...‹

Er gab keinen Pfifferling für sein Leben und hatte auch keine Angst mehr vor uns. Er war intelligent, sprach deutsch und französisch – er war kein Pole – ›O mon dieu, mon dieu, gebt mir etwas Geld, gebt mir, was ihr könnt... in diesen Kleidern werde ich... können Sie nicht für mich Schuhe kaufen? Die von Ihnen, die drücken zu sehr. Habt ihr etwas Schnaps? Etwas Stärkendes...‹

Er rasierte sich und bat mich, ihm das Haar zu schneiden. Er sah ganz ordentlich aus, als er aus dem Haus ging, als wäre es selbstverständlich. Ja, natürlich hatte ihm Robert inzwischen

Schuhe besorgt. Du glaubst es mir, daß ich, als es gleich darauf an der Wohnungstür läutete, kaum die Kraft in die Knie bekam, zu öffnen. Ich hielt mir den Bauch und spielte die schwer Schwangere. Es war die Hausmutter, die ›Gastgeberin‹, eine sehr deutsche Gertrud, die uns fragte, was wir denn so bräuchten und uns die Einladung zu einem Abend in der Ukrainischen Oper brachte.

Dort lernten wir den Gouverneur, seine Frau und einen dazugehörigen Schwiegervater kennen. Herr Baron! Der Junge in Uniform – er hatte was mit dem Dollfußmord zu tun, der Wächter, du weißt... Gott, waren das ›feine Leute‹, gute Manieren, ganz großes Getue. Keine Heraufkömmlinge. Leute, die es verstanden zu kommandieren und in der Loge die Kaiser spielten... Es waren auch andere Künstler aus Wien da... die Dame hatte einen Salon. Wir gingen hin – ich war zu neugierig, um da nicht hinzugehen. ›Sensationsgier‹, hatte Walther geschrieben und mich... So gescheit war ich schon und so schlecht war mein Gewissen, daß ich die Unterschrift ins Gästebuch unleserlich hinkritzelte... eine Villa, das heißt, ein Palast, er hatte einem jüdischen Ölhändler gehört... Die Dame war jung und schön und hatte acht Kinder. So deutsch eine Mutter! Schwesterlich strich sie mir über den gewölbten Leib – auch sie war lyrisch und las Rilke und hatte ›entsetzliches‹ Mitleid mit den Juden und würde am liebsten selber das Parkett pflegen. Aber nun sind die Menschen und die Rassen... es sind unsere Feinde... nicht? Die Wirklichkeit ist hart.

In der Ecke stand eine Chinoiserie, weiß Gott wie wertvoll, aus dem Lemberger Museum – nur Museumsstücke: alte Kunst stand und hing herum, und die deutschen Kinder spielten Haschen: die Süßen.

Mein Gott, und ich mit meiner selbstgetöpferten Vase zu Hause beneidete mich selbst um meine relative Unschuld und aß um meines Kindes willen die guten Sachen vom Buffet.

So erlebte ich es.«

Karl hielt meine Hand. Ich schrie ihn an: »Eine Anekdote für dich? Für mich war es auch eine Anekdote, ich erlebte alles als eine Anekdote, bis es...«

»Willst du ein bißchen ruhen?«

»Jesus, Karl, willst du mir jetzt eine Spritze geben? Jetzt? Ich rede lieber weiter, bis du genug hast. Eigentlich möchte ich dir noch sagen, daß ich immer noch glaubte, was da stinkt, käme von einer chemischen Fabrik!

Ich brachte es fertig, in diesem Gestank spazierenzugehen. Ich redete mit den Lembergern, ehemalige Österreicher, sie sprachen alle deutsch. Ich bekam in dem Offizierskasino, in dem Robert eine Maria Theresia an die Wand malte, um die österreichische Tradition zu unterstreichen, überhaupt machte man auf k.u.k. Tradition... auch in der Oper... Ballett, Johann Strauß... ich bekam in dem Kasino reichlich Lebensmittel. Ich redete mit den Lembergern und teilte Eier und Butter aus, ich bekam in dem Kasino Marmelade, Gurken,... nur für Deutsche, versteht sich. Ich lernte ein Kellerfenster kennen, in das ich Pakete und Schachteln voll Essen hineinwerfen konnte. Ich fand eine Konditorei und aß träumerisch Schokoladeeis und hielt den schwarzen Rauch am sommerblauen Hitzehimmel für Fabrikrauch. Ich trug meinen Bauch spazieren wie in Trance.

Das war alles noch, ehe ich die brennenden Juden sah, die man über die Balkonbrüstung warf... Und dann... als das Kind weg war und ich begriff, daß ich nicht sofort sterben würde... da kam die ganz große Angst wieder: Ich wollte überhaupt noch nicht sterben. Trotz allem nicht. Ich wollte um alles in der Welt am Leben bleiben...«

»Wie kam es zur Frühgeburt?« Karl kaute am Bleistift und wollte alles ganz genau wissen.

Ich begann wieder zu schreien, und die Alte sah besorgt herein:

»Du weißt doch, daß sie lebende Menschen aus den Fenstern warfen. Brennend! Ich stand da, mir wurde schlecht, ich rannte, ich rannte, bis ich vor einer Straßenbahn stand, stieg ein, geriet unter Polen, die mir keinen Sitz anboten, sondern mich voll Haß anstarrten... es gab getrennte Abteilungen: für Deutsche, für Polen. Ich bedachte das nicht... nichts, gar nichts... ich stieg wieder aus, da war ein Kino. Natürlich ›nur für Deutsche‹: *Paracelsus* mit Harald Kreutzberg. Ich ging hinein, sah einen Tanz, bekam Wehen, ging aufs Klo, sah einen Kristalluster, der mit nur einer einzigen Kerze blinzelte, sah dreckige rote Barocktapeten und dann nichts mehr. Dann wachte ich in einem Spital auf und sah Robert.«

»Robert war wohl froh, daß es kein Kind geben würde?«

»Ich sah ihn böse an, obwohl er nur gute Vater-Worte für mich hatte. Ich sagte nur: ›Weg von hier! Weg. Fahren wir weg!‹

Ich war aber ziemlich krank.

›Nach Wien‹, sagte ich, ›weg, weg.‹

Wir fuhren durch Partisanengebiet. Die Lokomotive gespickt mit Maschinengewehren. Die Front war zweihundert Kilometer entfernt. Man hörte Schießen, schwere Geschütze, Knallen und Pfeifen. Neben mir am Fenster stand auch einer mit einer schweren Waffe, und die Tiere im Abteil erzählten von ihren Abschußziffern. Da hörten wir es – prahlerisch redeten sie von den Massakern und den Vergasungen und Krematorien... Karl, sie bringen sie zu Hunderten um und verbrennen die Leichen... die Leichen der ermordeten Juden. Sie wollen alle Juden ausrotten. Hörst du, sie sagen es ganz im Ernst so: ausrotten. Sie lachen nur, wenn man es übertrieben findet. Und es sind schöne gesunde junge Burschen dabei, blonde Engel – ich weiß, was ich sage: Der Teufel ist schön, ist blond, blauäugig, er ist wie Hitlers neu-antike Götter. In dem Abteil saß ein hinreißender Jüngling, auch gute Manieren, ein Lächeln wie ein Filmstar... er rühmte sich seiner Morde wie... wie... ich suche nach dem Namen einer französischen Romanfigur... aber es ist Dorian Gray, der mir einfällt... ich möchte dir nur sagen... Karl, du wirst mich verstehen... ich sah auch in dem SS-Mann im Grunde nur einen Patienten. Robert bekam Angstzustände, und er schluckte meine Beruhigungsmittel. Ich war ganz ruhig. Ich wollte nur leben, Karl. Es ist mir heute im Grunde alles wurscht. Ich will leben und spüren, daß ich lebe.«

Karl rückte von mir ab. Die Alte war nebenan.

Sie redete nebenan mit jemandem. Ich bekam ganz weiche Knie. Robert! Robert kam zur Tür herein. Er trug zu braunen Breeches Skischuhe und eine blau-schwarz-gestreifte Seidenkrawatte zu einem Barchenthemd. Maler können sich nicht anziehen, ich meine elegant. Sie kleiden sich malerisch. Er sah schrecklich aus – wie ein entkommener Sträfling, der seine Klamotten gestohlen hat: kleinmütig und kleinäugig zum Herzzerbrechen.

»Ich kann nicht ohne dich«, sagte er.

Mir fuhr das glühend von unten durch den Leib. Ich fiel ihm um den Hals und küßte ihn mit offenem Mund. Ich spürte, daß er es so nicht meinte. Und wie ich das spürte.

Abends las er mir aus der Hotelbibel vor: »Ich wandte mich und sah alles Unrecht, das geschah unter der Sonne; und siehe, da waren deren Tränen, so Unrecht litten und hatten keinen Tröster;

und die ihnen Unrecht taten, die waren zu mächtig, daß sie keinen Tröster haben konnten. Da lobte ich die Toten, die schon gestorben waren, mehr denn die Lebendigen...«

»Nicht! Sei still!« flüsterte ich.

Ich zog meine Kleider aus und legte mich ins Bett. Er tat desgleichen mit der Miene eines Zeremoniers. Er lag neben mir, wir hielten uns an den Händen, geschwisterlich. Die Nachttischlampe brannte.

»Schau«, sagte Robert und drückte meine Hand, »es ist ohnehin bald alles aus. Du glaubst doch nicht, daß die Alliierten uns am Leben lassen. Wir alle werden sterben.«

»Ja, ich habe es auch als Schlagzeile in der Presse gelesen, von den Absichten britischer Soldaten. Sie werden euch kastrieren und uns aushungern – das gibt der Hitler in die Zeitung, um die Soldaten zum Kämpfen zu ermuntern und das Volk bei der Stange zu halten. Sie werden sich gar nicht die Mühe machen, sie werden uns zu Brachland zerbomben, damit die Russen nichts vorfinden, denn die haben nicht mehr viele Kilometer bis zu uns.«

»Auf Wien fiel noch keine Bombe!« sagte Robert.

»Ja, das ist merkwürdig.«

War er gekommen, um mit mir die Kriegslage zu besprechen?

Ich drängte mich dicht an ihn unter der Decke.

»Du weinst ja schon wieder«, sagte er.

»Nein, es sind nur die Nerven.«

»Schön hast du es hier. Du hast es doch schön?«

»Ja, die wunderbare Gebirgsluft.«

»Bitte, ich bitte dich, sei nicht sarkastisch!«

»Bin ich nicht. Ich bin glücklich. Du bist bei mir.«

»Ich bin immer bei dir. Ich kann gar nicht anders als an dich denken... ich bin da, weil ich nicht anders konnte, als zu dir zu kommen.«

»Ja, ja, du bist da!«

Es knisterte wieder in einem Kachelofen. Die Öfen, die Flammen, die Hitze, die zerstört und belebt, es roch wieder einmal köstlich nach Harz und nach gutem schönem Leben.

»Es ist nicht Beate«, sagte er, »du mußt es mir glauben!«

Ich schlug die Decke zurück und sah mir seinen müden Zipfel an: »Was auch immer«, sagte ich, »er hat entschieden, und er lügt nicht.«

Robert redete am nächsten Morgen mit Karl und reiste wieder ab. Karl erklärte mir, daß Roberts Schuldgefühle zu quälend seien, sie hätten nichts mit Beate zu tun, sondern damit, daß ich ein Kind wollte.

»Ach geh!« sagte ich, »ich weiß genau, daß Beate ein Armutschkerl ist und eine fremde Zeche bezahlt.«

»Robert hat Angst vor dir. Ich habe auch Angst vor dir.«

»Ihr seid gemein!« sagte ich.

Gemessen an dem, was in der Welt geschah, war wohl nicht wichtig, was mir geschah. Ich konnte wohl das Ende von allem noch abwarten. Größer als das Entsetzen und der Schmerz war die Neugierde.

»Du bist kein Selbstmordkandidat«, sagte Karl.

»Und du wirfst mir das vor?«

Allmählich erstarrte ich. Ich erstarrte und las die Briefe von Walther, die mir Robert mitgebracht hatte.

»Täglich einen Brief, und da soll ich dir glauben, daß zwischen euch nichts ist?« hatte Robert geltend zu machen versucht.

»Walther ist empfindsam – der spielt keinen Ehebrecher!« sagte ich und staunte selber, daß ich es so formulierte.

Walther schrieb aus dem Osten:

»Hoffentlich hat der Zauber bald ein Ende oder wenigstens man selbst. Ich liege Tag und Nacht in Feldstellung, meine Gebeine von Kälte erstarrt...«

Und ich spazierte in der schönsten Gegend ausreichend ernährt und warm angezogen herum und roch den Holzgeruch aus den Hütten so gerne und hörte das Knirschen des Frostes in den Ästen und das Krachen des Harsches unter den Skiern – dazu das Weiß und Blau an allen Horizonten und die kalte Sonne, die ich auch so mag. Da ich schon von den Barbituraten, die Karl mir gab, leicht schwebend ging, setzte ich mich auch noch in einen der Sessel des Sessellifts und wurde vollends schwindlig. Beim Anblick der weißbraunen Abgründe unter meinen hängenden Beinen bekam ich entsetzliche Angst abzustürzen und spürte mit Entsetzen, wie sehr ich am Leben hing – mit dem Gefühl, daß es mir alles schuldig blieb.

Da hing ich zwischen Himmel und Erde, langsam trug es mich hinauf, und da niemand mich sah, sah auch ich mich nicht.

Walther riet mir in einem Brief, den er auf seinen Knien im Viehwaggon geschrieben hatte, alles auf die leichte Schulter zu nehmen... »Das, wozu Du wirklich fähig wärest, kannst Du heute nicht mehr, weil es nämlich nutzlos wäre. Der Diktatur der Unmenschen fügt sich auch der menschliche Organismus mit seinen psychischen Funktionen...«

Er trug seine Haut viel unmittelbarer zu Markt und sorgte sich um das, was er mein Talent nannte, und hatte von meinem banalen Ehekummer keine Ahnung.

»Kannst Du mir nicht Sophokles-Stücke in Reclam schicken?« Er schrieb in allen Lebenslagen philosophische Dialoge, kleine Einakter, er sah sich als Descartes, der auch Soldat gewesen war. Er sah sich.

Ich konnte mich nicht sehen.

Was war denn das? Ich konspirierte mit einem Widerstand, der mir jämmerlich kleinkariert vorkam: Sie taten Löbliches, hielten zusammen und litten keine Not – einer ergatterte Kaffee, der andere Salami, der dritte Zucker, und so lebten sie gut in der Todesgefahr. Ich gehörte zu meinem Mann, der alles verachtete, das Leben und den Tod aller und seiner selbst, und die Konzentration fand, um eine Bildkomposition zu ringen – er führte einen Kampf für etwas, das nur er sah und nicht ausdrücken konnte... Und alles hing von dem Ergebnis ab, das, wie anzunehmen war, mit uns zugrunde gehen würde. Es war nicht wichtig, ob diese Arbeit einen – was für einen? – Wert hatte... Wichtig für mich war seine Unberührtheit von dem, dem andere unterzogen waren. Walther schrieb aus der deutschen Etappe:

»Ich sehne mich unendlich zurück nach meinen italienischen Straßengräben und Schlössern. Und selbst nach den Tieffliegern. Lieber im Ausland sterben als in der Heimat leben... und bitte nicht in der Heimat sterben. Was sich hier abspielt, würde ich keiner Greuelpropaganda glauben.«

Ausbeutung, Cliquenwirtschaft, Betrug und äußerster Klassenunterschied... deine Volksgenossen kannst du nicht bezwingen... draußen riß einen das Abenteuer mit. Hier die Spießerei... sie ist es allein, die uns so unüberwindlich macht...

Ja, ja, die Stillosigkeit... Ich lebte in hausgemachten Kleidern, die modisch waren und mir nicht paßten, weil ich einer slowakischen Bäuerin glich und doch die Schriftstellerin mimte, noch dazu eine ohne Aussicht, je gedruckt zu werden. Wir paßten alle nicht in unsere Träume: Robert als Michelangelo war ebenso ein Anachronismus wie ich als George Sand oder Rahel Varnhagen und Walther als Descartes.

Der größte Anachronismus war Roberts an deutschen Mystikern orientierte Frömmigkeit – so malte, betete und liebte er.

Ich haderte mit dem Menschensohn, dem ich nachlebte: »*Sie wissen nicht, was sie tun.*« Es war meine Überzeugung, daß sie es nicht wußten. Aber was tun mit dieser Überzeugung, wenn man nicht ans ewige Leben glaubte? Hinnehmen aller Schweinerei und Verbrechen, und die Opfer beruhigen mit Ewigem Lohn, das geht nicht mehr.

Der blonde Engel im Abteil zwischen Lemberg und Krakau: Ein Erzengel Gabriel der größte, der einzige Mörder, den ich je sich bekennen hörte: Nackte Juden hatte er zuhauf von den Bäumen geschossen, in Lembergs Straßen gejagt... Jedes Wort, das gesagt werden konnte, wäre lächerlich gewesen – auf eine irre Art lebte er der selbstgewollten Strafe entgegen, er lebte in einer Hölle von Hohn.

Tod und Leben kann ganz und gar dasselbe sein! Er tötete sich stetig selbst und ahnte es.

Ein Monstrum!

Wie kam ich nur dazu, zivilisiert zu sein, gezähmt, gut? Ich war gut. Durch und durch gut. Blöd gut. Hilfsbereit, mitleidig, ich verstand alles. Ich spie, litt unter Kopfschmerzen, hörte zu, konnte zuhören, zitterte... aber nichts spielte sich in meinen Emotionen ab.

»Es ist das vegetative Nervensystem«, behauptete Karl, dem ich das alles erzählte: »Schau dich an! Dein Blutdruck schwankt, dein Schlund verkrampft sich, du kannst nichts schlucken, der Pylorus ist zu, alles kommt wieder heraus, dann sticht die Galle, und dann lähmen die Halsschmerzen die ganze linke Seite. Typisch das alles! Du tust dir das selbst an, natürlich unbewußt, weil du Robert strafen willst.«

»Ach«, sagte ich und meinte es auch, »sind wir denn nicht beide durch die Umstände gekreuzigt? Ich habe mein Teil schuld – ich machte ihm jedes Vergessen streitig, ich heulte im Bett um die toten Juden, die ich in Lembergs Straßen liegen sah. Er braucht Beate. Hormone! Männlicher Samendrang – Liebe ist eine Krankheit...«

Ach, und ich wünschte mir diese Krankheit, ich wollte lieben. Fiebernd vor Lust – Karl sah doch nett aus –, gierig und beflügelt fuhr ich den Schuß ins Tal und fuhr gut und mochte mich selber, was selten vorkam, und mit steifen Ohren und kalter Nase suchte ich Karl. Ich wollte sagen: »Erlöse mich!«

Ich sagte es natürlich nicht. Ich war ganz und gar leer und heilfroh, daß er, der Widerstand, den Freunden einen ganz passablen Obstler zu organisieren verstanden hatte. Mir wurde nur leider schlecht, wenn ich trank – zuviel trank.

Täglich kamen Briefe von Walther. Er »reiste« zurück – war auf dem Rückzug, zunächst nach Italien, dann wieder in die Etappe. – Die Briefe eines Philosophen, der alles zwischen die Zeilen zu packen verstand und durch seine Korrespondenz sich am Leben hielt:

»Die Enthüllung von allem ist der eigentliche Gegenstand der Epoche – die Gefühle werden klar und damit wirkungslos. Gibt es eine Steigerung des Chaos? Wahrscheinlich... Man erlernt überhaupt das Leben bis in seine perversesten Erscheinungen hinein, da der Mensch eigentlich so beschaffen ist, daß man mit ihm alles machen kann. Wobei sich nebenbei bemerkt Leib und Seele als etwas durchaus Getrenntes herausstellen... natürlich nur insoweit, als der Mensch Inhaber einer richtigen Seele ist... Heute hat zwar der Trieb neue Geltung, aber der Geist ist erloschen. Der Trieb ist ohne seinen Widerspruch leer. Unwidersprochen droht ihm das Ende. Ich weiß genau, was kommt... Willst Du nicht noch von mir Abschied nehmen? Besorg Dir die Reisebewilligung zu Deinem ›Helden‹ nach Schweidnitz.«

Bei Schweidnitz lag Kreisau. In Kreisau, dem Gut des alten Feldherrn Moltke, lebte Freya von Moltke, die Frau von Helmuth von Moltke. Und Helmuth von Moltke saß in Berlin, festgehalten im Zusammenhang mit dem Attentat auf Hitler durch Stauffenberg am 20. Juli.

Und Moltke und Walther waren Freunde, kannten einander von der Universität und von vielen Zusammenkünften bei Schwarzwalds. Ich verstand, daß diese dringende Einladung verlangte, daß ich meine Solidarität mit den Frauen vieler Verhafteter, die auf Kreisau auf die Verurteilung warteten, bekundete. Walther verbrachte seine freien Tage bei ihnen, weil er, wie seine Kompanie glaubte, mit dem Dienstmädchen schlief. Alles das wußte er mir mitzuteilen.

Ich kaufte mir im Schleichhandel eine Kleiderkarte, die noch den Abschnitt hatte, für den man eine Eisenbahnfreikarte bekam.

»Räder müssen rollen für den Sieg«, aber einmal im Jahr durfte man einen Soldaten besuchen, der in der Etappe lag.

So zuckelte ich nachts ganz fröhlich der Front entgegen – abenteuerlustig wieder in den Osten, quasi als die Frau eines Soldaten, der in der Etappe lag. – »Perverseste Erscheinungen«, hatte Walther geschrieben – so ging es mir auch mit dem Gefühlschaos, in das mich Roberts Liebesgeschichte gestürzt hatte: muntere Genugtuung, wenn die Sirenen heulten. Bei Oppeln und Heydebreck erreichte uns die Royal Air Force. Leuchtkugeln, Motorengeräusch, Krach. Wir standen, wir ruckten, der Boden schwankte. Der Zug bäumte sich, kam aber wieder auf die Geleise und ins Rutschen. Wir stoben durchs Getöse, dicht gepreßt, hauptsächlich Soldaten in stinkenden Uniformen, die stinkend atmeten. Ein paar vermummte Frauen schimpften »Hund« und »Verbrecher«, ohne zu sagen, wen sie meinten, und schützten sich vor dem splitternden Glas der Fenster. Es gab noch eine Gruppe junger empörter Knaben, die – noch ohne Uniformen – zum Militär gehörten und von »Bestien« sprachen, womit sie eindeutig die Engländer meinten. Um uns krachte, barst und brannte das schwarze Land: Im Feuerschein erkannte man die Umrisse der Koks- und Kohlenhalden, Häuser ohne Licht, Gestänge ohne Eindeutigkeit. Schotter spritzte, und Fenster klirrten aus den Rahmen, es stöhnten Gestalten aus dunklen Haufen – der Zug bremste mit ohrenzerreißendem Geschepper, und wir wälzten uns zerschlagen heraus. Trümmer flogen umher, und wir krochen unter die vibrierenden Waggons. Ein Krach, eine Stille, ein Sturmstoß, und eine leise Stimme dicht neben mir: »Es hat die Lok erwischt.«

Oje – Walther wird warten.

Sehr viel helle Theaterbeleuchtung über einem Schrotfeld – es brannte. Wahrscheinlich der Bahnhof, dachte ich. Die Koksberge starrten schwarz.

Unsere Gesichter, soweit nicht vermummt, waren auch schwarz. Ruß und Rauch. Im Morgengrauen zogen die Schwaden über die Szene. Volksgenossen – sie redeten in einem Idiom, das mir komisch vorkam, und sie sahen aus wie die Gesichter auf alten Kreuzwegstationen. Bäuerlich und hart. Sie suchten ihren Kram zusammen, als ob es drauf noch ankäme.

Robert würde es sicher bedauern, wenn ich hier umkam. Ich preßte auch meine Reisetasche an mich: Bücher, Nachthemd und Seife, Slip und Strümpfe. Hol's der Teufel! Und wenn mich hier der Teufel holte? Ich fühlte mich aber sehr sicher – der tödliche Druck von Roberts geilem Schuldgefühl tat hier nicht weh –, ich war sicher, daß seine Liebe zu mir zugleich mit der Entfernung wieder wuchs – vor allem, wenn er in der Zeitung von dem Angriff lesen würde. Würde er es lesen? Schrieben sie dergleichen in der Zeitung?

Viel ärger aber als die Zeitungsnachricht würde das Gerücht sein. Ich sah mich um nach Toten und Verletzten. Es waren aber nur ein paar Verschrammte und Zerkratzte da. Schulter- und Rippenbrüche. Ja, und da vorne war ein Trichter, in den man besser nicht hineinblickte. Die Volksgenossen – Soldaten und Bauernfrauen – stellten schnell wieder eine Art von Ordnung her. Sie räumten einen Hydranten frei und wuschen sich, sie machten in einem Schuppen Liegeplätze bereit, und in ein paar Stunden zischte auf noch unverbogenen Schienen eine alte Lokomotive herbei, die ein paar Waggons hinter sich herzog. Hinten fauchte eine andere Lokomotive an, und beide rußten gewaltig. Bis Breslau. Wieder Fliegeralarm, ein paar Stunden in einem muffigen Bunker. Fremdes Volk, die Volksgenossen – vertrauter die Polen. Alle stumm, muffig, böse. Fürchteten einander. Ich lächelte charmant. Wurde gemessen: von oben bis unten. Man sah es mir nicht an, daß ich meinem Ehemann zufleiß eventuell ganz gerne gestorben wäre. Zerbombt in der Fremde! Ein Kriegsopfer! Unsinn. Es krachte gewaltig, aber es geschah nichts. Ich erkundigte mich nach dem Anschluß nach Schweidnitz. Ich bekam eine vage Auskunft. Sah mir noch den Dom an. Scheiß Dom und Denkmäler! Ich hatte Anfälle von Kunstverachtung.

Eine Stadt im Kriege! Vermummte Schemen anstatt urbaner Eleganz! Uniformen und plumpe Bauern zwischen der Architektur der Heimstätten. Und immer und überall der *Dom*. Das Mittelalter, das düster ragende Geheimnis der Ewigkeit und der Drohung damit.

Ich war froh, als ich wieder durch die Landschaft zockelte, die Landschaft des Zobden. Das Riesengebirge. Gerhart Hauptmann! (Ich kannte seinen Sohn und seine Geliebte.) Fritz, der große Fritz und die fruchtbare Maria Theresia. Sieben Jahre Krieg. Schlesien.

Walther war nicht am Bahnhof, aber am Telefon war er, und er eilte herbei. Die Uniform schlotterte um ihn, das Schiffchen saß absurd auf dem viel zu großen Kopf, die gescheiten wasserblauen Augen bemühten sich um Skepsis. Er war verlegen. Wir hatten uns lange nicht gesehen. Von Beate und von der Fehlgeburt wußte er nichts.

»Du hast dich verändert. Bist schlank geworden.«

»Oje, du magst das nicht?«

»Doch doch. Du siehst aus wie eine Schauspielerin!«

Das war höchstes Lob! Ein Kompliment.

Ich bemühte mich auch um ein Kompliment. Er sah aber armselig aus. Nicht schlank, sondern verhungert. Er litt unter Durchfällen, er litt unter der Situation in Kreisau. Aus Berlin kamen die Pakete dorthin mit den Kleidern der Gehängten zu den Frauen, die die Zähne zusammenbissen.

Walther hatte nicht mehr gehofft, daß unser Wiedersehen zustande kommen würde. Als Ehepaar gingen wir auf Suche nach einem Zimmer. Nur noch privat gab es eine Möglichkeit. Ein Zimmer mit Plüschsofa – dunkelgrün, Spitzenvorhänge. Die Tochter der Soldatenwitwe war ungefähr dreißig und debil. Sie durchwühlte sofort meine Reisetasche und speichelte aus hängender Lippe in meine Sachen.

Sie raubte mir ohne Federlesens Zucker, Kaffee und Zigaretten und auch die Strümpfe, die sie fand. Sie störte uns bei unserem Wiedersehen, das zärtlich hätte werden können. Ein neuerlicher Alarm scheuchte sie in den Keller, und wir blieben allein. Die Stimmung aber war bedrückt. Walther wollte vom zweiten Bett keinen Gebrauch machen. Er ging zurück in seinen Horst. Als er morgens eilig wiederkam, brachte er mir eine Fahrkarte nach Kreisau. Er selbst mußte in den Arrest. Er hatte tags zuvor einen Oberst übersehen, als er mit mir eingehängt vom Bahnhof ging.

So zockelte ich weiter, etwa hundert Kilometer nach Kreisau.

Zwei Grafen von Moltke waren Generalstabschefs im Kaiserreich – ein Name aus den Geschichtsbüchern 1870 und 1914, der jedes Schulkind mit Ehrfurcht erfüllte –, »Schweine«, die für zwei Kriege verantwortlich waren, wie meine Mutter sagte...

Na, immerhin war der Krieg damals noch ein Konzept der Herren, der Herren, die auch die einzigen waren, die einen der ihren am 20. Juli bewogen haben, eine Bombe im Führerhauptquartier hochgehen zu lassen. Die Herren, der Herrenhof...

Ich war nun unterwegs zu einem Hof des Herren, des Nachkommen, der etwas riskiert hatte gegen Hitler – ich, die Kleine aus der kurzen Lorbeergasse hinter der dörflichen Kirche in der einstigen Weltstadt. Eine Frau aus dem Volke und mitgeprägt durch die Herren, denen meine Vorfahren gedient hatten. Mitten in der Geschichte befand ich mich jetzt, in der großen Zeit des Untergangs. Walther saß im Arrest. Er sagte, das sei nicht schlimm, er dürfe lesen und schreiben und komme später nach. Robert malte und liebte weltvergessen. Wie hatte Meyer in Hamburg gesagt: Ich sei so eminent österreichisch, für mich wäre alles nur Theater. Galgen und Hinrichtung durch Erschießen – das klang heroisch, literarisch, formulierbar: am Galgen hängen – wie zum Beispiel die ruthenischen Bauern, die aus des Kaisers Dienst anno dazumal desertierten! – Und nun die Herren, die den – ach ja, den Proleten Hitler höchst umständlich und stillos mit Aktentasche und Bombe beseitigen wollten.

O nein, so sollte ich es nicht sehen. So war es ja auch nicht!

Kein Klassenkampf der Pickelhauben gegen die Chauffeurskappen, die Hitler sich und seiner SS bis über die Augen stülpte.

Das war es doch sicher nicht!

Oder doch?

Die hohen Damen und Tante Marie!

Typen! Formen! Zugehörigkeit!

Und ich?

Nichts als Blut, Kampf, Gewalt, Krieg – hier hatte diese Art Tradition ein Gesicht – Stil. Die Frauen sahen gut aus, ohne gut angezogen zu sein, weil sie eben das hatten, was man »Haltung« nennt. Was das Werkel in Gang hielt und den unfeinen Protest unterband – sie waren fein in Gott ergeben.

Wieder wurde ich gefragt, ob ich Schauspielerin sei. Nein, ich schreibe, aber mehr so, ohne gedruckt zu werden... Ich bekam ein nettes Zimmer, uralte wackelige Möbel – Biedermeier, Empire, hübsch, Aussicht ins schlesische Land – der alte Fritz: »Hunde, wollt ihr ewig leben?« Er sprach französisch und war schwul. Er schaffte die Folter ab und war ein Sadist: deutsches Idol. Jessas! Aber schön war es hier bei Rübezahl im Riesengebirge. Das polnische Personal hörte Sender aus dem Osten, die Herrschaft hörte die englischen Nachrichten. Das war lebensgefährlich, aber wunderbar. Keiner hatte den scheelen Blick – man litt in Gott, denn fromm oder leise frömmelnd waren sie doch, die roten Aristokraten – allerdings in der aufgeklärten Form. Ich hatte Respekt. Hier gab es Volksgemeinschaft – aber anders, als es sich die tödlichen Idioten vorstellten. Hier war das Leben schön und tragisch und hatte einen Gehalt. Ich stand an der Grabstätte der Feldmarschälle – war es der von 1870/71 oder der von 1914? Er lag unter der Erde mit zwei Frauen – zweien! Ich dachte an den Bombentrichter auf dem Bahnhof. Diese Inflation in Leichen überall.

O Herr gib jedem seinen eigenen Tod.

Gott mußte längst den Überblick verloren haben! Und doch und doch... Summe der Angst. Summe der erfüllten Augenblicke, die zu erleben Goethes Faust so schwer fiel.

Ich war glücklich im barocken Kuhstall des schlesischen Landgutes. Da standen die schwarz-weißen Kühe zwischen schwarzen Säulen in ihren Kojen unter weißgekalkten Rundbogen auf blondem Stroh, und die polnischen Stallknechte... ach, so wie es war, war es nicht – sie konnten hassen, die Glücklichen, sie haßten... Sie wollten nicht dulden, daß mit ihnen gepflügt wird und gedüngt, und das schon seit Jahrhunderten, und daß über allem das abgerundete Bild, das Klischee der Archetypen herrschte... Ich war dauernd am Werk, den Dingen für mich ein Gesicht, ein Bild, eine Anschauung abzugewinnen: Auf einem Warenlager der Haute Couture starb Marcelle! Robert lebte nur, weil er Schimären mit dem Pinsel erfaßte... Ich? Schauspielerin? Ich figurierte. Ich trug Plateausohlen. Letzte internationale Mode! Dernier Cri! Eine Schustermeisterin in der Josefstadt hatte sie mir für Butter und eine Ente (ich hatte das von Irmgardis Fliegern) nach Maß angefertigt. Kothurne! Sie ließen meine verhältnismäßig langen Beine noch länger erscheinen. Das machte sich gut, ich war ja jetzt so schlank.

Das »Recht« aufs Leben muß ein Recht auf Form sein? Ich stellte diesen Anspruch... Diesen Leuten hier hatte sich dieser Anspruch erfüllt. Wer fragte nach den Kosten? Wie alt war dieser Adel?

Jetzt gaben sie davon ab, waren rot, revolutionär. Auf meinem Nachttisch lag ein Buch über Charlotte Corday. Sie erstach Marat. Ich fühlte mich plötzlich so aggressionslos und verdammenswert. Warum taten wir nichts – wir alle?

Nur Taten nehmen Form an, verleihen Form, sind greifbar, schaffen Wirklichkeit? Salomon? Jünger? Sagten sie so? »Taten!« Ist ja nicht wahr!... Nicht der Feldherr hat den Stall hier gebaut. Die linke Backe – eine Erfindung Jesu Christi machte die Frauen hier so...? Ja, so erhaben?

Es ist aber doch anders!

Die Untaten Hitlers gaben ihm nichts an Form – seine Abzeichen und Wimpel waren abscheulich.

Walther kam, fröhlich, voller Anekdoten über die Soldatenspielerei – er bildete Italiener aus. Er, Walther, als Unteroffzier, als Dolmetsch, schulte junge Italiener – grande confusione! Er mußte wieder in den Horst – kam wieder. Er und seine Italiener gehörten zum Bodenpersonal von Landeplätzen. Im Grunde taten sie gar nichts – exerzierten und schossen am Schießplatz. Walther war lange unterwegs gewesen – zu Fuß und per Bahn durch halb Rußland, bis Italien, und dann per Bahn wieder bis hierher. Er erzählte. Wir saßen in englischer Manier an einem langen Tisch beim Dinner. Moltkes Sohn Caspar, ein Kind, wurde von Walther über die Situation seines Vaters aufgeklärt. Man hoffte noch. Moltke war schon lange vor dem Attentat festgenommen worden, aber sein Zusammenhang mit der Gruppe um Goerdeler ließ sich nachweisen.

Man hoffte auf die Wirkung des großen deutschen Namens und den Patriotismus der Nationalen, aber man machte sich nichts vor – man ersehnte, man beobachtete in Hangen und Bangen das Vordringen und Näherrücken der Front.

Zittern, aber kein Zagen – ja, die Feinen! Sie gingen in Schönheit zugrunde.

Stil!

Ich war wohl überall ein Außenseiter. Überall. Wie Robert auch. Doch er ließ mich allein.

Ich saß auf dem Stroh im idyllischen Stall unter einem Schwalbennest auf einem Melkschemel und weinte, an die Kuh gelehnt. Hörte auf das Rumpeln in ihrem Bauch. Eine Kuhdirn sein! Das hätte mir einen Platz angewiesen.

Mutter sein – wie so viele –, es war mir mißlungen. Die hungrige Hälfte eines nicht mehr funktionierenden Ganzen – das war ich. Warum blieb ich am Leben, solange es ging? Aus Neugierde auf den Gang der Ereignisse! Augenblicklich sind die Klischees nicht voraussehbar – fand ich. Das gab den Gesprächsstoff mit Walther her. Die Kategorien von Schuld und Strafe? Da war auch etwas dran.

O Herr, ich bin nicht würdig...

Dorothea Zeemann mit ihren Eltern, ca. 1916

Dorothea Zeemann (unten Mitte), Anfang der 20er Jahre

Mitte der 40er Jahre

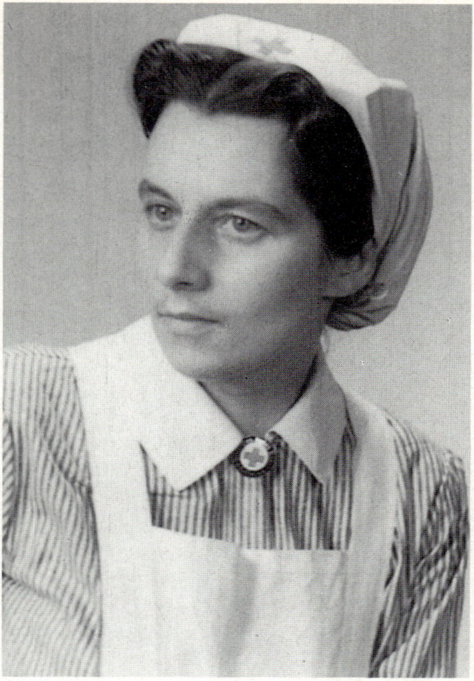

Kriegsdienstverpflichtet, 1944

Ca. 1944

1947

Mitte der 80er Jahre

Ich fand, daß keiner von uns zu leben verdiente – kein Untertan Hitlers und Himmlers. Weg mit uns, weg!

Wo spielten wir da mit? Was wurde gespielt?

Im Namen des Volkes! Des deutschen Volkes! Ich fühlte slowakisch. O Tante Marie!

Bunt kam es, bunt und immer bunter. Walther wurde als Dolmetsch einem jungen italienischen Offizier zugeteilt – der hieß Ricardo Conte Chiesa und schleppte einen Schützen als Leporello mit sich. Zu dritt kamen sie nach Wien in Sachen Verpflegung italienischer Gruppen, und wir gingen zu viert ins Kino und hatten ein paar schöne Tage. Dann »reisten« die drei mit Marschbefehl in den Süden an die Front, wo schon die Amis warteten.

Ich wurde als Krankenschwester zwangsvereidigt. Statt »Habt Acht!« schrie die Oberin – wieder eine gräfliche Figur mit allerdings wenig Charme und vielen harten Knochen – »Gebt Acht!« Auch in der Stimme räsonierten die Knochen: *»Heil Hitler!«* Den Arm heben allerdings durften wir nicht. Da es immer wieder einer den Arm hinaufschleuderte, übten wir lange. Zu diesem Spiel gehörte eine ganz bestimmte Fähigkeit. Ich fand es saudumm. Ich äußerte es und bekam es zu büßen: Nachtdienste im Bereitschaftsbunker.

Und dazu noch drei Mark für den Ausweis.

Sie kommandierte ohne Scham – rote Löckchen und eine rote Nase!

Wir hielten unsere Appelle im Anatomischen Institut, in dem sich kein Mensch mit den Hebeln auskannte, die das Licht ein- und ausschalteten – so erschien das ganze nächtliche Haus illuminiert, in allen Sälen brannten die Lampen, und die grauslichen Präparate machten mir angst, weil ich mir vorstellte, daß alle diese Herzen, Lebern, Lungen und Gehirne – pars pro toto – Menschen waren.

Im Bunker kommandierte ein Veteran, der Wladimir Pech hieß. Er war hilflos und nett. Mit einigen anderen Greisen schlief er mit der Gasmaske neben sich, wie auch ich es tun mußte. Ich lag schlaflos auf meinem frischgestopften Strohsack mit Molinobezug und lauschte auf den hallenden Atem der anderen. Die Betonwände gaben ein hartes, helles Echo, so wie in schlechten Filmen das Erscheinen der strafenden Unirdischen angekündigt wurde. Mit uns hielt den Bereitschaftsschlaf ein junges reizend aussehendes Wesen, das sich Habsburg nannte, ein Mitglied des Erzhauses – sie trieb ihren schrecklichen Ulk mit den Tattergreisen – und auch noch eine Österreicherin, die in Montevideo in einem Nachtklub gearbeitet hatte und so unvorsichtig gewesen war, auf Urlaub nach Hause zu kommen. Sie durfte nicht mehr weg. Sie wog hundert Kilo und litt auch unter dem hartgestopften Stroh. Sie schimpfte ungeniert auf den Führer, und wir alle fürchteten uns vor den Folgen. Aber da gab es schon niemanden mehr, der eine Anzeige machte im Hochsommer 1944.

Ich hielt den Bunkergestank all die Nächte hindurch für eine sinnlose Qual, meldete mich krank, stand nackt vor einem Militärarzt und wurde gründlich untersucht. Er schimpfte mich eine Hysterikerin, einen Staatsfeind und einen Saboteur. Ich heulte, weil mich meine Nerven verließen. Er tätschelte mich leise und lieb und sagte: »Geh ham, Madl, i schreib di krank!« Dann schrie er wieder laut seine Parolen und stieß mich ostentativ aus der Tür – meine Kleider flogen nach. Im Warteraum kriegten sie das Gruseln.

Irmengardis, ja, die war germanisch, das ließ sich an Vater und Bruder nachweisen. Helden nach Maß, wie Hitler sich's erträumte – blond, blau, und gewachsen wie... ja, wie? Fehlerlos. Irmengardis haßte die eigene Mutter und bedauerte ihr Leben lang, nicht mit dem eigenen Vater geschlafen zu haben. Irmengardis ging mit mir zur Schule und stieß mich ab und zog mich an. Sie dachte »völkisch« wie der Sudetengermane, der ihr Vater war, und sie studierte Kunstgeschichte. Nach den Verzückungen im Louvre suchte sie sich einen reichen Mann zum »Ausnehmen«. Sie war ästhetisch gebildet und bildschön, trug das zu Markte und liebte einen Kampfflieger. Der allerdings verprügelte sie, und so kam sie eines Nachts in Hemd und Pantoffeln und bat um ein Versteck. Und um Schutz.

Wir hockten im Finstern ohne Licht, denn unsere großen breiten Atelierfenster zu verdunkeln machte zuviel Mühe. Wenn wir Flieger hörten, drehten wir das Licht ab, ansonsten ignorierten wir den Alarm. Unsere Verglasung ging auf eine breite Terrasse, konnte unten von den Kontrollen nicht gesehen werden. Und im Dunkel aller drohender Gefahren erneuerten wir unsere Bekanntschaft. Da saß sie, die leibhaftige Lockung, glatt und rosig mit breitem rotem Mund und weit auseinanderstehenden Augen, und bagatellisierte trotz vieler Schrammen und Flecken ihre Situation.

Sie blieb einige Tage und hatte viele nervenkranke Flieger im Gefolge. Kampfflieger auf Krankenurlaub. Sie kamen aus einem Lazarett in Baden bei Wien. Kameraden ihres Bruders, blutjung und schon kaputt. Sie brachten Lebensmittel. Ich kochte für uns alle böhmische Mehlspeisen und verzehrte mich nach einem von ihnen, der aus traurigen Kinderaugen unterm braunen Scheitel schaute und dessen Hände wie bei einem Greis zitterten. Die eigene Flak hatte ihn aus den Wolken geschossen. Er konnte noch abspringen.

Walther schrieb mir, als Antwort auf einen Brief, aus einem Nest in Süditalien: »... Ich sehe mich heute leider veranlaßt, mit Dir unzufrieden zu sein. Nicht etwa, weil Du so sehr von dem jungen Kampfflieger beeindruckt bist – denn Du bist Weib und darfst es sein –, als vielmehr deshalb, weil ich in Deinen Zeilen ein leises Übergreifen der allgemeinen Auflösung der Moral auf Deine mir so liebenswerte Person spüre. Du besitzt keinen kategorischen Imperativ, der noch ein paar solcher Kriege wie diesen hier aushält. Das ist Dir nicht zu verübeln, aber auf die Widerstandsfähigkeit Deines Verstandes habe ich Ost-, Süd- und Westwälle gebaut...«

Nun, ich kompensierte den Verlust an Verstand und Moral mit »Taktlosigkeit«. Denn Robert sagte: »Es ist einfach taktlos von dir, immer davon zu reden«, nämlich von unser aller bevorstehendem Tod, durch Phosphorbomben aus der Luft oder durch Füsilierung beim Einmarsch der alliierten Truppen. Die Rache stand aus, und sie würde alle treffen – die Handelnden und die Duldenden.

Wer da gehandelt hat und wer geduldet hat, daß so gehandelt wurde... ich gönnte wohl mir und den anderen um mich herum die Strafe.

»Du bist pervers«, sagte Robert, der als Leutnant von 1917 schon an der Erbsünde des Ersten Weltkrieges litt.

Fortzeugend wurde Böses geboren.

Geh ins Kloster, Ophelia!

Auf mich wartete eine andere Tortur. Das Rote Kreuz betraute mich mit der Betreuung von Verwundeten. Mit dem blinden Jupp und dem lahmen Otto mußte ich in die Oper gehen. Sitze in der Hofloge. Diese beiden zerstörten Existenzen und Verdis süße todessüchtige Töne... am Ende fiel der Blinde tappend und fordernd über mich her. Tränen aus blinden Augen...

Und da uns allen der Tod bevorstand!

»Kameradin«, hatte der Appell gelautet, »setzen Sie sich keimem Kameraden auf den Schoß und nehmens Ihnen keinen auf den Schoß!«

In dieser Nacht zog ich zu den ausgebombten Mädchen aus Berlin, die in der Wohnung eines Freundes hausten, seit dieser seinerseits zur Wehrmacht eingezogen worden war. Ich konnte Robert und Beate bei aller Toleranz und Liebe nicht mehr aushalten.

Wieder saß ich in einer schön eingerichteten Wohnung – nicht wie bei Pilar unter neuen Sachen, sondern unter altem, aber ehrwürdigem Kram. Die Familie war zugezogen aus Hamburg, ein Anwalt von nahezu sechzig, jetzt hatten sie ihn doch geholt. Auch die Kinder zum Arbeitsdienst und an die Front, die Frau – ich weiß nicht wohin; die Wohnung stand leer, und Mädchen aus Königsberg und Berlin zogen ein. Ins echte Biedermeier. Französische Möbel und Chippendale standen auch herum. Die Mädchen, ebenfalls aus alten, ehrwürdigen Familien, waren schön und hatten *Stil,* und ich war wiederum in meinem Element: schöne Menschen, edle Möbel – Akademikerinnen und ihre Liebhaber. Sie waren keine Nationalsozialisten – wer war das noch 1944? Die da jetzt um mich herum waren es übrigens nie gewesen – eine ganz andere Sorte Herren als in Kreisau. Echte Tatmenschen, die Beute zu reißen verstanden. Die Liebe brachte ihnen etwas ein, und der Krieg auch, denn sie vermochten im Verlieren zu gewinnen.

»Wie leidet man doch zur Zeit in der Heimat!« stand in einem Brief von Walther, der eine KdF-Vorstellung zur Truppenbetreuung schilderte: »Ich höre zwischen Beethovens Tönen die Untiergeräusche... Sogar Goethe, der die zartesten Worte menschlicher Empfindung fand, war hier als ältlicher Zauberkünstler ein Spießer, unfähig zu größeren Lüsten, klein, taktlos, ordinär, Pechvögel und Ferkel... heulend verloren, um alles beraubt, versuche ich die Hand nach Dir auszustrecken...«

Ich saß bei der Fürstin Trubetzkaja und lernte Russisch und auch bei Herrn von Krotkoff an der Uni. Ich machte ganz offiziell den

Dolmetschlehrgang, ich ließ mich inskribieren – das galt als kriegswichtig, und ich hielt es für nachkriegswichtig. Ich war ganz sicher, daß die Russen demnächst einmarschieren würden, sollte uns nicht das Phosphor der Angelsachsen früher vernichten.

Fliegeralarm? Ich hatte von Breslau und Schweidnitz genug vom plebejischen Angstschweiß, von Rucksäcken und Taschen mit Dokumenten und Juwelen. Thermosflaschen mit garstigen Limonaden. Ich ging nicht in den Keller, ich hohnlachte dem Blockwart. Aber eines schönen Herbsttages ging ich doch. Direkt aus der Küche, in der ich mit einem der Berliner Mädchen Würstchen aus Pferdefleisch zu einer Art Gulasch zu verkochen unternommen hatte. Ich hielt eine Kartoffel und ein Messer in der Hand, als ich schlafwandelnd die Treppen hinunterstieg. Der Keller war leer. Die Vornehmen des vornehmen Hauses in der Innenstadt waren ebenfalls nicht für das Kellerhocken. Der Keller war leer, als das halbe Nebenhaus auf das unsere stürzte. Ich setzte mich auf den Boden, hielt die Hände über den Kopf und dachte: »Recht geschiehts dem Robert, jetzt geh ich drauf!« Unter chaotischem Getöse erschienen Gestalten, eine davon nackt, und auch Hunde liefen herbei, und hinter ihnen drein kamen die Stiegen selbst heruntergerutscht und versperrten den Ausgang. Als es dann noch nach Gas zu riechen begann, fielen mir Kindergebete ein. Nein, nein, ich wollte doch noch nicht... noch wollte ich wissen, was weiterhin geschehen würde. Nein, lieber Gott – noch nicht! Gemeinsam begannen wir alle in Volksgemeinschaft und Panik das Geröll vom Ausgang zu schaufeln, und das mit bloßen Händen, und dazu vermieden wir das Atmen. Mir war schon wieder alles gleich, als sie uns von draußen holten. Ich war hinüber: ohnmächtig.

Von diesem Zeitpunkt an ging ich erst recht nicht in die Keller. Meistens nicht.

»Ich lese von Angriffen auf Wien. Lebst Du noch?« schrieb Walther. »Vielleicht fahre ich auf Urlaub nach Dir – wenn es noch geht.«

»Oh dieses Völkerringen!« schrieb er.

Ich befand mich in höchst blasierter Gesellschaft.

»Ich fürcht mich so vor der Kameradschaft«, schrieb er mir. »Was die Leute zusammenquatschen, ist nicht mehr anzuhören – auf diese Art ist mir die Frontnähe schon wieder langweilig geworden«, schrieb er, der wieder im Heimathorst war, der ihm trotz des weit entlegenen WC eben seiner Weiträumigkeit wegen sympathisch war – in riesengroßen eiskalten Räumen konnte man leichter anonym bleiben. »Das ist das Lästige großer Zeiten, daß jeder Esel seine großen Erlebnisse hat«, befand Goethe bereits in Jena bei Napoleons Erscheinen.

»Mein Major hat die Hosen wohl zu voll, um mich reisen zu lassen – obwohl mein Urlaub fällig ist.« – »Es geht mir alles nicht schnell genug... das fliegende Personal ist weiterhin fesch und tanzt mit den Mädchen, und es kommt zu größeren erotischen Handlungen. O ist das langweilig...«

Ich schrieb ihm nichts mehr über meine Verbindung zur fliegenden Elite – es hätte ihn mit Recht verbittert. Ich weiß nicht, ob sie mir Vergnügen machte, diese Verbindung, denn die Skrupel... Richard, ein Introvertierter, versuchte es mir stotternd plausibel zu machen, daß es auch eine Art Zwang ist: Fliegen, Musik und sexuelle Erregung... Einmal wollte er Geiger werden... Jetzt saß er mit offenem Hosenschlitz in höchster sexueller Erregung am Steuer und wußte nicht mehr, was er tat, wenn ihn Instinkt und Ekstase durch Wolken und eisige Klarsicht schleuderten, den eigenen Motor im Ohr und den eigenen Herzschlag – ein Jäger und Gejagter. Die Reaktionen steigerten sich rasch, es wurde Tanz und Taumel, und wenn einer niederging mit der Rauchfahne, die aufstieg, dann war der nächste dran, und als er dann selbst herunterkrachte, war es ein Teil des Spiels.

»O nein, ich bin kein Opfer«, beteuerte er, indem er mit bebender Hand die Teetasse neben dem Tisch abstellte und nicht bemerkte, daß sie auf dem Teppich landete.

Der Tatmensch!

Er möchte wieder in den Einsatz, aber zunächst muß er Neulinge schulen, sagte er.

Ein Mörder? Ein Spieler!

Seine Fluggeräusche, Tante Marias Schnapsräusche! Meine Sexräusche und die soziale Frage!

Hitlers Machtrausch und der perfekte Zynismus der Karrieren.

Die Räusche wechselten mit höchster Blasiertheit ab.

Wieder besuchte ich einen Soldaten in der Etappe. Robert versank darob in tiefe Melancholie, aber er forderte von sich selbst, mich so frei sein zu lassen, wie er es selber gerne war. Er begleitete mich düsteren Antlitzes sogar auf die Bahn – steckte mir noch Marken zu –, mein Freund, mein Ehemann, mein Angehöriger. Wir spielten da eine Wirklichkeit durch, zu der wir nicht wirklich die Kraft hatten.

Ich trug einen großen braunen Hut zu einem braunen Schneiderkostüm.

Wann ist der Mensch ein Tier? Wenn er seine Sorte von Gier auslebt – und wenn das auch noch ein Gesicht hat, gut aussieht, dann ist es rund, und dann war ich verloren. O Tante Maria in deinen sechs steifen Unterröcken und in den Sonntagsstiefeln deiner jüngeren Jahre! Der Feldkurat, schief wie jede fixe Idee, und doch ein Typ! Auch der Soldat, der Leutnant und der General… Typen, Archetypen!

Genug kriegte ich erst, als der erste Jude mit dem gelben Stern im Protektorat vor dem Herrn Offizier in den Rinnstein auswich. Der Offizier wurde rot, stieg auch vom Trottoir und neigte sich leicht…

Da wollte ich heim, nichts wie wieder heim, und wurde in ein kleines Flugzeug gesteckt, das klapperte und schwankte und kriegsgewichtig einen Rüstungsfabrikanten und eine truppenbetreuende Diseuse nach Wien brachte.

Robert freute sich. Wir lagen geschwisterlich nebeneinander in seinem Bett. Wunschlos… nur beieinander, hielten uns an den Händen, abgeklärt. Robert erinnerte mich an eine Lieblingsdichtung von Strindberg, an den Brief des Mönches Eginhard an die Nonne Emma: »An dich, die du einst meine Gattin warst…«

So plauderten wir, bis ein schreckliches Gegröle uns störte. Wir liefen auf die Terrasse und sahen schräg in der Küche unter uns, wie ein morphiumsüchtiger Anwalt seine junge Sekretärin prügelte, während seine Frau weinte. Robert bekam auf dem Kopf eine Gänsehaut, und seine schütteren Haare stellten sich auf. Diese Beobachtung lenkte mich ab.

»Das ist ein Parteigenosse, der läßt's an seinen Weibern aus«, sagte ich, »daß die Russen schon in Ungarn sind und die Angelsachsen am Westwall.«

Höchste Zeit, mein Russisch zu üben! Ich saß auf der Uni in Krotkoffs Seminar und ging abends zur Trubetzkaja, die dem ältesten russischen Adel angehörte – ich glaube, älter als der der

Orlows. Ich war nicht die einzige, die sie als Dame verehrte und von ihr das Fürchten lernte. Sie war seit 1919 im Exil und ernährte ihre drei Töchter durch Sprachunterricht. Und jetzt würden die Russen sie einholen. Sie brachte es sogar fertig, sich auf den russischen Einmarsch zu freuen. Man könnte ja sagen: »Das Menschenherz! Das Menschenherz!« Russische Gewehre würden sich auf sie richten, oder ein russischer Scharfrichter ihr den letzten Dienst tun. Die Töchter würden rechtzeitig untertauchen. Oder?

Wir lasen Gogol und warteten nicht ohne Spannung auf das Vortücken der beiden Fronten. Und wir gönnten dem Hitler unsere Lage.

Notabene waren die paar zertrümmerten Häuser in Wien nichts gegen die Brände und Trümmerhaufen in Berlin – wir gewöhnten uns an die Alarme und an die Möglichkeit, das Ende nicht mehr in aller Genugtuung zu erleben. Die arme Fürstin verlor ihre schäbige Kammer durch einen Treffer und ging mit eingebundenem Kopf in ein noch bescheideneres Quartier.

Wir hatten bald keine Fensterscheiben mehr und räumten halt doch unsere besten Bücher in den Keller und auch die Bettwäsche. Walther kam nicht mehr auf Urlaub, sondern schrieb: »Was werden Schweden und die Schweiz nach dem Krieg machen? Ihre Städte zerstören, damit sie sich ans übrige Europa anpassen? Bei uns im Horst gibt es heute einen Aufklärungsfilm über Geschlechtskrankheiten mit Besuchspflicht... Ich lese Goethe und schreibe ein Stück, in dem Achill, Hektor und Odysseus vorkommen: ›War der Krieg vermeidbar?‹, eine trojanische Glosse, für die das Heft, das Du mir geschickt hast, zu dünn ist... Unsere weibliche Luftwaffe hat sich jetzt angewöhnt, offen und laut anzügliche Redensarten zu führen. Es handelt sich um eine Art Mode, um durch falsche Burschikosität die Spangen und Ehrenzeichen ihrer männlichen Truppenteile aufzuwiegen, um der Kühnheit fliegerischer Taten die der Worte entgegenzusetzen. Worte erhalten im allgemeinen durch die weibliche Stimme einen helleren Klang und tieferen Sinn, diese Ausdrücke aber offenbaren ein Unterbewußtsein nur noch materieller Beweggründe. Um sich an solchen Grenzen zu bewegen, dazu gehört mindestens die Kultur einer Katharina II. ...«

Walthers Sorgen am Rande des Abgrunds! Ich hingegen freundete mich mit dem »Amerikaner Pepi« an. Er besaß eine Bar in unserem Wohnhaus und umschlich mich schon seit langer Zeit: »Ich habe feine Leute so gern.«

»Wem sagen Sie das – ich auch!«

Wir konnten wunderbar miteinander reden, indem jeder etwas anderes meinte. Er lud mich in seinen luxuriösen Keller ein – ein Unterstand in unserem Haus, zwei Stock tief in den ehemaligen Katakomben, mit Teppichen und Lebensmitteln versorgt – feine Leute drin, besoffene Burgschauspieler und dergleichen. Pepi war Bootlegger bei Al Capone gewesen und kein armer Mann.

Ich stand bei Luftangriffen am liebsten auf der Straße. Als einmal ganz in der Nähe ein Haus niederging, kaufte ich gerade von meinem Hundefänger – der Schwejk-Figur – echten russischen Tee. Ich bekam einen Gesimsbrocken auf die Schulter. Dicht über die Dächer flogen die Bomber – und der Krawall tat meinem Masochismus gut. Ich genoß es grimmig.

Für Robert kam ein Stellungsbefehl. Den warf ich in den Abort und sagte Robert nichts. Ich redete ihm nur zu, Beate aufs Land zu ihrer Mutter zu bringen – notabene konnte er dort für Lebensmittel eine Kirchenmalerei restaurieren. Ich dachte mir das so aus, daß ich der Militärpolizei, wenn sie ihn suchen käme, sagen würde, er sei längst ins »Altreich« eingerückt. Es kam aber anders. Beate reiste allein, Robert ließ mich nicht im Stich – so fügte es sich, daß er im Atelier war, als ich die Soldaten wegschickte. Ich mußte einfach riskieren, daß er dazwischenplatzte... Er hörte mich an der geborstenen Flurtür verhandeln, begriff, daß es ihm galt, und versteckte sich. Danach zog er mit anderen Gegnern dieses letzten Aufgebotes in Pepis Keller.

Allmählich lebten wir ganz fröhlich, denn die Parteigenossen verschwanden in die Alpenländer. Rund um Pepis Luxusbunker füllten sich die Räume mit den Ausgebombten der umliegenden Häuser. Unser Keller war nicht nur ein Teil der Katakomben von St. Stefan, er war auch mit glasierten Ziegeln ausgemauert, trocken und tief. Mich störten nur die Frommen, die laut zu beten begannen, wenn das Radio den »Anflug auf Stadtmitte« signalisierte. Die Geschäftsleute, die viel zu verlieren hatten und mehr vom Schaden, den die Bomben anrichteten, als von der Gefahr redeten, waren mir auch zuwider. Als die Oper getroffen wurde, bebte unser Haus, und die letzten Türen sprangen aus den Angeln. Ich stand mit meinem Hundefänger im Vorzimmer und handelte eine Gans aus.

Als ich diese Gans dann braten wollte, war fünfmal Alarm, und immer wieder wurde der Hauptgashahn des Hauses abgedreht. Als die Gans dann dennoch durch war, köstlich und schamlos durchs Haus duftete, kam einer von Irmengardis Fliegern, den am Matzleinsdorferplatz eine herunterfliegende Fensterscheibe verletzt hatte. Ich lief über den Platz ins »Reichsinstitut für Psychotherapie« und holte einen Arzt, denn der Fliegeroffizier klammerte sich laut weinend an Robert und brach zusammen. Als wir dann gemeinsam die Gans aßen, wirkte schon die Beruhigungsspritze. Flieger haben zarte Nerven, und in die Keller gingen sie nie.

Nachts hatten wir Ruhe. Nachts gab es keine Alarme.

Walther schrieb lauter letzte Briefe. Sie kamen immer noch an. Gleichzeitig mit Gerüchten über das Wüten der Russen in Budapest.

Ganz altfränkisch und pathetisch schrieb er: »Meine liebe Freundin, das Schicksal hat mich in das innerste Herz Brandenburgs geführt, als wollte es mir nochmals die verborgensten Werte Brandenburgs, Bach und Kleist zeigen. Geschwader brausen über uns hinweg, aber sie gehen uns nichts an, denn der kleine Ort mit seinen 23 Häusern ist für sie nur Strecke... Ich wohne zusammen mit den prachtvollsten Menschen Preußens... usw.«

In Budapest lebten Jenös jüdischer Schwager und seine Schwester... Wir hamsterten für die bevorstehende Kellerexistenz, die uns während der Straßenkämpfe bevorstand.

Endlich hatte das Gerede über Hitlers Wunderwaffe und Endsieg aufgehört. Tschin Krach Bumm – mir war zumute wie im Kasperltheater. Jetzt wird uns das Krokodil fressen – es war so unwirklich und unzeitgemäß: Tod oder Leben! Höhlenleben. Wir richteten uns im Keller ein mit Geschäftsleuten und mit dem »Süd-Ost-Echo«-Verlag, der angeblich als Spionagezentrale für den Balkan arbeitete – nach beiden Seiten, so munkelte man. Der Chef saß mit Rucksack und Sekretärin an der Wand. Die Juden, die sich versteckt hielten, kamen nun auch in den Keller, liebevoll aufgenommen – sie sollten uns ein Alibi geben, wie lieb wir waren und wie harmlos...

Die Witwe Wetzko reichte die Josefine Mutzenbacher als Lektüre herum und erzählte von den Vergewaltigungen in Budapest.

Tod oder Leben: ich freute mich. Sie kamen endlich und machten Schluß. Sie standen vor den Toren.

Immer noch kamen Briefe von Walther: »Meine Nerven bestehen im Augenblick ihre härteste Geduldprobe, sie bestehen sie, sei beruhigt! Ich habe die russischen Winter ertragen, die Partisanen im Osten und die Strapazen in Italien, aber einer Schreibstube sind meine Körperkräfte nicht gewachsen... Die modernste Façon des Helden ist einer, der als Zeuge selbst Opfer bei der Erfüllung seiner inbrünstigsten Wünsche wird... Ich darf mich auch rühmen, einer unter denen zu sein, der die häufigsten Überfliegungen feindlicher Maschinen zählen kann – in Viterbo vierzig Alarme in drei Tagen... Man müßte wahrscheinlich alle Männer ausrotten und ein Reich der Mütter gründen, um diesen Planeten wohnlich zu machen. Mit offenen Augen im Chaos

Dein W.«

Das Chaos ... es war komplett. Russische Doppeldecker schnatterten gemütlich über den Dächern. Ich winkte ihnen von meiner Terrasse zu. Sie warfen Gefäße ab, runde Röhrenteile, die keinen Schaden anrichteten – gelbes Zeug quoll heraus, wir sahen es mißtrauisch an und ließen es liegen. Die Häuser um uns herum gingen nieder. Ich nahm mich winziger Zwillinge an und brachte sie bei Pepi mitsamt ihrem Nachttopf unter. Unser Keller wurde zur Zuflucht von allerhand feinen Leuten, die um den Stefansplatz wohnten.

Ich war sehr heiter. »Was bist du für ein Mensch«, sagte Robert. »Du blühst auf in diesem Wirbel.« Ich kochte Germknödel auf dem Zimmerofen und formte sie auf dem Plättbrett. Ich hatte Powidl im Vorrat – der Pepi gab das Mehl und den Zucker. Gerüchte schwirrten. Schüsse knallten. Die Straßen waren leer.

»Die Russen sind schon am Gürtel!«

»Vom Westbahnhof gehen noch Flüchtlingszüge raus!«

Sollen wir doch? Vielleicht?

Wir gingen zu dem »Reichsamt«, das die Fluchterlaubnis und die Fahrkarten ausgab. Das war am Schillerplatz. Nichts und niemand war auf den staubigen Straßen, in den hallenden Gassen, aber vor dem »Reichsamt«, da standen sie alle, mit Kind und Kegel, Sack und Pack warteten sie auf ein Stück Papier, einen Stempel. Sie wollten weg. Als wir den Volksauflauf sahen, drehten wir uns wieder um. Zuviel der Volksgemeinschaft – zu viele von denen, die gestern noch an den Endsieg und an die Wunderwaffe geglaubt hatten. Dagegen gab es rund um unseren »Amerikaner Pepi« nur Hoffende, nur solche, die hoffen durften – da blühte auch in uns eine zaghafte Hoffnung auf. Plötzlich dachte ich wieder, daß man uns vielleicht doch...? Wir hatten nichts zu fürchten? Wie denn das? Hatten wir denn nicht... hatten wir denn...?

Wir hatten nicht – es ist uns zu gut gegangen all die Jahre, in denen nur unser Seelenheil litt.

Es konnte, es durfte nicht gutgehen für uns – nachdem so *viele*!

Unwürdige Lotterie...!

Robert setzte sich an seinen Zeichentisch – ich ging in den Dom. Letzte Gebete? Nein. Eine inbrünstige Frage: *Wer oder was ist ein böser Mensch?*

Mir tat schon wieder Hitler leid. Das durfte ich nur dem lieben Gott sagen. *Was war geschehen?* Für einen hellen Augenblick, der mir diesen Mechanismus klarmachte, wäre ich bereit, zufrieden draufzugehen.

Wie gewöhnlich schwieg mir Gott. Seine grausamen Urentscheide und Erbsünden – seine entsetzliche *Gnade* und die Bitte darum...

Ich dachte an ein Foto, das ich besaß. Ich hatte es mir gekauft. Ein Foto von Hitlers Mutter, das lag in den *Vorlesungen* von Sigmund Freud. Ein böses, irres Gesicht. Ursache und Wirkung? Ein zu einfaches Prinzip. Haut auch nicht hin.

Ich ging wieder ins Atelier, um einen Topf Nudeln zu kochen mit irgendeiner ominösen Wurst, die Pepi aufgetrieben hatte.

Sie hatten Alkohol im Keller. Sie tranken. Ich konnte das nicht leiden. Besoffene Geschäftsleute! Das Radio versagte, oder waren die Leute dort schon tot? Es pfiff und knallte, und Staub trieb in Wirbeln durch die Gassen, als wäre die Stadt eine Wüste – und Papierschnitzel, als wäre Fasching.

»Die Russen sind schon in der Josefstadt!«

Unsere deutsche Uniform hatte ich schon lange nicht gesehen. Wo ist der Volkssturm? Die Knaben, die im Prater mit Panzerfäusten geübt hatten. Niemand, nix – leer! Alles leer! Im Keller ein Gelage.

»Gehen wir nach Hause«, sagte ich plötzlich zu Robert. Hinunter an den Donaukanal, wo unsere Eltern wohnten – sein Vater, meine Mutter und Jenö, in das dörfliche Viertel rund um die Kirche, zu den böhmischen Hausmeisterinnen, dorthin, wo die vielen Juden gewohnt hatten.

Er war froh, daß ich das sagte. Wir packten den nötigsten Kram und die Papiere und verließen alles andere, was wir besaßen. Wir gehörten zu den kleinen Leuten in der kurzen Gasse nächst dem Prater. Die Witwe Wetzko schloß sich uns an. Sie hatte Bedenken wegen der Volksgemeinschaft mit dem »Süd-Ost-Echo«, dem Verlag...

Ade alte Truhe, Bücher und Sitzgarnitur, Smoking und Grammophon, ade Pelzmantel... ade. Ich trug mein bestes Kostüm in paradeisrot, vom Stadtsalon! Robert in weitem Mantel, mit Künstlerhut, einem Borsalino, der viel Geld gekostet hatte, die Witwe pelzverbrämt trotz warmen Frühlingswetters – sie war eine schlanke große Frau mit dünnen Beinen... Wir rannten durch die lange Wollzeile durch das Knallen und Pfeifen und hohe Heulen, ohne auch nur einen Schützen zu sehen. Leichen lagen auf dem Pflaster... als unheimliche Gegenstände, die Bauchweh, aber kein Herzweh erzeugten... kein Bedauern oder Mitleid... nur Magenschwäche und Stuhldrang. Wir konnten nicht ausruhen, die Haustore waren geschlossen... Bei der großen Fleischmarkthalle zwang uns ein Tiefflieger in ein gußeisernes Schiffodrom (Pissoir), ein rundes Gehäuse ohne Türen... In der Landstraße hüpften wir über Hochspannungsdrähte... ein Knall, der das Trommelfell überforderte, warf uns wieder auf den Bauch. Da lagen wir, und Trümmer flogen über uns drüber... da, endlich ein offenes Tor, ein Jugendstilportal... weit offen... florale Elemente an den Wänden des Flurs... Was lag denn da? Ein ganzer Haufen Uniformen? In den Uniformen tote Soldaten... schon steif... eine Hand... ein Fuß... Wir rannten wieder in die Knallerei hinaus... Wir hatten nicht mehr weit.

Die Deutschen sprengten die Gleise und Brücken der Vorortelinie... keine hundert Meter weit. Im guten alten Haus... ein Vaterhaus, das Vater nie gehört hatte... nahm man uns gerne auf. Da war kein geheizter Keller, sondern feuchte Mauern auf Pfählen über Grundwasser gebaut... ein Kohlenkeller... auf einem Haufen Kohlen schlief ich trotz dichtem, ununterscheidbarem Radau zuerst einmal neben Mutter aus.

Auch hier trugen die Frauen ihren gesamten Schmuck. Keine breiten Armbänder und keine blitzenden Steine, sondern Muttergottesanhänger, Kreuzchen aus Gold oder Silber, dünne Kettchen, Eheringe. Die Männer goldene Uhren. Manche. Auch hier alle im Sonntagsstaat mit Schürzen und Arbeitsmänteln drüber, weil der Keller dreckig war, die Türen morsch, mit Schwämmen überzogen. Hier waren wir also zu Hause, geborgen.

»Unser schönes Haus im Zentrum der Stadt werden sie als eines der ersten requirieren«, das waren die Überlegungen der Witwe. »Hier um die ›Armenhäusler‹ wird sich keiner kümmern.«

Immerhin: Wir hatten einen Hofrat und einen Arzt unter uns – alte Herren mit goldenen Uhren, eine Amme aus Iglau, eine lustige Praterhure, eine ganze Reihe alter Frauen, die ehemals Dienstboten waren, umsichtige Muttergeschöpfe, schimpfend tätig, furchtlos grimmig, und – sollte einmal eine »Heil Hitler« geböhmakelt haben, so hatte sie es selbst gründlich vergessen.

Es gab keine scheele Angst.

Es waren aber auch verschleppte Ukrainer unter uns, die meinen Lemberger Erfahrungen nach Butter auf dem Kopf haben sollten. Mädchen, die beim Wirt arbeiteten. Jetzt trugen sie rote Stirnbinden.

Schon?

Nebenan auf dem Kirchturm saß die SS rund um die Glocke. Man konnte mit freiem Auge drohende Rohre sehen.

Stille.

Stille.

Einer nach dem anderen lugte durch die Luken in die Sonne. Die kurzen Kellerstiegen herunter kollerte ein Paar:

»Sie kommen!«

Wir liefen in die Wohnungen, um die weißen Fahnen zu hissen! Leintücher, Tischtücher, Servietten und Windeln flatterten aus den Fensterlöchern.

»Net, net, tuat's des net! Die SS!«

Die weißen Tücher wurden eingezogen.

Ich schaute die Bechardgasse hinauf. Da kamen sie. Sie kamen!

Ein Zug gemessen schreitend. Vorne rote Fahnen. Dahinter unsere Mädchen mit den roten Stirnbinden. Sie waren einfach hingelaufen und hatten sich vor der Spitze eingereiht. Dahinter Soldaten, schöne Soldaten wie im Film… das Gewehr schußbereit nach rechts und nach links im Anschlag. Langsam, ernsthaft. Dahinter ungarische Leiterwagerln – Panjewagerln mit viel Stroh, auf die ganz schwere Maschinengewehre gebettet waren, und bei jedem ein Schütze. Viele solcher Wagen hinter kleinen Bauernpferdchen. Und dann kamen Kühe. Und dann kamen Soldaten, Soldaten, Soldaten. Je mehr kamen, um so mitgenommener und dreckiger sahen sie aus.

Wir standen Spalier. Es tat uns keiner was. Sie machten truppweise vor den Seitengassen halt, und als sie unser breites Haustor mit dem Hof ausfindig gemacht hatten, fuhren sie einen Wagen hinein.

Der Zugführer, was immer er für einen Grad haben mochte, war sympathisch. Ich grüßte ihn russisch. Er tat mir ernsthaft kund, alle Hausbewohner sollten sich um ihn scharen. Dann verlangte er ein Glas. Man brachte ihm eines. Ein Wasserglas. Er nahm eine Flasche aus seiner Manteltasche und schenkte ein: »Wodka!« sagte er und reichte mir das Glas. Er schwenkte seine Flasche, setzte sie an den Mund und winkte mir mit den Augen: »Na sdorowje!«

Ich trank.

Ich mußte das Glas leeren.

Dann hielt er eine Rede. Ich übersetzte sehr frei, daß uns nichts geschehen werde, daß sie Frieden, Arbeit und Freiheit bringen!

Dann zerplatzte eine Granate im Nebenhof – eine niedere Mauer trennte uns –, sie liefen mich aus Panik um, ich war benommen. Robert schleppte mich in den Keller, und der Krieg brach los. Sehr bald benahmen uns tote Pferde die Aussicht aus unseren Luken. Russen kamen und versteckten sich bei uns. »Krepky jest?« fragten sie und klopften an die Mauer. Sie trauten ihrer Festigkeit nicht.

Und dann kamen Panzer, und die Häuser schüttelten sich, man verstand das eigene Wort nicht mehr. Eine Stalinorgel wurde auf dem Platz aufgebaut – das steigerte das Dröhnen und Zittern zur Unerträglichkeit. Sogar die Treppen schienen zu tanzen. Ein großer Angriff ging über den Donaukanal – entnahm ich den Worten der russischen Soldaten. »Bolschoi nastublenie!«

Als die SS aus dem Glockenturm endlich heruntergeholt war, wurde es wenigstens in allernächster Nähe ruhiger, aber wir hatten 39 Leichen und viele tote Pferde um unsere Kirche herum, neben dem Haus, ums Haus herum.

Die Tüchtigsten schlachteten die Pferde aus. Ich holte Gefäße. Da faßte mich einer der Russen – na wo schon – am Busen. Ich schrie ihn an, daß dazu jetzt keine Zeit sei. Er ließ los. Wir lachten beide.

Dieser erste Tag verging, und die Feinde lagen oben in unseren Betten und wir auf den Kohlen im Keller.

Es war aus.

War es aus?

Unsere Männer, es waren mit einem Male welche da, begruben die Toten unter den Bäumen der kleinen Grünanlage um die Kirche. Der verwundete Pfarrer mit weißem Verband um den Kopf sprach die Gebete. Die Russen bekreuzigten sich.

Am nächsten Tag holten sie Robert zum Brückenbau. Er verschwand mit Hut im Mantel zwischen zwei Soldaten.

Ich rannte ihm verzweifelt nach, wurde aber mit Gewalt zurückgetrieben. Ungefähr zweihundert Meter weit... mag sein dreihundert, floß der Kanal... jenseits war Front. Mit Geschützen und Gerenne und Gehusche... keine Zivilisten... Gekrache und Leere. Die Russen hatten selber Angst vor ihrer Stalinorgel... einem Ungetüm von Panzer. Sie flüchteten zu uns in den Keller und brachten unseren alten Hofrat in Rage, weil sie ihm die goldene Uhr samt Kette abnahmen. Mir zog einer drehend und sanft den Ehering vom Finger. Als die Mauern wackelten, klopften sie dagegen und fragten: »Krepky jest?« (Fest? Sind sie fest?)

Beuterecht! Sie verlangten von uns Frauen, mit ihnen zu schlafen: »Chotscheza spati!« Befehl! Das Tschechische, das Russische... wir begannen zu verhandeln. Das ging ganz gut. Die Iglauerin und andere alte Frauen aus Böhmen und Mähren konnten es besser als ich, und die Iglauerin war auch bereit zu Liebesdiensten, nur wollte sie sich die Partner selber aussuchen. Das klappte unter Gelächter. Das Pratermädchen verlangte dafür Lebensmittel, auch das klappte. Zunächst bekam sie einen ordentlichen Schluck aus der Flasche.

Aber einer, mit dem nicht zu reden war, verlangte die alte Haushälterin eines Zuckerlfabrikanten, die fromme Agnes samt Kreuz auf der Brust und Rosenkranz in Händen. Sie zählte sechzig und war Mitglied des Marienvereins, der Jungfrauenkongregation. Er wollte sie und keine andere. Resolute Ersatzangebote, Opfer aus Solidarität wurden nicht angenommen.

Er preßte die alte Agnes auf die Kohlen, ließ die Hosen unterm

Mantel runter, und dann begann ein Gewoge unter einem Stoffbausch, während die Agnes heiser um Hilfe brüllte. Der Soldat schlug sie ins Gesicht und hielt ihr den Mund zu: »Tischtsche, tischtsche!« (Leise, leise.) Wir mußten es alle mitansehen. Ich hatte ein Mädchen von acht Jahren im Arm, die ihren Kopf an meinen Hals drückte und mich naß weinte. Ich flüsterte ihr zu, es wäre kein so großes Malheur und es würde bald vorbei sein. »Der Unhold« wurde fertig, während alle beteten, und verdrückte sich dann verlegen. Mit Brot und Ölsardinen kam er zurück und legte es Agnes auf den Schoß. Sie drehte schon wieder den Rosenkranz und schien, wenn nicht befriedigt, so doch erleichtert... sie lächelte sogar. Was da unter den Röcken vorgegangen war, wußte nur sie. Die Frauen stellten Betrachtungen über die Durchführbarkeit dieser schwierigen Defloration an und bezweifelten sie. Dem Soldaten jedenfalls hatte genügt, was er sich verschaffen konnte.

Er schlief sich unter uns aus.

Die Fraternisierung vertiefte sich dann noch weiter. Ich kochte oben in der Wohnung unbehelligt Kaffee aus zusammengesteuerten Vorräten, füllte eine Thermosflasche und machte mich auf, meinen Robert zu suchen.

Was unterwegs war, lief von Deckung zu Deckung, es pfiff und knallte in nächster Nähe und weiter weg... Ich bemühte mich gar nicht, mich in den Geräuschen zurechtzufinden und hastete zum Ufer. Es lagen viele tote Pferde, Bauch nach oben, aufgebläht auf dem Pflaster... eine verhungerte Kuh stand auf dem Gehsteig, und ich wäre bald über verbogene Straßenbahnschienen gestürzt. Ich hatte keine Angst, ich hatte ein Ziel: die Brücke.

Die Brücke lag im Wasser, aber Robert mit seinem Künstlerhut stand in der Kette an der schrägen Böschung und schmiß Steine auf einen Haufen, der schon aus dem Wasser ragte. Granaten explodierten gar nicht so weit weg. Es spritzte der Dreck. Als Robert mich sah, ließ er seinen Stein fallen und beutelte mich wild: »Bist du denn verrückt? Renn zurück! Bist du von allen guten Geistern verlassen?«

Ich hielt ihm die Flasche hin. Er nahm sie.

Ein Russe stieß mir den Gewehrkolben in den Rücken: »Dawai! Dawai!« Ich sprang und hüpfte weg. Ein paarmal mußte ich mich hinschmeißen. Nicht weit von mir lag ein Regloser. Es war

Krieg und keine Zeit zur Panik. Auch keine für irgendein Gefühl.

Abends stürzte Robert in den Keller: müde, außer Atem, verdreckt und voll der Sorge um mich. Er war einfach davongelaufen. Es holte ihn keiner mehr weg.

Wir hockten noch fünf Tage im Keller, vereint mit den Befreiern. Dann hatte – wie man sagte – die Zweite ukrainische Armee Wien eingenommen: befreit, besetzt.

Kundige und Unkundige, Russen und Wiener fetzten und schnitten aus den noch frischen Pferdekadavern... brauchbares Fleisch. Ich reichte Töpfe und versuchte mit den Soldaten zu reden und bekam heraus, daß Tataren, Georgier, Mongolen, daß alles mögliche in dieser Armee war. Keiner tat mir was, aber weinende Frauen wurden für ihr Weinen mit Vergewaltigung bestraft: Warum weinen? Mann ist Mann. Ob deutsch, ob russisch – belehrte man mich.

Verwundete kamen über den Kanal. Die Sieger, traurige Mongolen mit hängenden Bärten und Schlitzaugen, saßen am Rinnstein, zogen Dörrfisch durch die Zähne und warfen die Gräten über die Schulter. Unsere Kellervorräte schmeckten sicher besser.

Noch kämpften sie irgendwo... nicht mehr bei uns. Wir waren euphorisch... übermütig... selig.

So spazierten wir zu unserem Wohnhaus zurück zu den feinen Leuten in die Innere Stadt. Ob es noch stand? Der Dachstuhl des Domes hatte gebrannt, und der war ganz nahe. Wir spähten neugierig, aber nicht sehr beteiligt. Wir waren gefaßt, Hab und Gut und, wenn es sein mußte, das Leben für Hitlers Ende zu geben. Gefaßt und bereit, aber nur noch mit unserer Logik und unserem Verstand – das Leben freute uns wieder, wie schon lange nicht mehr... Wir wollten versuchen, uns zu schützen und zu retten. Die Sonne schien, die Sonne eines neuen Frühlings schien auf die Verwüstung, und die Kühe und Schafe und die Männer und die Frauen der Roten Armee mit ihrem mehr als sonderbaren Gehaben boten ein Schauspiel, das sich lohnte – für uns, wie wir nun einmal waren: anpassungsbereit und anpassungsfähig, Heimatlose von Geburt – oder Wesensart.

»Vaterlandslose Gesellen«, aber doch traurig über den zerstörten Prater, die zerschossenen Pappeln am Kai, die Opernruine, die Burgruine und die gestürzten Bäume der Ringstraße.

Unser Atelier gab es noch. Ohne Türen und Fenster, aber mit

allen Möbeln und viel mehr Gegenständen, als wir zurückgelassen hatten.

Da lag sogar eine Karte von Walther – vom Roten Kreuz – Lebenszeichen! »Es geht mir gut in englischer Gefangenschaft!«

Es lehnte ein Spazierstock mit echt goldenem Griff an einer SS-Uniform, die am Haken im Vorzimmer hing. Ein Helm der Deutschen Wehrmacht kollerte aus dem Vorzimmerschrank.

Während wir uns erstaunt umsahen, traten zwei russische Offiziere aus der Küche. Sie kamen durch die Terrassentür. Sie hatten schon auf uns gewartet.

»Wo ist das Geld aus dem Safe?«

»Was für Geld? Was für ein Safe...?«

Der Safe der Zeitung. Zwei Gewehre waren schußbereit auf uns gerichtet. Die militärische Wichtigtuerei verursachte bei mir ein hysterisches Gelächter. Das rief Verblüffung hervor. Wir machten beide: Hände hoch! und nahmen erst ganz allmählich den Vorgang ernst.

Da kam einer aus dem Haus, den wir kaum kannten, und warf ein Bündel Banknoten auf den Tisch. Die Russen schnappten die Scheine und ließen uns stehen.

Na, so was!

Und dann lag ein Fremder unter meinem Bett, er versteckte sich vor den Russen. Er blieb dort, und ich brachte ihm kalte Nudeln, denn wir hatten nun kein Brot und kein Gas mehr. Ich erfuhr erst viel später, daß er ein jugoslawischer Minister gewesen ist. Ich versteckte auch noch einen Mann, der den Namen eines berühmten Politikers trug. Ich versteckte, wen immer... wer immer sich bedroht fühlte. Robert malte Kulissen fürs Fronttheater in den Räumen der Neuen Burg, die noch unbeschädigt waren. Wir bekamen Speck und noch Speck dafür, aber kein Brot. Der Speck war roh und ranzig.

Die Tochter des Hausmeisters – kugelrund und semmelblond – war hier, im Haus der Feinen, vergewaltigt worden. »Es war ein Major!« berichtete sie stolz, denn es hatten auch gewöhnliche Rotarmisten die Damen fleißig aufs Kreuz gelegt, und das buchstäblich. Mich ärgerte, daß es so oft auf den Stiegen geschah und die Frauen scheußliche Wirbelverletzungen davontrugen – von den scharfen Kanten der Stufen –, sogar Brüche und Querschnittslähmungen – das war eine Schweinerei.

Darüber gab es Einzelheiten, wenn wir stundenlang in der Schlange vor dem Bäckerladen standen, um eine Scheibe Brot zu bekommen. Einmal fuhr eine Schulfreundin vorbei im schwarzen Witwenschleier auf einem der ungarischen Karren – sie kutschierte ein müdes Muli, hinten drauf lag die Leiche ihres Mannes. Es waren reiche Leute, die beiden – der Tote und die Witwe.

Und ein Lieferwagen stand am Straßenrand, der sammelte verletzte Frauen und Vergewaltigte, die bluteten, und solche, die fürchteten, angesteckt worden zu sein.

Da wogen weder Klassen- noch Rassen-, noch sonstige Unterschiede. Juden – U-Boote – tauchten auf, verschleppte Polen, Winterhilfe-Damen – der Wodkataumel machte keine Unterschiede. Auch eine achtzigjährige Kaffeehausköchin fuhr da mit – nicht ohne neues Selbstwertgefühl.

Kriegsgefangene, deutsche... sie hatschten und humpelten zerlumpt und elend über den Stefansplatz... zusammen mit Kühen und Schafen, dem lebenden Proviant, vom Balkan herauf getrieben von kräftigen Ukrainern, die mit nackten Oberkörpern auf requirierten Pferden saßen und mit der Nagayka auf ihre Mitmenschen einschlugen.

Hay! Dawai! Hua!

Ich stand im leeren Schaufenster ohne Scheiben in einem ausgebrannten Haus im Halbstock und warf Zigaretten und Sardinen (vom Pepi) herunter unter die geschlagenen Krieger. Die Befreier konnten das nicht dulden. Ein Rotarmist legte das Gewehr auf mich an, und einer drohte mit einem Gegenstand, den ich mir nicht erst näher ansah. Ich rannte über die Marmorstiegen bis aufs Dach, er rutschte auf seinen Stiefeln aus, und ich hielt meinen knappen Vorsprung. Hoch oben aber gab es kein Weiter mehr, da glitt ich in eine abgerissene breite Rinne. Der Russe wagte es nicht, sich vorzubeugen, also sah er mich nicht.

Da lag ich, da hing ich – über mir zogen die Wolken, unter mir das geschundene Heer – der Heerwurm. Es war ein schöner Tag, aber er verging und wurde sehr dunkel – kein Licht... nirgends ein Licht... keins.

Hierher in die Rinne war ich von selbst gelangt – wie aber wieder hinauf? Es gab nichts, um sich festzuhalten. Der zufälligen Blechschaukel war nicht zu trauen. Wie hinauf auf die Plattform, auf meine beiden Füße?

Würde man mich hier eines Tages finden? Eine Leiche zwischen Himmel und Erde... sehr exponiert?... Als ich den Humor verlor, als mich die Kraft verließ, begann ich zu schreien.

Und wieder einmal ging es gut aus.

Der Armist, der sich da auf seinem Bauch vorschob, die kurzen Beine von einem Kameraden festhalten ließ und mir die langen Arme reichte, wischte meine Tränen mit einem ölgetränkten Fetzen weg und stopfte mir ein Stück rohen Specks tröstend zwischen die Zähne.

Daran kaute... und verdaute ich lange.

Jungfrau und Reptil

Aber nur die Mörder, die Ermordeten und die Widerstandskämpfer, die Träger des vollen Risikos, sind Figuren mit Konturen, und sie leben. Wir anderen sind unmöglich. Die Nachforschung, wie diese Unmöglichkeit von den immer weniger werdenden Zeitgenossen gemeistert wird, ist peinlich und verletzt die Scham.

I

Mir ist es recht, daß es drunter und drüber geht und Ukrainer, Mongolen, Weißrussen und Großrussen uns beunruhigen, mir ist es grimmig recht, daß ich Angst habe und daß alle Angst haben, und vor allem paßt es mir, daß es für meinen Mann gefährlich ist, auf die Straße zu gehen. Arbeitsfähige Männer werden zusammengetrieben und nach dem Osten verschleppt. Das wünsche ich ihm nicht, ich wünsche ihm und mir nichts Böses, bin manchmal froh, daß er ein Mädchen hat, weil er an allgemeinen Schuldgefühlen leidet, die er mit persönlicher »Schuld« bekämpft, dabei hat er dort und da überhaupt keine Schuld – so wie ich es sehe. Ich bin zwar eifersüchtig bis zum Wahnsinn, aber das gebe ich nicht zu, weil mein Verstand, meine Anschauung, mein Begriff von Leben ja dahin gehen, daß jeder von uns soviel an Liebe an sich reißen soll, wie er kann, wenn er es will. Mein Pech, daß ich an ihn so sehr gebunden bin.

Ich stopfe in einen Kissenbezug, was sich so findet: ein altes Rasierzeug, einen gar nicht so alten Wecker, ein Papiermesser, eine Schere, allerhand Glunker, Halsbänder und Armketten, eine Armbanduhr, Kerzenleuchter, Nachttischlampen, einen Fotoapparat – ich fotografiere sehr ungern, fort damit –, Pullover, Christbaumschmuck, Kramuri für den Resselpark, wo der Schwarzmarkt stattfindet. Rudolf ist es nicht recht, daß ich tauschen gehe, er wutzelt eine Zigarette: den sperrigen Machorka mit vielen Stengeln drin ins Zeitungspapier vom Neuen Österreich. Wir rauchen gemeinsam. Hin und her geht das fragile, feuchtglimmende Werk. Er legt das Silberbesteck hin, das von Ella stammt.

»Da es bis jetzt niemand gestohlen hat, will ich es noch aufheben.«

Ich sage das, um ihn nicht vom Anblick des Besteckes, das uns an Ella erinnert, zu befreien. Er nimmt es hin wie einen Schlag. Wie ich diese »Sensibilität« hasse, die alles auf sich bezieht. Geduckte Menschen haben mir immer schon weh getan. Ich ducke mich ja selber. Einen triumphierenden halte ich für einen Trottel.

Wer triumphiert? Keiner als die tote Ella, die die Zeche bezahlt hat.

Wir stehen da, wie vom Schicksal ausgespuckt, und fühlen uns wie Sieger, weil Hitler hin ist. Wir hungern, haben Pappendeckel statt der Verglasung in unserer Atelierwohnung und keine Wohnungstür mehr. Das Nebenhaus ist zerbombt. Das Haustor zur Straße ist immer versperrt, aber innerhalb des Hauses fluktuieren die Bewohner. Kein Privatleben mehr. Ich koche für viele in der großen Küche von Bomban, das heißt, Bomban hat eine der Herrschaftswohnungen besetzt, nachdem er als U-Boot aufgetaucht ist.

»Ella wird nicht wiederkommen, ich bewahre es aber trotzdem auf«, sag ich und stecke das Besteck in einen einsamen Lederhandschuh. Es gehört sich einfach, immer an die Toten zu denken, an die Opfer der Verbrechen, es wird bei uns schon zur Routine, eine Pietät, bei der sich keiner mehr viel kränkt, weil wir es sind, die leben.

Immer wieder habe ich es auf der Netzhaut, wie Ella auf das Lastauto hinaufgeschleudert wurde, umständlich auf Köpfe und Schultern stieß: als Allerletzte ins Gedränge, ehe es mit Stiefeltritt auf den Gashebel vor schwarzem Rauchauspuff ins harte Blaue ging.

An einem hellen Sonntag geschah das, und die Glocken nebenan riefen zur Messe.

Mit mir, neben mir ist sie aufgewachsen, diese Ella, die scheue Ella, das Kind reicher Nachbarn, das begabte, gescheite Kind, das ein paar Jahre älter war als ich und auf dem Konservatorium Musik studierte. Eine kleine graue Maus. Pummelig, winzig, scheu, flüsterte sie stets atemlos und hastig, wenn es nötig schien, etwas zu äußern. An ihrem Pianino saß sie, Patschen an den Füßen, und trat mit zu kurzen Beinen in herabhängenden Strümpfen die Pedale. Es hieß von ihr, daß sie nur Flüssiges aß und Breiiges, daß sie Angst vor ihrer eigenen Verdauung hatte und Angst vor allen Hausbewohnern. Eine degenerierte Jüdin. Ich getraute mich nicht, ihr zu zeigen, daß sie mir leid tat, weil ich ihren Stolz nicht verletzen wollte. Ihr Bruder ebenfalls pummelig, klein, enorm gescheit und ebenfalls degeneriert – schon das Gewicht eines Wasserkrugs, den er unter die Leitung hielt, löste ihm die Kugel aus dem Gelenk.

Sie besaßen, was andere nicht besaßen: Geld und Begabung, aber sie hatten auch Angst vor diesen anderen, vor ihren Dienstboten und vor den mittellosen Nachbarn. Und sie hielten einen

Abstand, der, von mir als Hochmut mißverstanden, meinen Stolz verletzte.

Eines Abends kam Ella zu uns hereingehuscht und ließ noch im Vorzimmer schwere Bücher auf den Boden fallen, ehe sie von nebenan noch weitere Bände holte. In ihrer hastigen und scheuen Art bat sie flüsternd, das Konversationslexikon und ihre Lieblingsbücher in Gewahrsam zu nehmen und, wenn möglich, auch das Pianino, das Silber und die Noten. »Bis nach dem Kriege«, sagte sie, weil sie fürchtete, daß sie wohl früher nicht zurückkehren werde. Sie wurde zwangsverpflichtet, für die Rüstungsindustrie zu arbeiten, irgendwo im Osten am laufenden Band. »Man holt mich morgen ab.« Das sagte sie nicht ohne Genugtuung, auch für etwas gut zu sein, und sei es dazu, Unrecht mit anderen zu leiden. Meine Mutter fing an zu schimpfen und zu fluchen, aber Ella beschwor sie, nicht auch sich noch ins Unglück zu bringen, denn es werde so schlimm schon nicht werden, sie fasse es als eine Prüfung auf, ein Malheur, dem sie sich gewachsen zeigen wolle, wie andere auch. Sie erlebte zum ersten Mal aufgeregt und fast euphorisch eine Aktion, in die sie sich verstrickt sah, sie fühlte sich nicht länger einsam, ausgeschlossen, behütet, ein halber Mensch nur, sie gehörte zu den Herausgeforderten, den Verfolgten. So ganz und gar eindeutig stand sie jetzt im Leben: es drehte sich um sie.

Unseren Telefonapparat gibt es nicht mehr. Zwei Rotarmisten hatten ihn aus dem Fenster auf ein Lastauto geworfen. Dort verrottet er mit anderen in Wind und Wetter. Rudolf kann also nicht turteln, während ich weg bin. Rudolf und turteln! Doch ich weiß: Jetzt ist er zärtlicher als damals, zu meiner Zeit. Er ist schon achtundvierzig Jahre alt, und sie ist dreißig. Als er mich kennenlernte, war ich fünfzehn und er sechsundzwanzig. Mit sechsundzwanzig hat ein Mann noch seinen Stolz den eigenen Gefühlen gegenüber. Was soll's? Ich schultere den Sack und binde mir ein Kissen unter den Rock. Schwangere Frauen und ausgemergelte werden im allgemeinen von den Russen in Ruhe gelassen. Ich hätte gar nichts tun können, aber es ist doch ein beschissenes Gefühl, nichts getan zu haben, als sie Ella verluden. Die theoretische Moral: sich einfach zu opfern! Die Welt könnte nicht bestehen, wenn das Praxis wäre. Trotzdem ist es ein beschissenes Gefühl, sich nicht geopfert zu haben.

Lona wartet schon vor ihrer Haustür, das will meinen, vor dem intakten Tor eines palaisartigen Zinshauses, in dem unten die TASS und Herren vom roten Stab einquartiert sind und man ihr oben unterm Dach die Wohnung ließ. Diese Wohnung ist ja auch defekt und nicht mehr zu heizen oder gegen den Regen abzudichten. Immerhin läßt man Lona mit ihrem kleinen Sohn drin, weil sie einen guten Namen trägt. O ja, sie sind auch Snobs, die ganz neuen Russen, und sie haben auch Sascha Petrowitsch in ihrem Pressequartier, weil er westliche Sprachen fließend... ja, da steht er mit Lona, sie parlieren Französisch und sind beide Überbleibsel aus einer Zeit, die nie mehr kommen wird, weil sie in der Geschichte durchgefallen ist. Lona, windschief vor Schlankheit, auf ganz dünnen und sehr langen Beinen, schwankt in ihren Fetzen und nebelt benommen aus ihren süchtigen großen Augen – denn sie ist dauernd unter dem Einfluß einer dubiosen Droge, die sie gegen ständiges Kopfweh aus der Apotheke bezieht. Irgendein verliebter Arzt hat einst ein mixtum compositum für sie gedichtet, erfunden.

Im viel zu großen Umhang auf knochigen Schultern sieht sie aus wie das ganze alte Österreich im spanischen Prunk, ihr südlich dunkles Antlitz mit dem schwarzen Haar elegant geneigt. Der riesige Russe mit dem winzigen Näschen und der breiten Brust verspricht ihr verliebt Tee und Zucker und streichelt ihren kleinen Sohn. Er ist Towarischtsch geworden, gekreuzigt auf das Elend einer großen Idee, dient er Dschingis-Khan Stalin, der für das Wohlergehen der Ärmsten tobt – er sagt uns, daß er es richtig findet, zum Wohl des Volkes unterzugehen und inzwischen mit Lona Chopin, Tschaikowsky und Rimsky-Korsakoff zu spielen.

Lona ist, was man eine Dame nennt. Souverän kann sie Arschloch sagen, es beeinträchtigt ihre Vornehmheit nicht. Sie legt zwar keinen Wert darauf, aber sie wirkt respektabel. Mir gefällt das. Wir rennen mit dem kleinen Buben im Schlepptau auf den Karlsplatz, auf den schwarzen Markt – der Kleine ist für mich so eine Art Gewähr für eine doch noch mögliche Zukunft, ich zerre ihn hinter mir drein. Die Russen sind nett zu den Kindern, schenken ihnen Rüben und Dörrfleisch. Wir haben Glück und tauschen gegen unsere Schätze ein halbes Schwein. Jede von uns packt einen Haxen, und mit dem zwischen uns schlenkernden Kadaver rennen wir zurück zum Hausmeister in das von Russen besetzte Haus. Der ist Fleischhacker und zerteilt uns die Beute.

Er nimmt sich dafür das Beste.

Rudolf prügelt mich nicht gerade, weil ich so lange weg war, aber er möchte es gerne tun. Er ist vor Angst um mich ganz verrunzelt und sieht zum Erbarmen aus, wie immer in letzter Zeit, mit eingefallenem Gesicht und brennenden Augen.

Unter anderen Zuständen wäre er gerne allein zu Hause und ungestört mit seinen Vorstellungen über die Möglichkeiten von Pinsel und Farbe, Mauer und Spachtel, den bunten Glasstückchen und Mosaiksteinchen, den Hohleisen und dem Eichenholz. Er möchte gern Handwerker und Künstler sein, wie Michelangelo an großen Flächen arbeiten und gleichzeitig als Architekt runde Beweise eines runden Lebensgefühls sinnenhaft hinstellen, mit Proportion und Farbe aus dem Inneren der Häuser in die Straßen treten: als Vertreter des Lichts, das wieder siegen muß, nachdem wir aus dem Orkus heraus sind. Wir sind aber nicht aus dem Orkus heraus, weil ich an seiner Seite lebe, ihn in die KZ-Filme zerre, die Flucht in die Kunst eine Flucht nenne, mich in christlicher Buße winden will. Das ist die Lesart, die er mir anbietet, während ich meine, daß er für sein Über-Ich zu schwach ist und ich keines habe und eben darunter leide.

Wir zerfleischen uns – man kann es ruhig so nennen –, weil wir den Anschluß an eine Zeit suchen, die anderswo ist als das uns so gewohnte christlich-germanische Abendland, den Anschluß an eine Kunst, die wir nicht verstehen, die abstrakte... Und dann sagte er mir noch, daß ich für ihn zu gescheit bin, eine Schwätzerin, die ihn ärgerlich macht mit Picasso, Magritte und Dali... und wenn wir dieses Gespräch dorthin getrieben haben, wo nichts mehr echt ist, kommt wieder der wahre Jakob heraus, daß ihm der Sinn und die Sinne nach dem kleinen Mädchen stehen, das, wie er gerne zugibt, mir nicht das Wasser reichen kann, aber eben ihn bewundert, von ihm lernt, ihn reizt und für ihn Balsam ist. So: Er gibt das zu!

Ja, da will ich meine Sachen packen und gehen und breche unter diesem Entschluß bleich und kalt zusammen, solange bis ich schluchze und ihm mit weicher Hilflosigkeit direkt ans brennende Geschlecht greife.

Wir tun uns weh.

Und deshalb verträgt er meine Abwesenheit nicht, weil er Angst hat, zu weit gegangen zu sein, weil er dieses von mir verfluchte und mich mehr als alles verletzende Schuldgefühl hat.

Aber trotzdem gehe ich mit aufgerissenem Inneren im lauen Frühlingswind schmelzend herum, weil auch ich schuldig sein will an seinem Leiden. Ich versage, wenn ich nicht zu den Weibchen gehöre, bei deren Anblick Männeraugen zu schwimmen beginnen, aber gleichzeitig bestehe ich auf einer leidenschaftlichen Anteilnahme an den Fragen, wie es weitergehen soll. Es ist das zweite Mädchen, mit dem Rudolf Hand in Hand durch die Gassen geht, was er mit mir nie tat – er ist nicht süß mit mir, mit mir nicht. Er hat es mir damit erklärt, daß er entweder klug und geistreich oder sexuell erregt ist. Ich versuchte ihm beizubringen, daß mich Geist sinnlich macht. Da lacht er, denn eben meine Rederei treibt ihn aus meinem Bett.

Und so läßt er mich allein, ob er da ist oder ob er nicht da ist. Ich bin allein mit all den Sachen, die laufend passieren:

Es reitet einer auf einem niedrigen Pferd, einem mit breiter Kruppe und dicken Beinen. Der Russe, der darauf sitzt, ist auch breit, er hat eine breite nackte Brust und muskulöse Schultern. Ins Gesicht blicke ich ihm nicht, um ihn nicht zu beschämen. Denn er reitet in Ketten, an den Händen gefesselt, oben auf dem Pferd. Das Pferd wird geführt, der Mann wird geschlagen: mit einer langen Peitsche. Eine Tafel hängt ihm um den Hals, auf der zu lesen ist, daß er sterben muß: gehängt wird, zum Tode verurteilt, wegen Plünderns und Schändens. So steht es auf dem Zettel, der mit Reißnägeln auf ein Brett genagelt ist, und so ziehen drei Leute und ein Pferd über den Stephansplatz.

Sie haben einen schönen Delinquenten auf das Pferd gesetzt. Ich habe Einzelheiten des prächtigen Muskelfleisches im Blick: das gestraffte Sitzen, den Schenkeldruck: ich fühle das. Ein wildes Kalmückengesicht. Ich müßte mich vor das Pferd werfen, wie ich damals auf das Lastauto mit den Juden hätte springen müssen. Alles andere ist nicht – es ist nicht.

»Alles nur Propaganda, dem geschieht nichts«, sagt eine fremde Stimme neben mir.

Auch das paßt mir nicht.

In der Jasomirgottstraße und auf dem Graben werden die Läden und die Wohnungen von der Roten Armee ausgeräumt, aus dem halbzerstörten Salon im Halbstock des berühmten Schneidermeisters Knize fliegen die Stoffballen auf ein Lastauto, auf dem bereits zwei Klaviere stehen.

Ich schäme mich wie damals, als Ella mir schüchtern ihr Silber zum Abschied gegen Geld anbot, damals, als man sie nach Auschwitz transportierte, was ich zwar nicht wissen konnte, aber deutlich ahnte.

Ich kenne mich in Gut und Böse nicht aus, ich fürchte nur, wenn ich allein gut bin und die anderen nicht, dann zahl ich drauf.

»Man lebt immer in Notwehr und auf Kosten anderer«, seufzt Rudi.

Wir haben auf den Pappendeckel, der die Verglasung ersetzt, Landschaften draufgemalt: das Bild des Hermannskogels und davor im Gebüsch ein Liebespaar und darüber einen russischen Doppeldecker. Die Wände sind voller Skizzen und Drucke – es sieht lustig und bunt bei uns aus: Kandinsky, Ernst und Klimt. Die Bücher haben wir zum größten Teil auch schon aus dem Keller wieder heraufgebracht. Nur die Bettwäsche, die ist dahin… geplündert, weg.

Ach was, wir leben.

»Ja«, sagt Rudi, »wir leben.« Er zieht sich an, um wegzugehen. Er muß weggehen. Zu ihr. Er küßt mich. Das tut uns beiden weh. Denn er ist kein Küsser. Bei bestem Einvernehmen hat er mich selten geküßt.

»Streng dich nicht an. Übernimm dich nicht. Mute dir nicht zuviel zu.«

Ich bin wütend, weil ich bitter bin. Wir sind da an eine Wohnung ohne Eingangstür gebunden durch die Gegenwart der Russen, die jeden Gang auf die Straße zu einem Abenteuer macht.

»Verzeih mir!«

»Um Gottes willen sei still. Ich nehm's dir nicht übel.«

»Ich nehm dir auch nichts übel.«

»Was um Gottes willen…«

»Ich bin dir gut!«

»Wir sind einander gut…«

Am Fronleichnamstag schreiten wir also Seite an Seite erschüttert mit vielen anderen Erschütterten gemessen im Umzug hinter dem Priester und dem Allerheiligsten. Ich vergieße Tränen der Rührung und blinzle glücklich ins Licht, in die freundliche Helligkeit, die über allem Schutt und auf den Trümmern der niedergegangenen Häuser liegt: In der Sonne und von stinkendem Unkraut umwuchert vergammeln Hitler-Büsten und -Bilder auf einem Haufen. »Mein Kampf« liegt zerfleddert, den Bernsteindeckel abgefetzt, von Hunden bepißt, zwischen Schrott und Splittern. Das tut uns wohl, das befreit, das macht fromm.

Dazu schwingen danach noch die Glocken mit unheimlich getragenem Pathos in ihrem Bimbam und machen unser Immer-noch-und-trotzdem-Dasein überwältigend. Keiner hält stand: Es weinen der Kaplan und der Kardinal, der Fleischhacker und der Kellner, der Bäcker und der Deserteur, der Großvater, der Wirt, der Friseur und die Bardame, die Witwe und der Mönch, der Koch und die Hure, der Croupier und der Burgschauspieler... alle die Typen wandeln im Weihrauch und danken dem Gott, an den keiner glaubt. Schon gar der Kardinal mit den blitzblauen Augen: Darwinisten, Rassisten, Zeitungsleser und Astrologen, alle weinen.

Und was fühle ich? Haß? Haß ohne Adresse, der es mich dem Teufel danken läßt, daß ich immer noch alles aushalten, allem standhalten will und sogar gerne und mit Genuß und Rankküne. Ich möchte noch lange und noch viel zu lieben und zu leiden kriegen. So! Und so bete ich denn um noch und noch Zerreißproben in Solidarität mit jedem, der leidet, und sei es ein Plünderer und Schänder, ob er nun gerichtet oder als Alibi durch die Straßen gepeitscht wird. Ich fühle mit denen, die nicht wissen, was sie tun.

»So wie du kann man nicht leben!«

Nein, das kann man wirklich nicht.

Ich verbringe viel Zeit bei Lona und bin so wie sie enttäuscht, als eines Abends der nette Sascha über sie herfällt und ihr die mageren Beine spreizt. Sie hätte ihn friedlich ans Herz genommen, ihr wäre es auf einen Mann mehr in ihrem Leben nicht angekommen, er gefällt ihr sehr. Aber die Scham läßt den Kultivierten wild sein, wie es seinen Genossen als Fama vorausgeht – die sie einholen. Aufmerksam geworden auf den Geschlechtsunterschied nun auch dort, wo er psychologisch ist, begreife ich staunend, wie sich die Männer selber in die Suppe spucken, wenn sie Keuschheit von der Frau verlangen. Daß die Frau nie und nimmer keusch ist, sondern ihren Teil verlangt, hat mir schon die Philosophie des prüden Weininger zugestanden. Sascha verschwindet daraufhin, wie ich herausbringe, sogar aus der Stadt. Es war sein Abschied.

»Warum hat er nicht irgendeine dumme Gans umgelegt, die sich vor seiner Latte fürchtet?« fragt verträumt und traurig die Madame la Comtesse Lona.

»Weil offenbar Liebe im Spiel ist«, antworte ich und fasse mich an die Stirne.

Mit den ersten Amerikanern schneit auch der einst emigrierte Vater von Lonas Kind wieder herein und macht ihr den dritten Heiratsantrag, verzweifelt über die Umstände, in denen er sie findet. Sie wirft ihn zum dritten Mal hinaus.

Mich braucht sie, und das ist gut.

Für Rudi steht fest, daß ich die Lust in ihm töte! Das ist es denn auch.

»Du machst mich impotent.«

»Das schöne Lustgefühl, die angenehme Geilheit, die *Poesie* der Liebe, das mache ich kaputt! Jaja!«

»Aus Neid!«

»Geh nur zu ihr«, sage ich – und das nicht einmal heuchlerisch: »Mach, was du willst, geh zu ihr. Ich habe dich viel zu lieb, um es dir schwer zu machen...«

»Das Direkte... dieser Mangel an Takt... dieses Anpreisen der Opfer, die du bringst...«

»Sag, daß du mich haßt!« verlange ich.

»Ja, ja, ja, und will, daß auch du mich haßt! Das macht alles viel leichter. Nimm mir die Schuh' weg, nimm mir den Schlüssel weg... wir haben keinen Schlüssel und keine Tür und keine gesunden Gefühle... Du machst mich zum Schuft mit deiner Liebe.«

»So ist es, so ist es, so laufe also ich weg, weil ich Angst habe, daß uns die Aufregung tötet, weil du etwas wollen mußt, was uns umbringt.« Keine Tür zum Zuschlagen. Ich hüpfe über unser Chaos.

Und er läuft hinter mir, er kann mich in diesen Tagen nicht allein lassen, und ich soll es ertragen, daß er sich gezwungen sieht... Zwang, o Zwang.

»Geh! Um Gottes willen geh! Es ist mir lieber, als deine Qual, mich ertragen zu müssen... Geh! Zum Kuckuck, verschwinde!«

So geht er und kann erst am Morgen wiederkommen. Nachts ist Ausgehverbot – Ausnahmezustand. Ich habe nur eine Kerze für die Zeit der Dunkelheit. Und sie? Hat sie Kerzen? Oh, die beiden werden keine Kerzen brauchen. Sie hat eine unversehrte Wohnung – alles in Ordnung bei ihr. Die Alte, bei der sie in Untermiete haust, hat sich abgesetzt, eine Blockwartin, die geflohen ist. Sie werden also ungestört sein, und ich kann hoffen, daß er sie satt bekommt, weil sein schlechtes Gewissen zu quälend wird. Ich muß darüber nachdenken, was nun wirklich von mir zu verlangen ist.

Wenn doch ein Russe käme, der mich... aber es kommt keiner. Alle Tore sind verrammelt und versperrt. Stalin will es so. Nach drei Tagen Beuterecht hält er durch Ukas über Ukas seine Soldateska in... so gut es klappt. In unserer zentralen Lage klappt es. Als ich in aller Herrgottsfrühe mit der Wasserkanne aus dem Haus will, um fünf Minuten weit zu dem – von Russen bewachten – Hydranten zu gehen, sperrt mir ein russischer Offizier in charmanter Weise das Haustor auf. Er darf doch gar keinen Schlüssel haben! Er hat aber einen, und er lacht, als ich erschrecke, und ich lache zurück und denke mir: Der ist aber ganz fesch. Ich möchte. Möchte ich wirklich? Ich brauche mir nicht zu überlegen, was ich wirklich will, der Rotarmist ist lachend weggegangen. Ein zivilisierter Mensch, ein netter Mensch. Auch solche sind darunter.

Ich schleppe einige Kannen Wasser, um Rudi ein Bad zu bereiten. Eine gehorsame Magd.

Wie oft habe ich in Gedanken die Ehe gebrochen!

Wie lange kann es ihm Spaß machen, mit dieser Mimi, die er eingestandenermaßen nicht liebt? Die er mißbraucht, um mich zu verdauen. Und dann wird eine Fiffi kommen und eine Mizzi... Mir dreht sich der Magen um.

Ich habe die Wanne voll Wasser, die Sonne, die durch das kaputte Fenster blendet, wird es wärmen. Ich kann nicht mehr warten. Ich gehe aus, wieder mit einem Polster unterm Rock, zur Ruine des Zwiebackhauses, denn dort soll es in dem Keller Berge von stinkenden Kartoffeln geben, die man sortieren kann. – Einige davon sind noch genießbar. Ich will doch meinem Mann außer einem Bad auch ein Essen bieten. Er kommt am Nachmittag zerknirscht, mit einer harten Wurst und zwei Eiern nach Hause. Die Wurst und die Eier hat Mimi eingetauscht.

Nichts schmeckt unseren entwöhnten Mägen, ich kaue am liebsten hartes Brot, ganz langsam und möglichst stundenlang. Einige Tage vergehen in friedvoller Erschöpfung. Ohne Mimi. Sie ist mit einem Russenauto ins Burgenland um Lebensmittel gefahren. Es gibt eine Menge Russen, die helfen und mit denen sich fraternisieren läßt. Rudi malt Kulissen für ihr Fronttheater, und wir bekommen Speck und Speck und noch mehr Speck. Auch Wodka.

Gebadet und mit gewaschenem Haar gehen wir in den Ruinen spazieren. Hitler ist angeblich tot und Berlin russisch. Ist das weit weg! Weit, weit weg! Für uns ist er schon am 8. April gestorben.

Ich identifiziere mich mit Jud' und Christ, mit Nazis und Russen, Liebhaberinnen und Liebhabern – einfach mit jedem, weil alle mit mir auf der Welt sind.

Kadaver liegen auf den Straßen, verendete Beutetiere – Schafe und Rinder. Am Tor der Stephanskirche treffen wir Burgschauspieler Hennings. Er muß Schutt wegräumen, als Buße für seine Mitgliedschaft bei der NSDAP. Du lieber Himmel, auch das ist peinlich, erfüllt uns mit Scham. Wir gehen und diskutieren darüber, das heißt, ich versuche zu diskutieren, woher mir die Scham käme.

»Du bist nicht der Mittelpunkt der Welt.«

»Vielleicht doch, vielleicht doch.« Ich heule, und er ist böse.

»Ob je wieder einmal die Elektrische fahren wird?« versuche ich einzulenken.

Wir sehen die verbogenen Schienen, die hängenden Hochspannungsdrähte, stromlos, wir können darauf- und darübersteigen, und ich tue es mit der Freude eines Kindes an der vollendeten Zerstörung. Da steht eine schöne rote Straßenbahn, und drinnen sitzen sie, die gelben Leute aus der Mongolei und lassen ihre dünnen Bärte hängen und freuen sich wie Kinder am Spielzeug. Wir sehen einen Trupp verschwitzter Zivilisten und erkennen einen Freund – einen Maler –, einen guten Freund. Wir laufen zu ihm, aber er winkt mit beiden aufgehobenen Händen, als wolle er uns wegscheuchen – wir sehen einen Russen, der auf uns aufmerksam wird, und ich packe Rudi am Arm und ziehe ihn ins Rennen. Wir rennen, der Soldat legt auf uns an, schießt daneben.

Der gute Freund ist Ungar – es ist ratsam, Ungarn aus dem Weg zu gehen. Sie gehören zum eroberten Osten.

In die Wohnung unter uns zieht ein jüdischer Ingenieur mit seiner arischen Frau ein. Sie haben im Untergrund überlebt und wollen es jetzt wieder besser haben. Der Ingenieur organisiert für einen rumänischen Truppenteil einen ganzen Lastzug mit deutschen Arzneimitteln. Irgendwelche illegalen sowjetischen Gruppen verschieben diese deutschen Pharmaka illegal in den Osten. Alle, die im Hause noch wohnen, kochen in der schönen großen Küche dieses Ehepaares auf dem schönen großen Herd, den wir mit dem Archiv der Zeitung im Hause heizen, das niemand mehr beansprucht.

Es geschieht einfach zuviel. Mit einem stetigen Starrkrampf, der sich linksseitig unterm Schulterblatt ballt und über die Rippen und den Magen ins Zwerchfell dreht, wirble ich im Strudel der Zerstreuung. Nie aber verläßt mich das Hintergrundbild: Rudolf im Venusberg einer unzerstörten Wohnung, auf weichen Kissen, umschlungen von rosa Armen. Eine Zwangsvorstellung, die ich herumstreunend bekämpfe. Ich sitze bei der Schneiderin und unterhalte mich mit einem russischen General, der mir mit Papier und Bleistift in kyrillischen Buchstaben, in einer Mischung von Deutsch und Russisch, begreiflich macht, daß er rote Streifen auf seine Hose aufgenäht haben will. Ich dolmetsche, und er läßt unter einem vorgehaltenen Tischtuch die Hosen runter. Während die Schneiderinnen nähen, macht er in stotterndem Gespräch deutlich, daß er »Lues« habe. Er schreibt mir in kyrillischer Schrift auf, daß er einen Arzt brauche. Ich führe ihn mit seinen neuen Streifen zu einem Arzt.

Karl sucht uns auf und bringt Kaffee. Er kommt mit einem Russen, packt mich in ein requiriertes Auto und sagt zu mir: »Mach es locker, Mädchen.« Er sagt: »Deinem Mann geht es nicht gut, er war mit ihr bei mir.«

Er liebt sie nicht, also brauch auch ich sie nicht zu lieben – diese Flucht nach vorn in ein absurdes Gefühl erübrigt sich.

Denn ich habe Angst, daß ich mich auch in sie verliebe, wie damals in Beate, um raffiniert störend mit im Spiel zu bleiben.

Aber diesmal ist es anders. Sie tritt keck auf: die Erwählte, die Konkurrenz, die mich schlägt – sie sieht sozusagen gar nichts gleich – hübsch! Na ja! Klein, zart, der anscheinend hilflose Typ, der es dick hinter den Ohren hat. Armer Rudolf. Und ich sage bei nächster Gelegenheit zu Karl: »Kannst du es verstehen?«

»O ja«, sagt er, »er ist nicht für sie, aber gegen dich. Du bist zu stark für ihn.«

»Stark?« Ich fange zu heulen an und werde sofort ganz hilflos. Als Karl lacht, schreie ich: »Du weißt, wie stark ich bin.«

Ich liege in seiner Ordination auf der Couch, und er zündet mir eine Zigarette an. »Na ja«, sagt er »du hast es im Grunde hinter dir. Du hast nur Angst, allein zu sein.«

Ich schluchze, weil ich hoffe, daß er mich tröstet, aber er lacht und erzählt mir die Geschichten, die über die Russen in der Stadt herumgehen. Da fällt mir der Iwan ein, der im Keller bei Pepi das Kölnisch Wasser ausgetrunken, und der Fjodor, der sich in der Klomuschel das Gesicht gewaschen hat.

»Hast du ihn dabei gesehen?«

»Nein«, sage ich, »du weißt, daß ich nicht schwindle...«

Er lacht. Er küßt mich vorsichtig. Er nimmt mich nicht ernst. »Du hast Rudolf hinter dir!« sagt er, aber ich weiß, daß er sich irrt. Ich wackle mit den Hüften, um ihn herauszufordern, aber das nimmt Karl mir nicht ab. Obwohl! Ich tu, was ich kann. Ich will ja... Er läßt sich nicht benützen. Ich muß aber etwas tun, um das Gefühl tödlicher Leere, die Höhlung hinter dem Zwerchfell loszuwerden. Wenn ich allein bin, kann ich nicht mehr aufrecht stehen, alle meine Knochen sind wie Watte, und die Hohlräume meiner Eingeweide saugen. Ich versuche das Karl klarzumachen: »Ich kann nicht mehr.«

»Doch!« sagt er, »du kannst es! Du kannst leben.«

Ich kann es natürlich nicht und koche für Rudolf und Mimi ein opulentes Mahl. Ich kaufe bei Pepi um viel zuviel Geld die Zutaten zu Mohnnudeln.

Mimi läßt sich von mir nichts schenken und bringt noch mehr Wein vom Weingut ihrer Verwandten in der Wachau. Wir trinken in der Wohnung des jüdischen Ehepaares, das Zigaretten beisteuert. Da sitzen wir, gestrandet – davongekommen, neutralisiert. Wir sehen einander nicht an, Rudolf und ich. Er versucht aber auch, seine Mimi nicht anzusehen. Um so freundlicher bin ich mit ihr. Ich lege ihr vor und gebe ihr nach, ich stopfe sie mit Nudeln voll, gieße ihr von ihrem Wein ein und lasse mir von ihrer Arbeit erzählen. Sie malt auch Kulissen für das kommunistische Varieté. Wir sagen einander du, und ich sage, daß ich ihren Kittel schick finde. Ich patronisiere sie, und Rudolf ist mir dankbar, findet mich aber trotzdem gemein. Ich bin gemein, aber ich weiß eigentlich nicht warum und wozu. Aber der Dr. B., in dessen Wohnung wir sitzen, sagt es: »Na hören Sie, ich verstehe den Mann nicht... ich versteh ihn wirklich nicht... wegen dieser Frau...«

Aber das ist ja noch schrecklicher für mich, wenn es nicht wegen der Frau ist und nicht nur eine Krise, sondern das Ende von uns beiden, von unserer Ehe.

Was hilft's, daß wir da heiter sitzen bei den Bombans und Bomban erlöst von den Gauleitern erzählt, die ihn beschützt haben, weil sein Freund, ein Psychiater, deren Komplexe behandelt und sie für die diversen Hochzeitsnächte in Form gebracht hat, wofür der Gauleiter ihm, Bomban, das Leben rettete; was hilft es, daß ich über die Unterwäsche der russischen Armistinnen zu berichten weiß, weil ich bei der Miedermacherin dolmetschte: Sie wickeln wie die Nonnen Tücher um ihre üppigen Brüste, um diese am Wackeln zu hindern, und sie tragen keine Unterhosen, weil sie das kleine Geschäft breitbeinig erledigen, wo immer sie sich im Kampf oder bei der Verkehrsregelung befinden.

»Ich sah es selbst, auf Ehrenwort, bei der Kreuzung Wollzeile-Ring. Ich habe es gesehen und auch das Plätschern gehört. Wie bei Pferden.«

Ich gehe auf die uniformierten Mädchen zu und versuche mit ihnen zu reden, aber sie reden nicht mit mir wie ihre Genossen, die lachen, wenn ich ihr *schtsch* ausspreche und an jedes *t* ein *i* dranhauche und vor jedes *e* ein Jot stelle, wenn ich ein deutsches Wort gebrauche. Ich habe bald russische Freunde, die mir Karotten, Tabak und Wodka schenken, aber sie ziehen weiter, und ich muß mir neue suchen. Mir hat keiner etwas getan. Sie ziehen durch und ziehen durch. Die Darsteller im Varieté besuchen uns auch im Atelier, und einer desertiert dann und bringt uns in Schwierigkeiten.

Mit alledem werde ich fertig. Ausnahmezustand. Einen Alltag hätte ich nicht ertragen.

Karl hat russische Patienten, er hat zu essen. Er lädt uns ein. Er findet, daß 53 Kilo für meine 164 Zentimeter zu wenig sind. Ich stehe nackt auf seiner Waage, und er läßt mich mit geschlossenen Augen auf und ab gehen. Er prüft meine Reflexe, mißt den Blutdruck, klopft meine Wirbelsäule ab und tastet nach meiner Leber. Er horcht Herz und Lunge ab und küßt meine Brust. Er behauptet wieder, daß ich Rudolf »hinter mir« habe. »Es ist nur Angst vor der inneren Einsamkeit und die Gewohnheit, als Inseparables zu leben.« Er hält mich an der Schulter fest und sucht meinen Blick. Er wirbt. Ich zerrede es ihm und zittere leicht dabei: »Es wäre bei mir nur Rache, Neugier, Trotz!«

»Wie romantisch und kindisch du bist«, lacht er, »aber geil bist du auch.«

Diesmal mag ich das Wort nicht, es tut mir weh.

»Verhemmt bist du, ich übernehme die Therapie, wenn du einverstanden bist.«

Ich schüttle stumm den Kopf. Ich würge am ganzen Globus in der Kehle und denke – aber ich sage es nicht: sei doch nicht so feige... Und ich denke: Wer ist denn eigentlich feige, ich oder er.

Ich wünsche, wir wären beide nicht feige. Mir ist flau und fade. Das kommt vom Magen, es ist der Vagus, ich bin wie seekrank.

Wir sitzen im Kino. Die Regierung flimmert vor uns auf der Leinwand: Renner, Schärf, Kunschak, Koplenig. Die Hymne rührt an unsere geschwächten Nerven. Österreich ist wieder Österreich. Unsere Augäpfel schwimmen heiß und feucht. Eine Flaggengala: Marschall Konjew, Blagadatow. Frieden und Freude!

Rudolf sitzt zwischen mir und Mimi. Ich empfinde die Eintracht der beiden wie Durst in der Wüste und lege meinen Schenkel an Rudis Schenkel. Er rückt ganz vorsichtig ab, und mir wird windelweich in der Mitte meines Leibes, im Kopf bin ich schwindlig. Ich zwinge mich zur Konzentration auf den Film und sehe bleiche Knochen auf einem grauen Haufen, und ich erkenne auch Skelette, die nicht nackt sind, und Totenschädel, die blikken, und runde feuchte Bäuche, von Gebein getragen. Menschen! Kinder! Sind das wirklich Kinder? Mir rinnt es übers Gesicht, salzig über die Lippen. Rudolf schließt die Lider. Ich starre auf Haare, auf Schuhe, Zähne, Brillen; aus jedem leeren Brillengestell schaut mich *Ella* an. Ella in all dem Unrat. Sie hat nie Brillen getragen. Ich lache hysterisch. Rudolf preßt meinen Arm, er drückt seine Hand in sein Gesicht.

Wir sehen, wir kriegen vorgeführt, wie die Russen die Insassen des Lagers Mauthausen befreit haben. Auf Pritschen kraftlos liegend blecken die Erlösten, als freuten sie sich, die Zähne und begreifen noch nicht so ganz, daß es für sie vorbei ist. Sträflingskleidung an Skeletten; endlose Reihen versuchen zu singen: sie haben überlebt, sie werden essen.

Wir sehen ein Massengrab, in das gestiefelte Deutsche hineinschießen. Da rennen einige Zuseher aus dem Kino und schreien laut: »Das ist nicht wahr, das ist gefälscht!«

Ich brülle eine Antwort, ich sage ihnen: »Es *ist* wahr, ich habe es in Lemberg gesehen!« Rudolf steht fahl an der Ecke und erbricht sich, Mimi versucht ihn zu stützen, aber sie ist zu klein. Ich muß an mich denken und daran, daß Mimi nun alles hat, was ich brauche. Ich denke aber auch, daß Karl, der Nervenarzt, der Analytiker und Psychiater, gesagt hat: »Du hast ihn hinter dir!«

Ich schäme mich, wie sehr ich mich schäme, daß ich an mich denke: *jetzt* an mich denke, und daß ich bin, wie ich nicht sein möchte: fähig, all das Grauen zu überleben; gerne zu leben; weiterzuleben.

Das Geäst streift dicht am Zugfenster vorbei. *Landschaft*. Gibt es die noch? Sie tut sich auf. Sie tut sich auf, wenn der Wald vorbei ist, grün und weit, und tatsächlich: sie tröstet. Man müßte es auf eine andere Weise sagen. Man müßte alles neu sagen. Neue Buchstaben, neue Worte – für das alte Gras und die Variationen von Grün. Ich sitze da und weine und genieße die Berge und Bäche und das Weinen, und wahrhaftig, ich genieße auch den Stolz darauf, daß ich meine Trauer ertrage, aushalte, ihr standhalte, sie förmlich ausprobiere – der Masochist auf der Folter!

Daß ich so weinen kann! Aufgelöst bin ich, weich und schwammig vor lauter warmen Tränen. Ich schäme mich schon wieder. Diesmal, weil ich bedauernswert bin. Das bedeutet wertlos. Ich schäme mich, weil ich schlecht dran bin, ich schäme mich, weil der andere schlecht dran ist. Es bezieht sich auf mich und den anderen – auf den Zusammenhang –, man schämt sich der eigenen Wunden und der Wunden, die man schlägt. Daß man geboren hat, daß man geboren wurde, daß man Lust empfindet, daß man keine empfindet.

Wer achtet eine verlassene Frau? Aber wer ist es, der verlassen wurde? Doch nur wer vorher geliebt wurde.

Ich schlafe allein... und habe *nichts*... nichts als die Angst davor...

Da kommen Menschen ins Abteil, und jeder hat jemanden. Sie gehören zu ihrer Familie, und wenn sie wüßten, daß ich nicht...? Dementsprechend sitze ich da: geduckt, entwertet, ausgeliefert... Immer schon, als kleines Kind schon, war mir Jesus Christus verdächtig: Arme ausstrecken, sich kreuzigen lassen – ein gutes Rezept. Die anderen haben das schlechte Gewissen.

»Ich habe Achtung vor dir«, das sagt Rudolf. Das sagt Karl. Was fang ich nur *damit* an? Ich will den Respekt einer anständigen Erektion, nichts weiter.

Warum bin ich nicht winzig, stupsnasig und hilflos?

Unbequem und kompliziert bin ich, sagen sie.

Der banale Rudolf mit seinem Johannistrieb.

Ich habe eine Arbeit im Koffer. Es hat sich ein Verlag gefunden für mein Manuskript über das Leben von Goethes Schwiegertochter – über das empfindsame Hin und Her einer unbefriedigten Ehefrau. Ein ganz banales Theater um verbotenes Lieben und Gebären. Ich mag Goethe nicht. Auch das macht einsam.

Es ist der graueste Alltag in diesem Abteil, und jeder, den ich anlächle, ist zu erobern, ist zu haben – heranzulächeln. Aber ich höre auf zu lächeln. Trotzdem kommt es zu einem beschämend dummen Gesprächsgeplänkel...

Hochmut? Kann ich mir kaum leisten – aber woher nehme ich die Kraft, mir aus diesem Mann etwas »herauszuamüsieren«? Herausamüsieren ist ein Wort aus dem versnobten Milieu, aus dem Walther kommt – ein Wort, das ich hasse, das mich im Protest dagegen solidarisch macht mit allen Analphabeten, Ingenieuren, Illiteraten, Kleinbürgern und Proleten. Klassenhaß ist es, was ich kennenlerne, wenn einer sich aus anderen Menschen etwas »herausamüsiert«, andere nicht nur auslacht, sondern einen Profit aus diesem Lachen vom Standpunkt seiner Arroganz herunter holt. – Ein Mensch wird provoziert, benützt, mißbraucht, damit ein anderer lachen kann. Das Wort habe ich zuerst von Walther gehört, dem gehaßten, lieben Freund. Ich wollte, er wäre hier, mit seinem großen Kopf und den stechenden Blauaugen, mit seinem Knabenkörper und mit seinem Stolz darauf, der Schandfleck der deutschen Wehrmacht genannt worden zu sein; der Gesprächspartner, mit dem ich nie geschlafen habe, der abwartet. Ich habe viele Feldpostbriefe von ihm, er hat sich aus seiner Situation als gepreßter Soldat eine Menge »herausamüsiert«. Jetzt ist er in Gefangenschaft, in einem der großen amerikanischen Lager – irgendwo – und »amüsiert« sich.

Weil ich es jetzt denken muß, weiß der Mann zu meiner Rechten gar nicht, daß ich nicht ihn meine, als ich ihn plötzlich anrede und ins Gespräch ziehe, ja, ziehe. Er muß es mißverstehen, und er tut es. Es dämmert, und wir zeigen einander die Rehe am Waldrand...

Ich zittere vor Angst und Abenteuerlust, als er sich ins Zeug legt.

O Gott, pflegt Rudolf zu sagen: Wie kann einer nur so leben wie du?

Im schwimmenden letzten Licht sehe ich den fahlblonden jungen Mann an meiner Seite. Dann ist es finster. Zugbeleuchtung gibt es keine, vorübergleitende trübe Lichter lassen uns wie Leichen aussehen. Ab und zu tanzen Taschenlampen. Ich höre Französisch reden. Französische Soldaten tauchen auf und prüfen die Papiere. Wir sind an der Demarkationslinie. In Tirol. Ich verstehe Französisch besser als Russisch, aber reden kann ich es ebenso schlecht. Im Zug beginnt man sofort auf die Russen zu schimpfen. Ich fühle mich wieder als Slawe und verteidige dieses geschlagene Volk, das es nur als Volk und geschlagen gibt, ob Zar oder Stalin. Die anderen waren Westler. Tolstoj und die Nihilisten, lauter »Intellektuelle«. Ich beginne schon wieder, die Intellektuellen nicht zu mögen. Das bringt den Ingenieur, den ich für dumm halte, bei mir vorwärts.

Wir fahren ins Stockdunkle, und der Augenblick ist vollgestopft mit Jahren, mit Jahrhunderten, mit Lektüre... An alles denke ich, und nichts vergesse ich, während der fremde Mann meine Brust berührt und nach meinen Lippen mit seinen Lippen sucht.

Ich mag ihn nicht. Aus. Ich stoße ihn weg.

Er rückt gekränkt ab. Jetzt mag ich ihn.

Er steigt mit mir aus. Der Bahnhof ist unbeleuchtet. Ich habe eine Viertelstunde durch den stockfinsteren Wald zu gehen. Er trägt meinen Koffer mit Büchern und Manuskripten. Er sagt, er hält mich für eine Studentin. Ich bin vierzig. Ich möchte nichts als ihn loswerden – aber doch auch nicht. Wir tappen in vollkommener Schwärze ins Nichts, in eine Wand, die zurückweicht. Wir hören unsere Schritte und unseren Atem so fremd; so nah ist er mit Haut und Knochen, mit seinen Lippen und sicheren Griffen: er lebt, ich lebe, noch leben wir: Haar, duftend und gekräuselt, knistert, Seufzer und Küsse – später sind wir am Haus. Ich klingle und höre Hermas Stimme. Er stolpert schnell weg, mir ist, als wäre er noch da, nur schnell aus dem Lichtschein der Laterne getreten, die Herma mir ins Gesicht hält. Sie freut sich, sie hat mich nicht erwartet.

Ich bin auch froh und angeregt und komme mir unanständig vor, weil ich den Fremden habe gehen lassen.

Aber bei Tageslicht erscheint er wieder: blond, jung und stark. Er bringt mir Mehlspeisen und Wein. Wir machen ein Treffen aus. Aber statt seiner kommt ein Telegramm. Er wollte auf den

Zug aufspringen und kam unter die Räder. Er liegt im Spital.

Als er mich Wochen darauf in Wien ausfindig macht, stößt er auf Rudolf, und der zeigt sich sehr unfreundlich. Der Fremde verschwindet wieder... Ich suche das Telegramm, ich habe vergessen, wie er heißt. Ich finde es nicht wieder.

Gott und die Kunst.

Rudolf malt auf dem Rücken liegend in einer alten Barockkirche auf hohem Gerüst. Ich klettere zu ihm hinauf und sehe dann erst, daß auch Mimi da ist. Sie mischt Farben, sie ist vom Metier. Früher war ich es, die geholfen hat. Rudolf liegt auf dem Rücken, malt, den rechten Arm hochgereckt, an einer Illustration der biblischen Geschichte. Farbe tropft auf sein Gesicht, er verschmiert sie mit dem linken Arm und blickt verstört auf mich. »Farbflekken«, sagt er, »ich lege Flächen auf, verschwimmende Flächen und deute sparsame Konturen an: Vagheit einer Vision.«

Der Pfarrer nennt es modernes Geschmiere.

»Mir fließen die Figuren ineinander, und ich versuche das zu malen«, sagt Rudolf.

Er schmeißt den Pinsel hin und klettert die Leiter hinunter. Ich folge ihm, und Mimi bleibt bescheiden zurück.

»Sie wird es fertig malen«, sagt Rudolf zu mir: »Versteh doch... ich schlafe mit ihr, weil ich fürchte, impotent zu werden... ich glaube nicht mehr an das, was ich mache, und neben dir kann ich mich nicht mehr gehen lassen...«

»Michelangelo!« sage ich: »Freskomalerei ist Männerarbeit.«

»Der hatte noch optische Visionen.«

»Magritte, Picasso, De Voeux, Max Ernst!« zähle ich meine Lieblinge auf.

»Bin ich nicht«, sagt er.

»Versuch es doch: phantasiere, imitiere solange, bis du den Faden findest: experimentiere doch!«

»Du glaubst an einen Faden?«

»Ja, und ob ich dran glaube.« Ich staune selber, daß ich so etwas sage, aber ich spüre ihn überall... Plötzlich freue ich mich: *»Erschaffe!«* sage ich großartig und meine es sehr ernst. »Male unsere Angst«, sag ich.

Er sieht so grau und verfallen aus, er ist noch nicht fünfzig. »Male, formuliere, setz es aus dir heraus, setz es um«, sage ich, und er sagt: »Du redest, du redest... du hast leicht reden...«

Aber er zieht hinaus in die Landschaft, und Mimi hilft ihm, das Malzeug mitzuschleppen. Was er nach der Natur malt, ist Lyrik und Trauer – Resignation.

Er hat Erfolg damit, er verkauft: Ausstellungen, Aussicht auf eine Berufung als akademischer Lehrer, Professor.

»Es sind gute Bilder«, sagt er, »aber es ist irgendwie vorbei...«

Mit einem Male steht Walther im Raum. Er ist wieder da, unkenntlich dick, vollgefressen, fröhlich und kaum zu erkennen. Die Uniform stinkt, und seine Haut ist voller Wimmerl und Mitesser. Aber er hat Krieg und Gefangenschaft überlebt. Er steht strahlend da im Atelier und begrüßt Rudolf, der diesen Zweiten Weltkrieg geschwänzt hat, und das nicht nur als Soldat an allen Fronten, sondern auch als Mitmensch mit allen Gefühlen. Er hielt sich raus. Jetzt hat er den Jammer, ist denunziert vom kleinen Walther, der sich allem ausgesetzt hat. So sagt Rudolf es selbst, so drückt er sich aus. Beim kleinen Walther kommt auch noch der Stolz dazu, bei aller körperlichen Schwäche, die ihm eignet, die doppelte Qual der Gegnerschaft im erzwungenen Einsatz und in der Sabotage empfunden zu haben. Walther ist ganz verändert, er hat Hitler gehaßt, und jetzt ist es sein ganz persönlicher Sieg. Und er triumphiert. Bald bemerkt er, daß Rudolf eine Freundin hat, und er greift sicher und souverän nach mir. Ein ganzes Bündel von Motiven und Empfindungen bringt mich ihm näher und näher. Ich bin havariert und laufe allmählich in einen Hafen ein. Das ist es.

Rudolf wirft mit Türen und Gegenständen, liegt wortlos auf den Matratzen herum. Er ist böse auf Walther und will es nicht sein.

»Was soll all der Unsinn. Ich will keine andere Frau als dich. Ich kann nicht herunter vom Schafott, ich muß auf die Guillotine warten... laß mir Zeit und gönn' mir die Ablenkung!« So redet Rudi.

»Ich denk doch auch nicht an Scheidung – so was Dummes –, als ob derlei etwas ändert und woran...«

»Ihr bringt einander um«, sagt Walther. Sich selbst sieht er als den lachenden Dritten.

Gelegentlich hasse ich ihn deshalb, bin ihm aber dankbar, weil ich immer freier werde, weil er meinen Schmerz lindert. Das ist ein Umstand, der die persönliche Qual zu einer allgemeinen

Trauer verdichtet oder lockert – darüber werde ich mir nicht klar. Ich sehe mich selber in Nebeln und Schleiern aus einer Finsternis treten – schau nicht zurück, Eurydike –, Abgründe um mich und doch ein so großer Überschwang, der mir Mut macht, immer weiter zu gehen.

»Du hast ihn vernichtet«, sagt Mimi.

»Durch eine Liebe, die so vollkommen war, daß sie für mich auch das Atmen besorgte«, sagt Rudi.

»Und deine Arbeit?« stottere ich. »Du hast doch nur für sie gelebt!«

Und er fängt wieder damit an, gegen sich zu wüten: »Was ich mache, ist von gestern. Ich habe keine Beziehung zu den Abstrakten. Ich bin ein sinnlicher Mensch!«

»Weiß Gott!«

»Du bist wie sie, kalt.«

»Ich wette, daß Max Ernst nicht kalt ist... und Arp.«

»Aber Magritte!«

Ich denke nach. Mir gefallen andere Bilder als ihm. Das schmerzt ihn.

»Ich ertrag dich nicht mehr und kann ohne dich nicht leben«, sagt er. Tatsächlich; er, der sonst behauptet, was er fühlt, sei Nebensache, Hauptsache, der Strich und die Farbe sitzen.

Wir sagen einander plötzlich allerhand Rüdes und liegen dann Hand in Hand und weinen über unsere sterbende Liebe. Er spricht von schwindenden Gefühlen, und ich winde mich am Boden in Leibschmerzen, ich habe einen Herzkrampf, erleide einen Kollaps.

Er, der ohnehin Dünne, verliert an Gewicht, und die letzten Haare werden weiß. Er geht nicht mehr zu Mimi.

Ich liege in Schreikrämpfen und beschwöre ihn, doch zu Mimi zu gehen, weil ich es nicht mit ansehen kann, wie er leidet.

Wir liegen einander in den Armen, behutsam und zärtlich, wie wir es nie zuvor gewesen sind. Wir küssen uns am Grabe unserer jahrzehntelangen Eintracht, die – jetzt wissen wir es – auf Irrtümer gebaut hatte.

War es das Glück? Die Illusion?

Wir haben Mitleid miteinander. Das haben wir. Und zwar ausgiebig. Walther sagt, es wäre nicht mit anzusehen. Er versucht eine Analyse. Er redet und redet, redet und redet und redet immer weiter – bis zur Erschöpfung. Dann sitzen wir müde bei Mimis

Wein. Wir beide: Walther und ich. Er mit der Zärtlichkeit seiner sanften, weichen Hände und der Feuchtigkeit seiner Küsse. Ich brauche ihn, um überhaupt auf der Welt zu bleiben. Ich halte mich fest am Gerede – Boden unter den Füßen habe ich keinen. Ich brauche die Interpretation, und Walther hat es nötig, eben – diese – die seine – loszuwerden. Ströme von Wörtern. Immer schon war das das Element unserer Freundschaft, jetzt schwemmt uns diese Strömung ins Bett. Wir reden vorher und nachher und überreden die anfängliche Peinlichkeit. Es funktioniert. Aber viel mehr auch nicht – was mich betrifft.

Er bekommt eine Fülle knisternden Haares und runde pralle Brüste, und ich bekomme zarte wohlgebildete Hände und feine zitternde Nüstern an seiner schönen Nase. Aber das ist außen, ist Körper und nicht wichtig. Eine Menge Analyse, sehr viel männliche Beobachtung und Wunschdenken, und alles ohne »Liebes«-Illusion – ich meine, unser Verhältnis ist nüchtern, fast ein klarer Austausch, und es spielt sich in einem Untermietzimmer in der Schönbrunner Straße ab. Im Schloß, in Walthers Wohnung, hausen die Engländer vom Stab.

Es gibt keinen Rausch, kein »Schicksal« spielt sich ab. Und wie wir einander durchschauen! Jeder verzichtet darauf, Rolle zu spielen. Trotzdem kann es nicht fad werden – denn wir sind Gegner von Anfang an: ich vergesse nie, daß ich »Intellektuelle« nicht leiden kann.

Ich sehe durchs Fenster auf die Straße und sehe neben der kleinen Kirche eine ältere Frau auftauchen, die Walther so sehr gleicht, daß sie nur seine Schwester sein kann, sogar im Gang, in der Statur und überhaupt. Es ist einsam um sie – ich sage das laut. Walther verbietet mir, ihr die Tür zu öffnen, und ich öffne nicht, um zu vermeiden, daß er sie dann hinauswirft.

»Sie ist dumm und eine Faschistin!«

Ich halte mir die Ohren zu: »Sie liebt dich als Schwester und kränkt sich.«

»Sie liebt mich nicht, sie ist sentimental und will sich reinwaschen.«

»Mach ihr die Freude, rede mit ihr.«

»Nein.« Die Schwester klingelt, wartet, geht.

Ich schlucke, ich schweige.

»Du würdest sogar Hitler die Hand schütteln«, sagt Walther.

Ich denke ernsthaft darüber nach.

»Wenn einer so einsam daherschlurft: müde, alt, häßlich!«

Walther ätzt weiter, und ich verteidige das, was er sentimental nennt. Er selbst hält auf beste Gesellschaft: er liest Schopenhauer, Adorno, arbeitet an einer Descartes-Biographie. Er verlangt es nicht, aber es kommt immer darauf heraus, daß ich Essen bringe, Kleider flicke, für ihn da bin.

Als ich einmal sage: »Wer bin ich, um über andere den Stab zu brechen?« und er darauf antwortet: »Eben«, schlage ich auf ihn ein.

Ich hocke ratlos im Eck, in die Enge getrieben, und lese Baudelaire, ich lese Sartre und Alice im Wunderland und immer und immer wieder Nightwood von Djuna Barnes in einer alten Ausgabe. Eine sehr »entartete« Literatur, Walther wird altfränkisch prüde dabei.

Bodenlose Traurigkeit. Aber auch etwas Neues: Freiheit. Freiheit, die mir Walther schenkt: denn er weiß, daß er mißbraucht wird, und er ist damit zufrieden.

Endlich bekommen die Frauen auch Raucherkarten von der Besatzung – die »männergleiche Behandlung im Verkehr mit Gegenständen der Staatsmonopole bleibt nicht länger ein frommer Wunsch der Frauen«, so ähnlich formuliert es das Neue Österreich.

Und während in London die Friedensverträge ausgeknobelt werden – an erster Stelle mit Österreich –, bin ich fast patriotisch und wundergläubig: Daß sie uns leben lassen! Sie haben sogar die Zensur abgeschafft – die Alliierten und die Russen schicken Fleisch, es geht aufwärts, und Walther, der beschlossen hat, nach dem Krieg nie mehr etwas Nützliches zu arbeiten, geht mit mir zum französischen Kulturbeauftragten in Österreich. Zum Minister Ray, den er von Schwarzwalds her kennt, und schiebt mich vor, als der ihm einen Job bei Rundfunk oder Zeitung anbietet. So komme ich zur freien Mitarbeit an der Presse der französischen Besatzungsmacht. Ich verdiene Geld – auch die gedruckte Arbeit über Ottilie von Goethe bringt etwas ein.

Ich lebe mit zwei Männern, ich koche für zwei Männer und für zwei Frauen. Mimi malt. Es herrscht Eintracht – das ist es, was herrscht. Es ist ein Haushalt.

Wir ziehen uns schön an. Wir: alle vier. Ich besitze ein dunkelgrünes Schneiderkostüm – polizeigrün –, wahrscheinlich aus gestohlenem Uniformstoff – einem sehr guten Stoff, teuer beim Schneider erstanden – und eine naturfarbene Rohseidenbluse, Rudolf einen Maßanzug in Nadelstreif und eine nachtblaue Krawatte. Walther trägt einen geborgten »Dodel-Smoking« (Steireranzug), der ihm viel zu groß ist. In seinem Schrank in seiner Wohnung, die jetzt Engländer vom Stab bewohnen, fand sich kein Kleidungsstück mehr. Mimi hat ein Samtkleid an – im Mai.

Wir tun alle vier unser möglichstes, um den Gang ins Theater wieder zu einem kultischen Gang zu machen. Theater wieder wie im Frieden einst! Kunst findet wieder statt. Gespielt wird ein Stück für gescheite Leute: »Die Fliegen« von Sartre. Ein Stück mit Zeitbezug. Nach Frankreichs Besetzung durch die Deutschen. Es soll betroffen machen, und das tut es. Aber ich finde mich nicht zurecht. Ein scheußlicher Jupiter spielt den *Gott,* der die Taten der Menschen beeinflußt und lenkt. Ein Gott, der ebenso scheußlich anzusehen ist, wie es die Geschehnisse sind, die er zuläßt und deren Verantwortung er »delegiert«.

»Gott ist doch gut«, flüstert Mimi.

»Dann ist der Effekt, den er erzielt, noch gemeiner!« flüstere ich: »Der doppelbödige Anspruch an die Moral!« Er läßt den Armen schuldig werden, dann überläßt er ihn der Pein.

»Jeder Theologe kann euch das erklären«, sagt Rudolf. »Die Prüfung durch das Leid führt zur Reue und schließlichen Einsicht und Erlösung!«

»Pscht«, macht Walther, dem es gefällt.

Sartres Gott Jupiter mit blutenden Augen, auf deren Eiter die Fliegen hocken, der dauert einen wie ein schlecht gepflegtes Rindvieh in einem verdreckten Stall. Nicht hinsehen kann ich, aber ich denke, daß Theater Katharsis, kultische Reinigung ist: der Spiegel der Existenz. Da sitzen wir.

Das gesamte Volk – auf der Bühne – bereut einen Mord, den Mord an Ägist. Und Orest ist dann der Rächer, der Gott um seine Reue prellt, dadurch Gottes Macht vernichtet und das Beispiel gibt, wie um die Kollektivschuld herumzukommen ist. Schuldgefühle sind ein Druckmittel Gottes, man wirft sie ab, und mit Gott ist es aus und gleichzeitig mit der Reue.

Ist es so?

Mir wird plötzlich ganz leicht ums Herz, und ich denke an die Zukunft.

Ich bin kein Flagellant mehr. Ella ist von mir abgeschnitten –

der Stumpf wächst zu. Ich bin froh, aus dem Theater rauszukommen und die Klageweiber, das Ballett der Erinnyen, nicht mehr sehen zu müssen. Ich sage das aber nicht laut – es ist, als beutelte ich die Buße ab.

Ich sage überhaupt nichts: Wer gegen das Stück ist, gilt als Faschist! Im Foyer surren die Fliegen. Schon wieder soll man sich zwingen, in eine bestimmte Richtung zu denken. Jedes Wort zum Thema *Endlösung* klingt falsch und schief.

Wir leben durch die Erbsünde – hei!

Es ist eine Chance – das Nirwana ist keine.

Die ehemaligen Nazis werden fromm, sie ziehen in die Kirchen ein. Die Parteien – alle – buhlen um ihre Stimmen. Die Schwarzen kriegen sie: Das machen die Erynnien und der liebe Gott.

Und Hitler hat, was er von der Vorsehung erbat: die Unsterblichkeit.

Ich versuche, uns zu sehen, einfach zu sehen, wie wir da nach Hause gehen zwischen den offenen Häusern, denen die Fassaden weggerissen worden sind, einfach gehen über Stock und Stein, gehen auf den Trümmern, und ich finde es schön, nach dem Sitzen jetzt die Beine zu bewegen, alle unsere Beine, die kurzen und die langen, die dicken und die dünnen – da geht die kleine, flinke Mimi, über die der versnobte Walther nur die Nase rümpfen kann, denn er hatte früher Freunde, die... ja die, die gehörten wohin, in den Widerstand, und jetzt sind sie tot. Es war unser Glück, daß wir nirgendwo hineingehörten, in kein Milieu gehörten und nichts darstellten.

Trotzdem könnte uns einer zeichnen oder fotografieren – und *sehen*.

Ich schreite als ob: ich sehe uns.

»Jenö ist Proletarier«, sage ich.

»Schon wieder eine romantische Vorstellung«, sagt Walther. Rudolf lacht – bitter, natürlich: »Ich habe eine Einladung, am bezahlten Wettbewerb für die Ausstattung der Oper mitzumachen. Am Wiederaufbau! Wir sind auf dem aufsteigenden Ast. Wir bauen auf. Wir bauen tatsächlich auf.«

Damit kommt die alte Angst über uns. Was wir da fühlen, kennen wir schon. Nein – es ist anders. Ich möchte wieder auf den Kohlen im Keller liegen und das Krachen und Knallen der Einschläge hören.

Was sagt der einfache Mann auf der Straße? Ich schreibe es jetzt auf, was der so sagt: für die Zeitung der französischen Besatzungsmacht. Er ist nicht sehr originell, der Mann auf der Straße.

Ich treffe Pepi in der Seilergasse, er hat es eilig, trägt eine karierte Schirmkappe und einen blauen Schlosseranzug: »Ich suche ein Fahrzeug. Ein paar Russen haben ein Lager entdeckt; voller Schuhe! Neue Schuhe! Ich kann ein Geschäft mit ihnen machen. Schuhe gegen Wein! Sie räumen es gerade aus.« Er zischt und flüstert hastig und aufgeregt. – »Ach, Herr Pepi, ein Paar neununddreißiger Herrenschuhe!« – »Für den kleinen Doktor?« – »Ja, vielleicht denken Sie an ihn! Er trägt noch die Soldatenstiefel unter den engen Hosenröhrln...«

»Mach ich, mach ich, Küßdiehand!« Der Pepi rennt.

Die Schaufenster in der Innenstadt sind leer, aber ganz nett mit Blumen oder Plakaten ausgestattet, sie haben manchmal sogar Scheiben und dahinter Arrangements nutzloser Schönheit... Unverstandene Stilleben aus wertlosen Bruchstücken. Ich freue mich, daß das Equitable-Palais noch steht, ein Monstrum mit Allüre, und die barocke Pestsäule voller Taubendreck und verlauster Vögel, und ich freu mich über das alte Lavendelweib, das seine Zweiglein einzeln verkauft »für was zum Essen«. Sie hat den Vorrat unterm weiten Rock, riskiert soldatischen Zugriff. Aber wer braucht und wozu diese duftenden Blüten? Mir ist's recht, daß der Stephansturm eins draufgekriegt hat – havariert mit einer offenen Wunde sieht er brüderlicher aus, er, der für uns fast ein Geschöpf ist. Zwischendrin, zwischen Haß und Zuneigung zu den scheußlichen Gründerzeitfassaden, drückt mich der blaue, tiefheiße Himmel in den Sog eines plötzlichen Windstoßes, hinein in flatternde Papierschnitzel und in den wirbelnden Staub, der aus den Ruinen kommt. Es ist aber nicht alles kaputt, es steht mehr als niederging, und bald wird es auch wieder Glas geben: auf Bezugsschein, versteht sich. Ich geh mit dem Klumpen aus Schmerz in der Brust, an den ich mich schon gewöhnt habe. Ich gehe wie auf Watte, leicht in der Trance einer immer noch ungewohnten Isolierung. Keiner da, der mich hält. Geviertelt, nicht mehr ganz, nicht mehr selbstverständlich ich, und noch weniger ich, wenn zeitweise die Angst und die Panik in Trauer übergehen.

Es ziehen wieder Wolken auf, und sie treiben schnell. Wind, wieder Wind, und wieder das harte, heiße Blau, und wieder die Kirche und die Säule, die steinernen Fetische, die tot überdauern.

Landschaft erster Wahrnehmung, Ankerplatz der Kindheitsgefühle – Häuser – Heimat. Und wieder schwanke ich mit dem heftigen Luftzug, der keine Kühlung bringt.

Es fahren Autos. Der Jeep mit den Vier. Ich lache in die starren Soldatengesichter. Befreier zwar, aber doch Soldaten. Bewaffnete Bedrücker. Ich suche den Blick des neben mir am Straßenrand Stehenden. Rudolf in Tweedjacke und mit Hut. Aufrecht, fesch und fremd wie ein Sportler. Wir erkennen einander gleichzeitig, und es ist, als deckte uns die Stadt im Wüten dieses Hitzesturms zu. In seinem Gesicht sehe ich meine Erschütterung.

Zwanzig Jahre lang hatten wir einander auf der Netzhaut und spiegelten dieselbe Welt. Ich will nicht. Wir stehen stumm nebeneinander und kämpfen erbittert: Worum? Wogegen?

»Na«, sagt er nach einer endlosen Minute aufmunternd, sich und mich aufmunternd: »Hast du auch weiche Knie?« Er lacht.

Wir lachen beide. Wir lachen einfach.

»Na«, sagt er, »siehst du! Sei heiter!«

»Ich bin heiter!« sage ich, und wir lachen und wischen uns über die Gesichter.

»Hör zu«, sagt er, »ich habe gestern die Penthesilea gelesen: ›Als bis ich sie zu meiner Braut gemacht, Und sie, die Stirn bekränzt mit Todeswunden, Kann durch die Straßen häuptlings mit mir schleifen‹.«

»Achilles sagt das?«

»Ja, der von Kleist.«

Er stapft trotzig weg. Ich stehe, klassisch aufgebläht, verwirrt.

Will mich denn keiner mehr anlügen?

Walther nicht. »Komm«, sagt er, »fahr mit mir nach Tirol.« Er nennt mich »Piperl«.

»Piperl« ist der Einheitsname für alle Frauen in seinem Leben, mit dem er seine eigene Zärtlichkeit verhöhnt und seine Geringschätzung der Benannten kundtut.

Wir landen in Hintertux, im Zillertal. Zumindest das Quartier und die Reise trägt die »Ottilie von Goethe«, das Buch hat sich rasch verkauft. Mir kommt das ziemlich komisch vor, denn ich hege in mir – wer weiß warum – das Gefühl, daß man eine derartige Arbeit nicht verkaufen soll und kann. Ich schrieb sie doch für mich, für Friedell, für Walther. Meine Zeitungsartikel über die Kunst einzelner Künstler sind viel eher Arbeiten für andere. Tief in meinem Inneren bin ich gegen Frauen, die so sind wie ich, die schreiben und lesen und zu denken versuchen. Ich bin ganz und gar darauf eingestellt, vom Mann abzuhängen. Hetäre, Geisha, irgendeine Art von Schuhfetzen bin ich gerne, und da hab ich nun ein Buch in der Hand und finde es genierlich, daß ich der Autor sein soll. »Ist ja bloß eine Zusammenstellung«, sage ich und bin ganz gerührt, daß Rudolf und Walther »stolz«, wie sie es nennen, auf mich sind. Ich beginne noch in Hintertux einen Roman zu entwerfen, der meine Erlebnisse stilisiert. Ich habe den ganzen Tag damit zu tun, mit Walther darüber zu reden, wenn wir am Rande der Baumgrenze auf den Heuhaufen der höchsten Wiesen liegen und miteinander zärtlich umgehen. Ich hole etwas nach, das ich als junges Mädchen nie kennengelernt habe: scheues Küssen und Kosen in der Mittagshitze in einer Holzhütte im Bewußtsein, etwas Verbotenes zu tun, ganz im Dunkel und uns selbst verborgen sanft Begonnenes versteckt zu Ende zu bringen.

So sanft und lieb, daß Sättigung nicht eintritt und man den ganzen Tag benommen bleibt, und halb betrunken auch von der Luft so hoch oben und dem Radiumgehalt.

Rudi und ich, wir telefonieren miteinander, und wir schreiben einander nahezu täglich. Walther kränkt das ein bißchen – es ist vielleicht nicht ganz richtig, aber doch scheinen alle zufrieden. Rudolf fährt mit seinem Mädchen ins Burgenland, um eine Fassade zu bemalen.

Als Walther und mir die Luft zu dünn und die Geldbörse zu leer werden, ziehen wir nach Kufstein ins Friedell-Haus. Dort geht unser Einvernehmen auf weichem Waldboden weiter, und ich schreibe die ersten Seiten des Romans, um Geld damit zu verdienen, um bald wieder eine solche Reise starten zu können. Es hat nicht jeder ganz das, was er will, aber jeder von uns tut etwas, wozu es ihn treibt, und keiner versucht, etwas zu erzwingen: etwa, daß es zwischen Rudolf und mir wieder sein könnte, wie es einmal war, oder wie es uns einmal schien, daß es war. Das Essen schmeckt, der Obstler und das Geselchte, und Rudolf erzählt in seinen Briefen von Kellerparties und einem Oggauer, der zu gut ist, um je auf den Markt zu kommen. Ist sexuelle Treue ein Traum, ein Krampf, eine Lüge, ein hoher Vorsatz im Namen eines Gottes, an den wir nicht glauben? Wir spielen einfach vernünftig, so vernünftig wie möglich, mit einem Beigeschmack unerfüllter Unvernunft.

Wir sind alle drei unglücklich in der Zufriedenheit.

Der Balkon ist in der Höhe der Wipfel, und wir sehen durch Tannenzweige und darüber hinweg weit ins Inntal hinaus. Vor uns auf dem Tisch liegen Bücher. Walther murkst an seiner Descartes-Biographie. Ich dichte etwas zurecht, was sich ganz anders zugetragen hat, es soll aber in einen Zusammenhang hinein. Diesen Zusammenhang gilt es zu finden. Annemarie nuschelt – sie nuschelt uns immer etwas vor, weil in diesem Haus eben Friedell mit seiner Nuschlerei Hausgeist ist und so immer noch Bewohner. Annemarie erzählt Anekdoten aus der Zeit, als er hier lebte. Wir lachen zum hundertsten Mal über Egons charmanten Unsinn – wir sind fröhlich.

Unterm Sommerhimmel wird es still. Klingeln erschreckt uns im hellen Mittag.

Annemarie läuft ans Gartentor. Dann halte ich ein Telegramm in der Hand, lese und höre mich »nein« sagen. Eine lachende Frage darin. Ich renne bergauf ins Gasthaus zum Telefon, Walther kann nicht so schnell folgen. So fängt mich der Tierarzt ab, der nach Lesen des Telegramms mich gleich hinlegen läßt und mir eine Spritze gibt.

Ich bin längst bei mir und halte die Augen geschlossen, als Walther ins Telefon spricht: »Wir kommen, wir fahren mit dem nächsten Zug.«

Es ist nicht wahr, Walther, bitte sag, daß es nicht wahr ist.

Walther schweigt.

Rudolf ist tot. Ein Herztod. Es war zu heiß. Er hat zuviel schweren Wein getrunken.

Auf das verwirrende Schachbrettmuster des Kachelbodens in Bombans Küche hat man mein Bett gestellt, um mich nicht allein im Atelier oben zu lassen. Walther will nicht bei mir bleiben, denn »irgendwie«, so sagt er, schickt sich das jetzt nicht. Bei Lona zu wohnen geht nicht, denn da ist das Kind und die italienisch-laute Mutter. Sie gellen mir in die Ohren. Ich habe keine Haut. Das Fenster kein Glas. Ich liege in der Schwärze der Nacht und habe die Trümmer vor Augen: das zerstörte Dach der Stephanskirche, das graue Filigran des Turmes, übereinander die Blöcke des zerbombten Hauses, davor Möbel, Eisen, über das die Ratten huschen. Ich liege über mir, unter mir, durch Spannung im Gleichgewicht gehalten, denke an Geld, Kleider, Verrichtungen, und es rinnt durch mich durch, und ich will es halten, um nicht zu fallen. Bomban, barfuß und im weißen Nachthemd, der Blicklose, Augenbrauenlose mit dem rosa Kahlkopf und den roten Augen, späht albinoartig hinter der Kerze, die er in der Hand hält, kummervoll auf mich. Er ist ein Trost – ein fremder Mensch. Mutter martert mich mit ihrer Anteilnahme. Walther hält sie von mir fern.

Viele Freunde trauern, und die Frauen weinen. Rudolf hatte Freunde, er war bei seinen Kollegen beliebt. Das Begräbnis wird offiziell gefeiert und von der Künstlervereinigung und vom Staat bezahlt. Ich stehe auf den Stiegen der Otto-Wagner-Kirche und drücke zahllose Hände. Ich komme mir vor wie auf einem Empfang und grinse die Leute an. Ich bin bis oben voll Valium, leicht schwankend, und werde von Lona gestützt, die selber niemals fest auf ihren Beinen steht. Ich schwitze, und ich denke: Oh, wie ich schwitze. Es ist August, und mir weht ein schwarzer Schleier vor dem Gesicht.

Ich liege im Krankenhaus. Karl ist der Chefarzt. Er sitzt an meinem Bett und sagt immer dasselbe: »Du hattest ihn längst hinter dir, zwischen euch war der Strom weg, du bist nicht so traurig, du bist verbiestert und voller Schuldgefühle.«

Ich rede nichts, ich esse nichts. Ich habe auch sonst keine Funktion. Blase und Darm, alles verkrampft, es ist eine Art Starre, eine Katatonie... Karl, der Analytiker, sitzt haßerfüllt an meinem Lager, haßerfüllt, weil hinter der Tür der kleine Walther wartet, um ihn besorgt nach seiner Diagnose zu fragen.

»Dieser Krüppel hat dir noch gefehlt.«

Ich rede nichts, ich antworte nichts. Aber ich höre alles, und er weiß das. Also gibt er es mir. Alles, was ich ihm zu Lebzeiten Rudis anvertraut habe, hält er mir jetzt vor:

»Du warst längst so tief in deiner Eitelkeit verletzt, daß du ihn nicht mehr ertragen konntest, deinen Mann. Hat er nicht deinen Rücken zu schmal gefunden und deinen Verstand zu strapaziös?«

Mimi fand Rudolf verkrümmt am Morgen in seinem Zimmer. Wie soll dieser Arzt es verstehen, daß mir lieber wäre, ich könnte wissen oder denken oder glauben, Mimi wäre bei ihm gewesen, als er starb. Seine Einsamkeit im Tode empfinde ich als meine Schuld. Mein unseliger Einfall, ein Kind haben zu wollen, hat ihn einsam gemacht. Soll ich das jetzt einem Mann erzählen, der eine hähnchenhafte Eifersucht auf den kleinen Walther hegt?

Krüppel. Was für eine Übertreibung!

Der gesunde, sportliche Rudolf war auch kein Mann, wie Karl sich als Mann sieht. Rudolf hat immer gesagt, er sei zum Sterben geboren, und auch in der Lust spüre er den Tod, und in ihm war mehr Hingabe als in mir. Wir sind beide androgyn, pflegte Rudolf zu sagen und schuf uns so eine Gemeinsamkeit. Er machte *ein* Geschlecht aus uns beiden. Jahrelang waren wir ein Leib, und nun ist dieser Leib ein Fraß der Würmer.

»Er floh nach vorne, immer schon«, palavert Karl weiter.

Mich packt die Panik: »Ich muß zu ihm! Ich kann ihn nicht allein lassen!« schreie ich und bekomme wieder eine Spritze.

Oft drücke ich die Schwesternklingel, weil der Herzschlag stockt, weil man mir Medikamente gibt, auf die ich übertrieben reagiere. Als die Depression weicht, wechsle ich in wilde Munterkeit.

Karl verliert die Geduld: »Mach kein Theater«, sagte er, »Millionen starben in diesem Krieg! Schäm dich!«

Und ich schäme mich. Stirbst halt, sage ich zu mir selber, und versinke wieder in Starre.

Karl legt ein junges Mädchen zu mir aufs Zimmer. Sie hat sich einer Schlafkur zu unterziehen, um sich von der Sucht nach Morphium zu entwöhnen. Ich bekomme die Aufgabe, in ihren kurzen Schlafpausen den Schweiß von ihrem Körper zu waschen und sie zu füttern. Sie ist ein schönes Mädchen, das hat zusehen müssen, wie man während des Krieges ihre Eltern folterte und erschoß – eine serbische Partisanin. Ich liebe diese Fremde augenblicklich: eine zarte Pflanze, an der alles Hauch ist, und der Tau, der an ihr herunterströmt, ist klar wie ihr Gesicht. Ich werfe mich auf diese dunkle Blume, ihre Leiden martern mich aus meinen Leiden heraus.

Karl ist gerührt: »Siehst du, die hat bestimmt keine Schuld an ihrem Unglück, und du auch nicht an deinem. Alles machen die Umstände, alles macht die Verstrickung!« So flacht er es ab, was mir widerfährt.

Und dann bewohne ich ganz allein hundertundzwanzig Quadratmeter. Das ist viel Luft um einen einzigen Menschen, viel Leere, raunende Luft, um zu bedenken, was falsch gestrickt worden ist im Gespinst der Ereignisse. Rudolf ist immer da. Überall lauert er. Er materialisiert sich. So nennen es die Spiritisten. Ich verlange von mir, dem standzuhalten.

Die Verglasung der vier großen Atelierräume ist teilweise durch Dachpappe ersetzt, die Türen schließen nicht und knarren in der Zugluft, die Malerei blättert von den Wänden. Manchmal riecht es nach Gas, manchmal stürzt ein Wasserstrahl aus dem beschädigten Rohr im Klo. Ich schaufle dann hilf- und ratlos ohne Rücksicht das Wasser mit der Mistschaufel aus dem Fenster auf die Straße und setze mich heulend, vor Wut erschöpft ins Wasser. Ich bin einfach zu schwach, um mit alledem fertig zu werden.

Walther zieht nicht zu mir. Er fordert, er verlangt, er mutet mir zu, allein und unabhängig leben zu lernen. Er will mich nicht an sich kleben haben, er will keine Verantwortung. Er wohnt wieder in Schönbrunn in einer kleinen Wohnung und kommt nur auf Besuch. Ich kaufe mir einen Hund. Ein winziges blondes Vieh, das in den Hallen atmen soll, die ich bewohnen muß: als Lebewesen im Mausoleum. Es gibt noch einige gemütliche Ecken, Couches, Polster, Zeichentisch und Schreibtisch – Rudolf sitzt überall. Oder er steigt vor mir die Leiter auf und ab und bezwinkert den Karton, den er entwirft: den Pantokrater, einen überlebensgroßen Christus. Rudolf zerbröselt im Arbeitseifer die Kohle in seiner Hand und verschmiert sich damit sein Gesicht: Er muß die Figur noch heute nacht sich und dem Pfarrer zur Zufriedenheit umreißen.

Er seufzt: Brotberuf oder Kunst? Was treibe ich denn da?

Allein jetzt, in den hohen Räumen voll kirchlicher Symbole, weiß ich erst, daß er sich prostituierte, wie ich mich prostituiere. Mir macht's nichts aus, Zuckmayer und Hochwälder in meinen Theaterkritiken zu loben, auch wenn sie mir schon deshalb nicht gefallen, weil ich mein Unbehagen nicht definieren kann.

Ich bin ein guter Demokrat und glaube, daß »die Mehrheit« recht hat, daß »die Mehrheit« vielleicht weiß, woher ihr die Wahl kommt, die sie trifft, ich brauche diesen Respekt vor allen Menschen, den Walther nur vor den Prominenten hat.

Nachts denke ich darüber nach. Mir fällt auf, daß ich nicht weiß, was Walther meint, wenn er mir vorwirft, daß ich die Menschen zu wenig unterscheide. Der Hund scheißt mir auf den einzigen Teppich. Ich reiße eine Packung Librium auf und schlucke zwei Pillen. Sie nützen nicht viel, sie stopfen mich nur. Ich schleppe den Hund auf die Terrasse und sehe im Vorzimmer am Haken meinen Hut, dieses kleine schicke Etwas aus Haarfilz, eine

Kreation vom charmanten Moser, dem schwulen Exoffizier aus der k.u.k.-Zeit, der für die Bühnen arbeitete.

Für Hüte gab ich unser Geld aus, weil Hüte das einzige waren, womit ich mich noch putzen konnte. Im Krieg waren die bezugsscheinfrei.

Töricht war ich und eitel, und es war Rudis Geld; was ich verdiente, hätte für diese Luxusdinger nicht gereicht.

Rudolf geht auf und ab und kann nicht schlafen. Ich gehe auf und ab und kann nicht schlafen, wage nicht zu schlafen, damit mich nicht der Teufel holt. Ich sehe in den Augen des verschreckten Hundekindes die Gruft, die mich ansaugt, den Sog in das tiefe Erdloch, wo mein Leib modert. Ich klammere mich an das kleine Tier, schleppe es auf die Terrasse, damit es sein Geschäft besorge, aber es hält den dünnen Faden zurück, der ihm von seinem kleinen Penis rinnt, und näßt mich erst ein, als wir wieder unter Dach sind.

Ich küsse ihn, aber er mag das nicht. Er ist nervös und wimmert. Er sitzt nicht gerne auf meinem Schoß, er sieht mich mißtrauisch von allen Ecken her an.

Ich schalte das Licht aus. Ich schalte das Licht wieder ein. Grell oder schwarz? Fast ist das Dunkel weniger unheimlich. Ich muß mich einer Erinnerung stellen, einer Erinnerung, die mir schrecklicher ist als alle anderen: Als Rudolf beim Schilaufen zusammenbrach. Später sagte der Arzt: »Die Ursache ist Überarbeitung, er braucht viel Urlaub.« Ich duldete, ich erlaubte, daß er weiterarbeitete, ich sah zu.

Noch ein Gedanke, den ich nur im Dunkeln denken kann: Rudi starb, ohne seine Linie gefunden zu haben. Im Wirbel der Kausalitäten und Mutationen ging er unter im Selbstbetrug eines Glaubens: an den katholischen Gott.

Ich will ihn beschwören und flüstere seinen Namen. Ich schalte das Licht ein und aus, um irgendwie meine Ohnmacht zu brechen.

Es ist ja ganz einsichtig, warum die Alliierten Österreich bei den Friedensverträgen bevorzugt behandeln. Es liegt im politischen Interesse von Ost und West, einen idealen Pufferstaat... und so weiter... Es ist im Interesse der Wiederherstellung Europas, uns den Jubel auf dem Heldenplatz bei Hitlers Einmarsch und die knorrigen Dinarier in den Bundesländern zu verzeihen, geht es doch um eine schmiegsame, kluge und realistische Masse, die ihren Hitler in seinem Lande nie hätte großwerden lassen und die seinen Aufstieg erst nachher zu ihrem eigenen Vorteil zu wenden verstand.

Die Österreicher! Das sind Leute, die als Kinder auf Stühlen knieten. Auf dem Tisch vor ihnen lagen die schwergewichtigen Bände der »Monarchie in Wort und Bild« im Goldschnitt. Darin blätterten sie ehrfürchtig. Im Katechismus bewahrten sie die Bildchen der Heiligen, die sie für gute Noten geschenkt bekamen, aber dem Kaiser fühlten sie sich näher als dem lieben Gott. Das sind Leute, die sich von Karl Kraus anbellen ließen und Generationen lang politischen Rouge et Noir spielten und die Hofburg und die Stephanskirche als persönliches Eigentum betrachteten; die im Rhythmus von Strauß und Schrammeln trotzdem Loos, Schiele, Otto Wagner und Sigmund Freud verdauten. Leute, die nicht nur Hitler, Kaltenbrunner und Globotschnigg zu Landsleuten hatten, sondern unter denen auch die Erfinder der Pleuelstange und der Schiffsschraube aufwuchsen, Leute, die in der deutschen Literatur mit den Dissidenten Broch und Musil siegreich auftreten und die mit einem neuen österreichischen Roman von Doderer in Deutschland ganz groß angeben können.

Wir, die Österreicher, sind gerührt. »Laß mir meine Freude«, sage ich zu Walther, »die Freude am Staatsvertrag, an der Absolution! Laß mir die Freude beim Anblick der aufgereihten Staatsmänner von Molotow bis Dulles, auf dem Balkon des Prinz Eugen! Tu da nicht so spiralig herumdenken am 12. Mai 1955, wenn alle wieder einmal jubeln: Diesmal ist es ja auch unser Friedensfest, wenn ich es auch gar nicht gern sehe, daß die Besatzung wieder abzieht, daß die vielen Uniformen und das Ausländische, die fremden Sprachen auf den vielen Affichen wieder verschwinden werden. Ich bin gerne fremd regiert, und ich muß zugeben – weil's mich dann weniger angeht.«

Wir schreiten wie weißgewaschene Lamperln in das Morgenrot neuer Epochen.

Nach Wien kommen die ausländischen Dichter und Autoren des Internationalen PEN-Clubs zu ihrem siebenundzwanzigsten Kongreß. Sie nehmen ihre Tagung ernst und auch die Attacken, die die Presse gegen sie reitet. Lernet-Holenia läßt einen Artikel über die »Machtlosigkeit des Literaten« drucken, und die Engländer bewundern die »beautiful old palais«. Der PEN verlangt in seiner Charta die Menschenrechte und die Freiheit des Wortes. Jedes Mitglied muß das unterschreiben. Die Dichter, die im Osten leben, dürfen und können das nicht tun. Vielleicht wollen sie auch nicht, weil sie es anders auslegen, als es – um Gottes willen – doch gemeint sein wird. Über ihre Zulassung und Ablehnung entbrennt der Kampf. Die Engländer sehen Grenzen der Toleranz, ihre Insel liegt weit vom Schuß. Die Österreicher sind für die »Gespräche mit dem Feind«, die Formulierung stammt von einem, der ausgewandert ist, von Robert Neumann, der in der Schweiz lebt. Er ficht es mit Charles Morgan aus. Der internationale Ehrenpräsident tritt gegen den internationalen Präsidenten an. Geredet wird in geheimen Sitzungen. Das ist wiederum dem Exkommunisten Ignazio Silone nicht recht, er reist beleidigt ab. Die anderen Kommunisten, die im geheimen Ausschuß dabei sind, verraten an ihre Zeitungen, was im PEN geplant ist und nicht durchgeführt wird: nämlich ein öffentlicher Protest gegen die Vernichtungswaffen. Am Ende kommt gar nichts heraus. Zwei neue Zentren sind zugelassen: Hongkong und Korea. Die Öffentlichkeit schert sich nicht um den PEN-Club und seine Probleme. Ich vermisse bei dem großen Treffen Sartre, Faulkner und Hemingway. Arnold Zweig und Erich Kästner genügen mir nicht. Mir sind Charles Morgan und Robert Neumann nicht gut genug. Silone ja, Silone lasse ich gelten. Er aber fuhr ab.

Ich hänge also als Nummer Null mit Arroganz und Anteilnahme mit darin und sitze mit einem ausgeborgten Zobel-Cape überm alten Seidenkleid beim Schlußfest in Schloß Schönbrunn am Tisch des Prominenten S., der als Poet und Schwätzer gilt, und esse pikante Brötchen. S. hat uns gebeten, bei ihm und seiner Frau Platz zu nehmen. Der als links geltende Walther wertet S. auf, weil der unten durch ist wegen seiner Anpassung ans Hitler-Regime, dem er wiederum, das wissen alle, als Erzkatholik und Monarchist suspekt war. Ich sitze also dort neben der Frau, die krank ist und nicht allein gelassen werden soll, und fühle mich im Eck.

Ich habe die flinkzüngigen Intellektuellen mit dem scharfen Sinn für politische Moral lieber als die ebenso flinkzüngigen frommen Poeten, die sich indirekt in Bildern auszudrücken wissen. Aber so ganz zufällig ist meine Fähigkeit nicht, auch mit den Gleichnisrednern auszukommen, die anstatt von Tagespolitik alltäglich von den Fügungen Gottes reden. S. ist nicht nur klerikal, er hält sich auch selbst am Glauben fest. Meine Bedürfnisse würden eher in die Richtung eines Ernstes gehen, der wie eine Religion wäre; eine Religion, die mich nicht verpflichtet, sondern sich als Weg ausweist. Wäre das der Kommunismus? Nicht der russische.

Es sind heute viele Kommunisten unter uns, und S. staunt sie gebührend an. Er fragt: »Warum leben sie nicht in der UdSSR, warum sind sie nicht drüben geblieben?«

»Warum sollten sie?« sage ich. »Sie sind hier zu Hause und wollen hier tun, was sie für gut halten, denn sie kommen von hier und nicht aus der Sowjetunion.«

Ich sage das so hin, als Beitrag zur Unterhaltung, werde aber mit höflicher Stille belohnt, als hätte ich etwas Anstößiges, Obszönes oder außerordentlich Dummes gesagt. Walther lacht.

Warum sage ich nicht alles, was ich denke: Daß dieses Häuflein linksliberaler Hungerleider mit Krawatte zum belabberten Smoking und in speckigen aufgebügelten Hosen, diese Büffetstürmer und Verbeuger und Händeküsser ebensowenig wie ich selbst gesonnen und imstande ist, etwas einzureißen und etwas »aufzubauen«. Wir nisten scheu und andächtig in den alten Schlössern und drum herum. Ich auch. Ich betrete Empore und Saal und alle die Weiträumigkeiten und sitze auf den goldenen Sesseln als Erbin von Generationen slawischer Dienstboten, die diese Pracht gepflegt haben. Sie waren meine Vorfahren, und ich leere die Gläser auf Tante Marie, die Allerniedrigste der ausgebeuteten Analphabetinnen und unterdrückten Untertaninnen, auf Tante Bertha, die sie anno 1848 über den gefrorenen See jagten, nachdem des Kaisers Soldaten ihren Liebsten gehängt hatten. Ich trinke auf den Großvater, der für den Hoflieferanten des Kaisers Anzüge zuschnitt, und auf meine Großmutter, die für Ihre Majestät den Spinat kochte. Auf eine Armee von Lakaien, die hier das Leben in einem unbequemen Luxus ermöglicht hat, trinke ich den Sekt, der mir nicht schmeckt.

Trotzdem gehöre ich zu denen, die da den Aufwand an Stil und Prunk nicht missen wollen. Die Kultur, wenn auch von unserem Leben abgelöst, streifen wir über und agieren, als ob... Ich imitiere die Feinen, ich bin so fein, wie ich nur kann. Ich genieße, wo immer ich mich nur hineinstellen kann, als Szenerie und Rahmen: Der Schreiberling tritt schreitend durch die zweiflügeligen, von

Uniformierten flankierten Türen, und der Bundeskanzler persönlich mit ein paar Orden an der schwarzen Brust gibt ihm eine müde Hand. Die steinalte Annette Kolb reicht ihre harte Hand – sie sieht bekanntermaßen wie Otto Gebühr aus –, und ich hoffe nur, daß meine Nase doch nicht ganz so groß ist wie ihre, selbst um den Preis, nicht ganz so berühmt zu werden wie sie. Obwohl? Ich muß mich ernstlich fragen, ob man eine Freundin Rilkes sein muß, um zur Geltung zu kommen? Ich nehme mir vor, ihre Bücher zu lesen. Ich bin eifersüchtig auf die Uralte.

Es ist nicht mehr so ganz schick, Kommunist zu sein, weil Stalin böse Fehler gemacht hat (man denke nur an die Prozesse und das Bündnis mit Hitler), aber seine Verbrechen sind mit denen Hitlers nicht zu vergleichen, und schließlich haben die Russen uns doch befreit.

Die Kommunisten hier auf dem Parkett sind aufgeklärter... so und so... Dienen sie altruistisch der chancengleichen Menschheit?

»Sie haben kein moralisches, sie haben ein ökonomisches Programm.« Walther stellt das fest, aber S., der uns weiterhin als Tarnung benützt, keift:

»Aug' um Aug', Zahn um Zahn! Nur darauf ist er aus!« Er meint den gutaussehenden, eleganten Robert Neumann, der hochmütig über uns hinwegsieht. Robert Neumann, der nur auf Besuch in seiner Heimatstadt ist und ein Buch geschrieben hat, das alle Wiener übelnehmen (»Die Kinder von Wien«), und S., der Erzkatholik, der sich in der Erbsünde suhlt und daran gewöhnt ist: Jesus stirbt zwischen ihnen am Kreuz – immer noch.

Ein Intellektueller, der an Gott glaubt, findet sich leichter zurecht als einer, der das ganz sicher nicht tut. Der eine ist determiniert in seiner Freiheit und verzeiht sich seine Fehlschläge und Sünden. S. beichtet, kommuniziert (frißt seinen Gott kannibalisch, wie Lernet formuliert), wenn er, der Christ, die Hostie gefressen hat, ist er geläutert und gereinigt. Neumann aber, der Jude, der überlebt hat und erfolgreich ist, fühlt das Bedürfnis, sich zu rechtfertigen, durch eine klare Linie.

»Der Jude und der Katholik – beide machen mit ihrer Gesinnung Geschäfte«, sage ich.

»Und du bist ihnen neidig?« fragt mich Walther.

»Ist man es, wenn man das auch möchte?«

»Was? Geschäfte machen oder eine Gesinnung haben?«

»Beides.« Ich kenne mich aber nicht aus und kann den begonnenen Roman nicht zu Ende schreiben. Auch Walther hindert mich mit der strikten Forderung nach einem Konzept. Ich aber will mich Schritt für Schritt vorfühlen. Ich bin gewöhnt daran, so zu leben: Schritt für Schritt. Es war mir nicht möglich, mich nach den christlichen Mystikern einzustellen wie Rudolf, und es ist mir nicht möglich, wie Kant oder Descartes zu argumentieren, wie Walther es dauernd versucht, der vor lauter Maßstäbe-Anlegen keinen Kreuzer verdient. Ich liebe ihn ja, weil er zu fein ist, Geld zu verdienen. Aber ich... ich möchte es: Geld verdienen.

Schloß und Kirche, Bibel und Hymne, und der geköpfte Doppeladler, der ein einfacher geworden ist – lauter liebenswertes Gerümpel unterm Mond.

Walther bringt mich nach Hause, weil ich nicht mehr ganz nüchtern bin – er ist grantig und kritisch. Ich bin glücklich, weil wieder so viele Fragen und Möglichkeiten... zum Beispiel: der Neumann und seine köstliche Frechheit. »Er ist unseriös«, sagt Walther.

»Das ist es eben«, sage ich: »Ich mag das.«

Mein neues Zimmer ist angenehm leer, nur Sommernacht ist drin mit dem Duft von nassem Gras und feuchter Erde, dicke, laue, lichte Luft. Ich bin gehobener Stimmung und steige trällernd in mein Bett. Das Parterrefenster bleibt weit offen, ich vergesse darauf. Eine helle Hand schiebt sich über den Fensterrahmen ins Zimmer herein. Ich stehe auf, um zu sehen, was da los ist. Die Hand gehört einem fremden Mann, der mit aufgeknöpfter Hose draußen steht. Der arme Mensch, weist auf seine Stärke. Ich möchte diesem sommerlichen Mondlicht auch mein stetes Verlangen unterbreiten. Wozu denn das alles dient? Qualen im Juni wie im Dezember, und nie müde werden? Ein Vernünftiger verzichtet!

Ich drohe dem Fremden mit meinem Schirm. Warum tu ich das? Ich sage: »Was willst du denn?«

Wenn es ihm hilft, schau ich auch hin, aber was weiß ich, wie der das wieder verstehen muß! So etwas kann schiefgehen. Ich bin feige. Sich in einen anderen Menschen hineinreißen lassen! In einen fremden Menschen. In eine aufgeladene, erigierte Einsamkeit?

Da müßten schon einige Sicherheiten bestehen. Zum Beispiel

selbe Gesellschaftsschicht. Welche? Wie komme ich auf so was?

Ich drücke ihm den Fensterflügel auf die Finger. Ganz zart nur. Er läuft sofort weg, ganz schnell. Verschwindet.

Ich bin sehr niedergeschlagen. Ich mache die Läden zu.

Die feinen Leute, ihre Manieren, ihre Privilegien und Rituale: alles aus, ungültig, leere Gesten. Das gilt nicht mehr, das alles gilt nicht mehr. Dieses ungültige Leben ist so schön – es muß wiederholt, wieder gelebt werden: Damen, Herren, Komplimente, Sekt, der gekühlt und nicht schal und lau ist, schwarze Strumpfbänder und Marlene Dietrich von Kopf bis Fuß. Der Krieg hat es ganz und gar genommen, und Dada ist nicht genug Spott und Auflösung. Sollte es doch das Ende gewesen sein? Ich muß Ungelebtes nachholen im Glanz und in der Pracht der allerletzten Tage. Aber die verderben es, die mit tiefernsten Gesichtern ihre moralischen Buchhalterreden machen. Nur Robert Neumann, der Unseriöse, schreit sein Zeter und Mordio in Verachtung aller Kleinkariertheit. Mir gefällt das unmögliche Buch über die »Kinder von Wien«, in dem hinten und vorn nichts stimmt und doch alles wahr ist. Erschüttern soll es, aber das tut es nicht. Keine Dichtung! O nein. Und warum eigentlich keine Dichtung? Weil er nicht mit dem unerläßlichen, dem absoluten, auraproduzierenden Einsatz schreibt, sondern mit: Chuzpe! Ich besitze ein gut Teil davon. Wie soll man das Wort übersetzen? Man schreibt ungedeckte Schecks aus, wenn man schreibt, was man zu denken nicht befugt ist, weil man nicht genug leidet. – Frivolität.

Chuzpe heißt das und anderes: Frechheit. Spiel mit ernsten Dingen, ein Spiel, dessen braver Zweck erst nach dem Vergnügen kommt. Kurz und gut: Robert Neumann liest vor, und ich gehe hin, mit Walther, versteht sich. Denn sich am Zwielichtigen zu amüsieren, stellt die gemeine Moral in Frage. Wie Robert Neumann rufe auch ich nicht gern Gott den Gerechten über die Sünde an. Mit Neumann bin ich gegen die Verlogenheit, leidenschaftlich gegen den »Anstand« der anderen.

Was Neumann keck fantasiert, ist ungehemmte Verachtung, auch seiner selbst. Das gefällt mir. Ich sitze lachend in dem kleinen Vortragssaal, der wie eine Schulklasse schäbig ist, und schaue aus zwei weit offenen Augen mit unverhohlenem Genuß auf den hochgewachsenen schmalen Juden, der es verstanden hat, sich Hitlers Zugriff zu entziehen, und jetzt weiterhin weltmännisch seine Haken schlägt. So wie er zu schreiben pflegt, trägt er auch vor: pointiert und mit unverschämter Souveränität. Witzig ist er. Es gibt viele Leute, die das nicht ausstehen können, wenn es um ernste Dinge geht, aber ich, ich kann das ausstehen. Alles was ist, ist ungut. Und eben darüber muß man mit Robert Neumann lachen. Genau das, was links und rechts »destruktiv« genannt wird, macht mich lebendig. Denn sowohl die Revolutionäre wie auch die Reaktionäre hegen den frommen Sinn für das Humane, für das, was der Brauch sein soll, und überhaupt für das »Sollen« und erreichen damit nur den Chimborazo an Heuchelei, auf dem wir leben. Da ist einer, der sagt, was ist, und eben deshalb ungut ist.

Ich applaudiere frenetisch, und Walther ist da mit mir eines Sinnes. Ich trete aus der Sitzreihe und stoße mit meiner Hüfte auf eine Hüfte, die einem gehört, der ebenfalls aufsteht und im Gang zwischen den Sitzen seine Hände heftig ineinanderschlägt. Dann fühle ich mich am Gesäß mit festem Zugriff aus dem Weg geschoben. Ich blicke, empört, wie es sich gehört, in zwei Augenschlitze, die infam grinsen. »Pardon«, sagt einer und verbeugt sich übertrieben, und ich sehe einen exakt gezogenen glänzend schwarzen Scheitel und gerade breite Schultern über meine Hand gebeugt. Meine Hand wird geküßt. Ein Gesicht wendet sich mir zu, die Stirn breit und hoch, viel Stirn, breite Backenknochen, eine Schulter höher als die andere und ein tadellos sitzendes Hemd. Seidenkrawatte. Es riecht intensiv nach dem Parfüm alter Damen.

Er mißt mich, wie ein Boxer den anderen im Ring. Verschlagen blinzelt er mich an. Er sagt: »Kommen Sie, Gnädigste, ins Café Brioni!«

Verdutzt reagiere ich maliziös, wie sich das gehört. Ich lasse ihn stehen, weil sich das gehört. Ich tue, was vor dem Weltuntergang dezent war. Eine Dame hat sich zu zieren. Die Feinen exerzieren das weiter, und da ist einer, der es perfekt weiterspielt. Er hat sich so schön verbeugt, mir die Hand geküßt: Kratzfuß, Scheitel und weißes Stecktuch. Spiel und Ritual, um Freiheiten, die man sich nimmt, zu verbrämen. Afferei! Na und? Soll sein, soll sein. »Artig« ist das Wort aus dem Rokoko. Walther fragt mich: »Was will denn der Doderer von dir?!«

»Das ist der Doderer?«

Wenn einer was wert ist, darf er auch unverschämt grinsen –

das wäre einer für meine Neugierde, einer mit »mehreren Dimensionen.« Nicht bloß Kratzfuß und Handkuß. Zu blöd, jetzt ist er weg!

Drei Tage lang hebe ich, wenn es klingelt, hoffnungsvoll den Hörer ab. Als er es dann tatsächlich ist, spüre ich es vorher, und meine Knie sind weich.

Er stellt sich nicht vor: »Ich habe es mir lange überlegt«, sagt er nur, und ich antworte nur: »Jaaaa...? Wann und wo?«

»Der Mann ist ein Faschist!« schreit Walther.

»Und wenn's der Teufel persönlich ist!« schreie ich Walther an. »Ich habe sein Buch von der Stiege gelesen.«

Ein Faschist, ein Faschist? Was soll denn das, denke ich wütend. Auf Walther bin ich schon lange böse, weil ich ihn herzlos finde. Sein Gefühl geht durch ein Dogma, ein Prinzip, das ich deshalb nicht begreife, weil es nichts mit seiner Praxis zu tun hat. Er kränkt Menschen, die dumm und hilflos sind. Er mag seine alte Schwester nicht, für die er den einzigen Verwandten bedeutet. Er beleidigt sie und verbietet ihr jede Verbindung mit mir. In der Klomuschel schwimmen die Schnitzel eines zerrissenen Briefes. Ich fische das, Böses ahnend, heraus. Es ist ein Brief an mich: sie bettelt darin um Verständnis und Liebe. Eine Faschistin? Ich kann sie nur für urteilslos und ausgeliefert halten, dem, was gerade Mode war. Es wimmelt in unserer Welt von Faschisten, für mich ist selbst der Papst einer. Was hat er denn schon für die Juden getan? Doderer soll mit Gütersloh gemeinsam eine Judenwohnung bezogen haben; nach der damals gängigen Unmoral: Tu ich's nicht, tut's ein anderer. Faschisten riskieren ihre Verworfenheit.

Faschist ist für mich ein rücksichtsloser Massen- und Raubmörder, der seine Opfer auch noch diskriminiert. Auf eine unblutige Weise leben auch wir fröhlich auf Kosten der Toten. Lauter Nutznießer. Walther ist für mich einer von den roten Bürgersöhnchen, die in mir den Klassenhaß erst zum Begriff verdichten, ein Snob, ein Moralist, ein Puritaner, ein Aufgeklärter.

Den Doderer schaue ich mir Walther zum Trotz näher an.

Es paßt mir nicht zu richten. Es ist mir unbequem. Ich stehe auf dem »Boden der geänderten Tatsachen«. Ob das nun fein ist oder nicht.

II

Doderer hat mich zu sich zum Tee eingeladen. Ich habe nur ein einziges wirklich hübsches Kleid, ein blumiges, von den Tanten genähtes, eng in der Taille und weit ausschwingend. Ich habe es immer an, also kennt er es schon. Er steht an einer Ecke der Gasse, um mich zu erwarten. Ehe er mich kommen sieht, kann ich ihn beobachten. Ich weiß ja nicht, warum er mir gefällt. Mittelgroß und kräftig, ohne das feiste Männergenick, so eines, wie wir es beide, wie sich später herausstellt, nicht leiden können. Die Art, wie der Maßanzug sitzt, läßt auf eine, wie man so sagt, starke Individualität schließen, der Ausdruck der Gestalt selbst ist so elegant wie eigenwillig, weil... na ja, ich werde mir nicht schlüssig, ob es sich um einen ›Mann‹ oder einen ›Herren‹ handelt. Er hat langfasrige Muskeln, und trainiert ist er auch. Feminin tänzerisch, chevaleresk, grüßt er mit übertriebener Verbeugung und springt mir fast entgegen, als er mich erblickt. Hut in der Hand. Wieder riecht er intensiv nach Lavendel.

»Ich darf vorangehen?«

Ich sage überhaupt nichts und trotte hinter ihm her in ein ziemlich stinkendes Haus mit geborstenen Stiegen. Im Parterre ist eine Druckerei, aus der es stampft und bebt. Die Wohnung ist hoch darüber, ein helles Gelaß mit weitem Blick über Dächer und Kirchen, mit Behelfsbett, Sitzgarnitur aus abgewetztem Leder, einem Damenschreibtisch und einem angestrichenen Küchenschrank. Nirgends Bücher außer der Lektüre, die er sich selbst verfaßt. Lavoir und Krug hinter einem Paravant. Er sagt erklärend: »Ich ziehe bald hier aus. Zum ersten Mal in meinem Leben habe ich etwas Geld in der Hand.«

Ich gratuliere ihm zum Literaturpreis der deutschen Industrie.

Wie alt könnte er sein? Ich werde nachsehen. Sein Haar ist schwarz und seine Figur wie die eines Vierzigjährigen, der Sport betreibt. Er erklärt seine Situation: »Ich bin«, sagt er ironisch, »nie etwas geworden. Das Geld der Familie gegessen... das Erbteil, der Hauptmannssold, nach 45 war ich diffamiert... Ich habe sehr viele Feinde. Als ich aus der Gefangenschaft kam, wollte man mich verhungern lassen.«

Als er das Wort »Feinde« ausspricht, werden seine Augen ganz klein, ein Tier, das sich fürchtet und wappnet... Ich lächle, ich nehm's nicht ernst, es kommt mir theatralisch vor.

Er war kurze Zeit Parteigenosse, 1941 als Hauptmann trat er aus und wurde katholisch.

Mich schockiert das alles, aber ich lasse mir nichts anmerken. Einer wie er ist ganz was Neues für mich.

Er zieht die Tweedjacke aus und ein rotes Jockeyjäckchen an, um den Tee zu bereiten. Ein Behelfskocher steht hinter dem Schrank. Mich rührt die weibische Koketterie seiner Geschmeidigkeit im Widerspruch zu seiner Kraft, mit der er so ungeschickt umgeht, daß ihm die Silberlöffel aus der Hand fallen. Er zittert leicht, als er den Tee in die dünnen Tassen schenkt, und ich warte ebenso nervös wie er auf das, was kommt.

Es kommt nichts.

Vorsicht waltet. Wir erzählen einander, was wir so von uns verraten wollen, und sehen uns mit hungrigen Augen an.

Und wieder tut mir das Herz weh vor Mitleid mit der Blödigkeit und Fragilität der starken Männer – sie hat ganz den gewünschten Effekt.

Ich denke an Doderer. Immerzu denke ich an ihn, und nur mein Vater spukt mir in meine Träumerei – Vater, der geduckt und betrunken durch die schäbige Gasse schleicht, gebrochen von einer Krankheit, die er sich anno 16 in einem Soldatenpuff in Galizien geholt hat. Vater, der nicht mehr wagt, Frau und Tochter zu küssen – er hätte ein k.u.k. Operettenheld sein können, so gut sah er aus – wie Doderer?

Doderers Gesicht ist faltig und schlapp, und wie es wirkt, das nennt man verlebt. Vaters auch... und gekränkt; keine »deutschen« Gesichter, beide nicht, denke ich.

Eine Woche lang bin ich unruhig. Dann lade ich Doderer zum Tee ein. Es kommt der Csokor, es kommen die Kollers, es kommen die Saikos. Sie möchten ihn kennenlernen – den erfolgreichen Kollegen, den jetzt Rehabilitierten, der jahrelang keine Lebensmittelkarten bekommen hat. Sie alle lesen sein umfangreiches Buch gern – mit mehr oder weniger Vorbehalten. Nur Walther, natürlich – Walther findet, es ist ein Schmarrn. Mir hat's gefallen. Wir sitzen da, bei meinem Porzellan-Geschirr, und warten auf den berühmten Doderer.

Es klingelt, und ich spüre den Lavendel, noch ehe ich die Türe öffne. Er hat blaue Nelken in der Hand, einen Riesenstrauß.

Mein Gott, was wird das für einen Eindruck auf meine Freunde und auf Walther machen? Und dazu noch der Lavendel! Er küßt mir die Hand, und mir rieselt es den Rücken herunter.

Was geht hier vor?

Wie sie da alle herumsitzen, nach Irrfahrten, mißglückten Selbstmorden, nach Reisen durch die halbe Welt, unfreiwilligen, versteht sich, die Verwandtschaft vergast! Sie schauen degoutiert auf den Konservativen mit seinem teilweisen Einverständnis, daß es Kriege immer geben wird, weil sie der menschlichen Natur entsprechen.

Konversation und offene Wunden.

Er versteht es nicht. *Er* hat doch nicht. *Er* doch nicht. Jetzt hat er den ersten großen Erfolg seines Lebens, deshalb reden sie überhaupt mit ihm. Und auch ich bin mir klar darüber, daß ich durch ihn an Wichtigkeit gewinne, aber auch deshalb, weil ich bei einem Film mitmache, als »Neger«, als Ghostwriter, ganz und gar im Schatten zweier namhafter Librettisten, aber ich gelte als Mensch mit Verbindungen. Er und ich, wir gelten für diese hier als jene, die es geschafft haben – so glauben es die heimgekehrten armseligen Sieger.

Walther hofft, daß mir in dieser Runde der Appetit auf Doderer vergehen wird. Ich sehe nur, daß keiner von uns sein eigenes Konzept je hat leben dürfen, und ich sehe Naivität und miese Beweggründe, auch bei mir.

Ich bin offenen Auges bei vollem Bewußtsein in den falschen verliebt: In zwei Hände, breite Schultern, in Füße, die in uralten, aber sündteuren ungarischen Maßschuhen stecken, in einen Herrenreiter und Feudalherren von ehedem. Geblendet bin ich von Galanterie und Höflichkeit, auf den Leim gegangen. Doderer gelingt es, sich rasch mit Anstand und großer Geste zurückzuziehen. Ich begleite ihn zur Tür. Er zischt mich an:

»Wie konntest du nur? *Das* sind meine Feinde!«

Er stürmt den langen Gang hinunter, und ich stehe da und seh ihm nach und denke: Wir sind doch gar nicht per du!

Doderer ganz in sich gekehrt, spricht von einem alten Adler. Ich kann mich auf das, was er erzählt, nicht konzentrieren. Immer hör ich meinen eigenen Herzschlag, wie Schläfen pochen, und ich halte meine eine Hand mit meiner anderen. So gehe ich neben ihm im Prater auf der Hauptallee spazieren; so sehr gehe ich, daß ich schreite, und so sehr neben ihm, daß ich gar nicht reden, denken, verstehen will. Wozu redet er, er ist doch so ganz und gar ein Ereignis als Mann – ein Mann voll nervöser Kraft, wie ein Pferd. Er braucht nur zu wiehern. Ich verstehe auch nur Gewieher.

»Der alte Adler!«

Doderer bleibt stehen, enttäuscht, weil ich nichts frage, nichts sage, abwesend scheine. Er kann nicht fühlen, daß meine Ohren sausen, weil ich so ganz und gar vorhanden bin und nur begreife, daß er sich erklärt, sich mir anvertraut und selber auch ganz und gar vorhanden ist, wenn er fliegt und wiehert und sich vital fühlt wie dieser Adler, der sein Vater einst gewesen ist. Ich soll fühlen, daß er jetzt seinem Vater gerecht wird, wenn er sich zu leben getraut, wie er es eben tut. Versteh ich denn das nicht? Ich federe vor Reue, ich bin bereit mich zu bestrafen, bin bereit zu jedem Absprung und sei es ins trübe Heustadlwasser.

Wir stehen dicht an dem trägen Tümpel, an dem auch ich als Kind gespielt habe und den ich in einem seiner Romane wiederfinden konnte mit allen Molchen und Kröten und pubertären Ängsten. Ich sage ihm das, und er freut sich so sehr, daß er mich vor allen Leuten küßt. Da sage ich ihm auch gleich, daß ich seine Bücher gelesen habe. Er macht Kapriolen aus Freude darüber, zieht den Hut, küßt meine Hand, reckt sich wie in einem angenehmen Bad, und ich lüge ihn an und sage, daß ich seine Bücher liebe. Das tue ich nur, weil ich ihn haben will, die Sehnen und die Knochen und den Druck seines Ellenbogens an meiner Brust.

Ein Mann mit einem Vater, mit einem bedeutenden Vater, den er immer noch im Kopf hat! O mei, o mei, ein Ödipuskomplex! Mit Nachdruck und in Haltung ruckt Doderer steif vorwärts und stößt heraus, was er mir als Geständnis, als Erklärung seiner tiefen Sympathie, als Warnung und als Hilfeschrei zuruft: »Mein Vater, der alte Adler, war ein großer Architekt und Ingenieur, und dieser Vater nannte mich einen ordinären Menschen. Mich, seinen Sohn!«

Ich bleibe stumm aus Scheu vor so einer Gekränktheit. Herrgott, diese Selbstliebe!

Unter den knorrigen und fast schon nackten Praterbäumen schweben die letzten farbigen Blätter sanft und allmählich auf uns nieder. Da sitzen wir und nehmen uns ernst: ein Mann wie ein Drache, ein Reptil, der einen Vater hatte, der wie ein Adler war und die Familie tyrannisierte – das ist ein Märchen für uns beide, die wir uns schon als Kinder, jeder für sich allein, im Abstand der Jahre, an diesem Tümpel gefürchtet haben. Ich vor der Finsternis unter alten Bäumen, und er vor dem Vater. Unser gemeinsames Trauma war das.

Stumm sitzen wir. Wir blicken auf den Sumpf, der in grauen Blasen schäumt. Hier passieren Lustmorde – eine schaurig schöne Vorstellung für eine, die infantil ist, wie ich denke, und ich genieße die Schauer, die mir seine zärtlich tastenden, trostsuchenden Hände über die Haut schicken. Ich lasse mich gehen.

Er leistet sich ein tief betroffenes Gemüt? Warum zum Kuckuck soll er das nicht? (Weil Walther spottet?)

Ich bin stolz, daß er neben den verstaubten, saft- und kraftlosen Brennesseln so durchlässig wird wie ein Gefäß aus Papiermaché. Ganz durchweicht fließt sein Innenleben aus. Mir teilt der große starke Mann sich mit, er weint sogar. Dieser da, der mich Töchterchen nennt, lädt sich ganz auf meine Schultern. Eine stolze Last. Ich wachse unter solchen Lasten.

Er erzählt von einem gelben Pyjama, den er als junger Mann besessen hat, und einer gelben Teeschale, die dazu paßte. Am Frühstückstisch saß er in Seide vor seinem Tee, und sein Vater nannte ihn, der sich als Dandy fühlte, einen ordinären Menschen. Über seinen Erinnerungen versinkt er in langes, gequältes Schweigen.

Das ist kein Spaß mehr, da bluten alte Wunden. Da ist ein »Töchterchen« nicht ganz machtlos. Ich sage, daß ich ihn gerne in gelber Seide sehen möchte, wegen seines glänzenden schwarzen Haares. Und da er schon asiatische Schlitzaugen – sehr pikant – und mongolische Backenknochen hat: »Wie wäre es denn mit einem gelben Kimono aus Seide?«

»Hohohoho!« Männliches Gelächter, sonor, skrotal, wie meines Vaters Wirtshauskumpane. Ein Gruseln, dem ich gerne standhalte. Die Herbstsonne wärmt das aasige Wasser noch, und so gibt es denn auch Mücken. Die Moose und Algen und das Schilf stinken faulig, wir werden gestochen.

Wir gehen Kaffee trinken auf den Konstantinhügel.

Ach, die grünen gußeisernen Sessel. Wir erinnern uns beide daran. Seit Urzeiten der Blick auf die Reiter in der Allee. Dieses uralte geschichts- und geschichtenträchtige Jagdgebiet der Habsburger.

»Sie waren Troglodyten!«

»Wer?«

»Meine Familie«, sagt er. »Mütterlicherseits deutscher Adel. Ich bin ein Reptil, stumpf und dumpf, fischblütig; – nur manchmal, da bin ich alert.«

Huflattich und Weiden. Wir treten den Dschungel nieder, der Drache aus der Höhle und ich als die Jungfrau, die ihn erlösen soll: den bösen Drachen.

»Kennst du den Plankenbichler?«

»Und ob ich ihn kenne! Das Wirtshaus in der Au.«

Ein Wallfahrtsort inmitten von Unterholz, Unkraut und Sümpfen, woraus es gelb und giftig schäumt und gärt. Wir gehen über die räudigen Wiesen wieder ins Feuchte und setzen uns an einen braungestrichenen Wirtshaustisch, auf dem die Farbe in dicken Klumpen erstarrt ist. Der Drache zittert, die Jungfrau bebt. Ab und zu bricht ein Reiter durchs Dickicht. Wir essen Wurst mit Zwiebeln und trinken Bier.

Der Schauplatz unserer Märchenjugend. »Ich bin Mediävist!« sagt er.

Seine Drachenzunge schiebt er zwischen meine Zähne.

Doderer teilt mir mit: »Ich muß mein letztes Kapitel schreiben zu einer Arbeit von mehr als tausend Seiten, zu einem Roman, an dem ich seit fünfundzwanzig Jahren arbeite.« Ich schrumpfe vor Ehrfurcht. Die Bewältigung eines solchen Umfangs läßt den Drachen ins Ungeheure wachsen und grüngoldig in seiner Märchenwelt aufglänzen. Ich sage nichts. Ich habe nichts mehr zu sagen.

»Ich kann am besten im Tal Josaphat arbeiten.«

»Wo?« flüstere ich.

»Dort wohnt meine Frau in ländlichem Frieden.«

Das ist gut, das ist sehr gut, denke ich. Er hat eine Frau und fährt zu ihr. Da kann ich Walther beruhigen und mich selber auch. Das schafft ein wenig Luft. So denke ich, er aber packt hart meinen Oberarm, strafft sich, strengt sich an und sagt in rüdem Ton: »Du bist schuld. Du treibst dich instinktlos in der Gesellschaft von Nichtkünstlern und Intellektuellen herum. Wärst du hingegangen, wenn Gütersloh liest, hätten wir uns früher getroffen. Ich bin noch nicht lange verheiratet.«

»O Gott«, sage ich erschrocken: »Ich finde es gut, daß du ein

Heim, ein Zuhause hast, denn ich habe ja schon lange Walther und muß für ihn da sein.«

Nun verschwinden seine Augen ganz. Er verknittert sein Gesicht und bemüht sich zu verstehen. Er steckt einen Tiefschlag ein. Ich begreife erst viel zu spät, was ich gewagt habe festzustellen. »Ehe«, sage ich rasch und bedenkenlos, »was bedeutet das schon?« Daraufhin schweigen wir. Er legt den Arm um mich, als wir ganz langsam die lange Hauptallee hinunterschlendern.

Ich spüre, was in ihm vorgeht, und weiß, daß ich Fehler mache. Ich mache diese Fehler Walther zuliebe mit einer gewissen Bosheit gegen mich selbst: Soll er doch schockiert sein über meine Liberalität und Großzügigkeit und hören, wie schäbig ich die Sitte finde, die starke Gefühle oder ein Verlangen zu unterdrücken befiehlt, um des Ansehens und der öffentlichen Moral willen. Sie ist zu haben, denkt er deutlich, und er denkt wohl auch: Das ist gut und gleichzeitig enttäuschend; ich ärgere mich und möchte ihn Walther zuliebe ärgern und sage fortschrittlich: »Ich werde gern mit dir schlafen auch ohne Ehering.«

Er lächelt grimmig und sagt: »Ein Geschenk!« Und er ist im Augenblick entschlossen, es abzulehnen.

Ich bin ganz sicher, daß er das nicht tun wird. Es geschieht längst, was geschehen muß, und es geschieht im Grunde gegen meinen und gegen seinen Willen.

Wir lassen uns da auf etwas ein: Wir sind erwachsen – alt sind wir –, und deshalb mache ich ihm eine Freude und sage romantisch: »Ich möchte ganz dir gehören.« Der Satz ist wahrhaftig, trotzdem schmeckt er ranzig.

»Lassen wir uns fallen. Fallen wir auf uns herein.«

»Spatz«, sagt er. »Spatz!« Er wird es immer sagen, wenn er es nötig hat, mich klein und winzig zu sehen und mein Piepsen zu entwerten.

Er hat Geld, Erfolg, eine Frau, ein Heim. Mein Quartier ist ärmlich, und ich habe nichts. Trotzdem liegt er schief. Sagt Walther.

Er hat Leidenschaften, die nicht nur aus seiner Geilheit kommen – er haßt die Revolution, die Revolutionäre, den kleinen Walther, in dem er einen solchen zu sehen glaubt. Und er hat eine große Zukunftshoffnung: die Ideologie der Linken scheitern zu sehen. Schadenfreude: es geht in Rußland zur Unfreiheit hin, und es gibt und wird nie eine andere Freiheit geben als die Einsicht in die Notwendigkeit, als das Aufsichnehmen der Determination.

Ich zittere unter seiner festen, sauberen Hand und habe im Kopf freche Gedanken. Frech, da er doch Gehorsam verlangt und ehrlich, wie es scheint, meine »Schönheit« preist. Er wirbt. Ich will, aber ja, ich will, es soll auf Prinzipien und Standpunkte nicht ankommen. Verkauf ich mich, wie Walther sagt, so verkaufe ich mich so sehr gern, daß es doch schließlich kein Verkauf ist. Es geht ja nicht um Geld oder sonst was. Es geht um dichte Nähe, um meine Lust, bei einem feinen Herrn zu liegen. Ich sehe nur die Schuhe, handgearbeitet von Nagy.

Ein Herr aus Leder und Lavendel.

Wir gehen essen. Nicht essen: speisen.

Eines Abends kommt er und ist zerstreut. Er setzt sich nicht an den Tisch, um zu essen. Er macht große Schritte im engen Raum. Ich lege mich auf den Diwan, um aus dem Weg zu sein. Er blickt mich düster und bedeutungsschwer an und beginnt, seine Kleider mit Bedacht abzulegen. Da vergeht auch mir der Appetit aufs Essen, und ein anderer Hunger dreht mir die Gurgel zu. Da steht er im Duft seines Lavendelwassers und kann sich sehen lassen. Er weiß das auch. Ich wage nicht zu lachen. Er ist so ernst. Seine Feierlichkeit zwingt mich zur Scham. Nicht ohne Berechnung bleibe ich halb verhüllt. Was für ein Spiel. Es wird ein typisches erstes Mal. Jeder zelebriert auf Kosten des freien Gefühls. Ich wage keine Initiative. Ich fühle mich nicht unterdrückt, nur zur Rücksicht aufgerufen. Er hat zu beweisen und nicht ich. Was willst du? Was will ich?... Nein, nein, ich rede nicht. Niemand redet. Man redet nicht. Warum redet man nicht? Gott, ist er feierlich. Braucht er soviel Konzentration? Ein klassischer Akt. Jeder bringt alles mit, was dazu nötig ist. Eine perfekte, zu perfekte Premiere. Ich hab's gern locker. Aber das kann alles werden. Statt der frivolen Zigarette nachher rezitiert er eigene Verse und noch ein Gedicht in Latein von Catull.

Ich darf lachen.

Aber erst nach einer Pause.

Man kann nicht inszenieren, wie man möchte. Ich wäre gern noch eine Weile auf dem Bett liegengeblieben, er aber hat das Bedürfnis nach Einsamkeit und Meditation und geht, nein schreitet davon, verläßt mich mit Handkuß.

Ich schlendere nach Schönbrunn und hole Walther. Der freut

sich bei der Vorstellung, daß ich sitzen gelassen wurde. Allerdings ist das Bild, das er sich davon macht, sein ganz spezielles, sein eigenes.

Doderer bleibt vier Monate im Tal Josaphat und schreibt an seinem Roman. Mir schreibt er nicht. Ich erwarte es auch nicht. Ich weiß, daß er wiederkommen wird. Vorher noch bringt die Post einen Brief. Wir treffen uns im Kaffeehaus. Ich sitze am Marmortisch und lese Zeitungen. Dann steigt mir Lavendelduft in die Nase.

Ich sehe mich satt an jedem Fingergelenk. Er hat sein Gesicht verwüstet, aber seine Hände, Knochen, Knorpel, Venen, Muskeln spielen vollkommen zusammen, kräftig und nervös. Was man so sensibel nennt, hat er damit im festen Zugriff. Es ist mir gleich, was er redet.

Diesmal ist das Thema nicht der »Alte Adler«, sondern Paris von Gütersloh. Nicht vom Vater redet er, sondern vom Lehrer. »Lehrer«, belehrt er mich, »ist eine Kategorie, die Bestand hat. Lehrer bleibt Lehrer, Schüler bleibt Schüler, und dieses Verhältnis bleibt fürs ganze Leben. Gütersloh ist mein verehrter Lehrer!«

»Mir liegen solche Festlegungen nicht«, sag ich. »Außerdem hält Walther den Gütersloh für einen Scharlatan. Und ich mag Güterslohs Art auch nicht.« Doderer schweigt darauf sehr ernst. Er ist mit seinem Schlitzblick ganz vertieft in seine Reaktion: Verblüfft zeigt er sich erfreut.

»Ich mag ihn auch nicht«, sagt er. »Das ändert nichts an meinem Verhältnis zu ihm.«

»Solche Zwiespältigkeit ist auch mir nicht fremd«, gebe ich zu, »aber«, sage ich, »ich bin nicht imstande zu verehren, mich fasziniert, was ich nicht mag, weil ich nicht weiß, warum es mir fremd bleibt.« Mich fasziniert das Unentdeckte.

Wir schauen einander an wie verwirrte Kinder und lachen.

»Du hast keinen Standpunkt«, sagt er.

»Nein«, sage ich: »das ist mein altes Leiden.«

Ab und zu muß ich Doderer auch ins Gesicht sehen, obwohl mir das – ach ja – es ist mir peinlich. Sein Gesicht ist viel nackter als sein nackter Körper. Es zeigt jede Regung. Zorn und Sentimentalität wechseln. Oder auch die Rührung über die eigene Empfindung, die den Zorn ablöst über das Gegenüber, das die Rolle nicht kennt, die er ihm zugeteilt hat. Du bist ein ordinärer

Kerl, soll der alte Adler gesagt haben. In die bösen Schlangenaugen sehe ich, um etwas zu erfahren. Gehe ich ihm auf den Leim? Spiele ich sein Spiel, bis es mehr ist als mein Spiel und sein Spiel?

Es steckt eine solche Kraft in den Vorstellungen dieser Männer, die mit sich selbst ein Theater machen, um sich darzustellen. Das Pendant dazu ist die Hexe: sie verwandelt sich in eine liebliche Erscheinung, um geliebt und gebraucht zu werden, in einen Engel. Tatsächlich ist sie ein Höllengeschöpf, ihm ebenbürtig. Sie erfüllt ihm seinen Traum: Die schwache Schöne und das starke Tier.

Ich besuche ihn am Nachmittag in seiner neuen kleinen Parterrewohnung. Es ist ganz dunkel und wohlig, und er trägt nur eine kleine Dreieckshose. Sonst nichts. Kerzen brennen und riechen. Er ist geschäftiger Regisseur einer Szene. »Zieh dich aus«, sagt er leise, »ganz«, sagt er, »und stell dich dorthin.« Er arrangiert mich vor dem Hintergrund eines Bücherbords im Kerzenschein, und ich muß mit der einen Hand eine Brust bedecken und mit der anderen die Scham: Venus von Milo. Er schiebt meine Hüfte zurecht. Ich zittere ein bißchen. »Zittre nur«, sagt er und holt aus einem Schuhkarton eine kurzstielige Peitsche. Sie hat Schnüre aus roten Samtbändern, eine Geißel, die nicht schmerzt. Er schlägt mich damit auf Schulter und Rücken. Ich lache aus Verlegenheit.

Er rennt aus dem Raum. Tobt in der Küche. Holzscheite krachen gegen die Wand. Ich stehe still und fürchte mich. Mit theatralischem Schlangenblick kommt er wieder. Ich weine, und er streichelt mich sanft mit seinen Samtbändern. Dann erzählt er mir eine Geschichte von der Folter und einer Nonne in einem mittelalterlichen Verlies und von einem kleinen Pagen, der eine Vergewaltigung belauschte. Er raunt von Unschuld und schrecklicher Scham und holt ein Nonnenhemd aus einem Schrank und zieht es mir über. Dann wirft er mich auf sein Bett.

Weil er es so ernst nimmt, muß ich es komisch finden, aber ich denke auch, wenn ich da heil herauskomme, kann ich das gar niemandem erzählen, und ich denke auch, daß es Verrat ist, daß ich so denken kann, und daß er mit seiner Art Romantik meinen Traum von zärtlicher Liebe zerstört. Ich will nicht, daß er mich enttäuscht. Es enttäuscht mich aber, daß er schrullig ist – und feierlich. Ich beobachte. Ich kann nicht mittun. Ich habe Mühe, mich überhaupt einzuschalten. Das macht ihm aber nicht viel aus. Er kämpft mit einem Phantom.

Ein Therapiespiel?

Es folgt ein duftendes Bad. Nachher zieht er sich soigniert an. Ganz und gar lavendelduftend gehen wir vornehm essen: Hummercocktail, Roastbeef und Brandteigkrapfen mit Schokolade und Schlagobers. Dazu Bismarckwein aus dem Burgenland. Manchmal auch Beaujolais.

Walther, der von diesen Szenen nichts weiß, sagt: »Er mißbraucht dich.« »Na, und wenn schon«, sage ich, und ich weiß, wovon ich rede: ich bin gerne zu etwas gut. Man liebt, was man gebrauchen kann, und die Nähe, zu der das führt, tut mir unendlich wohl.

Es stimmt schon alles. Ich passe mich leicht an. Ich habe keine strikten Vorlagen, wie Liebe gemacht werden soll, und mich entzücken seine Gliedmaßen und das harte Brustbein, das verschwitzt auf mich niederklatscht und drückt, während er ein bißchen schläft.

Ich könnte nicht sagen und will auch nicht sagen: Geh weg, du bist mir zu schwer. Ich beginne, alles das zu mögen, was unbequem ist bei diesem Zusammensein – alle die Zeremonien und Umstände und Lächerlichkeiten.

Was hat er nur alles nötig: Als »Dame« darf ich nur zu Hause rauchen! Er steht auf, wenn ich stehe, er geht links von mir, und ich darf es nicht bemerken, wenn er schlecht sieht und den Griff der Autotür nicht findet, die er mir öffnen will. Er schiebt mir den Sessel unter den Hintern. Aber zu Hause nimmt er nachts die Zähne heraus.

Über Dinge, über die man nicht spricht, spreche ich nur mit Irmingardis. Sie versuchte schon in der Schule auf meine »Blödigkeit und Naivität« einzuwirken, wenn ich für selbstverständlich hinnahm, was sich keineswegs von selbst verstand. In demselben Maß, in dem ich Walther nicht glaube, glaube ich ihr, zum Beispiel, daß Doderer glaubt, diese Zähne wären nicht notwendig, um besser auszusehen, sondern nur, um zu beißen. Er bekam sie mit fünfundvierzig Jahren beim Militär verpaßt und hat sich entschlossen, falsche Zähne für richtiger und schöner sitzend zu halten als eigene – sie sind regelmäßig und schön, basta.

Außerdem redet er stets vom Zahnfleisch, das in Gefahr sei zu mortifizieren, wenn man es nicht lüftet, indem man sich der

Zähne entledigt, wenn sie nicht gerade zum Beißen gebraucht werden. Das ist eine Theorie, die Zahnärzte nicht bestätigen, aber ich habe sie anzuerkennen. Irmingardis sagt: »Er benützt alle Umstände, um dich zu zwingen, dich zu bezwingen. Er verlangt Demut.« Tortur meint Irmingardis.

»Soll sein!« Sein leerer Mund ist ärger als seine ohnehin nur gestischen Gewalttaten. Ich leide mit den Augen. Einen Ekel, der mich zerreißt, körperlich an den Rand des Erträglichen stößt, kann ich genießen. Das beichte ich Irmingardis, und sie lacht. Ich setze mich gerne Situationen aus, von denen ich mir, vor allem als ich jung war, einen Blick hinter die Kulissen versprach: über Grenzen hinweg – Grenzen unserer Bedingtheit sozusagen. Das stottere ich Irmingardis vor, und sie sagt höhnend, daß sie nur das »Glück« verlangt, das es nicht gibt. Deshalb: Prost!

Irmingardis mischt Coca-Cola mit viel Rum und etwas Zitronensaft. Sie räkelt sich, die Blonde auf ihrem schwarzen Sofa, läßt mich reden und zeigt Beine, die Heimito zu dünn wären, aber modegerecht sind.

Sie hat mehr, als sie braucht. Besitzt ein bequemes Liebesnest, und ihr Geld steckt in vielen Unternehmungen. »Willst du was?« Sie borgt mir stets ohne Zinsen, bezahlt meinen Zahnarzt und ist gut zu mir. Ich gebe es zurück, wenn auch Schilling für Schilling, denn sie ist mir nicht geheuer. Ich bin bieder. So ums Geld wie sie, nein, das kann ich nicht. Mich macht Geld nicht sinnlich. Überhaupt nicht. Es schreckt mich, wenn viel davon da ist, und wenn nichts da ist, finde ich den Zustand normal. Luxus, das ist ganz etwas anderes. Da hängen im Schrank die Negligés aus London, schwarze, weiße, himmelblaue und grüne, Pelze aus Paris, und darunter stehen italienische Schuhe, und alles das ist auch in meiner Größe. Ich darf es anziehen. Sie putzt mich heraus für Heimito, der das gar nicht bemerkt. Sie gönnt mich ihm und ihn mir, und als er sie einmal mit mir besucht, herrscht eine Komplizenschaft zwischen ihnen, die mich ausschließt: Leute von Welt begönnern ein Schaf!

Das Schaf bemerkt es.

Aber wenn auch das, was geredet wird, nicht genau stimmt, kommt es doch hier in dem Kaminzimmer mit den schwarzen Möbeln zu Erörterungen, die mir weiterhelfen.

Irmingardis setzt ihre Schönheit ohne Eitelkeit ein. Sie ist »angefressen«, sie ist satt, sie hat es über, das Leben, das sie führt.

Diesmal geht es um den Schneiderlohn für ein Kleid. Eine kleine Balletteuse brachte mir handgewebten Damast aus Damaskus mit, und ich will mir zur Feier von Heimitos sechzigstem Geburtstag ein Festkleid nähen lassen. Rot und gelb sind die verwebten Fäden, es sieht aus wie Gold. Gerade recht für ein abendliches Fest im Palais Berchtold bei der Strudelhofstiege. Viel Prominenz wird da sein, die PEN-Clubmitglieder, Offiziere aus dem Ersten Weltkrieg, die in Sibirien gefangen waren – Grafen und Herren von und zu –, und Vertreter der Regierung und die bundesdeutschen Verleger, Heimitos Familie und noch, und noch...

Und ich werde im Hintergrund die Hauptperson sein: die »heimliche Geliebte«, sagt Heimito. Seine Frau »läßt er nicht kommen«, sagt er. Dieses »läßt«, dieses »lassen« gefällt mir nicht. Was heißt da: läßt nicht? Wenn sie will, soll sie kommen – mir macht das nichts. Er lebt ja nicht mit ihr, benützt ihre »ländliche Stille« als Refugium und sie selbst als »Magd«. Es ist vielleicht nicht immer so gewesen, aber nun denkt er nur an mich, und das ist der Augenblick, der herrscht. Säße sie an seiner Seite, bin ich trotzdem zufrieden zwischen Walther und Liesl in der viel zu kostspieligen Hülle, die meine Haut – wie gesagt wird – wunderbar schimmernd zur Geltung bringt. Ich freue mich als heimliche Fest-Königin trotz Walthers bissigem Spott. Ein Spiel! Was soll's! Im Licht der elektrischen Lampen glänzen die dunkelgrünen Blätter schwärzlich, und die Erde riecht feucht. Rauh und heiser kommt Heimitos Stimme voll Pathos und beschwörend über unsere Häupter. Er redet – und hält eine Rede, die ihn selbst ergreift. Über seine Figuren redet er, Gestalten, denen er auferlegt hat, was ihm am Herzen liegt: die Menschwerdung. Sein Wunschbild: da schwebt und schreitet es, er beschwört es und ruft theatralisch: »Servus, Melzer!« Liesl sagt laut: »Jetzt sieht er wie der Hitler aus.«

Das stimmt schrecklich in bestimmten Gesten, im forensischen Gehabe. Er ist so unsympathisch, wenn er sich selbst feiert, und ich weiß, wie verkrampft er ist und wieviel für ihn davon abhängt, daß er sich selber ernst nehmen darf und alle ihn ernst nehmen.

Und ich finde ihn und mich und die Situation unmenschlich und lächerlich, und für mich hängt alles davon ab, ihn dazu zu bringen, das auch so zu sehen und frei zu werden, endlich frei von seinem Anspruch, sich und ihn Betreffendes absolut zu setzen.

Ich weiß doch, was die alle denken, die wie Walther denken. Überall hängen für mich die Spruchbänder aus den schiefgezogenen Mündern: ein Reaktionär, ein Schönredner. Sein Pathos ist von gestern, und sein Publikum ist auch von gestern.

Walther bringt mich nach Hause, ich weine, und er ist böse auf mich. Geht weg. Doderer kommt wenig später im Taxi mit einer ungeheuren Menge von Blumen, wie zum Friedhof, aber auch mit Champagner und mit den »Dämonen«. Ich muß mich setzen, er kniet vor mir und legt mir das Buch zu Füßen. Eine Nacht der Inszenierungen, stürmischen Improvisationen, des Theaters mit vielen Regieeinfällen. Müde sage ich dann: »Ich habe dich als Reptil lieber.«

Daraufhin stieren wir beide an die Decke, stumm, stumpf und leer sind wir – entspannt, einander endlich nah. Wir schlafen Hand in Hand.

Der Roman ist das Resultat von fünfundzwanzig Jahren Arbeit. »Du und das Buch, ihr seid die Höhepunkte meines Lebens«, sagt er. Er zeigt mir seine Tagebucheintragung: »Eingriff des Gottes.« Eros ist gemeint. Ich denke an meine Ehe mit Rudi, die zwanzig Jahre gedauert hat, ohne daß sie, die Liebe, uns zum Thema wurde. Alte Leute vergleichen. »Ich hab' zu dir ein päderastisches Verhältnis«, sagt er, und dann kommt es an diesem Morgen doch noch zum Ausbruch von ungestelzter Überraschung.

»Ich rede und lebe mit dir wie mit einem Mann – du bist nicht der erste Mann, mit dem ich lebe«, teilt er mir, selbst erstaunt, mit.

Gleich darauf sagt er, wie in Verteidigung, »Spatz« zu mir. Ich zeige mich ganz demütig, bin selber froh, daß er sich wieder als »Vater« in Regie nimmt. Bewegt erzählt er von den Männern in seinem Leben.

Ich werde schwindlig, wenn die Sachen aus dem Rahmen fallen: wenn er aus dem selbstgefügten Rahmen fällt.

Das Reptil beim Frühstück schweigt – es hat sein spezifisches Gewicht nicht mehr. Ich bin froh, als der »Geliebte« im Taxi verschwindet und Walther auftaucht: »Mein Piperl, was tust du nur!«

Tiefernst – ein Bild der Tragik – sitzt Doderer schon im Abteil, als ich mit meinen Koffern komme. Wir fahren nach Italien:

Kunstreise, Hochzeitsreise – ein Nachholen dessen, was wir im Leben versäumt haben? Ohne Geldsorgen – reif für Erfüllungen. Warum schreckt er mich mit seinem irritierten Blick? Er fährt nicht gern – er hat es sich auferlegt, er möchte normal leben, eine Reise machen. Was er aber wirklich möchte, ist, allein an seinem Schreibtisch sitzen, im Pyjama, halbwach halluzinieren und Sätze drechseln: das Glück, sein Glück wartet nicht im Süden. Aber ich freue mich – auch dann, wenn ich ihn wie einen Patienten begleite: Ich brauche nicht ans Geld zu denken, und auch Walther kann ich versorgt zurücklassen.

Alles bestens, und nichts stimmt. Ich denke das und frage mich nach meinen »Parametern«. Meine Maßstäbe sind Freude und Skrupellosigkeit. Ich denke mir, ich könnte froh sein, ich könnte selig ins Unbekannte reisen: jeden Tag ein anderes Hotelbett. Wir haben unsere Notizbücher ja mit. Wir tragen, was uns wichtig ist, in der Tasche und im Gehirn. Vielleicht aber verstehe ich nicht gut genug, daß die Umwelt da nicht mitspielt. Er macht die Reise mir zuliebe? Oder quält ihn das Schema: mit der »Geliebten« gereist zu sein.

Die *Rapidi* in Italien und die Reisenden sind first class. Der Wein auch. Die Kunst wie Wein. Die Luft auch.

Elegant. Wir gehen nur in erste Häuser schlafen und essen.

Doderer muß – das ist Programm –, er muß die Hl. Katharina auf dem Rad sehen. Die Kirche in Florenz, Santo Spirito, ist in Renovierung. Doderer klingelt den Pfarrer heraus, redet lateinisch mit ihm, erzwingt den Eintritt ins düstere Seitenschiff, beäugt unterm Gerüst der Maler den bräunlich dumpfen Schinken, sucht in den Uffizien auch nach den Bildern von Märtyrern. »Meine Prädilektion«, sagt er, »meine Besessenheit.« Ich halte es längst für Pose, so wie sein Peitschchen aus Samt. Er gebraucht es auch selten – er ist sensibel –, er weiß, was ich ihm abnehme und was nicht. So haßt er mich.

Wir gehen über die alte Brücke von Florenz, wir gehen durch ein Bild in ein Bild, wir kennen das als schön und alt, und ich sage Arno, und ich sage Flüsse und Städte und Donau und Sophienbrücke – die Brücke unserer Kindheit –, sie heißt jetzt anders, ist nicht berühmt, aber doch grüner Fluß und Ufer und weiter Blick und eine Luft, die anders ist – eine nicht ganz so alte Brücke... Die Nacht haben wir noch in den Knien, die Gegenwart ist schon Literatur... Reisen zerstreut und verrückt uns. Dix, Grosz, Daumier und Magritte überblenden mir die Uffizien, plötzlich passen mir Glätte und Vollkommenheit nicht. Doderer sucht lüstern die Darstellung von Märtyrern und Marterungen. Das Reptil will seine Interesselosigkeit interessant kaschieren. Ich sage ihm das. Er sagt »Spatz«, ist böse.

»Die Reaktion auf die Qualen der Heiligen macht mich fündig. Ich habe eine Trouvaille zu notieren.« Er setzt sich vor eine Bar in die Sonne, und ich sehe eine Stunde lang stumm zu, wie er in sein Notizbuch mit kleiner Schrift eine Erleuchtung formuliert. Scharen von Amerikanern fotografieren sich und alles andere. Das wenigstens haben wir nicht: Fotoapparate.

Und wir gehen wieder über den Ponte Vecchio und schauen in die Buden. Wollsachen, Schuhe. Doderer bemerkt meine begehrlichen Blicke, und wir betreten einen Laden. Doderer spricht französisch, es funktioniert, aber alle die Pullover und Westen, die mir gefallen, sind über meiner Brust zu eng. Das freut Doderer sehr. Hohoho, diese Oberweite gehört mir. »Mir, mein!« sagt er und greift in mein Unterzeug, um der Verkäuferin zu zeigen, mehr von dem zu zeigen, was ihm gehört. Die junge Frau lacht und weist bedauernd auf ihr eigenes Manko. Ich sehe Walthers gerümpfte Nase vor mir. Diese Szene würde ihn degoutieren. Ich habe beide, Doderer und Walther, plötzlich zärtlich lieb. Ich sage: »Kauf dir doch eine Schwimmhose, daß auch wir hier Möglichkeit zu Größenvergleichen haben!« – »Ich hasse mich«, sage ich dann. »Du schämst dich«, sagt er, »tu das nicht in dieser stehenden Helligkeit, in dieser antikischen Luft!« Er küßt mich, die Verkäuferin lacht, und er jubelt: »Wir haben uns eingeholt!«

In Neapel kauft Heimito einen Strick, um mich im Hotelzimmer zu fesseln. Lustiges Augenzwinkern.

Das Meer schwingt in breiter Dünung. Die Menschen an Deck sind so schön und so gut gekleidet, daß ich mir in unserer Luxuskabine wie eine graue Maus vorkomme, die sich besser ganz unsichtbar macht. Wir schaukeln ruhig in der Filmkulisse, einmal Meer, einmal Schiffsgeschehen im Blick, es scheint sogar der Mond. Das ist nicht Leben, das ist Deplacement für unsereinen, für ihn und für mich, die wir uns erst am eigenen Schreibtisch, aus Erlebtem Text machend, sicher wissen – wir sind traurig.

Im Zug Erster Klasse von Palermo nach Agrigent: Sizilien – erheblich anders als von Florenz nach Neapel. Hier fahren Hühner, Ferkel und kleine Kinder mit ihren kleinen schwarzen Vätern, schwarz auch der Anzug wie die Kleider der dünnen Frauen und dicken Mütter. Soviel Schwarz in soviel Sonne weisen auf den Ernst des Lichtes hin, hier saugt man die Sonne ein und schwitzt sie aus. Es stinkt. Doderer beginnt zu randalieren.

Er schimpft mit dem Schaffner, die Menschen stänkern uns an, und ich finde, daß sie recht haben – er darf uns nicht mit dem Preis der Fahrkarte kommen. Er unterwirft sich sofort der von mir vertretenen Moral, spuckt auf den Boden, bietet den Männern Zigaretten an und reißt seine Krawatte herunter, öffnet die Schuhe und schlüpft heraus, spielt nicht ohne Behagen den Mann, der mit dem Volk fraternisiert. Ich lache, alle lachen, aber wir haben noch eine Taxifahrt vor uns.

Er erklärt mir den Tiefstand »dieser Bagage« und ihre Funktion. Die berühmten Tempel und die Pyramiden schwitzend und unter Schlägen zu errichten, dazu sind sie da, und das ist ihre Rechtfertigung zu stinken und zu schwitzen und Säue und Kinder zu transportieren. Nicht aber sich zu empören gegen all jene, die die Pyramiden und die Tempel zu denken vermögen und zu entwerfen. »Dieses millionenfach zu viel vorhandene Volk hat keine eigenen Daseinsrechte. Es hat keine schöpferische Disziplin.«

»Ich aber liebe alle armen, häßlichen, stinkenden Leute. Außerdem bezahlen sie die Zeche.«

»Ich zahle auch«, sagt er: »Manche Zeche und nicht nur meine.«

Ich weiß, daß er an die Kriege denkt. Er denkt an seine Einsamkeit, und er sagt: »Das rottet sich! – Halten Sie an!« schnarrt er auf deutsch. Er stellt sich an den Straßenrand und schifft vor mir und dem Chauffeur. Ich steige aus und schlage ihm ins Gesicht, rechts und links mit dem Handrücken. Er zeigt seine Erektion.

Die Saison ist vorbei, und wir sind in der kleinen Pension die einzigen Gäste. Der Schmiermittelfabrikant, dem sie gehört, und die dunkle Cameriera, die uns bedient, haben viel Vergnügen an uns. Wir benehmen uns ganz sans gêne, leben unserem Übermut: dem Norden entkommen, die verrückten Touristen, die aus ihrer Haut schlüpfen.

Wir liegen entspannt im Sand und lachen über das Kitzeln der kühlen Brecher und kosen im warmen Schein der herbstlichen Sonne des Südens. Heimito läßt die Muskeln des antiken Menschen spielen, als der er sich fühlt. Nackt in der Sonne wie ein

Halbgott, luftig, nichts zwischen der Haut und den Elementen. Er dehnt seinen Brustkasten und blinzelt aus Schlitzen auf seine Bewunderer. Ungehemmter als junge Leute mimen wir ein Glück, bis es uns selbst überzeugt. Wir sind heiter und ganz »antikisch«, Pan und – Heimito besteht darauf – Venus.

Wir machen unseren Schmiermittelfabrikanten ganz verrückt – wir stecken ihn an, er stellt sein Auto und sich selbst animiert als Chauffeur zur Verfügung und fährt uns zu den alten berühmten Tempeln. Er tappt nach mir, und faunisch grinsend beobachtet Heimito, wie er mich aus dem Auto hebt, auf die Tempelstufen stellt und balzt.

Wir dampfen in unserer Körperlichkeit, die sich am Neid des kleinen, flinken Sizilianers steigert.

Nicht um uns die Slums von Agrigent zu zeigen, sondern um uns durch die Schrecken einer Art Achterbahn zum Quieken zu bringen, führt er uns pfadlos und halsbrecherisch in ein Gewirr von Wellblechbuden, Hütten und Höhlen, die im Tuff und am schiefrigen Gestein kleben, zwischen Rindern, Ziegen und kleinen Kindern hindurch, die auseinanderstieben.

Die Kinder stellen sich bettelnd in den Weg. Heimito streut Geld aus. Mir bleibt die Luft weg beim Anblick von Kindern, die Hungerödeme haben. Diese dünnen Beine und diese dicken Bäuche, diese Lumpen und die leeren Brüste der Frauen – ich kann nicht hinschauen, oder ich springe heraus und setze mich dazu. Das Auto rast mit uns weiter, und ich verdränge, was ich gesehen habe.

»Sie betteln und verneigen sich – kein Stolz in dieser miesen Plebs –, statt daß sie ihre Steine nach uns schmeißen.«

»Walther haßt arme Leute auch, aber er würde ihnen nie Geld hinwerfen...«

»Sollen sie sich einmal satt essen in Demut!« sagt Heimito. »Eben«, sage ich, »Walther hätte ihren Stolz geschont.«

»Scham und schlechtes Gewissen«, sage ich: »Hast du es nicht?«

Er macht eine Handbewegung, die den Sizilianer stoppt.

»Nein«, sagt er, »ich messe Qual an Qual.« Und er wirft mit verächtlichem Grinsen Scheine in den Fahrtwind. Mir sträuben sich die Haare, als die Kinder in alle Richtungen danach rennen und ein Hund beinahe unter die Räder kommt: »Du finanzierst ja die Reise nicht aus dem Erlös deiner Arbeit, sondern aus einem

Erbteil!« bocke ich und trumpfe auf.

Seine Augen treten rund und glänzend aus ihren Schlitzen, und er brüllt mich an: »Du denkst und handelst, du handelst und denkst, und glaubst wirklich, daß da ein Zusammenhang ist! Was erreichen sie denn, deine Revolutionäre: daß die Ärmsten der Armen verheizt werden bei ihren Aktionen!«

»Der Ruass!« sage ich und weiß, daß er mir diese Anspielung nie verzeihen wird.

»Ein Feind also bist du?«

Wie nach einem Schlag in den Nacken fällt ihm der Kopf auf die Brust. Seine Trauer ist körperlich und fährt in mich wie ein Hieb: Aus, denke ich. Aus.

Ruass, ja, Ruass hat Doderer in seiner Schilderung der Wiener Revolution vom Sommer 1927 einen Teil der Aufständischen genannt und damit eben die »Letzten der Letzten« gemeint, die überall sich einfinden, wo es etwas zum Randalieren gibt. Diese Einstufung politischer Kämpfe bildet seither das Hauptargument derjenigen, die ihn als Dichter und Menschen ablehnen. Doderer hat auch deutliche Sympathien für die Ordnungsmacht und ihre Organe gezeigt. Er hat als Alibifigur einen Arbeiter beschrieben, der sich durch Latein- und andere Studien soweit entwickelt, daß er an der Menschheit würdig teilnehmen kann und eine bürgerliche Frau lieben darf. Diese Konstruktion forderte mehr als andere seine »linken« Kritiker heraus, da setzten die Debatten an.

»Ich nehm' es nicht hin, Heimerle«, sage ich zärtlich, »ich nehm's nicht hin, daß du mich mit dem Wort ›Feind‹ abtust, wenn ich nicht alles akzeptiere, was du schreibst.«

»Du bist irregeführt, verblendet – du gehst aus edlen Motiven einen falschen Weg.«

Heimito versucht nicht aufzubrausen, er bezwingt sich.

Unten geht ein Leichenzug. Langsam wird der schwarze Wagen von Maultieren gezogen, die auf den Schädeln silberne Wedel tragen, Kinder in weißen Hemdchen mit Engelsflügeln aus Pappendeckel trippeln laut die Weinenden mimend hinterher, Ranken von bunten Papierblumen gehören zur Regie und jammernde alte Frauen.

Salvatore bremst am Hang und stoppt. Wir starren über die Kühlerhaube auf den Zug der Elendsgestalten, auf den Papierblumenprunk und die troddelbehangenen Maultiere, auf den silbrig glitzernden Sarg, auf den Heimgang eines unserer geringen Brüder.

Heimito bedeutet Salvatore, zur Kirche zu fahren. Er kniet vor dem Altar, ich bleibe aufrecht. Draußen in der Sonne schreit er mich an: »Ich habe für dich, für uns habe ich gebetet.«

Da ich leider denke, daß ich seine Zeremonien satt habe, komme ich mir gemein vor, denn ich weiß, was ihm Symbole und Metaphern bedeuten. Ich bin gemein, ich möchte seine harten, sehnigen Gliedmaßen um mich schlingen und den trivialen Selbstbetrug der Geborgenheit und der Lust und des Sich-selber-Vergessens spüren. Was gehen mich Standpunkte und Anschauungen an. Was heißt da beten: Worum beten als um Gegenwart – Gott weiß, daß ich sie zu nützen weiß, wenn man mich läßt. Die Gegenwart, der Augenblick – wenn ich einen Sarg sehe, werde ich gierig.

In der Nacht ist es tiefsitzende Widerspenstigkeit bei mühsam geübter Demut, die uns beide steigert. Lieber Heimito! Er fesselt mich mit seinem Strick quer übers Bett, ganz fest zurrt er die Knoten, um mir angst und bang zu machen. Dann muß ich warten. Nackt und bloß und ausgestreckt. Ach ja, hab' ich mir immer schon gewünscht. (Eine Kindheitserinnerung, die Dulderin auf die Erdkugel gespannt: ein Bild von Fidus.) Ich muß warten: auf die Lust warten, ohne sicher zu sein. Ob ich nicht zusehen muß, wie er nach seiner Ekstase einschläft – dann bewegungslos und zitternd zusehen – wie er aufwacht, mit seinem Reptilblick nochmals genießt – und ich kann mich nicht rühren. Das steigert uns beide. Er hat für uns gebetet.

Post coitum. Heimito ist mehr als triste, er taucht ein in Verzweiflung.

Ich fühle mich fest an ihn gebunden. Gekettet? Meine gummiwandartige Nachgiebigkeit – »nur das Weiche ist unüberwindlich« – ist ihm verdächtig. Ich lähme ihn, bin der Widerstand, der sich nicht fassen läßt.

Will ich ihm helfen oder ihm auf den Grund kommen?

Ach, ich will beides – ich will einfach, daß er meine Kritik an ihm zerstreut. Ich will nicht denken, will leer dahinzittern, ganz und gar bis zur Bewußtlosigkeit, statt dessen beobachte ich alle seine Fehler und laste sie mir an. Das ist absurd. Wer bin ich denn, daß ich tatsächlich nachsichtig bin wie eine Mutter. Ich will ihn nicht als Sohn, ich will ihn als heftigen Herrn und bin tief innen böse, daß er es nicht sein kann, daß es keinen Herrn gibt, daß ich allein in meiner Verantwortung bleibe. Childerich, der Merowinger, der Absolute, die Figur aus seinem Roman, den er mit seiner kleinen Schrift in ein Kassabuch schreibt und mir vorliest. Ein unsinniges Werk – seine Selbstanalyse. Childerich, Urahn, Vater, Großvater, Sohn – die totale Familie, Gottvater, ein Wüterich. Er braucht mich, um zu wüten.

Ich bin mir selbst verdächtig.

Wir schreiben Briefe. Ich an Walther, er an seine Frau. Liebesbriefe, die wir einander vorlesen, ehe wir sie abschicken. Dokumente der Zweckmäßigkeit, die Gefühle vorgeben, um keine Wunden zu schlagen. Großmut? Nein. Bequemlichkeit. Komplizen sind wir.

Wir genießen die Fremde, die Nächte und die Selbstbespiegelung. Smartes Paar. Älterer Herr leistet sich relativ junge, jung wirkende Geliebte: zwei Infantile, die aussehen wie reife Figuren der Gesellschaft.

Die ungeheure Banalität einer mittelständischen Speisezimmereinrichtung ist im Nordlicht eines trüben Morgens auch im Süden niederdrückend. Wir kommen aus unserem ostseitigen Appartement, um zu frühstücken, und entdecken, wie wichtig das Licht in diesen Breiten ist. Am Vormittag ist der Himmel voll Wolken, und die gräßlich bunten Polstermöbel stehen im grauen Schein einer kahlen Ebene. Wir spazieren nach Porto Empédocle, dem Geburtsort von Pirandello. Die ehemals dorische Kolonie läßt wie die Tempel bei Agrigent mehr an Griechenland denken als sonst ein Ort in Italien.

Unter diesem herbstlichen Himmel ist es dennoch heiß. Heimito zieht das Hemd aus und spielt Statue, ich gehe in einen Laden, um Wurst zu kaufen. Verschmiertes Blut und Fliegendreck auf den weißen Wänden, die Fleischfetzen auf den Haken sind blaß, der Fleischer ist braun und hat viel schwarzes Haar auf der nackten Brust und den blutigen Fingern. Im diffusen Licht erscheint das alles sehr malerisch, die surrenden Fliegen machen die Musik dazu. Ein Herr mit Hut im schwarzen Anzug und mit hellen Gamaschen tritt ein und hinter ihm ein putziges weiß gekleidetes Mädchen mit roten Bäckchen und Sonnenschirmchen. Ein sauber gewaschenes Kind mit schönen alten Augen. Ich sehe an Heimitos nacktem Rücken vorbei aufs Meer hinaus. Es schimmert nicht im verblassenden Sonnenschein, es brütet vor der leeren

Ebene. Die helle Hitze setzt sich scharf vom Wasser ab, glatte harte Grenzen wie auf den Bildern von Chirico. Die Luft: ein Verharren, ein Stillehalten, ein Warten.

Ich sitze stundenlang vor einer Bar und sehe den anrollenden Brechern zu, während Heimito Eintragungen in sein »rotes Buch« macht.

1956 November: »Krieg in Budapest« steht im Paris Soir. Wir lesen vom Einmarsch der Russen in Ungarn. Ein Aufstand wird niedergeschlagen. Hinrichtungen, Massenflucht nach Österreich.

»Es verläuft gesetzmäßig. Sie sind unschöpferisch. Sie führen sich selbst ad absurdum, du siehst es!«

»Und das freut dich?«

»Daß sie sich blamieren, die roten Theoretiker? Jawohl. Ich war 1917 dabei, ich wußte es schon damals, daß alles wieder auf Krieg, Unterdrückung, Herrschaft und Macht hinausläuft – geht gar nicht anders... Die Planer! Ha!«

»Auflehnung, Heimito, Auflehnung! Darf es das nicht geben? Die armen Menschen...«

»Ja, das danken sie den Theoretikern, die zum Handeln aufrufen. Die Programmatiker! Das ist erst der Anfang...«

»Und man soll nichts dagegen tun – tun dürfen? Nur der Zufall soll entscheiden?«

»Gott ist der Zufall! Wir können beten...«

Und wir wandern wieder in die Kirche. Und ich steh' da, sub specie aeternitatis, wieder wie als Kind vor dem Jüngsten Gericht unter dem Kreuz zum *Gut-Sein* verdammt, ohne die Vernunft, auch nur einen einzigen verantwortungsbewußten Schritt in irgendeine Richtung zu tun. Schon wieder das Schuldgefühl, eigentlich zu den Erschossenen gehören zu müssen. Wieder stehe ich, böse auf Gott, vor der Existenz meiner Tante Maria, die obdachlos und betrunken als Analphabetin chancenlos bleibt. Auf die ewige Seligkeit im Himmel angewiesen.

Ich bin böse auf Heimito. Sein Schweiß und sein Samen riechen wie Rudis Schweiß und Samen, und nur der Lavendel stört meine tiefe, glückliche Zufriedenheit, wenn er mich an sich drückt, und mein Zorn stört mich, den ich nicht in Worte kleiden kann. Ich bin zu dumm dazu.

»Ja, Walther, der«, sagt Heimito fröhlich, als wir aus der Kirche auf den leeren Platz davor treten. Er geht jetzt locker und gelöst, tapsig und lieb und nicht mit steifen Knien.

»Der Walther, der macht Tagespolitik, der kann das... es ist aber meiner nicht würdig.«

Walther aber, dem der Christus der Bergpredigt nichts zu sagen hat, beteiligt sich wenigstens an einem Gespräch, wie es durchzusetzen sei, daß Gott nicht als Rächer siegt, sondern als Sein Eigener Sohn, der die Liebe predigt und den Geist der Versöhnung. Der Haß gilt dem Bösen. Insgeheim wünscht Walther, die Vergeltung käme doch über den Westen und auch über ihn selbst. Doderer und Walther hassen einander. Beide hassen einander und andere. Ich schau mir zu, wie ich gelegentlich einen von den beiden hasse und beide lächerlich finde. Millionen »Feinde« haben sich gegenseitig ermordet. Innen und außen, alle möglichen Feinde. Und Walther glaubt an das Ende einer Polemik. Heimito läßt sich nicht ein: Gott weiß, was Gott tut. Wir können nur beten. Er hat sein Peitschchen und seine Religion.

»Wenn die Russen bis Wien kommen, gehen wir nach Afrika, und da bleiben wir auf immer zusammen«, sagt Heimito ganz eifrig. »Töchterl«, sagt er zu mir, Vater will er sein.

Natürlich geh ich mit ihm auch nach Afrika. Ich nehme mit, was da kommt, denn der Tod ist immer nah, nicht nur allen anderen, sondern auch mir. Die armen Budapester. Vor elf Jahren hatten sie den großen Krieg der Nazis in ihren Gassen. Als wir ihn dann in Wien hatten, ging es weniger mörderisch zu. Uns beide hat der Tod gemieden. Jetzt droht zu Hause wieder Gefahr, und wir sind in Sizilien. Ein Faun ist zeitlos, denke ich mit flauem Gewissen.

Seine Zähne schimmern im Glas auf dem Nachttisch, hinter einer sehr schwarzen Dunkelheit steht ein Streifen schwefeligen Himmels. Mit der lauen dicken Luft stürzen Böen in das Zimmer, die stark nach Fisch riechen. Sie kommen in Stößen und klappen Türen und Fenster auf und zu. Heimito erwacht und stelzt schlaftrunken mit gesträubtem Haar auf den Balkon. Das Meer braust und brandet über die Strandmauer auf die Promenade. Berstend, splitternd und krachend fegen Gegenstände vorbei.

Ein trockener Sturm tobt mit großer Kraft. »Es ist das Ende«, flüstert Heimito, nackt auf dem Balkon an der Hauswand klebend. Im Morgengrauen stehen einige Häuser ohne Dach in tiefen Wolken, die Dächer liegen zertrümmert und werden von der Brandung abgeschwemmt. Außer leisem Geplätscher wird es still im sonnenlosen Licht, das wie reflektiert ganz unwirklich scheint.

Die kremltreuen Ungarn haben sich mit den Russen arrangiert. Was immer auch vorgegangen ist, nach Wien kommen keine Russen. Wir können also ruhig nach Hause. Wir wollen es beide, und wir sind beide ein wenig traurig darüber, daß wir es wollen. Nach Hause. Sind wir einander nicht Zuhause genug – wir wagen das gar nicht zu denken.

Auf dem Schiff ist es still und immer noch ohne Sonne, ohne das helle südliche Blenden, aber alles durchflossen von einem giftigen Scheinen aus einer drohenden Wolkenbank. Doderer fühlt sich nicht wohl und denkt darüber nach, und er läßt sich auf etwas ein, was er selten tut: auf ein Gespräch, auf Grundsätzliches, wie er es nennt, nachdem er eine Arbeit von mir, einen Teil von meinem Manuskript, dem Roman über die Nazis in Wien 1938, gelesen hat.

Im Rapido von Neapel nach Mailand liest Doderer mein Buch über Ottilie von Goethe. Dabei bekommt er feuchte Augen, so daß ich mich geniere, denn ich selbst schätze es nicht mehr. Ich bin niemals von dem überzeugt, was ich schreibe, quäle mich herum und brauche für jede Zeile Walthers Absolution. Nun, Walther hat das Buch akzeptiert, es ist hier vergriffen, ein deutscher Verlag interessiert sich für die Neuauflage. Es hatte gute Kritiken, aber mir gefällt es nicht mehr, weil es aus Papiermangel 1948 sehr gekürzt wurde. Für Doderer sind die Fakten neu, und ihm gefällt die Art der Erzählung. Das beteuert er wütend, wie er immer wird, wenn er etwas zugibt, was er nicht gerne zugibt.

Ottilie von Goethe war eine Frau, die nach Friedells Ansicht Ähnlichkeit mit mir hatte. Deshalb riet er mir schon 1936 ihre Geschichte nachzuerzählen. Die Erwähnung Friedells ärgert Doderer. Ich finde es unter seiner Würde, daß er mich, Friedells Ansicht, Ottiliens Geschichte, kurz alles, was nun in der Luft liegt, so ernst nimmt. Er weint über Goethe, über Ottilie, über meine Freundschaft mit Friedell, über Friedells Selbstmord. Es kommt ihm alles in den Sinn, was ihn, den verletzlichen Verletzer, verletzt hat: der nie gutzumachende Antisemitismus, die Unmöglichkeit für ihn, nicht Amok zu laufen in Haß und Liebe. Er haßt sich selbst und will mich prügeln. Wir sitzen im Eisenbahnabteil, ich kann nur nach seiner Hand fassen. Er ist hochrot im Gesicht, die Knöchel seiner Faust sind weiß. So beginnt ein Privatissimum darüber, wie er das Schreiben versteht; daß er es für unkünstlerisch halte, einem anderen einen Inhalt vorzuschlagen oder zu einer Story zu raten. Es käme einzig und allein auf Technik an, und da hätte er, Doderer, viel zu sagen und zu lehren.

Er ist böse und nennt mich arrogant. Das kann er nicht aufrechterhalten und sagt, ich hätte es viel leichter gehabt als er, überhaupt zum Schreiben zu kommen. Ich gebe ihm beflissen recht, weil ich sehe, wie sehr er sich erregt. Ich bin doch nicht arrogant, ich bin unbekümmert. Aber jetzt bin ich bereit, seiner Theorie zu lauschen über das »zerlegungsweise« und »gestaltweise« Schreiben, und sage ihm nicht, daß ich es Analyse und Anschauung nennen würde, wie das schon andere taten. Immerhin wage ich es, Spielhagen, Kaiser und Forster zu erwähnen, die Theorien über das Romanschreiben verfaßt haben.

Er verstummt ganz grantig. Nach einer Weile fragt er mich düster, ob ich bereit wäre, für ihn Auszüge aus Spielhagen und Forster zu machen.

»Irrsinnig gern«, sage ich begeistert und bekomme dafür einen wütenden Kuß, nicht ohne daß er das Wort irrsinnig in diesem Zusammenhang zurückweist.

Ich registriere bei mir, daß ich nicht zu fragen wage, was ihn so ärgert. Ich rede über »Moby Dick« und über den »Ulysses«, und er ärgert sich noch mehr. Er leugnet es, diese Werke gelesen zu haben, besteht auf literarischer Unschuld, deren Wert ich nicht begreife.

Ich begreife nicht, warum er sich so aufregt. Ich bekomme wütende Küsse ins Gesicht gehackt, die ich als Züchtigung empfinde. Er kämpft mit sich, zitiert Lateinisches, wie immer, wenn er sich selbst zur Raison bringt. Ich weiß schon, daß er der Größte und der Einzige sein will und daß es ihn schmerzt, wenn die Geliebte auch anderen Göttern huldigt, zum Beispiel Melville oder Joyce, oder gar einen solchen Kommentator wie Friedell schätzt.

Ich sage: »Heimerle, es sind Artisten.« Ich sage es nur, weil ich den Vorrang der Technik nicht gelten lassen will.

Die schöne Fahrzeit im fashionablen Rapido vergeht, und ich muß mich auf einen Vortrag über l'art pour l'art konzentrieren, über den totalen Roman und die Geschlossenheit eines Werks und darf keinen Seitenblick durchs Fenster riskieren. Ich stöhne innerlich unter seinem starken Willen und kann seinem Gedankengang nicht mehr folgen.

Plötzlich stellt er die verblüffende Frage an mich, ob ich ihm helfen würde, eine Theorie des Romans zu verfassen. Er ärgert sich über den eigenen Entschluß, und er äußert die Absicht, die Recherchen über das, was darüber schon Blödes je geschrieben wurde, mir zu überlassen. Ich bin überwältigt von seinem Vertrauen und streichle den bösen Drachen besänftigend, denn ich mache nichts so gerne, als gerade mit ihm, dem Geliebten, etwas zu erarbeiten. Ich versichere ihm eifrig, daß ich dabei vieles lernen werde, daß ich ganz seiner Ansicht bin und daß ich Erklären stets leichter finde als Gestalten.

»Mein G'scheiterl, mein Spatz, du verstehst es, daß es leichter ist zu erklären, als zu gestalten, ich bewundere dich, weil du es wagst zu schreiben.« Er sagt das wieder und wieder.

Und ich ziere mich: »Ach Heimerle, ich schreibe nicht, ich suche mir die Wirklichkeit zusammen, meine Figuren sind keine Gestaltungen, es hat sie gegeben.«

Er sieht mich mit einer Mischung aus Mitleid und Bewunderung an: »Alles machst du ahnungslos, du bist ahnungslos, du schreibst und weißt nicht, was du tust, du liebst und weißt nicht, was du tust.« Er fängt zu brüllen an und ist heiter und zärtlich. Er ist wieder obenauf, und die Fahrt nach Mailand endet fröhlich.

Plötzlich sagt er: »Ich liebe Walther. Ich habe einen Eros auf ihn.« Ich weiß schon, was das heißen soll. Durch die nähere Bekanntschaft mit Walther, mit einem Typus, den er sonst schon aus der Ferne nicht leiden kann, zu dem er eine Haßliebe fühlt – als einen der ›kleinen grauen Männer‹, wie er sie nennt, die so gut ihre Giftigkeit in eine Art filmischen Charme umsetzen können, ist er herausgefordert. Walther hat für ihn die Überlegenheit eines Guru, eines Eingeweihten in die Riten der »Feinde«. Jetzt hat er, Doderer, einem solchen Typ die Frau entfremdet, und er wird versuchen, herauszubekommen, wie tief das bei Walther geht und ob er ihn dazu bringen kann, ihn, Doderer, anzuerkennen. Doderer vermag ihn zu protegieren. Er braucht nur auf diesen kleinen Kollegen hinzuweisen, dessen Niveau zu hoch ist für ein breites Publikum. Walther ist mit nahezu allen Emigranten bekannt und befreundet, die Doderer in Abstand und unter Verdacht halten. Walther hat eine Umwelt, Doderer befindet sich, trotz Ruhm und Erfolg, im Abseits.

Wir bleiben einen Tag und eine Nacht in Mailand. Kirchen und wieder Kirchen. Credo quia absurdum. Doderer reitet auf Kakabsa herum, auf seinem bekehrten und verbürgerlichten Arbeiter im Roman, nennt ihn Findung und Gestalt und Verstand, daß ich zustimme.

Ich will weg vom Thema, weil wir bei Biffi »Vustel con Krauti« essen, worauf Doderer die Speisekarte stiehlt und einsteckt: in Mailand in der Galleria. Ich bin glücklich in dieser überdachten Straße, über diesen berühmten Straßenraum in einer großzügigen Großstadt, ich bestaune die gläserne Wölbung, das grazile Gußeisen, die profane Vision einer Halle, darin die Läden, die voll Freude am Arrangement und an der Qualität ihrer Waren gestaltet sind. Leben wie Kunst, Kunst wie Leben. Der Luxus und Sizilien, die Mafia und die Armut – über alles möchte ich reden, Doderer will aber nur über Kakabsa reden. Kakabsa ist seine Romanfigur, seine Kunstfigur in den »Dämonen«, die bei ihm für die Probleme der Bloßfüßigen, Armen, Unterprivilegierten steht. Kakabsas Chance ist das Studium, das einem wie ihm über die »Dialektgrenze« hinüberhilft in die Teilnahme an der Kultur, ihm hilft, die Klassenschranke zu durchbrechen, ihn wert und würdig zu machen, die Augen zu einer bürgerlichen Dame zu erheben. Es ist das Verlogenste, was er je schrieb, so, wie er es schrieb, und er weiß, daß ich so denke. Das paßt so recht in die berühmte Passage, in der die Armen und die Reichen malerisch zusammenkommen zu einem Zusammensein, das nur der romantisch genießt, der die Brieftasche voll hat. Die Armut als Kontrapunkt kompositorisch zu empfinden, das stellt wohl auch meinen Sozialismus in Frage. Die großäugigen Bambini an Mutters nackten Brüsten, mir zum Entzücken als Staffage zwischen den Schaufenstern: ästhetische Armut. Die Dachkonstruktion der Galleria weckt zum ersten Mal das Bedürfnis in mir zu fotografieren, Kunstbücher zu kaufen, auch über Neapel... Ich stehe in der Brera vor dem Piero della Francesca und denke an Rudi. Das spürt Doderer.

Es geht etwas zu Ende. Mir wird bang.

Doderer verliert einen schweinsledernen Handschuh und gerät darob in erlösende Raserei. Beim Einkauf eines Ersatzes erwirbt er für mich einen kostbaren Reisekoffer: ein Andenken an unsere »Hochzeitsreise«. Im eleganten Hotel wohnen wir in getrennten Zimmern, benützen aber nachts nur das eine breite Bett in meinem Luxusappartement, und als wir tags darauf am Bahnhof die Rolltreppen nebeneinander zu unserem Zug hinauffahren, ruft er mir zu: »Ich liebe dich!«, wirft seinen Hut in die Höhe und fängt ihn auf. Um uns herum lachen die Menschen.

Im Schlafwagenabteil liest er mir seinen Essay »Sexualität und totaler Staat« vor. Was ich verstehe, ist, daß die geplante Ökonomie, der total geplante Staat mit geplanter Sexualität zu vergleichen sind, während doch Liebe, Gesellschaft, funktionierende Kommunikation nichts mit Planung und Theorie zu tun haben, sondern Fügungen sind – Geschenke Gottes. Ich bemühe mich sehr ernst darauf einzugehen, aber er wird wieder böse und »nimmt« mich brutal im engen Raum, darauf aus, mich zu erniedrigen. Daß ich lachend mitspiele, ist auch von mir aus nicht ohne Ranküne.

In meiner Wohnung wartet ein glücklicher Walther, der mich sehr genau beobachtet und immer glücklicher wird, als ich glücklich meinen Kram auspacke und in die Schränke schlichte. Er erzählt lauter ganz nebensächliche Sachen, dann von flüchtigen Ungarn, die er kennengelernt hat, von der Enttäuschung der kommunistischen Parteigänger über das Vorgehen der Russen. Er zeigt mir, was er vorsichtshalber eingekauft hat, damit ich Proviant vorfinde. Ich bin gerührt über die ungewohnte Vorsorge, ein wenig nervös, weil ich seiner Erwartung vielleicht doch nicht ganz entspreche. Ich warte auf einen Anruf.

Es kommt kein Anruf, aber ein Bote klingelt, der fünfzig Rosen bringt, eine für jeden Tag der Gemeinsamkeit im Süden. Ein zweiter Bote bringt eine Karaffe aus geschliffenem Glas mit Courvoisier. Ich kann mich nicht freuen.

Walther sagt: »Du Hure!«

Da lache ich: »Das sagst du so.«

Hol's der Teufel, daß die ersten, die mich einladen, aus meinem Roman vorzulesen, die Katholiken sind. Da sitze ich im Schottenstift, ganz in Schwarz – fünfzigjährig, eine Frau im schwarzen Kleid, das von ihrer rosigen Haut pikant absticht. Das dunkelblonde Haar hat helle Lichter – ich bin raffiniert einfach zurechtgetrimmt; und eitel bin ich, lese da meinen Text und finde ihn und mich schief.

Ich gehöre nicht daher, und was ich da lese, ist mir fremd. Die

Feder verführte mich, denke ich großspurig, ich lehne die Verantwortung ab – ich möchte ja nicht so geordnet schreiben, wie ich schrieb, mir ist zum Schreien. Ich sitze da und lese brav und fühle Aufruhr, und Doderer sagt, als alle applaudieren: »Gelesen hast du wie die Vorleserin meiner Großmama.« So war's, und ich mißbillige das so wie er.

Nachher gibt Doderer ein Essen im Stadtlokal mit geladenen Gästen. Ich denke an Tante Marie und versuche mich zu betrinken. Ich vermag es nicht, mir wird vorher schlecht. Doderer gelingt es besser, er randaliert, schwingt Stühle und beleidigt seine Gäste, unsere Gäste. Dem, was er brüllt, ist zu entnehmen, daß er mir in die Schuhe schiebt, ihn kritisiert zu haben. Er ärgert sich tatsächlich, und im Grunde erleichtert mich das. Wenn das Stuhlbein splittert und er dem Kellner dann eine Summe gibt, die zwei neue Stühle kosten mögen, so sehe ich darin den Verantwortlichen, Zivilisierten, Sensiblen, der im Wilden steckt. Das rechtfertigt meine Liebe, die ich Liebe nenne, weil ich mein stets zorniges Gefühl der Gebundenheit und Ablehnung und doch Sehnsucht nach noch mehr Nähe nicht anders nennen kann. Ich mag die Wohlanständigen hier auch nicht, komme aber, ebenso wie er, nicht ohne ihre Hochachtung aus. Walther sitzt auch da, grinst geringschätzig und doch eitel. Es ist eine solche Abendgesellschaft an einem solchen Geburtstag, nach einer Zurschaustellung, wie es meine Leserei am Podium ja gewesen ist, nicht zu ertragen und wird doch lieber ertragen als vollkommene Anonymität. Was bleibt, ist mein Neid auf die Trunkenheiten von Doderer und von Walther. Sie sind von sich besoffen. Ich kann es nicht sein. Ich lüge mir die Wut zu Liebe um. Das kann ich perfekt. Ich reiße die Verantwortung an mich für die Lust, gedruckt worden zu sein. Ich weiß, daß ich zu dieser Lust stehe und *nicht* zum Gedruckten.

Jetzt bin ich fünfzig, und alles, was geschieht, und alles, was ich tue, liegt schief, weil ich eine Frau bin und mich anpasse, weil ich nichts bin, wenn ich versuche falsch zu spielen. Da habe ich einen Roman von mir, meinen, den ein angesehener Verlag herausgebracht hat, ein zusammengequältes, angepaßtes Buch, jeden Satz könnte ich auf das boshafteste analysieren und gegen mich kehren, gerade weil ich gar nicht darin vorkomme – aber eines weiß ich: Ich liebe immerzu und jeden, der mich liebt, weil ich nichts so sehr brauche wie Nähe, dichte Nähe eines anderen, und die kriege ich, wenn mich einer braucht und mißbraucht, womit ich gleichzeitig zugebe, daß ich ihn mißbrauche: Doderer. Und eitel bin ich eben auch.

Alles, was da an der großen Tafel sitzt, ist eitel. Auch der Priester aus der Gesellschaft Jesu, der nicht nur einen ganz und gar durch die Kirche gedeckten und beschützten Menschen darstellt, sondern auch etwas dafür tun muß. Er muß gehorsam sein. Ich möchte wissen, was das für ihn bedeutet, weil er – meinem Vorurteil nach – unbedingt ein sehr gescheiter Mensch sein muß, um diesem Verein angehören zu dürfen. Er sitzt da, weil er mein Buch mag. Ein Rätsel. Ich mag es nicht, weil ich weiß, daß es zusammengequält ist, um mich meinen Männern anzupassen, daß beim Schreiben alles Wesentliche als unliterarisch oder als »anstößig« unterdrückt wurde – gefällt es ihm deshalb? Hat er denn nicht vieles vor mir voraus, so wie die bürgerlichen Frauen mit guter Kinderstube, Familienerbstücken um den Hals und an den Fingern, mit der Allüre des Damenhaften, die hier um Doderer scharwenzeln, daß ich mir verhöhnt vorkomme?

»Du hast es ihnen gezeigt«, sagt Doderer.

Wem? Was?

»Ich sehe, daß dir mies ist«, sagt Walther.

Ich bin froh, daß es Walther gibt. »Ich werde nie mehr schreiben!«

»Ach Piperl«, sagt er, »du wirst..., und wie du wirst!«

Ich freue mich, daß er das sagt, aber als Doderer dasselbe nachts im Bett sagt, ärgere ich mich.

»Schreib! Schreib!« Ich will ja gar nicht schreiben. Ich hab' nichts zu sagen, als zu sagen, daß ich gar nicht will, was andere von mir wollen. Immer sagen meine Freunde: Schreib! Ich kam mir immer schon schlecht vor, weil innerlich mich nichts dazu zwang und ich nur ganz schön mein Geld damit verdiente. Ich mußte nicht. Männer sind unerträglich, wenn sie sich nicht produzieren, wenn sie nicht nachweisen, daß sie für die Dauer, für die Ewigkeit, über sich hinaus schaffen. Ich diene ihnen gern – in vielen Variationen. O Jesus, ich kann mich für keine entscheiden.

Ich meine, mir gefällt wenig von dem, was Doderer schreibt, aber mich regt seine seelische Verfassung auf, der Krampf, gegen die Routine zu sein und um sie zu kämpfen, sich dauernd rechtfertigen zu *müssen*. L'art pour l'art ist ein Begriff, den er heilig hält. Formalismus, sagen seine Gegner, einen Manieristen nennen sie ihn. Er ringt um jeden Satz, läßt Routine nie aufkommen, bewundert aber routinierte Vielschreiber sehr, liest aus Eifersucht keine Zeile von Thomas Mann, will kein Zivilisationsliterat sein und ist es auch nicht. Er hält seinen »erzählerischen Zustand« frei vom Inhaltlichen: »Alles ist schön, was man genau und ausführlich sieht.« Stifters Idyllen findet er vom Formalen her quälend langweilig. Sein Über-Ich und sein Gegen-Ich zwingen ihn zu qualvollen Ritualen der Selbstbehauptung.

Schreib! Schreib was Anständiges, Eigenständiges.

Ich kann nicht. Ich mag nicht! Mein Roman ist zweidrittel hilflose Imitation des Romanschreibens.

Meine »Originalität«, meine »Begabung« macht sie geil auf mich – aber es ist ihre Originalität, ihre Begabung, die sie sich und mir einreden. Absurd. Jeder will mein »Mentor« sein. Ich schreibe ums Geld, für Zeitungen, plage mich damit und bin »flach«, verglichen mit der »Tiefe« meiner Freunde. Laßt mich doch in Ruhe! Plötzlich sind mir die zwei zu alt. Walther und auch Doderer.

Ich kenne junge Männer schon einige Zeit aus der Ferne, ich habe das Lokal der Avantgarde, den Art-Club, noch mit Rudolf besucht, aber er war nicht der Maler, der dorthin paßte. Für die jungen Literaten der Avantgarde kann ich jetzt etwas tun. Ich kann jetzt über sie, über ihre literarischen Arbeiten Besprechungen schreiben, in den Zeitungen für sie trommeln. Und ich tue es gern. Ich wittere Qualität. Noch ehe ich ihre Theorien kenne, freut mich ihre »konkrete Poesie«. Ich lade sie ein, und Doderer ist bei mir.

Ihre Haut ist glatt, auch unrasiert ist sie glatt, und ungewaschen riechen sie frisch, auch wenn sie stark riechen. Sie bewegen sich flink, immer animiert, nichts hemmt sie, ihre Allüre, ihren Ritus, ihren Stil – sie sind verschieden und nur darin gleich, daß sie aberwitzig, mutwillig und unbekümmert mit Formen spielen: Dada, Valentin, Wittgenstein: Sprache als Inhalt. Ich taste mich da hinein.

Wir essen Spaghetti und reden über Trotzki, Mao, Majakowsky und Kandinsky, über Gertrud Stein, Max Ernst und Arno Holz. Das alles geht Doderer nichts an, berührt ihn nicht, aber er lernt ein paar Gedichte von Achleitner und Rühm auswendig, die ihm gefallen, und er redet über das Dilemma, in einer Gesellschaft, die man ablehnt, wirksam zu werden. Er verhehlt es sich und den anderen nicht, daß er gerne österreichischer Hofrat wäre und sich in seinem Leben sehr wohl die Qualifikation dazu verschafft hätte. Er hat sich den Respekt bewahrt – auch gegen den eigenen (geistigen) Vorteil. Den Respekt vor der Tradition und ihren Einrichtungen. Er sieht in einer teilweisen Verblödung keinen Nachteil. »Ich bin kein Intellektueller!« bekennt er.

Im Gegensatz zu Doderer ist mir die wohltemperierte Verachtung, die diese Jungen für uns haben, ganz gleichgültig – ich verstehe sie sogar. Hauptsache, Achleitner, »Achi« steht im blauen Baumwollanzug in meiner kleinen weißen Tür, blond und rotgesichtig, leicht vibrierend wie ein angekickter Fußball, federnd wie ein Torhüter. Er lacht verschmitzt und verstreut Pointen. Hauptsache, Rühm sitzt da wie ein verirrter Dandy mit römisch asketischem Antlitz und rezitiert intelligent und gekonnt Pornografisches und Politisches, singt ein Chanson oder streitet um einen Bindestrich in einem Lautgedicht. Seine Konzerte fängt er mit acht Takten Pause an, und zusammen hören wir Platten von Jones Spike.

Ein Jammer, daß ich nicht zu ihnen gehöre. Bayer schüchtert mich ein, weil er so fein scheint und sich auf Wittgenstein beruft. Sie verwenden den für sich, wie ich ihn für mich verwende: Wittgenstein, der übers Konkrete nur Tautologisches berichtet. Ein Jammer, daß... ich weiß einfach zu wenig. Wenn Doderer das Dialektgedicht »bei dar Heisldia«* auswendig lernt und zum Entsetzen seiner Verehrer laut aufsagt, und das mit Verve und Einsatz, so ist mir das unangenehm: alte Scheiße ist etwas anderes als die von jungen Leuten... ein Jammer, daß ich nicht zu ihnen gehöre, aber ich verstehe, daß die Aura abgelebten Lebens ein Graus für sie ist und daß die Erfahrung, die man ihnen voraus hat, tödlich ist. Ihr habt es gut, ihr habt keinen Krieg! Ich habe ein entsetzliches Gefühl: wie lebenssteigernd dieser fürchterliche Krieg für uns gewesen ist!

Trotzki! Mao! Ho Tschi Minh! Che Guevara! Und immer wieder die Schwierigkeit, in eine Gesellschaft, die man ablehnt, zu wirken.

Unser Zugang zur Politik ist Ästhetik, so reden sie: Alles, was wir leben müssen, ist darstellbar, ästhetisch zu erfassen und kon-

* an der Klotür

kret – ist unser Leben, das wir nicht verstecken. Scheißen, Brunzen, Ficken, Schleim, Kot, Samen vom untersten ins obere zu kehren – nicht nur um den Bürger zu schrecken, sondern um uns selbst auszusetzen, um diese schreckliche Freiheit dem Bürger ums Maul zu schmieren – um die Spannung so unerträglich zu machen, daß sie die Offenbarung des Unerkennbaren erzwingt.

Warme Eingeweide von frisch geschlachteten Tieren auf nackten Mädchenleibern, Scheiße auf dem Katheder, gespielte Metaphern, lebende Bilder – soll sein die Poesie unreifer Erotik: Trotz? Echte Grenzgänge? Sollen es magische Spiele sein? Eine Wirklichkeit beschwören, die in biologischen Vorgängen überzeugt. Mich gruselt nicht. Ich lache. Ich denke an die Arbeit im Operationssaal und an die Lebensgefahr, die hier fehlt. Der Ernst hinter dem Spiel dringt nicht durch.

Was herauskommt sind geile traurige Späße, und es nützt nichts, daß viele mit ihrem Ernst dabei sind. Eine Wand, *die* Wand, die gibt nicht nach. Hier endet das Streben nach Erkenntnis in der Langeweile – wie alles Gewaltsame.

Es stinkt höllisch.

Doderer ärgert sich, weil auch er die Vergeblichkeit in diesem Bemühen hier sieht. »Glaub mir«, sagt er, »es ist Hybris.«

Na, wenn schon – auch ich möcht' raus aus meiner Haut.

Walther redet über de Sade, und ich höre von ihm zum ersten Mal, daß dessen Schriften philosophisch sind. Walther ist schon wieder auf einen Zusammenhang mit dem Faschismus aus, auf den inneren Zwang zur Zerstörung von Werten.

»Es ist inhuman, was sie treiben.«

»O nein«, sage ich. Weiß aber nicht weiter.

»Du lädst sie nur ein, weil sie jung sind und gut aussehen. Sie gefallen dir – ihre Arbeit bedeutet dir nichts und ihre Anschauungen auch nichts.«

»Noch nicht. Aber weil sie mir gefallen, will ich es wissen. Mir gefallen ihre Gesichter, ihre wilden Augen, ihre Haare, ihre Hände, ihre Gesten, und daß sie linkisch sind, gefällt mir auch: frech, linkisch, appetitlich und boheme.«

»Sie haben den Zynismus der Generation der ›Mörderkinder‹!« Das ist es, was Walther an ihnen feststellt, aber Doderer sagt: »Kasperln!«

Es ist immer Spannung da, wenn sie auftauchen. Und, wie

schon Weininger sagt: Es ist alles Sex bei den Weibern, was sie anrühren, beginnt und endet damit.

Na, was denn sonst! Ich habe mir das längst zu eigen gemacht, genau diese Bezogenheit auf intimste Erregung positiv zu sehen. Mich kann keiner mehr treffen, wenn er sagt, dieses oder jenes gefällt dir nur, weil es dich erregt. Dreh' ich den Satz um: Was mich nicht zu erregen vermag... *ich* verlier ja nicht den Kopf vor Gier, sondern mir füllt die Gier, alle Gier, den Kopf, den ganzen Kopf, kommt mir aus dem Bauch. Ich will keinen Sex mit ihnen, ihre Schönheit nicht schänden, ich weiß, daß ich »überwuzelt« bin. Ich liebe ihre Frische und auch die Andacht, die diese Frische in mir erzeugt – eine fromme Hemmung. Fromm bin ich vor allem, was brennt. Ich steh' am Feuer und wärme mich. Sie brennen.

Wenn sie über Politik reden, reden sie für oder gegen ihre Eltern. Was immer »Schuld« ist – die Sache mit den Erbsünden geht weiter. In meinem Zimmer sitzen sie als »meine« Söhne. Es ist unmöglich, sie mit Csokor, Hilde Spiel, Herta Pauli – mit den Antipoden – zusammenzubringen. Generation? O nein! Es haftet ihnen an wie Doderer und mir. Wir und sie, unsere Sippen haben das Dritte Reich überlebt – hier, wo es herrschte, und nicht als Flüchtlinge, nicht als Gefangene.

Wer darf wem verzeihen? Carl Zuckmayer, der fleißig die Vergangenheit bewältigt, bringt »Die Uhr schlägt Eins« auf die Bühne, läßt einen SS-Mann anständig und unschuldig zum Mörder und einen enttäuschten Juden zum Gangster werden. Ich kritisiere die peinliche Geschichte in einer Zeitschrift, und Doderer findet es richtig, daß ich sie verlogen nenne. Dafür bin ich ihm dankbar, und noch mehr danke ich es ihm, daß er sich mit mir in das Theater in der Liliengasse setzt, um meine jungen Dichter lesen zu hören. Ich erwarte gar nicht, daß es ihm Freude machen wird, aber der Besuch Doderers bei der Veranstaltung macht Aufsehen, ob positiv oder negativ. Doderer ist Tagesgespräch, sie sind es auch. Das kleine Theater ist voll. Ich voller Sensationsgier: Achleitner, der mir schon deshalb der liebste ist, weil er als Oberösterreicher so oberösterreichisch aussieht, wie mein Rudolf, liest nach dem Muster des k.u.k. Exerzierreglements die »Vorbereitung zu einer Hinrichtung«. Doderer, der alte k.u.k. Offizier, der stolz darauf ist, einer zu sein, jubelt vor Vergnügen und erstickt fast am Lachen. Achleitner liest den langweiligen

Text mit einer bezaubernden Sturheit – wie Schwejk, Eulenspiegel und alle Clowns der Erinnerung. Man blickt auf den dröhnenden Doderer. Er füllt den Raum. An meiner Seite stellt er sich dem Publikum als einer, der mit der Jugend fühlt. Applaus und Gelächter.

»Das paßt ihm, dieser Zynismus«, sagt Walther. »Der Spott dieser Jugend ist unpolitisch«, sagt Walther, und »Ja, ja, ja, eben«, sagt Doderer: »Diese Jugend steigt heraus aus dem Gejammer, sie reden von etwas Drittem. Sie machen Kunst.«

Meine jungen Dichter machen keine »Aussagen zur moralischen Lage«, sie tun nicht mit, sie spielen nicht mit im gehobenen Journalismus, sie reden nicht zum Tag und seinen Problemen – sie haben keine flinke Moral und pathetische Klage.

Sie treiben mit Entsetzen Scherz, und mir ist das lieber als die makabre Sentimentalität der »Todesfuge«.

»Faschistin«, Walthers Refrain: »Faschistin«; und ich kränke mich, glaube es ihm sogar. Nenne ihn aber wütend einen Linken zur rechten Hand Gottes und renne zu Doderer, der mich ins Wirtshaus führt, das »Die Flucht nach Ägypten« heißt, ein »gutes Papperl« bestellt und eine ganze Flasche Burgenländer und die Kellnerin zwickt, die auch eine Rubensfigur hat: »Das sind Hüfterln! Hohoho!«

Galopp, Galopp, Eskalop! Nach Auschwitz? Nur Gedichte!

Walther hat schon wieder meine Mutter hinausgeschmissen. Sie kommt zu mir mit ihrem Mutterherzen, will aufräumen, kochen, lieben und geliebt werden. Sie geht uns auf die Nerven. Ich bin aber »lieb« und gewähre, was sie verlangt. Das verträgt Walther nicht, er sagt, ich bin verlogen. Er lügt nicht und sagt ihr, daß sie uns beiden lästig ist. Sie weint. Mutters schneeweiße Rokokolöckchen, ihre tränenden schwarzen Augen, ihr rotes Herz für sich und ihresgleichen.

»Du bist ein Kuckucksei!« schreit sie empört, überzeugt und zutiefst getroffen.

Da geht sie hin: klein, dick, im rührenden Trotz, das schiefe Rückgrat schwingend. Ich mag sie, aber ganz anders, als sie es möchte.

Nun liege ich nachts wach, denke über Grausamkeit nach und bringe Walthers Härte allen Illiteraten gegenüber zum Vergleich mit Doderers »Güte« im täglichen Leben und frage mich nach faschistischen Zügen im Alltag, nach Sentimentalität von Jud' und Christ und der dritten Spezies: dem Arier.

Walther liegt auf meinem Diwan, zwei dicke Decken auf sich, weil ihn friert. Ich sitze auf der Heizung und lese Goethes Gespräche mit Eckermann, um mich an der mir entsetzlichen Idylle Weimar erneut zu begeilen, weil wieder ein deutscher Verleger eine Neuauflage – allerdings ergänzt und erweitert – von meinem kleinen Roman über Ottilie von Goethe in Erwägung zieht. Mich langweilt das. Noch einmal in diesen Mief einzutauchen, jetzt, wo ich weiß, daß ich Goethes imperiale Idyllen wirklich nicht ertrage und »Größe« überhaupt keinen Sinn für mich hat, so sehr ich mich früher um Verständnis dafür bemüht habe: um das Verständnis der männlichen Ansprüche an den Geist, an die Durchschaubarkeit männlicher Realität.

Wir haben kein Geld. Von Doderer nehme ich nichts, weil ich kleinbürgerlich, spießig, kleinkariert bin, wie Walther sagt. Doderer bezahlt alles großzügig, was wir gemeinsam unternehmen, macht Geschenke. Manchmal schreibe ich etwas unter seinem Namen und bekomme das Honorar, und er hat die Freude daran, weil er in der perfekten Nachahmung den Beweis erblickt, geliebt zu werden. Da ich es aber nun tue, verdammt Walther mich dazu, täglich anzuhören, daß Friedell mutig war und wir beide feige. Ich soll mich zu ihm legen, zu Walther, und auch lesen und nur aufstehen, wenn uns hungert oder sonst etwas Lebenswichtiges zu erledigen ist, um danach wieder weiter zu klagen.

Mir gefällt es aber besser, Doderers Illusionen über die Vergangenheit zu teilen, Zweifel in die Planung einer Zukunft zu hegen und mit dem Heiland nach Seinem Gebot dem Tag zu geben, was des Tages ist: »Es ist genug, daß jeder Tag seine Plage habe.«

Ich kann Doderer nicht aufgeben, ich denke immerzu an ihn, und davor rettet mich keine Analyse seines Charakters. Mich rettet ja auch nichts von meiner Bindung an Walther: Wenn er noch so eklig ist, schnellt mich eine elastische Gummischnur zu ihm zurück. Unlustgefühle und Lustgefühle? Was zum Kuckuck: Du sollst nicht begehren deines Nächsten Weib, Geld, Gut? Ich begehr's ja nicht. Was ich gebe und nehme, ist ohne Umriß, Gewicht oder Gestalt – es ist die pure Emotion. Das Leben selbst. Wie weit ich damit gehe? Nun, Walther, du weißt es: Ich habe die

Fähigkeit, Millionen meiner Mitmenschen zu überleben – du hast diese Fähigkeit auch.

Die Nächte verbringe ich mit Doderer im Mittelalter. »Ich bin Mediävist«, sagt Doderer. Schon in der Währingerstraße im Tramwaygeklingel und Autogehupe fühle ich weite Nonnenkittel um heiße, nackte Glieder wehen, fühle mich fremd in den Geräuschen und ausgeschieden. Ich erröte, wenn mich ein Bekannter grüßt, und sei es der Greißler oder die Zuckerlfrau. Ich husche durch die Passage der breiten Einfahrt, über die ausgetretenen Stiegen und dränge mich in den Türspalt, den der nackte Doderer öffnet. Ich bin eine Nonne, die, der Hexerei angeklagt, nun vom »kleinen Heimo« peinlich befragt werden wird. Wir sind in einem Verlies, in einem Schloß aus dem fünfzehnten Jahrhundert. Hexe und Teufel oder gar jungfräuliche Nonne und lüsterner Page – ich sehe einen alten Satyr, der eine samtene Peitsche schwingt –, ich sehe gar nichts. Ich schließe die Augen und lasse mir die Kleider vom Leib reißen. Ich schäme mich. Ich schäme mich tatsächlich: aber seiner. Sein Ritual? Bitte sehr! Aber im Lauf seiner Inszenierung werde ich sehr lebhaft, zu lebhaft und zu gedankenlos. Ich verletze die Reihenfolge, vergesse die Demut. Ich halte seine Hinterbacken fest. Dafür bekomme ich Prügel. Ich schließe die Augen – das soll ich nicht. Er reißt mit mir herum, wirft mich vornüber, rammt mich grob und läßt mich dort im Leeren, wo der Weg für sein Instrument gefeuchtet ist. Ich schrei auf, und das ist es dann für ihn gewesen. Ich reibe mich an der Sofakante, und er fällt in bewußtloser Erschöpfung auf mich. Dann schläft er. Ich wälze ihn herum. Ich schaue ihn an, die Muskeln, die Sehnen, küsse mich satt und schlafe ein. Schließlich erwachen wir gemeinsam, verschwitzt und sittsam. Er sagt liebe zärtliche Worte, Gezwitscher, Literatur, er ist sehr zufrieden. Ich aber nicht.

»Er mißbraucht dich«, pflegt der ahnungslose Walther zu sagen. Das ist es aber nicht.

Ich weiß nicht, was es ist.

Denn seine perfekte Regie weiß ich zu schätzen.

»Wer den Weg weiß, lebt auch in der Hölle behaglich«, sagt Doderer, wenn er von seinen Kriegserlebnissen erzählt.

Am Morgen ist es sehr gemütlich in seinem Bett, so ganz abgeschlossen vom Trubel der Stadt. Wir fühlen uns wohl in der höhlenhaften, winzigen Wohnung hinter alten Mauern über ausgetretenen Steinstufen. Wir beide ganz allein und zufrieden miteinander. Zu zweit. Zusammen. Was ferne nieselt und braust, nimmt mir die Angst vor der Stille. Wir halten Morgenandacht – ich, indem ich seine Schreibbücher küsse und seine säuberlich aufgereihten Federn und bunten Stifte streichle und Liebe fühle zu seiner »Schriftstellerromantik«, seinem Knabenernst, seinem grammatischen Dasein, wie er es nennt; er, indem er in gesammelter Pedanterie unser Frühstück in dem kleinen Raum bereitet, in dem neben dem Rechaud die Badewanne, der Schrank mit den Alkoholika, der Polsterstuhl und der Holzstoß aufgebaut sind. Die Scheite, die im Austrocknen schon so gut riechen. Wenn sie im Kachelofen brennen, duften sie noch würziger.

Im roten Schlafrock, mit gesträubtem schwarzem Haar kommt er dann ernsthaft und sorgfältig mit dem Tablett herein und stellt es zwischen uns auf das Laken. Kaffee, Orangensaft und Porridge. Im Zimmer ist es dunkel, die Morgensonne blendet durch schmale Spalten und Ritzen und blinkt von den winzigen Glastieren und Döschen, die Doderer so sehr liebt und die auf seinem kleinen Damenschreibtisch am Fenster stehen.

»Bei dir«, höre ich mich selber ganz auf innig sagen, und es ist mir ja auch so, wie ich es sage, wenn ich auch neben mir stehe und weiß, daß tief in mir selbst eine Lüge steckt – wie bei den Frommen ist es der Wunsch, nicht die Wirklichkeit, die mich es sagen läßt: »Ich bin bei dir wie in der Kirche.«

Ich drehe aus seinem glatten, starken, schwarzen Haar kleine Hörner: »Mein Teufel, mein Jüngstes Gericht!«

Gott Pan und Jesus Christus, Achilles, Apoll und heiliger Nietzsche, Fafnir, was alles so ein Mann in sich sah und sieht. Ich ziehe ihn auf mich: »Praxis entspringt aus dem Wahn. Welchen Stil willst du?«

»Witwe und Ehebrecher!« sagt er genüßlich. Aber dann wird er ernst. Er sagt voll Vorwurf: »Es sind verbindliche Kategorien.« – »Ein Krampf«, sage ich verächtlich: »Das tun wir uns an, damit versalzen wir uns die Suppen, das baust du so auf.«

Er erhebt sich, ist ernst und verärgert. Nennt mich »Gescheiterl« voll Zorn und Geringschätzung. »Wenn wir auch sündigen«, sagt er, »unsere Sprache ist die des Glaubens an das Wort, an die Sünde, an die Ewigkeit des Wortes und des Fleisches.« Ich wackle mit dem Kopf, zucke aber schnell zurück, denn er hat rote Ohren bekommen. Nackt rennt er vor mir herum. Tiefernst. Ich fühle die Zärtlichkeit eines Arztes, der einen Patienten zurückholen will: »Laß uns doch... einfach so...« Ich wollte sagen: sündigen, aber ich sage es nicht, denn er bringt die Samtpeitsche und nennt sich wieder »kleiner Heimo«. Er ist tiefernst, er schlägt mich, er vollzieht, er vollbringt. Ich mag ihn nicht und doch, weil er so stark ist, wie ich mir als Kind einen bösen alten Satyr schaudernd gern vorgestellt habe.

Meine Demut steigert ihn wieder, aber ich bleibe außen, weil ich ihn beobachte, ihm zu Gefallen sein will, demütig. Er spürt meine Absicht und schlägt fester zu, gehässiger, will Kränkung und Aufruhr. Er stößt mich an Schrank und Tür, noch immer bedacht darauf, nicht zu weit zu gehen. Er zögert seine Lust hinaus, dabei gewinne ich die Müdigkeit, die Ruhe, die gleichgültig und lüstern macht. Ich denke nichts mehr: »Bitte, o bitte komm!«

Wir erwachen wieder und sind beide hell und hektisch, froh und frisch. Das ist der gute Augenblick, der immer wieder kommt: jetzt will er mich überzeugen von der Richtigkeit und Wichtigkeit seiner Gedankengänge. Da ich keine Gedankengänge graben kann – methodisch und doch berauscht –, lausche ich begierig, schaue ich es ihm ab. Konstruktionen aus Worten und Begriffen – er definiert gerne, ich höre ehrfürchtig zu. Seine Vorstellungen, Walthers Vorstellungen: wissenschaftlich, statistisch, geschichtlich, metaphysisch, theologisch, belegt, nachgewiesen und doch widersprüchlich. Ich stopfe alles mit großem Vergnügen und Eifer in mein Gehirn: für später, um einmal, wenn Zeit ist, die Wolle zu entwirren und zur Klarheit zu kommen. Ich glaube das. Ganz in meinem Innern bin ich tatsächlich arrogant und halte die Herrn für Maulwürfe: Ich bin ganz offen, ganz Loch und Sog. Ein »Abgrund«, wie Heimito einmal haßerfüllt einen Autor zitierte – mag es Strindberg gewesen sein. Was soll's? Es sind die besten Stunden, wenn ich Walthers, wenn ich seiner gesättigten Rhetorik lausche.

»Töchterchen«, sagt Doderer zu mir: »Du weißt, daß ich dein päderastischer Lehrer bin und dich zu den höchsten Höhen des Ruhmes führen will.«

»Aber dein Ruhm genügt mir«, sage ich »ich will dich nur ganz und gar verstehen.«

Er verdüstert sich wieder und wird so ernst, daß der Widerwille, den ich gegen Ernsthaftigkeit in mir habe, erwacht. »Du warst zu lange in schlechter Gesellschaft«, sagt er, und ich weiß natürlich, wer gemeint ist: Walthers Gottlosigkeit, Walthers Freiheit, Gleichheit und Brüderlichkeit. Um belehrt zu werden, reize ich. Ich bringe vor, was mich an Walther stört: »Ja, ja,« sage ich, »Walther wirft seine geschiedene Frau, seine alte Schwester einfach hinaus, weist ihnen die Tür, wenn sie mich besuchen wollen, und hält deine und meine Rücksicht und Liebenswürdigkeit einfach für schlechtes Gewissen.«

Da lacht Doderer ein theatralisches Hoho! und meint nichts als: »Sieh einer an, der kleine Walther!«

Ich reize weiter: »Er meint die Menschheit, und du und ich, wir meinen jeden extra.« So weit bin ich schon, daß ich das bemerke: »Menschheit ist bequemer als Mensch.«

»Siehst du!« sagt er: »In Rußland ist heute der einzelne nichts wert.« Und dann liest er mir aus seinen Aufzeichnungen vor, daß jeder vom andern verschieden ist, einen ganz eigenen Wert darstellt, und daß Begabungen und Talente vorgeburtlichen Ursprungs sind, daß Genie eine apsychologische Verfassung ist und alle Erziehbarkeit sehr begrenzt und politisch auf Propaganda für Trotteln hinausläuft… ich will nicht, daß Tante Marie unerlösbar ist und beiße Doderer in die Schulter.

Breitbrüstig und nackt, weil das antikisch ist, sitzt er am glosenden Feuer, weil das romantisch ist; avec denture, um seinem Text die Ehre zu erweisen. Den Lavendel bekämpfe ich durch Räucherstäbchen. Mit einer Zigarette im Mund, die ein schwarzes Deckblatt aus Tabak hat, lege ich meinen Kopf an seine Schulter. Das Licht aus der Tulpe einer Jugendstillampe bescheint das Tagebuch, aus dem er vorliest. Kuschelig warm sind wir ganz eingenommen ins Private.

Demut ist in mir vor den Spendern der Lust und der Werte: all die Männer, die Sätze bilden, Bilder malen, Symphonien zum Erklingen bringen.

Heute merke ich mir einen Satz Doderers: »Es gibt Inhalte, die von der Form noch nicht aufgerufen sind.« Das leuchtet mir in aller Trivialität ein: *Ich bin ein solcher Inhalt.* Ich befinde mich auf dem Wege zum Geist, wie damals, als ich mit meinem Ehemann gemeinsam Swedenborg las und Nietzsche, »Lulu« sah und hörte und heftig in Bewegung und auch in Widerspruch geriet: Die

Liebe zum Geist im Mann? Oder Lulu, die Verderberin? Ich will nicht Heimitos »Töchterchen« sein, um ihn als seine »Mutter wiederzugebären«. Was da zur Form gerann, ist, wie man weiß, passé.

Ich will keine Formel und keinen Popanz und keinen Gott. Walther sagt: »Doderer ist dumm.«

»Das sagt Doderer von sich auch, und du wirst lachen: Ich finde das sympathisch.«

Adorno will Doderer kennenlernen und lädt ihn zum Essen ins Sacher ein. Heimito nimmt mich mit. Er sagt: »Was soll ich mit dem Kerl anfangen?« Hastig leise und schnell redet der »Kerl«, schenkt Heimito eine Ausgabe von Arbeiten Walter Benjamins mit einer Widmung. Doderer gibt mir das Buch: »Nimm das mit, sag mir, was drin steht.«

Die Vorhänge sind zugezogen. Wir sitzen in Doderers kleinem Zimmer einander gegenüber. Er schürt das Holzfeuer, stochert in der Glut. Ich lege die Hände an die warmen Kacheln. Auf dem Teewagen aus Mahagoni hat er den Tee und »piccole paste« vorbereitet. Seit wir zusammen in Italien waren, halten wir Teestunde.

Ich rauche, er raucht nicht. Er hustet.

»Ich war beim Arzt«, sagt er.

»Ach«, sage ich, »es ist ein Raucherhusten. Heiserkeit.«

»Ich habe einen Sängerknoten!«

»Was? Soviel singst du ja gar nicht.« Alberner Scherz.

»Es ist ein Knoten, eine Geschwulst im Rachen.«

»Vielleicht kann es der Arzt wegzwicken? Mit einer kleinen Zange?«

»Ja. Ich muß ins Spital.«

»Na ja«, sage ich, »das machen wir schon. Ich komme mit dir, ich kann den ganzen Tag bei dir bleiben – wir legen dich erster Klasse.«

Ich spüre unsere Angst, es ist eine gemeinsame Angst, ich spüre seinen Knoten, er würgt mich, sein Knoten würgt mich. Ich sehe die Bilder an der Wand riesengroß: die Hilde Benjamin, den Papst, den Kaiser Franz Josef I. und ein Aquarell von Rudi. Das alles hängt da und gibt Doderers Innenleben wieder, nebst einer Büste seiner selbst als Kind. Der Kaiser sitzt auf einem viel zu langen Pferd – das Aquarell zeigt eine Landschaft mit frühem Schnee auf hellem Grün. Sachen im Zimmer vom Lampenschirm in eine grünsanfte Tönung vereint. Heimitos kleine Reptilchen zur Abwehr allen Übels auf einer Etagere, die Totemtiere. Ich ziehe den engen Raum um uns wie eine Hülle, einen Mantel. Ich bin es von mir schon gewöhnt, Unheil zu übertreiben, ihm in die Arme zu rennen. Ein Sängerknoten muß kein Krebs sein. Wir reden darüber nicht – aber Doderers harte Runzelhaut ist fahlgrau, auch er übertreibt. Er ist so verstört, daß er mich verstört. Ich muß ihn in die Arme nehmen. Wir sahen uns immer gerne gemeinsam in den Spiegel, meine Hexennase und sein Asiatenantlitz, wir mögen uns, wenn wir uns betrachten. »Es stimmt alles«, sagt er, »es hat noch nie alles so gestimmt: ich liebe dich.« Das sagt er ganz feierlich, und dann weint er. Er weint auch, wenn Beethovens Siebente gespielt wird. Jetzt ist er ergriffen, außer sich und schiebt mich weg. »Ich möchte allein sein«, sagt er, und ich denke: Warum will er denn allein sein, was für ein Heldenepos diese Verfinsterung, was für Gesichtsfalten, warum will er denn nicht weinen? »Doppelte Angst ist nicht halbe Angst«, sagt er und schiebt mich zur Tür hinaus.

Ich renne zur »Flucht aus Ägypten« und trinke dort ein Bier und noch eins. Mit dumpfem Kopf halte ich ein Taxi an, um zu Hause Walther zu finden, der schon alles weiß. Heimito hat in der Zwischenzeit angerufen, Walther gebeten, ihn im Spital zu besuchen und mich fernzuhalten, weil Maria kommt. Es ist das Recht der Ehefrau, die Reputation verlangt es, daß sie es ist, die an seinem Krankenbett sitzt, und nicht die Geliebte.

Walther plustert sich auf vor Genugtuung: »Siehst du, Piperl, die Leute halten Ordnung, und du bist hereingefallen. Die lustige Witwe ist aufgesessen. Wenn es hart auf hart geht, ist deine Rolle ausgespielt. Die nächste Anverwandte tritt in ihre Rechte.«

»Rechte?« Was bedeuten mir Rechte? Soll sie kommen, soll sie da sein, wenn sie ihn lieb hat. Es ist ernst, schreie ich, es geht ums Letzte, es ist maligne, perniziös, die Diagnose ist... ach, ich lege mich mit ihm unters Messer...

Walther gönnt es mir, daß das nicht geht.

Es geht nicht, weil Unmittelbarkeit und Konsequenz nicht unser Stil sind. *Unser?* Doderer will es nicht haben, daß ich es bin, die mit ihm dieses gottgeschenkte Unglück einer Krebserkrankung durchsteht. Er hat einen Status, er hat einen Stand, er ist ein verheirateter Bürger.

»Er will ihr halt nicht weh tun«, sag ich. »Ich muß es verstehen.«

»Du bist eine Unschuld!« sagt Walther. »Die Bürger halten auf Ordnung, Nachruf, Ruhm, Ehrenbegräbnis.«

Wenn durch eine böse Möglichkeit, durch die Todesnähe ausgerechnet die Vernunft und der Ordnungssinn geweckt werden? – Da kann doch etwas nicht stimmen mit der Emotion, die vorher galt! Doderer verläßt die Insel seines Gefühls und zieht sich auf das Festland der Tatsachen zurück? Auch als Konkubine will ich mich an sein Schmerzenslager setzen. Aber seine Alte will nicht? Er will es nicht! – »Du irrst dich, Walther. Ich bin nicht um ein Recht betrogen, schon gar nicht um ein bürgerliches. Ein Gefühl wird mir in den Rachen zurückgestopft, ich werde um den Sinn eines Zusammenseins, einer Beziehung, einer Zuneigung betrogen, wenn man mich abschaltet wie den elektrischen Strom. Mein nächster Mensch hat in der Not einen besseren Nächsten! Das ist der ärgste Vertrauensbruch. Das ist die Vernichtung dessen, was mich trägt.«

»Reputation« ist plötzlich wichtig und »Kontinuität« und eine Ehefrau vor dem Gesetz, der er »viel verdankt«, sagt Doderer. Und mir geschieht recht. Meinem Mann, dem war die Emotion wichtiger als die Ordnung, der Venusberg wesentlicher als der Trauschein, und er hat sich immer einen frühen Tod gewünscht, um die Lebenskraft nicht versickern zu lassen. Fortsetzen wolle er sich nicht, mein Wunsch nach einem Kind versetzte ihn in Panik, er fühlte sich von mir verraten. Er sagte es, ich verstand es nicht. Er starb allein. Ganz allein.

Als Doderer aus dem Spital herauskommt, hat er einen Röntgenkater, ist übler Laune, besucht mich, bleibt auf Distanz. Das ertrag ich nicht.

Auf mich gestellt, bin ich leer, entleert, absurd. Ich kann nicht gutheißen, was Doderer denkt, zu denken glaubt, »sich« schuldig ist, was er posiert und postuliert. »Anständig« will er enden. Dem Kaiser geben, was des Kaisers ist. Gott sieht sein Herz, und dort bin ich, sagt Doderer. Ich brülle ins Telefon: »Aber er steht dir noch immer, ist das Analogie oder Pseudologie?!«

Nun kann ich nicht mehr meine kleinen Kritiken, Zeitungsartikel und Geschichten unterm Strich schreiben – für mich war das immer reiner Geldverdienst, Abfall vom Erleben. Jetzt ist der Faden gerissen, auf den sich das reihen konnte, auch der Leichtsinn ist weg, der »als ob« herumspielte. Es reicht für ein paar frivole Geschichten, um mich selbstquälerisch ins Zwielicht zu bringen.

Jetzt erst frage ich mich ernstlich, was es mit meinem Schreiben so auf sich hat. Ich kann nicht mehr imitieren. Ich konnte so zu unserem Spaß Doderer-Texte verfassen, die er amüsiert zeichnete, weil sie ihm seinen Einfluß auf mich bewiesen und Walther zur Verzweiflung brachten.

Ich konnte Dialoge verfassen, munter und frech, die Doderer als das Schreiben hinter Doppelpunkten verachtete.

Ich kann jetzt gar nichts mehr.

»Da hast du ein Leben lang Freud gelesen und nicht verstanden, was Sublimierung ist. Jetzt sublimiere, schreibe, schreibe.« Und ich schreibe Geschichten und Geschichten aus dem Krieg und über Menschen, die im und unterm Krieg zu leiden hatten. Und immer die Klage über die nicht erfüllte Moral bedingungsloser Nächstenliebe. Ich schreibe anmaßenden, anspruchsvollen Journalismus.

Wenn ich mich nicht in Liebe anlehnen kann, wackle ich. Walther drängt mich anzunehmen, als mich der PEN-Club zu einer internationalen Sitzung nach Bled in Jugoslawien delegiert. Titos Sommersitz. Join the PEN and see the world!

Mit Rudolf Henz, der eben an einer Bibelübersetzung arbeitet, sitze ich im Abteil. Bibelzitate würzen die Fahrt durch die grüne Steiermark. Ich verbringe die Tage mit Leuten, die Doderer nicht lesen oder auch nicht mögen. Ich sehe und höre Arthur Miller, Susan Sontag, Rosamond Lehmann, Jan Kott. »Ich bin kein Intellektueller«, habe ich meinen Heimito im Ohr. Hier reden aber nur solche. Auch die *reinen* Dichter sind nicht rein, wenn sie Gedichte lesen wie Pablo Neruda. Die Politik steht im Vordergrund, die Russen der UdSSR sind zum ersten Mal als Beobachter zu einem derartigen Kongreß zugelassen, und ihre Unfreiheit und staatliche Zensur werden ihnen einmal mehr vorgeworfen. Sie wollen loyal zu ihrem Staat stehen und gleichzeitig diesen Auslandsaufenthalt genießen: schiefe Situationen und Erbärmlichkeit auf beiden Seiten. Zwischen allen Sesseln sitzend, biedere ich mich den Russen an, radebreche mit dem melancholischen Leonid Leonow und staune über den charmanten Stephen Spender, wenn er über die Verantwortlichkeit des Poeten diskutiert. Ich bin nicht verantwortlich. Ich habe Marx nie gelesen, kenne mich um so weniger aus, je mehr ich mich orientiere, und mache es mir einfach, nach der Devise der Zeitung, die meine Mutter täglich las: »Immer auf seiten der Schwächeren.« Das Häufchen dunkelgekleideter und verknautschter, bedrückter und einsilbiger Sowjets macht mich traurig. Doderers »Geheimnis des Reichs«, mein Lieblingsbuch, das seine Erlebnisse 1917 in Sibirien schildert, geht mir im Kopf herum, und das Bedürfnis, diese Verlorenen zu trösten, die zwar namhaft, aber ganz und gar unmöglich sind. Was habt ihr hier verloren, denke ich, und an das Wort: »Es ist Feindschaft zwischen ihrem Samen und unserem Samen.« Ich bin ihnen nicht feind.

»Entweder – oder«, sage ich zu Jeannette, die eine reiche Frau ist, ein Haus bei Genf hat und mit mir am Russentisch sitzt: als Mitglied der Kommunistischen Partei. »Bist du es, weil du Jüdin bist?« »Halbjüdin«, sagt sie. »Geh nach Rußland«, provoziere ich, »und transferiere dein Vermögen.« »Warum sollte ich? Die dort sind ja auch Antisemiten!«

Sie erzählt mir, daß sie meinen Roman gelesen hat und daß er ihr gut gefällt. Du lieber Himmel, ich stehe nicht mehr zu diesem Buch! Sie findet mich nett, aber naiv, und sie fragt mich nach meinem Kummer: Man sieht es mir an, daß ich Kummer habe. Ich erzähle ihr vom kranken Doderer, und sie lädt mich ein, eine Weile in ihrem Haus mit ihr zu leben, weil sie sich einsam fühlt. Sie ist als Schriftstellerin so halbherzig wie ich, sie zahlt ihre Teilnahme an derartigen Tagungen selbst und fährt eigentlich nur hin, um die Menschen kennenzulernen. Ihr gefällt Susan Sontag so gut wie mir, und auch sie mag die verwaschene Rosamond Lehmann nicht. Frauen! Wir reden über Frauen und die Wichtigkeit, gut auszusehen. Jeannette sieht aus wie der Frühling von Botticelli mit fünfzig. »Wie kommt es, daß du einsam bist?« frage ich, und sie sagt: »Man ist kein Mensch, wenn man eine Beauté ist. Deshalb!«

Wir fahren mit dem Chauffeur in die Provence. Der Chauffeur ist auch der Gärtner, er hat eine einfältig häßliche Tochter, die Frau ist gestorben. Die Tochter und Pierre halten auch das Haus in Ordnung. Nun sitzt er mit seiner Kappe vor uns, der Hals besteht aus zwei Sehnensträngen und ein paar Knorpeln und erinnert mich an Doderer. Eines alten Mannes Hals. Seine Gegenwart beschützt uns – wir verzichten nicht auf das altmodische Gefühl, einen Mann als Schutz bei uns zu haben. Er mag die Austern nicht, die Jeannette mich essen lehrt, und er macht sich auch nichts aus Champagner. Er empfindet ihre Freundlichkeit als etwas, was er dankbar zu ertragen hat und was ihm zusätzlich den Dienst erschwert. Ich erkläre es ihr – ich hätte es nicht erklären sollen –, sie wollte doch eine *gute* Herrin sein.

Sie schenkt mir ein Heft mit Reproduktionen von Francis Bacon, den sie sehr liebt. An diesen zerstörten Visagen erkenne ich uns selbst, aber sie sagt, ich gestatte mir Sentimentalität. Ich bemerke, daß ich nur Hölzlein werfe, nie meine, was ich sage, schief liege und Heimweh fühle.

Sie schenkt mir Pariser Kleider und Schuhe und spricht vom Recht der Frau, die Männer auszubeuten, die ihrerseits uns ausbeuten. Ich habe das nie so gesehen, mich nie ausgebeutet gefühlt, gedankenlos gegeben, aber auch gedankenlos genommen. Sie blickt mich gedankenvoll an und will mit mir ein Zusammengehen. Für immer. Ich soll schreiben und von ihrem Geld leben.

Ich bin nicht frei – nie bin ich frei. Ich habe Heimweh!

Abrupt wirft sie mich mit einem Bahnbillett hinaus. Sie ist eifersüchtig und böse.

Als ich heimkomme, gilt eine neue Inszenierung. Doderer lädt Walther und mich zum »Falstaff« ein, spendiert uns ein Mahl, spaziert mit uns in öffentlichen Gärten, sein Zustand ist recht gut und stationär. Ohne mich hätten Walther und Doderer nie miteinander gesprochen. Walther fühlt sich letzten Endes geschmeichelt als Trabant der Prominenz, denn Walther ist ein Snob. Er ehrt Doderers Leistung, die auf einer Befangenheit baut, aber dennoch als Leistung, als Konsequenz Würde hat. Doderer sagt: »Laßt mir meine Befangenheit – sie ist Voraussetzung für ein Talent, für dessen Entfaltung.« Das lehnt Walther ab und ich eigentlich auch. Aber die Romane des großen Mannes werden in Japan japanisch, in England englisch, in Norwegen norwegisch und in Frankreich französisch gelesen. Walther weiß auch die Skurrilität und Absurdität mit Thomas Mannscher Ironie zu vergleichen als die Distanz, die sich einer schafft, und darüber so zu reden, daß Doderer zuhört. Doderer wäre großzügig dem »zähen Schwächling« gegenüber, wenn der nicht »präpotent« sich anmaßte, mit mir zu leben.

Wir treten zu viert auf: Vorneweg gehen die beiden Herren; jeder seine Hände im Rücken auf dem Kreuz verschränkt, rücken sie schrittweise weiter und debattieren. Sie drücken Sicherheit und überlegene Männlichkeit aus. Ihre Popos sind schon schlaff, und die Hosen schlottern. Walthers schmale Schultern und sein tänzerischer Schritt wirken jugendlicher als sie sind. Doderers Hinterteil wie das eines alten Gauls. Er ist nicht mehr elastisch.

Ich gehe hinterdrein mit der Frau Gemahlin und empfinde uns als Hühner. Die kräftige bayrische Mittelklassendame ist geniert und redet übers Wetter, übers Essen und über die Qualität von Stoffen. Sie versteht etwas von Textilien. Ich habe auch etwas beizutragen: Wo man hübsche Kleider billig kaufen kann. Ich vermag die Gemahlin nicht zu schildern, ich wäre nicht fair. Ich bin ja auch nicht schön – aber jünger. Schon ihr zuliebe und ihm zu Fleiß erwidere ich die neugierigen Blicke eines seiner Freunde und Leser mit ebensolcher entgegenkommenden Neugier – die Blicke eines Mannes, der errötet, wenn ich ihn anschaue. Er weiß wohl, was gespielt wurde, als Doderer noch gesund war. Jetzt stellt er sich das vor. Er ist vom Lande. Einer, der in der ländlichen Stille der Literatur dient. Er bewegt sich wie ein Delphin: dick, glatt und lustig. Er ist mit von der Partie.

Doderer gibt große Trinkgelder, bewirtet uns alle und kauft für die Damen Blumen – zum Entsetzen seiner Gattin spielt er den Grand Seigneur. Er war immer schon splendid, und jetzt hat er mehr denn je die Liebe nötig, die er sich kauft. Ich muß an Walthers kleinlichen Geiz denken, mag das auch zu seiner inneren Stärke und Selbständigkeit gehören. Ich denke: Wie alle Linken hat er es nicht nötig, um Sympathie zu buhlen, Menschenliebe auszumünzen. Er liebt die Menschen gar nicht und sich selbst auch nicht, aber er möchte sich und den anderen gleiche Chancen verschaffen – außerdem noch Herz zu zeigen, jovial zu sein, hält er für überflüssig.

Doderer besticht die Menschen, weil er sich selbst liebt und leid tut und stets auf Bestätigung aus ist. Und ich lerne wieder: Umverteilung der Produktionsmittel meint keine Anbiederung. Wohltätigkeit ja. Doderer beschenkt den armen Walther mit Geld.

»Na und? Der Faschist kauft sich los!«

Ich schreie laut und schlage Walther. Ich kann das Wort Faschist nicht mehr hören. Doderer ist keiner.

Walther redet: »Seine Unmenschlichkeit liegt in der Unschuld, was die Folgen betrifft! Man hat zu wissen, daß Sabotage an der Aufklärung Faschismus ist, daß Angst vor der Freiheit, Kampf um das Vaterbild, Angst vor der Verantwortung, Verteidigung der Statik, daß Leib-Seele-Dualismus und immer wieder die Angst vor der Unordnung den Faschismus hervorrufen, begünstigen. Die Gewalt begünstigen!«

Alles, was ist, ist gut, denkt Doderer. »Das ist schon Faschismus«, sagt Walther.

Alles, was ist, ist, denke ich. Wahrscheinlich ist das auch Faschismus.

»Ja«, meint Walther.

Völlig konfus, wie ich bin, nehme ich ein Angebot an, das mir der Zufall bringt: einen Posten, einen richtigen Posten, eine Arbeit als Angestellte mit Monatslohn und Krankenkassa. Ich soll Gelehrte in ihren Fächern zu Einzelvorträgen an Volkshochschulen in allen Bundesländern animieren, auch Tourneen zusammenstellen, Bildungsserien – kurz eine Art Agentur führen unter der Parole: Echte Bildung ins Volk! Das lehrt mich eine neue Fauna kennen: Wissenschaftler und ein Publikum, das ihnen nicht gewachsen ist – wie auch umgekehrt. Eine völlig neue Art, miteinander umzugehen – »Falsche Perlen vor echte Säue werfen«, wie frivol gewitzelt wird. Stumpfheit oder guter Wille, Ungeduld und Interesse, Angriff auf die Halbbildung – Ahnungslosigkeit auf allen Linien. Ich bin ziemlich ratlos.

Aber mir gibt es die Gelegenheit, auf die gesellschaftlich einwandfreie Art, die Doderer fordert, mit ihm Verbindung zu halten.

Ich lade ihn ein, einen Vortrag zu halten – in Linz –, und er nimmt es auf sich. Mir zuliebe. Ganz offiziell reisen wir, mit Gemahlin im Auto des neugierigen Freundes. Einen herzigen »Onkel« aus Deutschland nennt ihn Doderer. Wir genießen diese Vortragsreise als herbstliche Exkursion mit Aufenthalten und Fotos in Wirtshausgärten. Abends ist Doderer nervös und müde und verheddert sich beim Sprechen im übervollen Saal, er schwitzt, und die Fenster lassen sich nicht öffnen, weil die Menschen auf den

Fensterbrettern stehen und sitzen. Trotzdem sind Applaus und Respekt für ihn eine große Freude.

Auf der Heimreise anderntags sitzen wir in einer Holzveranda am Ufer der Donau, essen Steaks und trinken Wachauer Wein. Ein letztes Abendmahl – wir sind jeder ein Judas für den anderen und können einander doch ertragen. Wie soll Walther das verstehen? Friede und Wohlwollen trotz aller Unterschiede – sub specie aeternitatis – immer das Österreichische: »Es wird a Wein sein und mir wer'n nimmer sein!« Heitere Melancholie ist Walthers Sache nicht. Ich denke an ihn und leere ein Glas. Eine müde Sonne, die auf welken Blättern matt leuchtet. Braune Wälder am grünen Wasser. Ein fahler Himmel. Absterbens Amen: Später Herbst, November, wehmütige Marschpause auf der uralten Straße der Nibelungen – ich denke an den düsteren Hagen, der zum allerletzten Schluß der rächenden Krimhild den Garaus machte, und ich liebe sehr die unkrautdurchwucherte dunstige Au und den schnell gleitenden Strom als Heimat, Blut und Boden und Gewohnheit. Sentimentale Genießer von gestern – und ein Zuschauer aus dem Norden.

Vom Verlag und von der Gemahlin wird eine »standesgemäße« Wohnung für Doderer gesucht. Es geht nicht an, daß er sein Alterswerk, den großen Roman Nummer sieben, in der Höhle schreibt, in der er sich wohl fühlt zwischen Badewanne und Gasrechaud und den alten Hickoryskiern auf dem Klo. Um so weniger geht das an, als nun auch die Gnädige in Wien bleibt. Man sucht also in Döbling, dort, wo auch die bessere Gesellschaft in Doderers Romanen angesiedelt ist, ein nobles Quartier.

Ich treffe den Delphin, den »herzigen« Onkel, den Freund des Dichters und der Werke, in der Nobelkonditorei Demel zum Tee. Dieser Herr ist etwas ganz Neues für mich: ein ordentlicher Bürger. Mir ist das noch nie so bewußt geworden, daß man seine Aufgabe darin sehen kann, ein Kind gezeugt, ein Haus gebaut und einen Baum gepflanzt zu haben, und daß ich für einen Menschen wie ihn eine kuriose Person bin. Er schenkt mir einen neuen Blick auf mich, weil er das altmodische Wort Mätresse gebraucht und mich belehren will. Ein Mann der Bürgerpflicht. Aber wie Doderer hält auch er die doppelte Moral, die, nach Brecht, der Brauch ist, für eben das Richtige, Notwendige, Gegebene. Sie ist das einzig Praktikable. Und er besitzt ein Auto: Freiheit!

»Ich bin erst als reifer Mensch katholisch geworden – wie auch Doderer. Das ist Lebensweisheit über den Tod hinaus. Der linke Purismus, die linke Humorlosigkeit sind lebensfremd. Sünde, Reue, Beichte, Gottes Barmherzigkeit und Gnade…« Er lächelt mich an und ist bereit zu sündigen.

Ein lustiger Mensch! Kannte ich je einen solchen?

Wenn ich so nachdenke, tat ich immer alles, weil Walther daran zweifelte: »Du traust dich ja doch nicht, so mit dem Doderer dich einzulassen!«

Prompt tat ich es.

»Du kannst den Posten im Volksbildungsverband nicht ausfüllen«, meinte er, als ich diesen antrat.

»Du bist einfach nicht legitimiert, Vorträge über Literatur zu halten.« – Also hielt ich solche.

Und jetzt schreit er: »Du kannst nicht nach Moskau fliegen, um über österreichische Dichter zu sprechen.« Ich nehme die Einladung an.

Doderer ist beeindruckt von meinem Entschluß und verärgert. Er schenkt mir einen warmen Pyjama aus Seidenbarchent, schneidet die Zeitungsnachricht über meine Abreise aus der Zeitung und trägt sie in seiner Brieftasche.

Man fliegt ja nur zwei Stunden von Wien bis Moskau, aber Moskau ist auf einem anderen Stern. Du traust dich allerhand, sagen meine Freunde, so allein dorthin ins Unberechenbare. Ins Land der Willkür – hattest du nicht genug davon unter Hitler? Ich brause immer auf, wenn die UdSSR mit dem Dritten Reich verglichen wird – ich fange jedesmal an zu schreien, weil es in die Gehirne nicht hineingeht, daß der ideologische Ausgangspunkt ganz verschieden ist und sogar in der katholischen Religion das Motiv des einzelnen vor allem zählt: bei jedem Verbrechen. Die Automatik, die alle kollektiven Bestrebungen demselben menschlichen Mißbrauch aussetzt… wobei Hitler sich das moralische Mäntelchen nur für die Blöden umgehängt hat – ach, es führt zu weit.

Mir werden sie in Moskau nichts tun. Ich vertrete etwas so Treuherziges wie »Bildung für alle«. Ich bin voll Gesinnung und Solidarität mit den Bloßfüßigen.

Mein herzliches Gutmeinen versteht so gut die wilde Aggression der Enttäuschten. Ich bin selbst eine Enttäuschte und Armselige, die da mit slawischem Becken und slawischem Busen die Menschheit umarmt und trotzdem mit Hut und Lederhandschuhen ganz, ach Gott, als »Dame« in die Kopftüchelzeit fliegt – in die Epoche der »Basis«.

Im Flugzeug der Aeroflot, in dem neunundzwanzig Personen Platz hätten, sitzen nur elf. Weiblein in der Art der Babas, der Puppen, die man ineinandersteckt, dicke Runzelfrauen, die Doderer »alte Umstände« nennt, Bäuerinnen mit breiten Backenknochen und schweren Leibern. Volk, wie es mir vertraut ist von den Kinderferien in der Slowakei, als ich auf breitem gemauertem Ofen mit Kusinen und Kusins unterm Federbett schlief. Männer mit Rundschädeln und feistem Genick, die Doderer »Genickler« nennen würde. Durch den Gang getrennt sitzt einer neben mir, der sich pausenlos Zigaretten dreht und einen kleinen, mit Strikken verschnürten Vulkanfiberkoffer zwischen die Knie gepreßt hält. Vor mir Orientalen mit verdreckten Burnussen und Turbanen. Ich habe Irmingardis' Pelz an, eine Pelzkappe von ihr auf dem Kopf und meinen kleinen Lederkoffer aus Mailand auf den Knien. Ich bin schick, mit rotlackierten Fingernägeln, auf Besuch bei armen Verwandten. Aeroflot serviert einen Apfel und ein Wurstbrot. Dann erfahren wir, daß wir in Kiew zwischenlanden. Diese Landung weckt Kriegserinnerungen in dem Musiker, der wie ich von der Snanie, der russischen staatlichen Volksbildungsgesellschaft, eingeladen worden ist. Wir stehen auf dem verschneiten Flugfeld zu Eis erstarrt herum und lassen uns gruseln. Ich stehe mit meinen Requisiten da, versuche mich mit Russischreden anzubiedern. Das verstehen sie gar nicht, und ich spüre ihren Stolz.

Als wir in Moskau das Flugzeug verlassen, begrüßt uns ein ehemaliger Besatzer Wiens im Wiener Dialekt und freut sich diebisch. Er bringt jedem von uns eine junge und hübsche Dolmetscherin; weiße Hyazinthen und rote Nelken, gegen die Kälte in eine alte Prawda eingewickelt. In zwei Autos fahren wir durchs konturlos Weiße.

Wie alle Gäste aus dem Westen, die mit Literatur zu tun haben, wohne ich hinter der Statue von Majakowsky, im Hotel Peking, dessen Rezeption sich im ersten Stock befindet. Unten im Foyer steht das Wasser in Lachen auf dem Boden, da tauen die Besucher ab. An jedem, der eintritt, kleben Eis und Schnee bis auf Bart und Augenbrauen. Man schüttelt sich und klopft einander ab. Es ist

Jänner und hat 30 Grad Celsius unter Null. Nachts sinkt die Temperatur weiter, und in meinem dunkelblau-weißen Appartement ist es wohlig warm. Die Fenster sind verklebt – nicht zu öffnen. Ich habe ein Telefon, das über die Zentrale geht, und einen Fernsehapparat, den ich nicht bedienen kann. Wenn die weiche, junge, blonde Ludmilla, die Dolmetscherin, nach Hause gegangen ist, bin ich immerhin selbständig genug, mir Kaviar und Krimsekt im Büffet zu kaufen. Da es aber dazu kein Brot gibt, sondern nur harte Eier, verbringe ich die Nacht über der Waschschüssel und nicht unter der dicken dunkelblauen Decke im Bett.

Ein winziges altes Weiblein mit rotem Kopftuch macht den Liftboy und bringt mich zum Frühstück in eine Art chinesische Kulisse vor eine leere Teeschale. Das Personal kämpft einen Konflikt mit dem Chef aus. Es wird geredet und geweint, und ich verstehe nur soviel, daß hier echt und naiv agiert wird: kleine Leute, »Erniedrigte und Beleidigte«. Der Chef ist einer von ihnen, auch der Rotarmist.

Der Funktionär, der Ordnung schafft, macht es mit einem Blatt Papier, das er mit schlechtem Gewissen vorliest. Die Männer beginnen zu servieren, die Frauen stehen zusammen, schimpfen, drohen und weinen, schließlich zucken sie mit den Achseln. Freundlich mit den Gästen ist niemand.

Das Publikum, das mir zuhört, besteht aus Germanisten, die aus allen Teilen des großen Landes anreisen. Sie wissen oft mehr als ich. Studenten und Lehrer. Volk kommt kaum, kann ja auch nicht Deutsch. Von Musil, Kafka, Broch ist die Rede. Über Kafka hören sie aber am liebsten, weil der offiziell unbeliebt ist. Viele deklamieren Rilke – ich schäme mich: von Rilke kann ich nichts auswendig und habe auch keine Unterlagen mit. Ich weiß nur billige Anekdoten: daß er im Ersten Weltkrieg im Wiener Militärgeographischen Institut gearbeitet hat und »die Mizzi« hieß, wegen seiner Kleinheit und Schwäche und seines Vornamens »Rainer Maria«. Damit kann man hier nicht kommen, hier gibt es zweitausend differierende Rilke-Übersetzungen, wie ich belehrt werde.

Viel zu leichtsinnig habe ich diese Einladung hier angenommen im Glauben, es ist damit getan, wenn ich von meiner – meiner – Nähe zu Musil, Kafka und Broch plaudere – hier – von Musils Gewalt und Liebe, die die Welt konstituieren, von Kafkas Qual, dem Vater nicht entsprechen zu können und auch nicht zu wollen, von der Sekundärliteratur über Broch. Ich kann keine akademischen Vorträge halten, ideologische schon gar nicht, ich liege nachts wach und versuche zu objektivieren, zu abstrahieren und vor allem zu analysieren. Es war ein schwerer Fehler von mir, diese Reise als Flucht aufzufassen. Um zu renommieren, stehe ich jetzt da. Ich habe mich in die Höhle des Löwen getraut. Zerknirscht spreche ich in die ernsthaft Lauschenden vom Katheder hinunter – stets stehen Blumen vor mir –, ich bin froh und erleichtert, wenn nachher in der Diskussion meine lockere Frechheit gut ankommt. In korrektem Deutsch fragen mich Lehrerinnen aus Alma Ata und Tiflis aus. Sie haben gelesen, was von mir gedruckt worden ist, es gibt ein mich beschämendes Archiv mit all den Artikelchen und Geschichtchen in der Bibliothek für Weltliteratur: Exemplare des »Wort in der Zeit«, einer österreichischen Zeitschrift, liegen auf. Der Glaube ans Lexikalische ist hier fromm. Aber wir reden einfach über Bücher, über deutsche, russische, französische, wie im Kaffeehaus, wir sind animiert und familiär. Ich fühle mich in literarischer Umwelt wie überall in den Hauptstädten, sogar in Minsk ist das so. In Moskau sehe ich Schwanensee, eine rührend verstaubte Inszenierung, und Schulkinder mit weißen Krägelchen und blauen Lüsterschürzen, die aussehen wie anno 1913 die Klosterschülerinnen in stockkonservativen klerikalen Instituten; im Smolnyinstitut tragen die Knaben Matrosenanzüge. Sie spielen mir Stücke von Brecht in deutscher Sprache vor. Ich sehe die Spielzeugkirche auf dem Roten Platz und im Warenhaus Gum die leeren Regale und die schilpenden Spatzen, die sich wärmen. Ich lebe wie in einem alten Märchen, der schreckliche Krieg ist ein Alptraum, aus dem man erwacht und sich fürchtet. So viele Doderers gibt es hier: vierschrötige alte Männer, Rundköpfe mit Schlitzaugen, »so ordinäre Kerle«. Ich denke zärtlich an ihn, an meinen einsamen Satyr, der traurig ist über seine schwindende Stärke. So viel altmodische Natur – Bauern in dieser Stadt. Dicke Frauen: Alles wuchert und wackelt, ist warm und wirklich. Feste Unterarme und fette Oberarme pressen Kinder an weiche Brüste. Kinder in Kindergärten mit Aufseherinnen, die denaturiert und streng fremde Delegationen empfangen. Ich lerne hier nichts. Ich bin in diesem Land auch ein Kind, das nicht wissen muß und nicht wissen kann, was sein Leben und das der anderen in Vergangenheit und Zukunft bedeuten mag.

An das Flugzeug bringt Ludmilla mir einen rosa Lachs, in die Prawda eingewickelt: ein Geschenk von ihr und vom Chauffeur.

Walther verständigt Doderer, daß ich wieder zu Hause bin.

Er kommt. Nachts kommt er heimlich per Taxi zu mir in mein kleines Zimmer. Er kommt nicht aus seiner Einsamkeit, sondern aus seinem nunmehr bürgerlich geregelten Greisendasein, das schon seit Tauf- und Trauschein hinein in die Familiengruft führt. Sein Tagesablauf ist administriert. Er stolpert mit schlotternden Knochen, in seinen Hautsack geschrumpft, in der Mitte zusammengerutscht, ohne Taille, aber grimmigen Antlitzes zu mir herein und wirft seine Arme um mich – hilfesuchend, ernsthaft. Da ist er wieder nach langer Zeit. Er drückt sich an mich, riecht nach Alter, Moder, Sperma und Urin. Ich spüre, was er mir beweisen will, und schiebe ihn sanft von mir. Ich höre seinen Stolz knacken, und ich sehe es in seinen erbosten Augen, wie er uns, alle die Frauen auf seinem Weg, »Scheißweiber« nennt, alle, denen er kratzfüßig und voller innerem Hohn die Hände küßte.

Im Barmen über seine Tränen – er weint aus Selbstmitleid und Wut – schmilzt mein Zorn. Das Eis zergeht, und ich lasse ihn auf mir ächzen und stöhnen. Er beweist es mir.

Zum Sohn wird der Alte in meinen Armen. Ein alter Fötus. Schlaff bleibt er liegen. Ich berge ihn unter warmen Decken, koche für ihn einen Kamillentee und habe mein Baby.

An einem stillen Herbstnachmittag, an einem Sonntag, der dem Himmel Raum gibt, während die Menschen das gute Mahl verdauen, die Luft und das Leben in den Straßen stocken und die Wolken weiß herunterfallen, liegen Stadt- und Möbellandschaften ausgestorben da. Doderer steht plötzlich wie ein Geist im weiten Mantel in meiner Glastür zum Vorgarten und winkt. Ich soll ihn ins Haltertal begleiten, aber möglichst nichts reden. Er möchte um die Wagnervilla herumgehen, die Umgebung dort in sich aufnehmen als Muster der Balkanlandschaft, die er im Roman Nummer 7 schildert.

Mit ihm wird an diesem menschenleeren Ruhetag die Melancholie zum Greifen. Ich fürchte mich vor der Dichte seiner stummen Emotion, vor dem Zorn seines Versagens. Er könne so nicht. Nicht so. Sein Verlag und seine Frau verlangen von ihm, einer zu sein, der er selbst gern wäre, aber nicht ist: repräsentativ, ein Bürger. Jetzt ereilt ihn sein eigener Wunsch, »Hofrat« zu sein. Ich lache und verstumme, weil er vor Wut zittert: »Ich will allein leben«, sagt er, »ganz allein.« Er weiß, was ich nicht zu sagen wage, und er zischt mich an: »Sollen sie machen, was sie wollen, ich kann nicht kämpfen, weil jeder Kampf Arbeitskraft kostet.«

»Komm«, sage ich, »fahren wir wieder nach Italien.«

»Machst auch du mir Vorschläge, willst auch du mir Pläne aufzwingen?«

»Laß deine schlechte Laune nicht an mir aus«, sage ich böse.

Ich gehöre nicht zu meinen jungen Lieblingen, aber ihre Verzweiflung, die verstehe ich. Die »verzweifelte Hetz«, die sie sich selber machen, füllt ihre Mägen nicht, und die jugendlichen Anhänger, die sie haben, sind nicht das Volk, das eine »Kunst tragen« kann. Die Gesellschaft, die das könnte, verachten sie, der gilt ihr Spott. Sie haben Frauen genommen und Kinder gemacht und wollen ihren Teil vom großen Brotlaib. Sie gehören nirgendwohin – wie gut ich das verstehe, und doch trennt uns eine Generation. »Stoßen, was fällt«, das geht nun schon lange so, die Enttäuschung und Heimatlosigkeit im Kulturbetrieb kenne ich auch, trotz meiner Zeit mit Heimito, der eine gültige Welt durch die Jungen angegriffen meint. Er weiß aber, daß auch er Grotesken schreibt, weil er so wie die Jungen den »historischen Akzent«, wie er es nennt, gegenwärtig im Unsinn sucht, im Klamauk und im Absurden die ewige Aktualität erkennt. Er hat »Die Merowinger« fertig.

Achleitner, Bayer, Rühm und Wiener führen eine Kinderoper in der Chattanooga auf. Ein Happening ist ein »Wirbel«. Eine Riesenhetz mit Essen und Trinken, in der das Publikum mitspielt, ißt und trinkt, im Trubel auf den Stühlen steht und mitsingt. Ein Manuskript ist zwar da, aber es hat weder Sinn, noch ist es nötig. Ein Happening braucht kein Manuskript, keine Handlung, ist improvisiert und verläßt sich auf die Pannen, die als Wirklichkeitsmomente begrüßt werden. Vitalität ohne Richtung – mir kommt's gerade recht: Sekt aus Flaschen, Torten mitten ins Gesicht, Wiener bläst Trompete, Bayer rasiert sich, Achleitner pfeift und dazu der Text: »binibinibinicht!«

Das zeitgenössische Schlachtfeld durchfeuchtet von der schaurigsten Regression: Neu ist, daß es Kunst ist – dasselbe wie Leben: das reine Chaos.

Als Rühm auf dem Klavier eine Etüde spielt, tut das wohl. Ordnung?

Übersicht? Knall und Synkopen: Sinnlosigkeit wird rhythmisiert, zerteilt, lauter kleine Grenzen machen sie konsumierbar. Die Schlußaussage ist eine Explosion. Sprengkörper.

Irmingardis liegt nach einem Schlaganfall im Krankenhaus. Ihr Gesicht ist immer noch ebenmäßig und glatt, ihre Lippen sind voll und rot, die Augen sind nur auf mich gerichtet. Sie ist so alt wie ich, gepflegte sechsundfünfzig. Auf dem Nachttisch die Kosmetika von Dior. »Schneid mir die Krallen ab«, sagt sie. Ich wage es kaum, die eine gefühllose lahme Hand zu heben – es ist nicht irgendeine Hand, es ist ein mir sehr vertrauter Körper – mehr als es der eines Mannes je sein kann. – Ich bin scheu vor diesem Ende: verschreckt. Ich muß an Dinge denken, an die ich nie zu denken wagte, am wenigsten damals, als sie geschahen. Irmingardis hat sich lange und strategisch um nächste Nähe zu mir bemüht, und ich blieb voller Vorurteile und Skrupel, ich bin es noch, und ich zittere vor ihr, die jetzt stirbt. Sie spricht mit ihrem gefallenen Bruder, mit ihrem verstorbenen Vater und verlangt Gegenstände, die ich ihr nicht reichen kann, weil wir nicht in ihrer Wohnung sind. Sie weiß, daß sie stirbt, aber sie weiß nicht, wo sie ist: »Laß den Konrad nicht verkommen«, sagt sie. Ich denke daran, daß dieser einzige Mann, den sie einigermaßen geliebt hat, eine Frau und ein Kind ernähren muß und als ehemaliger Pilot in Görings Luftwaffe heute mittellos ist. »Nein, nein«, sag' ich verlegen.

»Roland ist noch da, ist er noch da?« und sie redet wieder mit Verstorbenen, die ich nicht wahrnehme.

Oh, warum habe ich mich so wenig um sie gekümmert, denke ich, oh, warum habe ich mich so wenig um sie gekümmert... ich denke es monoton wie eine Litanei und sitze da, und ich denke, wie einsam sie stets gewesen ist und versoffen und verhurt und unglücklich und immer unglücklich. Du warst feig und hast dich angepaßt, während sie sich zugrunde gerichtet hat. Ich quäle mich mit meiner Verachtung der Grundsätze, die sie lebte: »Man muß den Männern zuvorkommen und sie ausbeuten, solange man es kann.« Sie hat nicht nur ihren Ehemann ausgebeutet, ehe er sich scheiden ließ und Konkurs machte, sie war eine Beauté, ich habe sie um ihre Figur und ihre Nase beneidet, und sie hat mich sehr gern gehabt, weil ich die einzige war, die ihr das Geld, das sie mir immer wieder bereitwillig borgte, stets zurückgab. Sie hat eine Koryphäe bezahlt, als ich mir eine Schilddrüsenoperation machen lassen mußte, und es dann schillingweise von mir zurückgenommen, obwohl einer da war, der mit ihr eine Weltreise machte und sie mit Dollars vollstopfte. (Den hat sie nicht gemocht, so wie sie keinen je mochte, außer dem Konrad, der nichts hatte als eine Uniform und einen Adelstitel.) Und in Los Angeles oder San Francisco, als der Amerikaner seinen Lohn verlangte, hat sie tatsächlich ein Geschwür an der Vagina bekommen.

Mit dem vornehmen Konrad sitze ich dann bei der Testamentseröffnung. Mich hat sie zur Erbin gemacht. Er wird blaß, küßt mir aber als Kavalier die Hand und beglückwünscht mich. »Ich teile natürlich mit dir«, sage ich, und der Notar ist von soviel Edelmut überwältigt. Konrad auch, aber er nimmt es an, er hat Familie. Ich mache es ihm leicht und sage ihm: »Sie hat es so gewollt.« Vor Jahren, mitten im Krieg, haben wir, Konrad und ich, einmal das Gute miteinander getan – ich hab's vergessen, er auch. Damals hatten wir wenig Hoffnung weiterzuleben. Wir sehen uns betroffen an: Beide haben wir nicht viel für die Verstorbene übrig gehabt, als sie verzweifelte.

Ich besorge ihr Begräbnis und stehe mit Konrad an der Gruft, in der schon ihre Eltern liegen: der schöne Vater, den sie begehrte, und ihre Mutter, von der sie sagte: »Ich wollte, ich hätte den Mut, sie umzubringen.« Vaters Schwanz hielt Irmingardis einst schon in der Hand, aber sie wagten es beide nicht. »Es wurde nichts aus dem Inzest«, klagte sie, und das verdarb ihr die Freude am Liebesleben. Wäre sie nicht so intelligent und wären die Männer nicht so blöde gewesen, sie hätte ein Vermögen gemacht. Aber es gab den Krieg und eben Konrad, der ihr gefiel und den sie kurz hielt. Ihr Hurenleben war mutiger als mein angepaßtes braves. Ich sage Konrad das, und wir weinen um uns, nicht um sie.

Ich kleide Walther und mich neu ein, und wir fahren nach Marienbad, um seine Galle und sein Rheuma zu heilen. Dann kaufe ich ein Auto und beginne fahren zu lernen. All das befreit Doderer von der Vorstellung, mich unterstützen zu müssen, was er nie getan hat – nur unser Zusammensein bestritt er, das allerdings großzügig.

Nun kann ich mit Walther sorglos leben.

Doderer liegt in einem großen Raum, der wie ein Geräteschuppen vollgestellt ist mit Stühlen, Servierwagen, Porzellangefäßen, Eprouvettenständern und zusammengeschobenen Betten. Da liegt er mitten drin aufgebettet in seinem gestreiften Pyjama, hat am Nachttisch neben sich seine Notizbücher und Füllfedern ordentlich aufgereiht und schaut aus seinen lauernden Augen aus dem zerfurchten Gesicht unterm pechschwarzen Scheitel böse auf mich. Er sieht nicht so krank aus, wie er es dem Befund nach ist. Ich habe aber trotzdem das Gefühl des Abschieds. Ohne mich zu begrüßen, zeigt er mir ein Zeitungsblatt auf seiner Decke:

»Jetzt schreiben auch die hochmütigen Tinterln schon über mein Werk. Sie können nicht mehr über mich hinweg. Mein Werk wird leben, es wird leben!«

Ich sage demütig, daß ich davon überzeugt bin.

So liegt er da, gelbhäutig, schlitzäugig, aber soigniert in gestreifter Seide, in seinem Lavendelduft. Einen asiatischen Pferdedieb, so nannten ihn seine Freunde. Er hörte es stets gern, und ich wiederhole es, um ihm eine Freude zu machen. Sein Bett steht vor vorhanglosen, ungeputzten Fensterscheiben, wie gerahmt von toten Ästen. Ich streichle ihn halbherzig und versuchsweise und sage: »Schöne Händ' und Füß'«, um ihn an unsere Zärtlichkeiten zu erinnern. Es bockt etwas in ihm und in mir auch. »Frisches Wasser«, ächzt er, »und die Polster richten. Das Scheißweib kann es nicht, sie tut mir weh.« Ich denke, welches Scheißweib? frage aber nicht weiter.

»Schau«, sagt er, »hier tut es weh.« – »Es ist der Dünndarm, sie werden ein Stück herausnehmen.« Doderer ist wütend, auf mich. Ich will gehen, er hält meine Hand fest. Ich versuche die seine zu drücken. Da läßt er die Hand los und faßt mein Gelenk. »Ich kann auf ein Werk zurückblicken.«

»Und vieles noch mußt du erst schreiben...«

»Ja«, sagt er, »das Hauptwerk ist noch nicht fertig.«

»Sie übersetzen alles, auch ins Japanische.«

»Ja. – Du glaubst, das ist nichts, du glaubst an nichts. Und ich sag' dir, viel Glauben ist ein Gespinst, ein richtiges Gespinst, in dem die Spinnen sitzen. Ich bin eine Spinne, und mein Gespinst wird,... Geh jetzt, geh...«

Er hält aber meine Hand am Gelenk fest. Stöhnend richtet er sich auf. Er inszeniert schon wieder, noch immer. Stramm steht er an der Tür und schiebt mich an den Schultern hinaus. Er ist kein

Kranker, der sich vom Mitleid heimsuchen läßt. Er wird sterben, und ich nehme ihm das übel.

Ich werde leben, und er nimmt mir das übel. Wir tun einander weh und können einander nicht ertragen. »Ich komm' morgen«, sage ich.

Er schweigt. Es gab Zeiten, da machte er mir zum Abschied das Kreuz auf die Stirn. Jetzt können wir nur mit ganz geraden Schultern dastehen und die Wut teilen, die in ihm ist.

»Ja, Heimerle, ich zitiere dich: Im Grunde sind das alles Gemeinheiten.«

Er lächelt nicht.

Zweimal wird er operiert. Ich sehe ihn danach bewußtlos, noch in der Narkose, ein Kadaver. Man gestattet mir einen Blick. Er liegt in einem Gitterbett. Der Gedanke, daß er getobt haben mag, ehe er das Bewußtsein aufgab, tröstet mich.

Zum Begräbnis veranstalten sie ein großes öffentliches Brimborium. »Eine schöne Leich« nennt man das in Österreich. Die Regierung und hohe Kleriker treten auf. Als die Orgel spielt, muß ich entsetzlich weinen, lautes Schluchzen stößt mich, aber ich empfinde nichts, ausgestopft wie mit Sägespänen.

III

Ich leide an einer schmerzhaften Gürtelrose – lauter kleine juckende Bläschen rund um den Leib, bin rundherum mit Puder eingemehlt und habe keine Unterwäsche an, weil diese reizt.

Ich bin zur Führerscheinprüfung eingeteilt. In einem Leinennachthemd von meiner Großmutter und einem Regenmantel darüber sitze ich am Lenkrad, neben mir der Lehrer, hinter mir zwei sehr ernste Herren mit Kragen und Krawatte: die Kommission. Ich sitze auf stark pulsenden Schamlippen wie auf Pölsterchen, so aufgeregt bin ich.

»Sie fahren wie die Feuerwehr!« das ist ein Tadel, und ich bremse abrupt, ehe mir eine Alte in Hausschuhen und einem Dackel an der Leine unter die Räder kommt. Im Kreisverkehr. Dafür bekomme ich den Führerschein, weil niemand außer mir die Frau gesehen hatte, obwohl ich danach beim Einparken einen Mülleimer umstoße. Es ist Zwielicht, Dämmerung. Ich schalte das Licht ein.

Nicht einmal der Lehrer sah die schlurfende Alte hinter einem rasenden Auto hervorkommen. Ich habe »prima reagiert«.

Ich bin glücklich, zufrieden und selbstbewußt, meine Gürtelrose juckt nicht mehr.

In das Auto, das vor meinem Wohnhaus wartet, werfe ich Bücher und Gepäck. Walther sitzt todesmutig hinten, und wir fahren in den Westen: Irgendwohin, weg, frei, unabhängig – ich fahre bis München ohne Rast und grüble über die Funktion des Differentials anstatt über die Logik der Gefühle.

Bei hundertvierzig Stundenkilometer mit dem alten 1500 hört sogar der Nervenschmerz auf, und das entsetzliche Jucken wird zum Genuß. Stürzend flieht man und glaubt den Sturz in der eigenen Macht. Aufs äußerste konzentriert ist man nicht mehr ich, sondern ein geschleuderter Stern, der seine Bahn bestimmen darf, die aus jeder Misere herausführt in eine Steigerung, die erlebt werden muß.

Walther hat nichts dagegen, mit mir zu sterben. Bersten und Brennen malt er sich als Erlösung aus. Er ist sehr traurig, weil er schnell altert und viele Leiden hat, die alle mit dem Alter zusammenhängen. Deshalb trinkt er. Es riecht im Wagen nach labbrigem Rotwein. Er gebraucht für alle Öffnungen Papiertaschentücher, weil er überall leckt. Ich bin glücklich, daß uns Irmingardis' Erbe ermöglicht, jeden freien Tag auf dem Lande in Hotels zu verbringen. Ein gewogener Vorgesetzter hat mich auf Studien- und Vortragsreisen geschickt.

Ich sitze mit dem stets benommenen Walther auf sonnigen Terrassen und trachte zu schreiben. Ich konzipiere Romane und mache Exposés. Ich gerate in Verhandlungen mit einigen Illustrierten, habe viel Einfälle und kann doch im Grunde nicht an die Wichtigkeit von Fiction glauben. Walther stänkert wieder über meine Standpunktlosigkeit und verhöhnt mich, weil ich sage, daß ich nur einen Grund zum Schreiben sehe, nämlich die Suche nach totaler Erkenntnis. Ich nehme an den Sitzungen der Paulus-Gesellschaft teil, um über sie zu berichten. Die Synthese Marx und Christus, die Doderer und Walther realitätsfremd nennen, in langweiligen Vorträgen braver Sonntagsprediger vorgeschlagen, läßt mich gähnen.

Doderer nannte mich eine Dilettantin, weil ich glaube, »geradezu trampeln« zu können und ohne tausend Umwege der Komposition zu einer Aussage zu kommen.

Ich will nicht komponieren, auch nicht aussagen, ich will spinnen und stricken, ich bin Fährtensucher und Pfadfinder.

Walther ist ratlos: »Sie läßt sich nichts sagen.«

Durch mein kleines Bankkonto und durch mein Monatseinkommen als Angestellte bin ich jetzt ein eingegliederter Mitmensch, das ist mir neu und mehr wert als Romane schreiben, sage ich viel zu oft, und Walther weiß es ja auch besser, wenn er redet und redet und redet: »Du mußt und du wirst zur Ruhe kommen durch die Konzentration, die eine andere ist als beim Rasen und Ruinieren von Motoren und Brechen von Pleuelstangen.«

Walther versteht mich nicht. Ich kann mich nicht auf Nichts konzentrieren. Ich bin leer, seit Heimito tot ist, und ich habe Angst. Deshalb bin ich froh, wie andere auch, beruflich Sachen zu tun, die man mir aufträgt: berühmte Menschen dem »Volk« vorzustellen. Ich muß diese auswählen, sie anrufen oder ihnen schreiben, um sie charmant zu bitten, für wenig Geld im Rahmen der »Volksbildung« aufzutreten. Mir klopft das Herz am Telefon, aber ich mache Erfahrungen. Ich lerne an der Art der Antworten die Grade von Anmaßung oder auch von echter Autorität zu unterscheiden. Zwischen Peinlichkeit, Neugierde und Staunen rede ich mit Frisch, Dürrenmatt, Schlöndorff, mit von Hentig, mit Illich, mit Wolfgang Leonhard, mit dem polnischen Staatsanwalt Sawitzky beim Nürnberger Prozeß, mit vielen, die absagen, mit vielen, die zusagen. Hans Mayer und Robert Jungk besuchen auch unsere Provinzstädte. Wir können keine Flüge bezahlen, die Honorare sind gering. Manche lockt die Publicity, manche glauben an die Möglichkeit, »in die Masse« zu wirken, viele halten es für verlorene Zeit und die Masse für unbelehrbar. Kopf an Kopf sitzt »die Masse« nur dann, wenn Bergsteiger Dias zeigen oder Politiker am Podium stehen.

Die heilige Scheu vor der Prominenz, die Doderer trotz oder wegen seiner verblüffenden Gewohnheiten in mir noch erhalten hat, läßt nach, ich möchte sie besser kennenlernen, und zwar dort, wo sie unter sich ist. Ich möchte zu den internationalen Hochschulwochen nach Alpbach in Tirol. Ich hole mir die offizielle Erlaubnis beim Rektor der Hochschule für Welthandel. Titel nehme ich ernst – immer noch – und gehe beeindruckt durch die Geweihe, die in seinem Vorraum hängen: hat er doch so manchen Bock mit Bundeskanzler Dollfuß geschossen. Als österreichischer Patriot schätzt er meine, wie er sagt, »volksverbundene und völkerverbindende« Arbeit und gibt mir seinen schwarzen Segen, wenn die Roten es bezahlen. Das Rathaus zahlt.

Alpbach ist ein Ort im katholischen Tirol am Ende einer Sackgasse im Gebirge. Der Verkehr hat keine Chance mehr, die Autos stauen sich vor den alten Holzhäusern und vor den neuen, die stilgerecht nachgebaut werden. Die Kreuze auf dem Friedhof sind schmiedeeisern, und die Kirche ist gotisch. An der Hand Gottes, in der Hand Gottes degenerieren die Einheimischen am modernen Leben. Nach Hitlers Ende war diese Öffnung ins Internationale eine Sensation. In diesem Jahr finden sich die aufgeregten Teilnehmer der Pariser Studentenrevolution mit ebenso aufgeregten Teil Flüchtlingen aus der Tschechoslowakei auf den Bergen, in den Schutzhütten und in den Wirtshäusern des Tales. Ich hör mir lieber die Diskussionen an als die Vorträge. Die geschlagenen Studenten, die vertriebenen Tschechen, die einen vom linken, die anderen vom rechten Zwang tödlich bedroht, schreien durcheinander und süffeln den Obstler. Die deutschen Linken wollen ihren rechten Staat nicht. Sie hassen den Kompromiß. Die avancierten Linken, die in den besten Hotels wohnen, schauen zustimmend von ihren Balkons herunter auf die fetzigen Papierbänder mit den roten Parolen, die von jungen Parteigängern geschwenkt werden, die ihrerseits ohne Komfort hausen müssen. Alle fürchten die herumtobenden, antiautoritär erzogenen Kinder.

Daß Linke da sind, die Fronde, die Stänkerer, um die Toleranz der wohlgefällig in Gott ruhenden Konservativen zu strapazieren, entschuldigt meine sensationslüsterne Anwesenheit bei Walther, der wohl hier der erste wäre, der sich diesen Krawattenträgern angenehm machte. Sie duften soigniert nach After Shave, diskret nach Badewasser, sie sind gewaschen und gebügelt, haben Manieren, eine Form des Erwachsenseins – Stand, Stil und Loden: Österreich, große Vergangenheit – was willst? – untermischt mit Hochadel – Feudalherren, Tradition, die sich der Wissenschaft verpflichtet fühlt. Ich verstehe, daß die Bücherschreiber die Kreise schätzen, von denen sie geschätzt werden (jeder lobt, keiner liest – das wußte schon Klopstock).

Elitegefühl ist der Gewinn für die Reichen und ihre Nutznießer, die nie zweifeln, wenn sie Inhalt und Rückhalt von denen beziehen, die lernen, denken und »wissen«. Ja, und die Nichtse unter den Titeln, die Adabeis, die zahlen und machen es möglich!

Ich bin nicht willkommen. Ich zahle nicht, ich zähle nicht. Ich bin für eine kaum geachtete Institution hier. Volksbildung. Ich wage nicht »den aufrechten Gang«. Aber ich verfalle Ernst Bloch. Er ist hier oben auf dem Berg und mehr noch als das Elitegefühl seiner Jünger und Anhänger bestätigt ihn massive Ablehnung. Diese Linken beobachte ich bissig und grimmig, denn sie fraternisieren keineswegs mit dem Personal, den Zimmermädchen, Kellnern und Barkeepern.

Vielleicht mit Recht? Denn der Profit bleibt bei den Lakaien. Ich bin verwirrt. Die schönsten Autos, die stärksten Motoren werden nicht von der hier oben herrschenden Klasse gefahren. Aber ich habe fromme Gefühle in der dünnen Luft: Da sind die Sonntage im Dorf, wenn der Himmel blau hinter den grünen Bäumen ist und sich die klare glasige Luft mit den feierlich tönenden Glocken in die Ohren und die Augen schlägt, den Körper leicht macht: Emotion, Glück von Sauerstoff und Kirchenmusik. Das sind die Augenblicke, wo ich für meinen Kindergott die Kinderdankbarkeit fühle und die Welt sich rundet. Da bimmelt die Kirche die Gemeinde zur Beichte zusammen und erlöst die Dirndln und Buam, die sie vorher zu sündigem Unrat gestempelt hat. Auch ich beuge mich dem System mit dem Schuldgefühl, das ich immer parat habe: »O Herr, ich bin nicht würdig!«

Da sitzt Ernst Bloch, mit der sonnenbeschienenen Wiese im Hintergrund, und wie die Quelle aus dem Fels rinnt und rinnt und rinnt Weisheit aus seinem Mund, und das mit Witz. Er ist alt wie Gestein und raunt wie ein Orakel. Ein Moses, ein Rübezahl, ein fleischgewordener Mythos, ein uralter Vogel, ein Stück Landschaft und Urzeit.

Ich bin eingefangen in sein bewegtes Pathos, atme ein, was er sagt, ob er nun mit Vetter aus dem Vatikan oder mit dem »Protestanten« Rahner, mit einem erregten Tschechen oder mit einem linksradikalen Studenten spricht. Immer sitzen sie in allen Altersstufen um ihn herum, hören wie ich zu, um wieviel notwendiger es ist zu *Sein* als zu *Haben*.

Bloch gehört nicht zu den beamteten Hochschullehrern, die nur vor einem Publikum sprechen, das akademische Voraussetzungen besitzt, er antwortet auf die dümmsten Fragen und ist auf meine Bitte bereit, auch im Volksbildungsverband einen Vortrag zu halten. Seine Frau verhindert das. Er hat zu viele Termine, sagt sie, er ist zu alt, sieht zu schlecht, man soll ihm das nicht zumuten. Sie drückt mir einen Pullover in die Hand mit dem Auftrag, ihn Ernst Bloch überzuziehen, wenn die Sonne untergeht. Sie möchte ein bißchen nach Rattenberg fahren. Als ich es wage, ihn aufmerksam zu machen, daß die Sonne untergegangen und der Abend kühl ist, hebt er gehorsam beide Arme und läßt sich den Pullover überstreifen. Ich habe das Gefühl einer Zelebration.

Es empört mich, daß nicht alle, die ihn hören, bedingungslose Anhänger seiner Lehren sind, und als eine Kellnerin zu mir sagt, ihr bliebe gar nichts anderes übrig, als sich an das Sein zu halten, denn Haben täte sie nichts, begreife ich, daß Hungernde anders belehrt sein müssen als Satte.

Es ist nicht nur an dem, daß nach dem Fressen erst die Moral kommt – man kann nach so vielem hungern, ehe man zu seinem Sein kommt. Da fährt in einem alten Simca eine kleine blonde Maus herauf. Sie stammt aus einem nachbarlichen Kuhdorf und arbeitet hier als Zimmermädchen. Ihr Vater besitzt zehn Säue und ein paar Kühe, Grund und Boden und ein Haus, aber sie möchte einen neuen BMW für ihren Freund, der allerdings wenig zu essen hat, während er in Innsbruck studiert und nichts verdient. Seine Eltern im fernen Deutschland geben ihm zu wenig. Sie schaut mich, die Alte, mit hungrigen Mädchenaugen abschätzig an, und ich rücke Trinkgeld heraus. Zuviel, Zwang, dem ich unterliege.

Da ist noch ein anderes Zimmermädchen. Auch sie trägt ein himmelblaues Dirndlkleid zu kurzgeschorenem schwarzem Haar, auch sie ist sehr jung, und auch sie hat kalte Augen. Nach der Arbeit sitzt sie in der Bar herum und horcht den Gesprächen der gelehrten Gäste zu. Sie darf das, sie jobt als Studentin, und die Leitung des Hotels ist nicht kleinlich. So rede ich sie an: »Nicht müde? Nein?«

»Doch«, sagt sie, »aber ich lerne hier manchmal etwas.«

»Sie sind die Mizzi?«

»Ich heiße Maria, ich finde die Abkürzung idiotisch, die man mir hier aufzwingt.«

»Wollen Sie mit mir spazierengehen?«

»Wenn Sie es wollen?«

Ich habe mir den Fuß verletzt und brauche eine Stütze. Ich gebe ihr eine ganz schöne Summe für ihre Dienste, die sie ohne Dank nimmt. Ich frage sie aus. Sie ist vorsichtig. Sie studiert Soziologie und hat ein Stipendium in die USA eingereicht. Sie hat nur eine Mutter, über die sie lieber nicht reden will. Ich steche mir diese Mizzi als Pfahl ins Fleisch und provoziere als »Ausbeuterin« die »Ausgebeutete«. Darauf reduziert stelle ich mir eine Studentin der Soziologie vor. »Scheißveranstaltung.« – »Wenn Sie es sagen!« Ich stoße nach: »Sie wirken so ablehnend und kritisch?«

»Klar. Weil ich mich um jede Chance schinden muß, während es die Dummen hier in die Wiege gelegt bekamen.«

»Und jetzt verlangen Sie Solidarität von den Privilegierten?«

»Klar«, sagt sie. »Diese Ärsche!« sagt sie. Wir treten auf die Seite, weil Autos herauffahren. »Ach, der alte Bloch«, sie wischt ihn weg, »ein Missionar!« Wieder gehen wir stumm. Dieses Kind schüchtert mich ein. »Ich hasse Optimismus«, sagt sie.

»Ich glaube oft, daß ich das auch tue.«

Sie schaut mich von der Seite her an: »Verzeihen Sie,« sagt sie, »ich mag mütterliche Frauen nicht.«

Das trifft mich. Ich bin verärgert und keife sie an: »Ja, ja, du meinst Mama sein, das ist eine gute Position, die man sich so freiwillig aussucht: Mama liebt alle, nimmt in gütiger Toleranz alle an die Brust und kann sich hier heroben standpunktlos herumtreiben und sich das gute Essen schmecken lassen und das angenehme Drumherum? Aber Mama hat ein schlechtes Gewissen –

ein ganz und gar realistisches Gefühl von allgemeiner Verlogenheit. Wo sind die Barrikaden?«

Ein Bischof, der auch hier aufgekreuzt ist und die Gesellschaft der Jugend sucht, biedert sich an: »Kinder, wie und was wollt ihr ändern? Ihr verlangt zuviel von euch.« Von der Freiheit des Westens und der Ökonomie des Ostens rede ich und den sogenannten Sachzwängen, die es aufzulösen gilt. Eine Lektion, die ich schlecht gelernt habe und die darauf hinausläuft, daß Leben überall auf Kosten derer gelebt wird, die draufzahlen. »Und hier heroben gibts nichts als lauter Überbau, gehobenen Lebensgenuß im Beweinen der allgemeinen ungerechten Situation.«

»Das ist gut«, sagt der Bischof, »es zahlen hier die, die es haben.«

»Und wem nehmen sie es weg?«

Der Bischof belehrt mich, daß ich falsch liege. Hier ginge alles ganz organisch zu, und das wäre ja das Schöne hier. Legitime Bedürfnisse werden befriedigt: auch die der Aussprache zwischen verschiedenen Auffassungen.

»Es kommt einer Clique zugute, das sagen alle, und das finde ich auch.«

»Wem schadet es?« fragt der Fromme.

»Ein Unrecht gegen die Außenseiter. Ich spüre hier überall Ressentiment. Es schadet direkt. Indirekt geht es uns gegen den Strich, wenn nur der Privilegierte lebt und der andere nicht einmal zu leben versteht.«

»Jeder hat den Marschallstab im Tornister!«

Ja, denke ich. Mizzi hat ihn auch. Gott behüte uns vor den Marschallstäben aller Schlechtweggekommenen.

Mizzi ist Feministin. Ich schäme mich, weil ich an Hexen und an den Blocksberg denke. Sie ist böse.

»Können Sie denn das Verhalten der Männer ertragen?« fragt sie mich: »Hat Sie nie einer verletzt?«

»Natürlich haben sie mich verletzt, die Männer«, sage ich nachdenklich, »aber konnten sie denn anders, so wie sie gebaut sind?«

Ich erzähle ihr von Rudis Johannistrieb, von Doderers Ordnungsbewußtsein, das ihn der Sitte unterliegen ließ: Pflicht gegen Liebe! Das Herkommen hat gesiegt! Ich werde mir zum ersten Mal ganz bewußt, wie tief mich das getroffen hat.

»Verrat.«

»Sie sind ja ganz bitter!«

»Wie denn nicht, wenn der Trieb, den ich Gefühl nenne und das Beste, was wir haben, aufhört, dem Tod gewachsen zu sein.«

Mizzi wird ganz freundlich: »Das ist ein weibliches Bekenntnis«, sagt sie und rät mir, Virginia Woolf, Simone Beauvoir und Kate Millet zu lesen und beginnt sogar mich zu achten, als ich ihr erzählen kann, daß ich »Sir Galahad« flüchtig gekannt habe und »Mütter und Amazonen« besitze.

Wir verabschieden uns auf dem Friedhof. Mein Auto steht, nur durch eine schüttere Hecke getrennt, neben dem Grab Schrödingers mit dem schmiedeeisernen Kreuz. Aus der Kirche, ja, da rauscht die Orgel, über die Wege, ja, da schreiten die Professores und die Scholaren. Nach frisch gebackenem Brot riecht es fromm, und die alten schlauen Hausdiener tragen grelle grüne Filzschürzen.

»Die Kulisse! Ich hänge halt sentimental an der Kulisse.«

»Eben. Damit werden sie uns immer manipulieren.«

Die Sterne, der Turm und die Berge! so pflegt der Bischof zu schwärmen: Gottes Segen und die gute Luft!

Hinter einem heraufstöhnenden Lastauto dräut eine stinkende schwarze Benzinwolke. Mich freut das wie eine Demonstration gegen alle Heuchelei.

Walther muß ins Krankenhaus; ein fremder Mann findet ihn betrunken auf der Straße, trägt ihn in ein fremdes Bett, macht mich über die Papiere in Walthers Brusttasche ausfindig und holt mich aus dem Büro. Als ich Walther entkleiden will, bemerke ich, daß er die Elle gebrochen hat. Er spürt es nicht. Als er längst nüchtern ist, bleibt er benebelt. Noch im Spital wehrt er sich gegen sein besseres Wissen, daß es zu Ende geht. Ich sitze viele Stunden täglich bei ihm. Zuckmayers finanzielle Hilfe macht eine privilegierte Behandlung für ihn möglich. Man bringt ihn in einer Art Laboratorium unter, weil die Räume für die Kranken überbelegt sind. Ich möchte die Nächte bei ihm verbringen, darf es aber nicht, weil sie den noch vorhandenen Platz für einen wohlhabenden Araber-Scheich brauchen. Der will nicht auf weißen Bettlaken sterben und schiebt ein mitgebrachtes Schaffell unter den knochigen Greisenhintern. Das Fell stinkt entsetzlich, aber die Damen der Großfamilie aus der Sahara duften nach Chanel Cinque, stecken in kostbaren Pelzen und sitzen ebenso wie ich betrübt herum.

Walther bestellt aus der Innenstadt ein junges Mädchen zur Pediküre und Maniküre. Als sie erscheint, erwacht er angeregt zu voller Präsenz und schickt mich hinaus. Er läßt seine wohlgebildeten Nägel schneiden, die Extremitäten pflegen und salben. Danach gehe ich daran, die tiefe Wunde am Rücken mit Balsam zu bedecken und ihn zum Schlaf zu betten. Er weint und hält mich fest, bittet mich zu bleiben. Ich bin seit Stunden und Stunden in diesem Spital. Ich bin müde und hungrig. In meinem tiefsten Innern, vor mir selbst verberge ich eine Eifersucht auf das junge Mädchen, das ihn kurz zu beleben vermochte und ihn jetzt doppelt verzweifeln läßt, weil er weiß, daß das Ende nahe ist. Ich überlasse mich eine Weile seiner hektischen Umklammerung. Als ich es nicht mehr ertragen kann, gehe ich nach Hause. Minuten, nachdem ich weggegangen bin, stirbt er.

Auch bei Rudolf war ich nicht dabei, auch bei Mutter nicht, nicht bei Doderer, bei Vater und Großmutter. Und auch nicht bei Irmingardis – ich war immer jeweils gerade nicht da.

Wäre ich dagewesen, hätte ich helfen können.

Ein idiotisches Gefühl.

Es hängt wie lauter Fäden an mir herum.

Ich bin nicht sehr traurig, nicht verzweifelt, kaum bestürzt – die letzten Wochen waren schwer zu ertragen. Nun bin ich alt genug, um nicht mehr zu glauben, durch Denken, Studieren und Schreiben etwas gegen den Tod auszurichten.

»Der Förster stirbt, der Wald lebt weiter.« So lautet das Argument jeder Utopie, jeder Eschatologie. Deshalb Engagement. Deshalb hinein in den Dienst an der Sache des Waldes. »Revolution ist Vergeßlichkeit«, schrieb Doderer, und die »Ewige Wiederkehr« ist ein Argument Nietzsches.

Ich sehe meinen Mann an der Wand auf einer Leiter stehen und einen riesenhaften Pantokrator konzipieren. Ihm schwebt die Kompositionsweise Arcimboldos vor, eines Manieristen, der aus Früchten Köpfe zusammensetzte. Rudolf fügt religiöse Embleme in den Umriß der Gestalt.

Für mich ist das lähmende Resignation. Als damals die Fenster durch die Bombenabwürfe zerbarsten und der Luftdruck die riesige Papierfläche mit der Skizze zerfetzte, klebte Rudolf sie wieder zusammen, ergeben fügte er Lingam, Raute, Hakenkreuz und

Kreuz, Davidstern, Hammer und Sichel, Fisch und Gorgo, die ganze präsente Emblematik der Sinndeutungen, das Patchwork aller Lebenshilfen, den ganzen Ausverkauf zum Mantel Christi. Ich sitze davor – und muß weinen. Ich reiße diese Riesenskizze von der Wand und kämpfe mit dem steifen Papier wie mit den Flügeln eines Riesenvogels, wie mit den schlagenden Fakten aller Revolutionen. Ich stampfe es nieder und werde fertig damit. Ich werde mit so vielem fertig und hasse mich dafür.

Ich muß auch damit fertig werden, daß mich der Büroalltag anödet – das Fernsehen bekommt mühelos alle Stars; über die Volksbildung lachen die meisten. Ich sitze mit Elsa im Kino. Elsa kommt von Kaiserin Zita aus New York. Sie hat die alte Frau dort interviewt. Eine Alte die andere Alte. Gab es da ein Augenzwinkern über die Lächerlichkeit männlicher Traditionen? Elsa küßte die Hand der Monarchin und mußte sich nach dem Gespräch rücklings zur Tür hinausschieben. Sie schrieb darüber viele Artikel und erzählte den Hergang der Begegnung unter Gelächter. Diese fand in einem Kloster statt, das im Stockwerk eines Hotels logiert. Jetzt sitzen wir da und sehen uns Doktor Schiwago an. Einen altmodischen Schinken, der uns langweilt und dennoch rührt. Elsa ist uralt, schon 1914 pflegte sie Verwundete in Sibirien zusammen mit Florence Nightingale. Dort lernte sie ihren Mann kennen, einen prominenten Arzt, der nachher in der Emigration in Schweden nicht arbeiten durfte. Elsa schrieb Romane und ernährte sich und ihn. Schön und munter ist die Alte heute noch, so beschließe ich, als ich neben ihr sitze, doch wieder zu schreiben. Es ist mir zu langweilig, einfach nur so ohne Mann für mich allein das nötige Geld zu verdienen und den Alltag abzuwickeln. Das ist mir zu fad. Ich werde wieder froh neben Elsa.

Und gerade in diesem Hochgefühl trifft mich die Aufforderung, Generalsekretärin des österreichischen PEN zu werden. Ich frage mich, ob das eine Gelegenheit ist, mich zu aktualisieren, Politik, Kulturpolitik zu betreiben. Ich könnte mit Hilde Spiel zusammen rudern, sie wäre Vizepräsidentin und eine resolute Schreibkraft die dritte im Bunde. Mit ausgebreiteten Armen trete ich den Mitgliedern gegenüber und glaube, daß jeder auf seiner Schreibtischinsel den anderen braucht, wie ich ihn brauche, um die Einsamkeit zu ertragen, die das einzige ist, was wir gemeinsam haben, und ich weiß bald, daß ich als gutmütiger Trottel für Interessen eingesetzt werde, die nicht die meinen sind. Mir geht's tatsächlich nicht um Erfolg für mich, sondern um die Gemeinsamkeit in der Auseinandersetzung mit dem Hier und Nun. Ich mag die Kollegen, sie sind nett, manche dekorativ, ihre Werke schmeißen mich nicht um, die Geselligkeit habe ich gern. Ich bin, obwohl am Rande stehend, doch eingebunden in ein Vereinsleben, in ein Kollektiv. Und: viel auf Reisen, immer und immer wieder. Zu Sitzungen delegiert, in Berlin, London, Dublin, setze ich mich in Bewegung, sogar nach Dortmund reise ich. Ich habe bei den Entschließungen jeweils eine Meinung, die ich besser verschweige. Es fällt mir schwer, mich in eine Fahne zu hüllen. Ich mag Böll, Chotjewitz, Engelmann. Bin ja links? Wenn ich auch nicht greifen, haften, Kontur gewinnen kann, fällt es mir doch leicht, liebenswürdig und sympathisch zu sein, mich anzupassen. Ich soll die »Wiener Gruppe« dazu bewegen, in den PEN einzutreten. Die Alten im PEN und die Jungen in der Gruppe zeigen sich gleicherweise spröde. Sie wissen, daß sie nichts gemeinsam haben. Ich sage zu den Jungen: »Ihr sollt sie revolutionieren.« Sie halten das nicht für möglich. Es ist auch nicht möglich.

Ich verbocke mich. Ich sehe das nicht ein.

Es ergibt sich die Möglichkeit, nach Israel zu fliegen – eine Studienreise ins gelobte Land, teilweise auf Kosten der Volksbildung, auf Einladung der Histratud.

Herzl! Ich hab' als Kind so viel auf ihn schimpfen hören. Juden und Christen. Ich las Köstlers »Diebe in der Nacht«, las den »Exodus« von Uris und von Neumann »An den Wassern von Babylon«, erinnere mich an die Geschichten der Großmütter von den Pogromen in Galizien und auf dem Balkan. Ich sehe mich als Kind im Tempel sitzen und höre wieder die Stimme: »Was will die kleine Gojte hier?« und die alte Hradetz antworten: »Laß dem Kind!«

Juden! Das ist für mich Farbe, Salz. Tatsächlich das Salz der Erde in all den Schulen, aus denen sie mich hinausgeworfen haben. Katechet und Rabbiner waren die einzigen Menschen, die einen Sinn in ihrer Rede führten.

Ich fliege nach Israel. In das sagenhafte Land echter Solidarität, das Land der Kibbuzim, das Land aller Religionen. Ich fliege in den Süden, zu Meer und Wüste, zu den Kamelen, Moscheen, Kirchen und Tempeln. Ich werde Jerusalem sehen und den Ölberg. Die Rollen vom Toten Meer, Herodes' Thron auf der Massada, ich werde auf dem Toten Meer drauf sitzen.

Das erste, was ich auf dem Flughafen in Lod höre, ist ein deutsches Kommando: »Alles herhören!« Eine Hamburger Reisegesellschaft ist angekommen, wird eingeteilt, von ihrem »Führer« mit Befehlen versehen; die bunte, schwarzhaarige Schar von jüdischen Soldaten lacht.

Ich stehe im nüchternen Flughafengebäude, überwältigt von der Gegenwart dieser Opferkinder und Mörderkinder, die einander mit Skepsis und Goodwill und im Zwang der Geschäfte neugierig und mißtrauisch betrachten. Ich habe die geschäftsmäßige Vernichtung gesehen und sehe jetzt die notwendige Versöhnung, und ich höre das Gelächter des Zweifels und die Stimme Kains: Bin ich meines Bruders Hüter?

Wir wohnen im arabischen Hotel gut und billig, das Essen schmeckt stark ölig und gewürzt. Yehudo Apfelbaum bringt uns zum Yad Waschim auf den Ölberg, nach Bethlehem und Nazareth und singt im Autobus das Lied vom Westerwald, denn er ist ein Deutscher. Ich spüre wieder den Druck des toten Doderer und den Schuldzusammenhang, der die Erbsünde immer weiter treibt. Was gilt Schuld gegen die Notwendigkeit des Kampfes um die Beute?

Junge Menschen, Juden aus aller Welt, aus Kanada und aus dem Jemen sitzen in einem Haus, das schäbig ist wie alle die billigen Mietshäuser aus Beton in den Städten des Ostens und auch bei uns. Flachdach, riesige Müllcontainer im asphaltgepflasterten Hof, rostige Leitungen außen, die Türen aus Sperrholz, die Farbe blättert von den Wänden. In so einem Haus sitzen sie in niederen Räumen, stickig im heißen Klima, Schultafeln, keine Vorhänge, und lernen Iwrith. Sie sind jetzt in Israel zu Hause, aber die einzige Sprache, die sie – auch nicht alle – radebrechen, ist Englisch. Ich fühle mich hier hektisch jüdisch, möchte zu ihnen gehören, weil sie das Nirgends-zu-Hause-Sein mit mir gemeinsam haben. Einstein, Marx, Freud gehen ihnen über Kaiser Wilhelm II. oder Franz Josef I., obwohl manche von ihnen gerade dabei sind, Dayan wie Napoleon zu verehren. Ich schau die Fassade gegenüber hinauf und sehe einen alten Juden im Kaftan bei 38° Grad im Schatten auf dem Balkon mit dem Kopf wackeln, mit all dem jüdischen Betputz beten. Ein Museumsstück, das mich mit Ärger und Rührung gleichzeitig plagt. In den Straßen Kutten, Käppis, Kaftans, Burnusse, Jeans und Bermudas. Ich muß an Schopenhauer denken, dem Mischehen als Lösung des Problems zu seiner Zeit einleuchteten. Jetzt sitzen sie auch noch vielsprachig in einem einzigen Land als eine Nation. Auch das noch: Und wir haben doch längst geglaubt, damit ist es aus: Nationen! Rassen!

Eine Nation, die Marx, Einstein, Freud reklamiert. Hatten diese nicht wahrhaft andere Sorgen?

Gespenster, Motten schwirren aus. Ich dränge mich zwischen nordischen Pfadfindern und einer französischen Abiturientenklasse ins winzige Grab Christi, das mir mit seinem orientalischen Gefunkel, mit all seinem Kitsch wie ein ganz großes Mißverständnis vorkommt. Einem verdreckten Archimandriten wird die Hand geküßt. Er bewacht die heilige Stätte.

Sehr bewegt, ganz und gar vollgestopft mit Welt- und Geschichtsfrömmigkeit sitze ich bei Walthers Jugendliebe, bei seiner längst von ihm geschiedenen Frau in der Meeresluft von Herzlia. Wir reden über ihn, daneben flimmern Bilder über den Bildschirm des Fernsehers, und im kleinen Bungalow ist die gute Salzluft und die Fremde.

Auf einmal erscheint Nixon, hinter einem Drahtverhau, im Vordergrund eine Menschenmenge und Polizei – Nixon landet in Salzburg, und eine Protestgruppe ist dabei, die Sperre zu durchbrechen. Ich erkenne Robert Jungk, ich höre »Scheiß-Schriftsteller« sagen, ich kann sehen, daß er mit einem Gummiknüppel auf den Kopf geschlagen wird.

Meine Adrenalinausschüttung bei jeder Art von Verboten und Sperren ist enorm. Also: Ich verstehe Jungk und will mich und den PEN von den Dummköpfen, die Hiebe für Argumente halten, abgrenzen. Hab' ich nicht ein öffentliches Amt in einem Verein, dessen Charta die freie Meinung vor allem schützt und die freie Äußerung eines jeden Standpunkts?

Ich fliege nach Wien mit der einen Möglichkeit: ein paar Empörte zu sammeln. Einige tun mit. Der PEN-Club gibt Zeilen des Protestes in die Zeitung, solidarisch gegen die Beschimpfung und Mißhandlung eines der unseren.

Was dann geschieht, ist mir allerdings neu: Leute, die dachten wie ich, sind plötzlich gegen mich, greifen uns an, die wir gesagt und geschrieben haben, was wir, was viele denken. Taktik und Strategie setzen ein.

Hilde Spiel, die Vizepräsidentin des PEN-Club, soll in diesem Zusammenhang als »links« unmöglich gemacht werden. Ich glaube nicht, was ich erlebe: Erwachsene Männer telefonieren, konspirieren, sprechen sich ab, planen die Wahl gegen die Solidarität mit Jungk und gegen die Kandidatur der Vizepräsidentin. Ich versuche noch zu vermitteln, aber dann wird es mir zu dumm.

Torberg schreibt mir:

»... bin nach wie vor der Ansicht, daß der PEN-Club weder Anlaß noch Befugnis hatte, sich mit dem politischen Demonstranten Robert Jungk zu identifizieren und bin nach wie vor *nicht* der Ansicht, daß gerade Robert Jungk dazu legitimiert wäre, den Behörden der Republik Österreich aus dem gegebenen Anlaß Verstöße gegen die Demokratie vorzuwerfen, geschweige denn, daß der PEN-Club sich solche Vorwürfe zu eigen machen dürfte. Ihre Frage, ob ich Prof. Jungk für ›gefährlich‹ halte, gibt mir in dieser Form keine Möglichkeit zur Beantwortung. Aber ich erinnere mich an einen Vortrag, den der Bundeskanzler Dollfuss nach dem Februar 1934 in Budapest gehalten hat, und erinnere mich an meine hilflose Wut, als er an seiner kärglichen Figur hinabdeutete und fragte: ›Schaut *so* ein Diktator aus?‹, was von seiner faschistischen Zuhörerschaft mit behaglichem Gelächter quittiert wurde. Nein, Dollfuss hat nicht wie ein Diktator ausgeschaut. Und Prof. Jungk ist nicht gefährlich.«

Wir treffen uns im Cafe Landmann, Torberg und ich. Neben dem Burgtheater in der Aufmachung falscher Gobelins, mit Kristallüstern und Marmor. »Nein, Verehrtester«, sage ich zu ihm, »das können Sie doch nicht ernsthaft verhindern, daß die Welt sozialistisch wird – sowenig Sie und ich das gerne möchten, es gibt einfach zu viele Menschen auf der Welt, die ein Recht auf ihr Auskommen haben und deren Arbeit wir alle brauchen.«

Solange er Atem hat, sagt Torberg, wird er für die Freiheit eintreten.

Ich schwöre ihm, daß er einen zu engen Freiheitsbegriff hat und sich in schlechter Gesellschaft befindet, und gerate in eine falsche Situation, denn ich sage »Den Armen in der DDR geht es gut« (ich finde das gar nicht). Mein erster ernsthafter Versuch als Frau im politischen Engagement liefert mich den zementierten Begriffen aus, als teilte sich die Welt noch immer in Rot und Schwarz, während sie längst in Macht und Ohnmacht geteilt ist. Ich sage es ihm, dem berühmten Mann, in aller Ohnmacht, aber er teilt mir ruhig mit, daß er mit einer alten Dame nicht streitet.

Man will im PEN-Club über die Angelegenheit Jungk nicht

einmal miteinander reden. Man tut unpolitisch, und jeder ist mit seinem Engagement allein. Und mitten in der vermiedenen Auseinandersetzung kommt die Nachricht, daß Heinrich Böll der Nobelpreis für Literatur zugesprochen wird. Das ist für unseren PEN-Präsidenten Lernet-Holenia zuviel. Er hält sich für den größeren Stilisten, und bei Böll paßt ihm die ganze Richtung nicht. Er, enfant terrible, der er ist, tritt mit Aplomb aus dem internationalen PEN-Club aus. Hilde Spiel verliert die Wahl. Sie ist ein Opfer eifriger Konspiration. Ich sehe, daß ich im Vorstand des PEN tatsächlich nichts verloren habe und zu dem, was man Öffentlichkeitsarbeit nennt, nicht tauge.

Die Werkstudentin aus Alpbach sucht mich auf, um sich zu verabschieden. Sie hat ein Stipendium nach den USA. Ich freue mich, daß sie gekommen ist, weil ich immer fürchte, daß die Jungen mich meiden, wenn ich nun alt werde. Aber sie will mit mir streiten. Sie braucht meine Zustimmung. Und dann will sie auch von mir die Erlaubnis, mein »Frauenschicksal« als Interview für ein Buch von Frauen für Frauen zu verwerten. Ich hab' doch kein Schicksal, wieso Frauenschicksal?

Was hätte ich als Mann anders gemacht, fragt sie. – Ich denke, ich hätte irgend etwas fertigstudieren müssen, hätte mich um irgendeine Lebensform kümmern müssen, mir eventuell eine Frau nehmen müssen – ich denke nach. Nun, Walther war so sanft und tückisch, als wäre er die Frau gewesen, und ich habe ihn durch meine Untreue gequält.

»Was soll's, du kennst ja meine Geschichte«, sage ich zu Mizzi.

Sie findet tatsächlich, daß ich für ihr Buch über Emanzipation als eines der Beispiele kaum zu brauchen bin, mich bringt das zum Nachdenken und zum Beobachten.

Die drei Männer, die mir nahestanden, hatten es schwerer als ich. Alle drei haben von sich selbst zuviel verlangt, das machte sie egozentrisch. Sie quälten sich um ihre Selbstachtung und ihre Rechtfertigung.

Ich bin froh, daß Doderers Freund, der so alt ist wie ich, mich mag. Ich bin nicht gern allein – ich nehme ihn mir, ich sehe ihn gern. Seine Frau läßt es zu, sie legt uns nichts in den Weg, sie fühlt sich entlastet.

Ausflug ins deutsche Reich, in die BRD. Birken in ihrem Tanz der weißen Flecken im besonnten Grün, das so künstlich ist und melancholisch im sauberen Norden, in der klaren Luft der Paula Becker-Modersohn. Dorthin führt mich der jugendlich fühlende Onkel, der prall und bleich ist und elegant. Er bewegt sich anmutig, die Glätte um ihn ist mir so neu wie das Land, das er mir zeigt: ein gelebter Stil, den es wirklich gibt, wenn es denn Wirklichkeit gibt: Worpswede. Mir ist zumute wie in einem vorhitlerischen Deutschland, das, stets judenrein, Hitler nie wahrnehmen konnte, dem die Juden und der Haß auf sie nur ein Mythos blieben. Meine Juden, die zweiflerisch mit dem Kopf wackeln, sind hier nicht vorstellbar. Ich habe nichts als Heimweh nach dem Osten, wo man rührselig leiden kann, weil man hier so beherrscht lebt, wie es in der deutschen Erzählung steht: langbeinige helle Kinder, ganz anders schlimm und artig als bei uns, schlagen die Hacken in Turnschuhen zusammen und beißen krachend in die Äpfel.

Warum ich den Delphin als »Onkel« sehe, weiß ich nicht, wir mögen uns, weil wir einander so ganz und gar fremd sind. Doderer nannte ihn »herzig«.

Ich bin längst nicht mehr naiv, wenn ich es bin, aber ich bin meiner selbst enthoben. Froh, daß einer mich trägt, mich »wahr«nimmt. Wir sitzen um einen langen, wackeren Tisch und essen einen faden Kuchen, die Hausfrau bleckt die blendenden Zähne und ordnet freundlich die Gastfreundschaft. Den »Onkel« und mich chaperoniert ein gleichaltriges, also ältliches Ehepaar. Wir schämen uns unserer Gefühle und genießen doch die Mißgunst derer, die dergleichen nicht mehr aufbringen. So heimlich sein ist komisch und tut gut.

Die gütige Hausfrau verabschiedet uns, umringt von erzogenen Kindern – ich bin ganz erschlagen von solcher Erfülltheit und Ordnung. Als ein Saboteur von allem, was gilt, sitz ich neben dem »Onkel«, der keiner ist, vorne in seinem Auto, hinter uns das farblose Ehepaar. Schwarzweiß fahren wir aus dem grünen Sonnenlicht auf dem schmalen Pfad zur Autostraße. Der Onkel plaudert elegant, eine der langfingrigen, weichen Hände auf dem Lenkrad, die andere gestikuliert mit der Zigarette. Er schwingt vergnügt im Anlauf über die Böschung des Seitenweges in ein vorbeirasendes Luxusauto und erreicht es an der hinteren Stoßstange. Außer Krach und Blechgeschepper, außer herumfliegenden Blechteilen passiert nichts, die Menschen in den Wagen können weiterfahren, aber zuvor muß geregelt werden, wer den Schaden bezahlt: die Schuldfrage.

Mein »Onkel« setzt die Frau am Steuer mit tragender Stimme und absoluter Autorität ins alleinige Unrecht. Der ordentlich korrekte Liebhaber, Ehemann, Vater, Hausbesitzer, Akademiker, Staatsbürger haut die junge, hübsche, erschrockene Fahrerin geschmeidig in die Pfanne. Sie unterschreibt alles: die Schadenserklärung, seine Situationsskizze, ein Schuldbekenntnis.

Ich wage gar nichts zu äußern, hier, wo für mich alles Ausland ist. Die hinter uns sind Partei. Sie sitzen wie die Parzen stumm und drohend, bereit, alles vom Onkel Dargelegte auf Eid zu nehmen. Für mich ist er es, der eitel schwätzend in vollem Carré aus einem Seitenweg in die Ärmste raste. Alle aber geben ihm recht, sogar die hübsche Weinende, die er wie Rotz behandelt.

Ein stolzer Mann, der sich durchzusetzen versteht. Was er will, bekommt er. Im Augenblick bin ich die Seine. Sein staunendes Publikum. Er hat seine gute Zeit jetzt. Balzzeit. Er ist verliebt. In mich. Und ich in ihn. Ich bin mir neu. Mir fallen Rudis Worte ein – »Wie kann man nur so leben, wie du lebst!«

Die Frau, die wieder in den ramponierten Mercedes steigt, hat Angst vor ihrem Mann, sagt sie.

Und wieder ist es so, daß ich nachts in ein schlafendes Gesicht blicke, das mir gut gefällt. Das geschlossene Auge bewacht den Anspruch der Person nicht. Wer sind wir? Was sind ich und er, den ich mir einverleibe. Ich habe keine Angst mehr, aber er hat Angst. Er erwacht aus dem Schlaf und ist mißtrauisch. Das Mißtrauen stört. Ich habe kein Geheimnis, ich bewahre mich nicht. Er verlangt von sich und von mir Zurückhaltung und Scham.

Was bringt das? Ein Geheimnis, das keines ist, ihn aber schützt. Worte zerstören? Den Wall seiner Vorurteile? Worte sind stärker, als was da ist? Ist es zerstörbar? Seine Vorstellung von Dame zerstört mich: Form, aufgezwungene Form zerstört mich.

Ich bin traurig.

Kommt es mir zu, etwas zu wollen?

Meine Bereitschaft zu lieben wird mit schlechtem Gewissen genützt. Tiefes Mißtrauen in meine Öffnung.

Wörter taugen nichts.

Blut fließt nicht.

Verschorft sind die Gefäße.

Das Korallenriff unserer Adern hält die Organe steif.

Die Zeit des Verblutens ist vorbei.

Das Sterben ist nicht dramatisch. Fremd sind der eigene Herzschlag und das Atmen und der Atem und der Herzschlag des anderen neben mir.

Fürchte dich nicht vor uns.

Ein trauriger Geselle rasiert sich, zählt die restlichen Kopfhaare, drückt sie mit flachen Handtellern an den Schädel, bis sie haften, ich beobachte ihn mitleidig und sehe ein, daß er das nicht dulden kann.

»Schau«, sag' ich, »wie deine Venen hervortreten.«

»Ein Zeichen«, sagt er.

»Ich weiß, daß du dich drücken willst.«

Keine Spur, daß er versteht, was ich fühle.

Im Ziel dieses Hotelzimmers mit Art deco und Klimaanlage, im Luxus von Duft und Seifenschaum spür ich den von mir geliebten eigenen Körper: ich bin, und alles ist in ihm.

Der Mensch dort im gemusterten Bettzeug hat ein schlechtes Gewissen, und obwohl ich bereit war, es mit ihm zu teilen, teilzuhaben an ihm, kann ich es nicht mehr.

Bin ich frei – und fasse es nicht?

ENDE.